有爱的青春陪伴者

图书在版编目（CIP）数据

折桃 / 原城大总裁著. -- 石家庄：花山文艺出版社，2022.9
ISBN 978-7-5511-6121-3

Ⅰ．①折… Ⅱ．①原… Ⅲ．①长篇小说－中国－当代 Ⅳ．①I247.5

中国版本图书馆CIP数据核字(2022)第051577号

书　　名：	折桃 Zhetao
著　　者：	原城大总裁
责任编辑：	卢水淹
特约编辑：	不　夏　年　年
责任校对：	董　舸
封面设计：	颜小曼
内文设计：	孙欣瑞
封面绘制：	星兜儿
美术责编：	胡彤亮
出版发行：	花山文艺出版社（邮政编码：050061） （河北省石家庄市友谊北大街330号）
销售热线：	0311-88643221
传　　真：	0311-88643225
印　　刷：	长沙鸿安印刷有限公司
经　　销：	新华书店
开　　本：	880mm×1230mm　1/32
印　　张：	9.5
字　　数：	274千字
版　　次：	2022年9月第1版 2022年9月第1次印刷
书　　号：	ISBN 978-7-5511-6121-3
定　　价：	39.80元

（版权所有　翻印必究·印装有误　负责调换）

- 第一章　新工作 /001
- 第二章　特别喜欢你 /016
- 第三章　秘密 /032
- 第四章　姜桃最开心的一天 /047
- 第五章　贪心 /061
- 第六章　他的人 /076
- 第七章　两难 /092
- 第八章　我送你回家 /112
- 第九章　狗粮 /128
- 第十章　生气 /145

- 第十一章　小纸片 /160
- 第十二章　家访 /179
- 第十三章　十二点的辛德瑞拉 /196
- 第十四章　真相 /211
- 第十五章　守护她爱的人 /232
- 第十六章　我喜欢你 /246
- 第十七章　让我保护你 /261
- 第十八章　他很爱她 /279

· 第一章 · 新工作

　　晨风习习，日光正好，沿江路的江北段正上演着"人畜和谐"的美好画面——晨跑的人们在遛狗的人群中穿梭，一辆辆豪车低速驶过，江水波光粼粼，靠近围栏便可听到清晰的江水拍岸声。

　　姜桃踩着一双鞋头掉了漆的黑皮鞋，站在168号别墅的大门前，看着街上的一切。她的寒酸和局促与这一切都显得格格不入，连那些遛狗的保姆看起来都比她体面。

　　她转过身，透过雕着欧式繁花的大门往里瞧，门两旁是两棵有些年岁的木棉树，长得颇为壮实，未到花期，只有满树的绿叶。

　　庭院宽阔，设计考究，像是有些年头的翻新老别墅。喷泉立于入户门前，草坪修葺整齐，甬道干净整洁，有几分民国时期大帅府的意思。

　　这样气派的别墅，是她做梦都梦不到的地方。

　　姜桃有些紧张，接下来她要见到的人，应该是她有生以来见过的最富有的。人要是穷酸久了，看到大富大贵的人，就会自带卑微和胆怯，正如此时的她。

　　在门外摸索了半天，她终于研究明白这个智能的可视门铃怎么用，便伸出手指轻轻按了一下。

　　别墅内，门铃响起的同时，屏幕上出现一双探索的大眼睛。

　　温宅的保姆吓了一跳，按下通话键，问道："你好，找哪位？"

　　"你好，我找温先生，是来面试司机的。"姜桃尽量让自己的声音听起来讨喜且有礼貌。

　　"咔嗒"一声，铁门自动打开。姜桃连忙挤进去，回手将铁门关上。

姜桃几乎是小跑着来到别墅的入户门前。见门大敞四开，她大着胆子走了进去。一位长得瘦瘦白白，系着围裙的阿姨给她递了一双拖鞋，她连连道谢。

阿姨指了指客厅中央的一张棕色长沙发，说道："来得太早了，温先生还没吃早饭呢，你先在这儿等一会儿吧。"

被指责来早了，姜桃只能不好意思地笑了笑。她在沙发旁犹豫了一下，缓缓坐下去。这动作可比平时要慢了好几拍，她怕自己坐得太快，这柔软奢华的沙发给自己的"贫民屁股"带来的非凡感受就不清晰了，万一这是她这辈子唯一一次机会坐这么好的沙发呢，可得好好珍惜。

真软啊！这沙发的皮质居然像人的皮肤一样细腻。她像摸金贵的古董花瓶似的反反复复摩挲着身侧的沙发皮面，还有身后的抱枕，这抱枕的套子，也是真皮的吧……

这就是有钱人的生活啊，连抱枕都是皮草的。

茶几上摆着糖果盘，五彩缤纷的糖果煞是好看。

阿姨从餐厅探头出来，让姜桃吃块糖，她便听话地挑了一颗西瓜造型的糖果握进了手心。

姜桃专注地研究着沙发和抱枕，并没有注意到从铺着地毯的旋转楼梯上走下来一个人。

男人穿着一身烟蓝色的居家睡衣，气质卓越，手拿一条纯白毛巾擦着湿漉漉的头发。

他走到姜桃面前，沉声开口："你是谁？"

姜桃像受惊的小鹿似的，飞快地将抱枕放到身后，温柔无害地微弯眉眼，甜甜地回应："我是来面试温先生的司机的。"

男人愣了一瞬，他记得自己要面试的司机应该是一个可以讲一口流利英语和韩语的叫 Jack 的中年男人。

他将毛巾扔到茶几上，双手插进口袋里，好整以暇地看着姜桃："你是 Jack 吗？"

姜桃大言不惭地点点头："我是啊，您是温先生吗？"

温照卿不置可否地点了下头。

姜桃不知道该说什么，只能傻乎乎、甜兮兮地笑了笑。她以为住在这样豪华大房子里，而且需要有司机开车的先生，不会是眼前这样英俊的年轻人，应该是一位大腹便便的老大爷，不适合自驾的那种。

"你笑什么？"温照卿问道。

他看起来有些严肃，姜桃摸不清底，心里毛毛的，立马闭上嘴，将嘴唇抿成一条直线，像犯错误挨了批评的小朋友一样，不知所措地站在那里。

"早餐好了，吃饭，等下该凉了。"阿姨倒是不怕他，还敢催着他吃东西。

温照卿朝餐厅的方向扫了一眼，回眸问她："你吃饭了吗？"

姜桃摇摇头："我不饿。"

"过来。"温照卿一边朝餐厅走去，一边命令道。

姜桃跟着他走进餐厅，入眼的一切看起来都昂贵无比，怕是一个餐勺背后的数字都是她望尘莫及的。

桌上摆好了瓷碗，除了清粥，还有八份颜色各异的素淡小菜。

温照卿从容入座，姜桃不知道该站在哪里，生生觉得自己站在哪里都挺有碍观瞻，只能左挪两步，右挪两步。

温照卿扭头看她在那儿踩着小碎步，便对她招了招手："过来。"

姜桃两步跨到他身边，差点撞到他的椅子。

温照卿拿起筷子，指了指餐桌对面，淡声说道："坐下，吃口饭。"

"不用了不用了，我不饿。"姜桃连忙摆手，做个顶替别人身份的冒牌货已经很厚颜无耻了，再坐下吃饭就过分了。可她刚说完，肚子就咕噜噜地叫唤了两声。

温照卿接过阿姨盛好的白粥，眼皮都没抬一下，说道："没关系，女孩子应该好好吃早餐。"

姜桃没有再推托，规规矩矩在他对面坐了下来。

阿姨贴心地递给姜桃一条热乎乎的毛巾，让她擦手。

姜桃接过来，暂时放下西瓜糖。虽然她本身不是个有洁癖的人，但她怕温先生有，所以擦得仔细认真，温热的毛巾也让她略微发僵的指尖缓和不少。

阿姨要帮姜桃盛粥，姜桃连忙婉拒了。她自己也是个打工的，犯不着让人伺候。她小口地喝着粥，只敢夹眼前的小菜。

"好吃吗？"温照卿见姜桃吃得斯斯文文，一看就是不大好意思。

姜桃点点头，当然好吃了，她长这么大，还没吃过什么东西是不好吃的，饿急了的时候，别人热过的中药她都能喝两口。

"阿姨会做这么多种小菜，真厉害。"

"她是朝鲜族人，做这些比较拿手。"温照卿说道。

姜桃笑笑，问道："先生不吃肉？"

"我早上不吃肉，你要吃的话，可以让阿姨给你做一点。"

"不用不用不用！"姜桃受宠若惊，连筷子都来不及放下就急着摆手，随口胡诌，"我只是看您很随和，就随意聊了两句。"

"我随和吗？"温照卿挑眉问道。

"啊……"姜桃呆呆地应了一声。

都让她坐下吃饭了，还不随和吗？虽然他不苟言笑，但愿意给她饭吃的人，都是在世观音。况且他这么问了，她也不能说：不，您一点也不随和，您那脸冷得跟棺材板似的。

好一阵沉默，只有阿姨来回忙碌和碗勺相碰的声音。姜桃开始有些沉不住气了，她怕自己被揭穿，现在才开始为自己的头脑一热犯愁，着实有些晚了。

可这事也怨不着姜桃，她父亲三年前被泥石流埋了，母亲一年前因宫颈癌去世，除了给姜桃留下四胞胎弟弟妹妹，还有十三万的外债。

姜桃一个大学生，学费生活费全靠自己挣，哪有养家的本事。她根本不敢回忆自己这一年多是怎么过来的，好不容易挨到毕业实习了，本来想找个前景不错的工作，可实习工资只有两千五百块钱一个月。

两千五怕是买温先生的一件衬衣都不够，但两千五她要租房，要喂四个四岁的孩子，还要吃饭坐车买卫生巾，信用卡和花呗早就透支干净。前一阵她发了一场旷日持久的烧，硬是烧没了好几百块钱。此时此刻，她的兜里只剩七十二块钱，然而距离发工资还有十四天。

在姜桃还未这么凄苦之前,她也曾有过一个像模像样的人生梦想,比如当个出色的女游戏工程师,拿着上万的月薪,开上小轿车,攒一点钱,回老家盖栋房子之类的。可梦想终归是梦想,当梦想照进了现实,那就是想都别想,只是梦一场。

当然,事情也不是完全没有转机的。就在前两天,公司有位高管对姜桃表现出了强烈的好感,又要给她钱又要帮她转正。

姜桃不是没有幻想过遇个大款,但大款真从天而降的时候,她犹豫了,却步了。

也是因为她这人缺乏做大事的胆量,在她犹豫不决的时间里,高管以迅雷不及掩耳之势喜欢上了别人。就这样,姜桃失去了唯一可以不劳而获的机会。

姜桃想要在艰苦奋斗里另辟蹊径,但又一筹莫展,这时候,上天给了她第二次机会。

无意之间,她听到一位路人阿姨打电话,内容是介绍一个叫Jack的司机去给温先生开车,月薪一万二,面试时间是今天上午,地址是沿江路168号,温先生的家里。

姜桃在心里给真Jack道歉了无数遍,因为她想当假Jack。她发誓,这是她这辈子做过的最坏的一件事,可她真的太需要钱了,需要到想停经,因为连卫生巾都买不起了。

她想着来试试,不行一会儿接着回去当她的实习生,晚上接着去烧烤摊兼职,万一行,那不就是改写人生了嘛!

温照卿吃好了,放下碗筷,目光里带着些许探究,说道:"介绍人说你精通英语、韩语。"

啥?

姜桃脑袋"嗡"的一声,还得精通韩语?难怪一个司机工资一万二,原来不是只开车的那种。

她故意塞了一口鸡蛋卷到嘴里,笑着点点头:"嗯!"

"说几句韩语。"温照卿命令道。

这鸡蛋卷,怎么入口即化呢?怎么不干脆直接把她噎死在这儿呢?

姜桃大脑飞快运转，竭尽所能地搜刮着自己脑海里已知的韩语词汇，硬着头皮说道："卡机嘛，欧巴。"

温照卿大概是觉得太好笑，竟然笑了出来。

姜桃的脸瞬间就红了，从脑门一直红到锁骨。

温照卿不笑的时候，有些严肃，衬着这偌大的别墅和富豪的身份，看着神圣又威严。姜桃不敢细看他的脸，只是粗略地觉得这是一个矜贵英俊的人，且十分稀有的那种。

她仔细看上两眼，剑眉星眸，鼻高唇薄，轮廓清晰，五官端端正正组合在一起，别有味道。他笑起来，英俊就更醒目了。

反正在姜桃的平生所遇里，他不仅是最有钱的，还是最靓的那个仔。

"我再说点英语吧！"姜桃灵机一动，转移了话题，随口来了一段之前在大学时背过的英文演讲稿，水平和留学生肯定比不了，但是马马虎虎过关还是可以。她嘀嘀咕咕说了一大串，也不知道温先生听懂没有。

温照卿环起手臂，好整以暇地问道："十年驾龄？你看起来还挺年轻，应该不大。"

只有二十一岁的姜桃默默给自己捏了一把汗："只是看着年轻，我娃娃脸，其实挺老了。"

见了鬼的十年驾龄，她的驾驶证还是读大学的时候考的，除了教练车，其他车的方向盘连摸都没摸过，驾龄十秒都没有。

"你自己抚养四岁的孩子？"温照卿又问道。

这不是巧了嘛！姜桃差点乐出声，没想到这真假Jack还有这般机缘巧合。她马上点头："对，自己养，不过不会耽误工作的，平时是我隔壁的房东阿姨帮忙照顾，孩子也不黏人，很听话。"

客厅的方向传来一阵脚步声，一个身材高挑、少年感十足的年轻人跑了过来，仿佛当姜桃不存在一般，抱着温照卿的头对准他的脸颊就亲一口。

姜桃看得目瞪口呆。

温照卿对这个吻并没有表现出任何反感，反而很宠溺地看了年轻人一眼，温和地训斥道："没礼貌。"

年轻人清瘦干净帅气，一看便是有钱人家的少爷。他抬头看了姜桃一眼，眯着眼睛对姜桃一笑："阿姨好！"

阿姨？姜桃惊讶，咬着牙对他挤出一个笑——他分明看起来比自己小不了两三岁，这是讲礼貌吗？这分明是讨人厌！

年轻人从温照卿兜里翻出手机，一顿操作后，举到温照卿面前，似乎需要一个面部识别。

温照卿抬手遮住自己的上半张脸，不让年轻人得逞。

年轻人便开始当着姜桃的面撒娇，拉着温照卿的胳膊摇啊摇。

姜桃开始觉得自己多余了。

"爸爸！"年轻人语出惊人，抱着温照卿大喊一声，"爸爸，儿子求你了。"

温照卿没办法，只好放下手，帮他完成了面部识别。

年轻人高兴极了，拿到自己想要的，扭头就走，到餐厅门口的时候，还特别"礼貌"地说了一句："阿姨再见。"

温照卿见姜桃惊得嘴巴都圆了，便问道："怎么了？"

"没有，只是看温先生的儿子都这么大了，您看着，也很年轻啊……"温照卿看着也就二十八九岁的样子，真不像有这么大的儿子的人。

"哦，我和你一样，只是看着年轻，其实已经很老了。"

姜桃尴尬地笑笑。

"你可以回去了。"

姜桃没太理解这句话的意思，这是成了，还是没成，还是等通知？

"那个，温先生……"

"明天早上八点来上班。"

听到这句话，姜桃整个人振奋起来，不忘把西瓜糖果攥进手心，一个劲儿地点头："好的，温先生，我一定准时，那我就先回去，不打扰您了。"

温照卿点点头，随她一起走到门口。他看到门口摆放的平跟女士皮鞋的鞋尖上已经掉了漆，便淡淡地开口："做我的司机，要有起码的体面，尽量别穿得太寒酸。"

姜桃正在穿鞋，闻言抬眸，眼底闪过一丝难堪，一瞬间，竟然有些想哭。她眼里浮光，礼貌地说道："好，我知道了。"

温照卿皱了皱眉，在她转身的一刻，问道："你叫什么来着？"

"姜桃。"她不假思索地回答，说完一愣，感觉这到手的鸭子可能要飞，她怯生生地补充一句，"先生，叫我Jack也行。"

温照卿点了点头，双手插进口袋："女孩子要记得吃早饭，走吧。"

姜桃逃也似的飞奔出门，倒不是她急着躲开温照卿，而是她要赶去门口堵那个真Jack。

姜桃离开后，阿姨端着一杯青瓜和胡萝卜泡的温水走来，递到他手上，嘀咕着："多可爱的小女孩。"

温照卿看着手里的玻璃杯，忍不住皱眉，有些想不明白为什么阿姨要用青瓜和胡萝卜给他泡水，试着喝一口，味道竟还可以。

温从心又从楼上跑了下来，人未到声已至，嚷着让阿姨给他热一杯牛奶，看到温照卿手里端着水，一把抢过来仰头喝个干净："二叔，那个阿姨是谁啊？"

温照卿平静地扫了他一眼，说道："求我的时候叫爸，用完我了，叫二叔。"

温从心立即改口："爸爸，刚才那个阿姨谁啊？我未来的妈？"

"我的司机。"

"女司机？"温从心感到很惊讶，"刺激，会玩。"

姜桃在温家大门外站了差不多有一个多小时，才等到姗姗来迟的真Jack。

Jack是个文质彬彬的中年男人，长得中规中矩，开着一辆在姜桃看来价格应该在二十万左右的小轿车，总之，他看起来不是一个缺钱的人。

姜桃站得板板正正，双手交叠放在身前，对放下车窗的真Jack说："您好，我是温先生的秘书姜Rose，温先生正在里面开重要的视频会议，取消了和您的面试。另外，他已经有了司机人选，让您白跑一趟，温先生让我替他跟您说一声抱歉。先生，祝您接下来生活顺利，工作称心。"

真 Jack 很有礼貌，一点不悦都没有表现出来，还对姜桃说了谢谢。

姜桃内疚极了，在他准备升起车窗的时候，弯下腰，十分诚心地说了一句："对不起，实在不好意思。"说完，她还把一直攥在手心里的糖果递给他。

Jack 笑着接过来，开车离开了。姜桃则走到马路对面的江边，望着江面发了好一会儿呆才走向公交车站。

姜桃用一天的时间递了辞职信，在全体男同事恋恋不舍的眼神和女同事们看好戏的眼神里，潇洒地走出办公室。

接下来，是解决穷酸问题。

这个问题远比辞职难得多，也烦琐得多，她的穷酸可不是胶布，随随便便就能撕掉。对她而言，穷酸已然是扎进血肉里的钉子，不拔是个窟窿，拔也是个窟窿。

兜里的钱不够买一身像样的工装，她只能厚着脸皮去闺密祁淇那儿借。

祁淇是个好女孩，也是个幸福的女孩，也是姜桃唯一只羡慕却不嫉妒的女孩。

祁淇家庭和睦，父母做水果生意，大钱没有，小钱不缺。这些年姜桃没少吃祁淇的，但总要维持一个度，一旦过分，就要生疏了。

姜桃敲门的时候，祁淇正在直播。

祁淇是一个职业吃播，一边吃，一边卖卖家里的水果。姜桃每次去，都要跟着祁淇一起在镜头前傻吃一顿。

姜桃不会直播，不知道该说什么，只能是祁淇问，她回答。

祁淇也不会问什么高级问题，每次就问，好吃吗？姜桃便小鸡啄米一样地点头，好吃好吃，真好吃。

这会儿，祁淇又把她按到摄像头前："宝贝们，你们看谁来了，是'好吃好吃真好吃'小姐姐！"

姜桃对着手机摄像头招招手，一屁股在椅子上坐下，拿起一个水蜜桃就往嘴里塞："我换工作了。嗯，这个桃子真好吃，好吃好吃真好吃。"

祁淇把猕猴桃往姜桃面前推,问道:"去工地搬砖吗?"

"不是,我找了个大款。"姜桃说道。

祁淇惊讶:"我直播呢!"

"你直播我也是找了个大款……"姜桃莫名其妙地瞪祁淇一眼,"穷得跟我一样他也雇不起司机啊,当然得是大款。"

"姐姐,您会说话吗?这叫找了个司机的活儿,不叫找了个大款!我们民间不这么理解'找了个大款'这句话的。"

"那不是你们民间嘛,我们仙界都这样讲话的。"姜桃狼吞虎咽地吃了一个大桃子,拿起纸巾擦擦嘴,对着摄像头挥挥手,走出镜头,坐在祁淇的床上,一再犹豫地开口,"我想跟你借两套看起来不那么寒酸的衣服。"

弹幕一直在滚动——

【真好吃小姐姐好瘦啊。】

【小姐姐真白啊,弱不禁风的样子,跟林黛玉似的。】

【小姐姐长得高贵。】

祁淇对着手机屏幕傻笑两声,扭头看了眼姜桃,笑道:"那你过来再陪我吃一会儿。"

有些人,喝酒是一直喝,姜桃吃东西,可以一直吃。上大学那会儿,她的脸颊还是圆的,胳膊和腿也是肉乎乎的,现在却瘦得可怜,腰肢盈盈一握,锁骨清晰可见。

姜桃对外说自己是吃不胖,只有自己心里才明白,这叫吃不饱。

祁淇借了两件白衬衣和两条紧身的西裤给姜桃,临走之前,还给她拿了一双板栗色的平跟小皮鞋。

姜桃有些不好意思,站在门口愧疚地看着祁淇:"我又来你这儿当土匪了,自己都觉得没脸。"

祁淇豪气冲天地拍拍姜桃的肩膀,小手一挥:"朋友之间不要说这些鬼话,赶紧滚吧!"

回到家里时,已经是晚上九点多,姜桃那四个除了能吃没有其他毛病的弟弟妹妹已经进入梦乡。她用衣架挂好借来的衣服,匆忙地洗了个澡,钻进地铺里,蜷曲着睡了。

姜桃在家睡觉是不需要定闹钟的,床上就有四个"闹钟"呢,比手机定时更准更响。

第二天,她在四个跟屁虫的叨扰下洗脸梳头,扎了一个干净稳重的低马尾,穿上体面的白衬衫黑西裤,看起来人模人样。

"姐姐,你今天这么好看,要去哪里呀?"二宝拿着装着米汤的奶瓶子,仰着头发被姐姐剃得乱七八糟的小脑袋。

姜桃犹豫了一下,回答:"去要饭。"

冬日的风真冷,幸好姜桃在衬衫里面还加了一件打底的保暖衣,刚早上七点半,她便已经到了温宅。

玄关的柜子上放着一把精致的车钥匙,阿姨说,这是今天先生要坐的车的钥匙,让她收好。

姜桃拿起来端详一番,随手放进口袋里,便回到庭院里四处溜达。

这地方着实不小,她伸手接了一下喷泉的落水,有点冰手。

阿姨扎着围裙站在门口叫她:"Jack,你吃早饭了吗?"

姜桃一时间没反应过来是在叫自己,等反应过来后,连忙点头:"吃了阿姨,我早上在家喝了一点粥。"

"我这里有三明治,过来吃一点?"

姜桃摇头:"不吃了,不饿。"

"没关系,先生这里本来也是提供三餐和住宿的。"

"本来也是"这几个字直击姜桃内心,眉宇间的喜色险些控制不住。她迈着欢快的步子跑进屋里,跟阿姨来到厨房。厨房后面有一个小餐厅,平时阿姨都是在这里吃饭的。姜桃美滋滋地吃了一个三明治,喝了一大杯牛奶,幸福得都快冒泡了。

八点钟,温照卿准时出现在姜桃面前。

与昨日见面的样子有些不同,今日的他头发梳得一丝不苟,茶色的及膝大衣十分笔挺,因为裁剪简约,看起来异常干练。

饶是姜桃这种一向与时尚没什么缘分的人,也知晓这种大衣是十分挑人的，穿不好就会显得人矮又邋遢，穿好了，便像温照卿这般挺拔修长，沉稳内敛。在她以为这就是全部的时候，温照卿又接过了阿姨递来的同色大衣腰带。

他系腰带的动作十分熟练，干净利落，好像不过三两下，就把自己顶流的气质又提升了一个档次。

姜桃哪里见过这等气质的美男子，人都有些傻了，呆呆地站在门口，嘴巴也微微张着，总觉得自己是做梦，跟看电视一样。

"没什么要说的吗？"温照卿见姜桃只顾着对自己发呆，便主动开口。

姜桃回过神，不知所措道："啊？哦，那个……温先生真是气宇轩昂，风度翩翩，威风凛凛，俊逸非凡，神采飞扬，倾城倾国，国色天香。"

温照卿似笑非笑地看了她一眼，穿上纤尘不染的皮鞋与她擦肩而过："马屁拍得不错，但我要提醒你，见到我，应该打招呼问好。"

姜桃扭头踩着小碎步紧随其后："好的好的，我记住了。不过我可不是拍马屁呢，先生，只能说我才疏学浅，能想到的词儿也就这么多，但说的都是实实在在的话，您不能不承认，不然就是太谦虚了。"

"你……"温照卿停下步伐，侧头看她，眸光带着几分审视的意味，"还记得自己来应聘什么职位吗？"

"司机啊！"姜桃回答得理所当然。

"那你不去把车从车库里开出来，在这儿给我讲什么单口相声？"

姜桃慌慌张张地跑到车库门前，手忙脚乱地按下阿姨告诉她的车库密码。车库一共三扇电子大门，因为第一次提车，她把所有门都打开了，看着车库的大门缓缓升起，冬日的阳光照进去，一辆辆她见都没见过的奢华豪车展现在她眼前。

姜桃掏钥匙的手都有些发抖，她想知道这玩意儿有没有保险，撞了是保险公司赔，还是她自己掏腰包，这一万二的工资拿得可真够提心吊胆的。

今天的气温只有4℃，加上风有些大，温照卿也是有些冷的。他主动走进车库，在姜桃拿着车钥匙对着他的黑身银顶的劳斯莱斯一顿乱按的时候，很淡定地拎起她的胳膊去靠近车门上的解锁按钮："当你靠近它的时候，它会自动解锁。"

姜桃垂着小脑袋"哦"了一声，走到车后方，准备先帮温照卿开车门，摸了一下，居然没有门把手。

这又是什么隐藏的高级功能？是不是只要她摸一摸它就会感应到有人要上车？或者是声控的？

她拍了拍车后门应该安着门把手的位置，车门没反应，又清了清嗓子："开门？"

这一套行云流水的憨包行为令人啼笑皆非，温照卿英气的眉头紧紧皱起又缓缓平复。他试着去理解她的无知，毕竟不是所有人对这种车都有所了解，很大一部分人不知道它是一辆对开门的车。

对开门，字面意思，前后车门对着开，跟开家里大门一样。

温照卿在姜桃对着车屁股一筹莫展的时候，打开了后车门，手指在门把手上轻轻叩了两下："这里，开后门。"

姜桃有点窘，但她想得开，这才哪儿到哪儿，窘的时候以后多了去了，人要看开一点，不要钻牛角尖，她要是心眼小，早死一百个来回了。

温照卿坐进后座，姜桃"砰"的一声关上门，把他吓了一跳。

待姜桃坐进驾驶位后，他才悠悠开口："可以一键关门。"

全车内饰真皮，中控台奢华雅致，这无边的美貌、这新奇的感受，姜桃都无暇顾及。现在最大的问题是，这车跟她考驾照时用的手动挡桑塔纳完全不一样，也可以说，除了手动挡的桑塔纳和公交车，她什么车都没坐过，包括出租车。

温照卿用最大的耐心来等待姜桃适应这辆车，他扫了一眼镶嵌在中控台的表，时间充足，足够她先开开眼界。

他靠进座椅里，闭目养神。

良久以后，他沉声问道："怎么，你对这辆车不满意吗？还是你想挑一辆顺眼的开？"

姜桃从后视镜里看了温照卿一眼，见他闭着眼睛，便幽怨地翻了个白眼，心想：那我考不上清华是因为我看清华不顺眼吗？还不是因为我考不上。

温照卿突然睁开眼睛，正好与后视镜里的姜桃四目相对。姜桃慌张地躲开，转过身，趴在座椅里，有些不好意思地笑了笑："先生，我……"

"别告诉我，你不会启动。"

"那……我要是告诉你我不会，你会踢我下车吗？"

"我记得，中正集团的老板也有这辆车，你应该开过。"

姜桃心虚地笑了笑："我忘了。"

这大概就是所谓的人不要脸，天下无敌吧！

温照卿突然笑了一声，没什么温度，既不是高兴，也不是嘲讽，仿佛只是听了一个不怎么好笑的冷笑话，云淡风轻地笑一个意思意思。

他言简意赅地告诉她一些主要的常用功能按钮，姜桃用心记下，接下来就应该顺理成章了，出发，上路，抵达目的地。

可她一脚油门踩下去有些猛，又狠踩了一脚刹车，"砰"的一声，毫无防备的温照卿撞到前座靠背上，顿时鼻子一酸。

姜桃当即吓得眼泪都要出来了，紧张得语无伦次，这要把老板撞个好歹，自己怕是也要横着出这个大门了。

"温先生，您没事吧？您为什么捂着鼻子，撞出血了吗？对不起，我还不适应这辆车，我应该提前开到门口转转的。"

温照卿料到了开头，没料到结局，他平生还是第一次坐车的时候把鼻子撞了，"罪魁祸首"竟是他自己的人，这事说出去怕是都没人信。

"你有驾照吗？"温照卿捂着鼻子皱眉问道。

他手指修长，骨结分明雅致，指甲修剪得干净整齐，一看便是除了洗脸，连袜子都不洗一下的人。

姜桃有些担心，便没想着是不是逾矩，伸手就去拉他捂住鼻子的手："我看看，给我看看。"

温照卿的手掌是温热的，姜桃的指尖却是冷冰冰的。手拉开了，鼻子是没出血，但是有点红，这么好看的鼻子，可别撞断了，不然赔不起。

"冰一下，冰一下很快就好了。"姜桃单膝跪在座椅上，大半个身体都从前座探过来。

没有冰,也没工夫去找冰,这个天气,随便拿点什么都可以当冰用,但随便什么东西也没有。

姜桃便伸出双手,轻轻贴在他鼻梁两侧,还不忘赔着笑:"冰一下就好了。您别用这种眼神看着我呀,我真不是您对手派来的。我发誓,我就是不熟悉车况而已,一回生,两回熟,下回就不会了,真的,真的真的!"

温照卿心中是有一丝怒火的,毕竟他没有义务和责任去原谅和包容员工犯的错,可她笑得像个没骨头的小可怜,他要真说点什么难听的,倒显得他很刻薄。

他推开姜桃的手,打开车门,绕过车头径直走向副驾驶:"开,我看着你开。"

姜桃系好安全带,一脚油门一脚刹车颤颤巍巍地将这辆车开出温宅。

"我有驾驶证的,温先生。"

"那最好。"

"您着急吗?用不用我开快一点?"

"不。"他义正词严地拒绝,"就这样,我不着急。"

"也对。"姜桃笑道,"安全第一,谁的人生也不差这几分钟。"

温照卿没说话。

姜桃又问道:"温先生,我冒昧地问一下,这辆车……买保险了吗?毕竟我不熟悉这辆车,万一剐了蹭了什么的……"

"关于这一点。"他从后视镜里看了一眼后面的车,早高峰时间,车流熙攘,后面的车与他们保持的距离看起来十分安全,"只要你不乱来,别人都会极力避免与你剐蹭的。"

"因为我是女司机?这是对女性赤裸裸的歧视啊!"

温照卿深吸一口气,有些失去了耐心:"因为,我的车贵。"

·第二章· 特别喜欢你

历经一个小时三十五分钟,姜桃终于将车开到了目的地,虽然这段路如果换个人开,只要四十分钟即可。

她刚在大厦门口停下,温照卿便对她伸出手。

姜桃犹豫片刻,从兜里摸出一块糖放进他的掌心,是早上阿姨给她的,她自己还没舍得吃。

温照卿看着糖果,有些恼火,可对上她怯生生的、小心翼翼的讨好眼神,又硬是把火压了下去。

他撕开糖果包装纸,把糖果塞进嘴里,再次伸手:"驾照。"

是福不是祸,是祸躲不过,人家指明要驾照,她这回可应付不过去了。她认命地把驾驶证交到他手里,忐忑地等待着命运的无情审判。

姓名、年龄、驾龄再无遮掩,一切谎言不攻自破。

温照卿看了后,将驾驶证还给了她,颇为不满地抿了抿唇:"姜桃。"

"哎,我在。"她僵硬得仿佛人工智能。

"要人开心吗,Jack?"

姜桃单薄的肩膀缩成一小团,内疚地摇摇头:"对不起,温先生。"

"我有什么义务原谅你?"

姜桃瞥了温照卿一眼,眼泪瞬间就流下来了,一点征兆都没有。

温照卿一愣,不禁扪心自问:我凶了吗?我欺负女孩子了吗?

姜桃委屈地用手背擦着眼泪,肩膀不住地斗动:"对不起,温先生,是我骗了您,我不是Jack,我没有十年驾龄,没给大老板开过车,我长这么大,只开过驾校的手动挡桑塔纳。是我偷听了别人打电话,冒充了

Jack 来面试。

"我不是故意的，是真的走投无路了才走这一步险棋，没想到先生您人这么好，还叫我一起吃早餐，还耐心教我按钮功能，还愿意跟我搭话。我开得慢，您也不催，不发火。您这么好，我却骗了您，都是我不好。

"先生，您不要报警抓我好不好？我没想干什么坏事，我就想找一份好一点的工作。我听说当您的司机工资很高，才动了歪心思的。我想好好给您开车的，我会对您和您的爱车负责的，我真是这么想的。"

姜桃越哭越委屈，越委屈眼泪流得越凶，两只眼睛红得像小兔子一样，原本看起来病恹恹的人，因为情绪波动，脸色倒是红润了不少。

温照卿不说话，只是环着手臂冷静地坐在那里听，目光幽怨地看着前方的街道。

待她平复了情绪，不再嘀嘀咕咕说些含混不清的话时，他才不疾不徐地开口："你完全可以用你自己的身份来面试，不一定要冒用别人。"

"先生。"姜桃可怜巴巴地看着温照卿，"我一个刚毕业的大学生，一天驾龄都没有，您会用我吗？"

"你怎么知道不会？"

"我又不缺心眼……"

"你看我像缺吗？"温照卿斜眸看姜桃。

姜桃打了个哆嗦，小声说道："不像。"

"不像你还欺骗我？"他继续看回前方，手指在臂弯里一下一下有节奏地敲在自己的羊绒大衣上。这是他掌握全局的表现，看起来却像是气定神闲。

这便是人与人的差距吧。姜桃胆战心惊、度秒如年，完全无法预测等待她的会是怎样的结果，她像一只待人宰割的羔羊，而他像持刀的猎人。

不，不仅仅是他，换成别人，换成任何一个这般高高在上的人，对于姜桃来说，都是持刀的猎人。她只能刻意讨好，无限退让，因为她深知现实不是小说，那些铁骨铮铮的犟骨头草根丫头，在大老板那里都没什么好下场。

"我昨天就知道你不是Jack。"温照卿突然说道。

姜桃咬了咬下唇，没说话。

"如果我不戳穿你，你打算什么时候承认你在撒谎？等把我撞死了跪到坟前对我忏悔吗？"

姜桃愧疚地摇头："对不起。"

"你最好是真的觉得有愧于无辜的人，不然你一个女孩子，谎话连篇，真的无药可救了。你父母送你读书，可不是让你去学撒谎的本事，要是让他们知道了，会怎么想？"

姜桃仿佛是在接受班主任批评教育的小学生，她抬眸深深看了他一眼，想到他其实只是看起来比自己大几岁，可他儿子都已经长成一米八几的大个了，也是有资格以这样的口吻批评自己的。只是，他批评的内容不对，于是，她斗胆更正："我父母没有送我去读书，我读的学校都是凭我自己本事考到免费的，再说，他们永远都不会知道我撒谎。"

"是，你可以连他们一起欺骗。"

"不是，是他们死了。"

温照卿长而翘的睫毛微微颤了颤，他没再说话，沉默地打开车门，准备下车，衣袖却突然一沉。

他低头看去，是她白生生的小手抓住了自己袖口。他眉心浮现淡淡的不悦，看向她。

"温先生，我会努力学习您爱车所有的知识，我会特别听话，再也不惹您生气，别赶我走行不行？"

温照卿轻轻甩开她的手，冷漠地说道："你是一个喜欢撒谎的人，但不代表我是一个出尔反尔的人。"

他长腿落地，扬长而去。姜桃看着他的背影，顿时觉得他的形象高大不少，真是伟岸又潇洒。

姜桃飞快地擦干眼泪，下车呼吸两口新鲜空气，因为太冷了，也就只是呼吸两口，又重新钻回车里。

她手臂撑着车窗，嘴角渐渐勾起，眼泪啊，果然是女人的利器。当然，前提必须是漂亮的女人，当不了铿锵玫瑰，那就当一朵惹人怜爱的小雏菊也挺好。

温照卿的公司不在这里,他只是来挚友廖海潮这里参加一个风投会议。他人才到会议室的门口,就看到廖海潮已经拿着两杯咖啡从走廊另一边大步流星地走过来,递到他手上时还是微微发烫的。

廖海潮问道:"你这大衣不错,新买的?"

"你的也不错,从哪儿混来的?"

"这不是你给我的那件嘛。"廖海潮见他心不在焉,便随便聊几句家常,"我家阿姨给你介绍的那个司机怎么样?"

心不在焉的温照卿突然挑了下眉,斜眼看廖海潮:"不怎么样,非常不怎么样。"

"那还不赶快辞了,留着过年啊?"

"留着生崽。"

廖海潮笑笑:"还会下崽呢?敢情我家阿姨介绍给你的是一母鸡,而不是一司机。"

温照卿接过廖海潮秘书递过来的文件,草草地翻了一遍,忽然一本正经地看向廖海潮。

廖海潮被看得有些发毛,也跟着正襟危坐,谨慎地问道:"怎么,材料有问题?"

温照卿拿着万宝路的钢笔在材料上画了个圈。廖海潮仔细地盯着圈里的内容看了半天,愣是没看出个所以然,要不是因为温照卿长得帅,他这脸苦得该是没法入眼。

"能说人话吗?别用你那脑电波给我表达,咱俩还没到心有灵犀的地步。"

温照卿点了点笔下的圈,字字清晰地说道:"母鸡不是直接生崽的,是下蛋的。"

"哦,原来你给我画了个蛋。"廖海潮不以为然地点点头,慢条斯理地喝起咖啡。

温照卿消失的时间有些长，姜桃只能在车里听听歌曲，看看街景，哪里都不敢去，想尿尿也要憋着。她没有温照卿的电话，温照卿也没有她的，万一他回来了她却不在，他一生气把她赶走怎么办？

也真是有趣，温照卿知道她在撒谎还是留下了她，连电话都不留一个，就敢把这种豪车放在她手里，就不怕她鬼迷心窍把车给卖了？

姜桃仔细想了想，应该是他料到自己没有偷车卖车的本事。

温照卿从大厦出来时，已经是下午五点。这段时间里，姜桃没喝一口水，没去一趟厕所，饿得前胸贴后背，最后无聊地睡过去。

姜桃是被敲窗声弄醒的，她那惊骇的表情，好像温照卿是来抢车的。

为了两个人的安全考虑，温照卿还是选择坐在前排，以防有突然情况时，方便指挥。

两人一路无话，车辆驶入温宅。

不等温照卿下车，姜桃便急匆匆地飞奔进屋里："阿姨！阿姨！快快！洗手间在哪里，我一天没上厕所了！"

阿姨顺手一指，姜桃一个箭步冲过去。

温照卿进门后换下拖鞋，阿姨很不高兴地看着他："你干吗不让人家小姑娘上厕所呀？对肾不好的。"

温照卿解开大衣的腰带，不解地皱眉，他可不记得什么时候给她下过命令，不许她去洗手间，虽然他也没说过允许她去。

她该不会怕自己批评她，哪里都不敢去，在车上待了一整天吧？

阿姨替温照卿收好大衣，和他一起往楼上走："真的，对肾不好。"

"好了，我知道了。"他耐着性子回应，"从心呢？"

"我怎么知道，我是他的保姆，又不是他的老母，他去哪里可不跟我报备，那跑得比窜天猴还快呢，嗖的一声，就不见了。"

"嗖的一声？"温照卿突然停下来，"他又开跑车出去了？"

"那谁知道，反正是，嗖的一声。"

"越来越野了。"

阿姨恨铁不成钢地摇摇头："还不是你惯的。"

姜桃洗完手出来，准备去把车停进车库。她是打算停回原位的，但碍于自己的驾驶水平有限，愣是挪了半个小时也没挪进去，实在没办法了，便硬着头皮去请教温照卿。

温照卿已经换好了居家服，听到这个不情之请后，顿时七窍生烟，怒气冲冲地跟她一起来到车库门口，上车倒车入库，一气呵成。他想到自己今天可以帮她倒车，但总不能每一天都帮她倒车，便又把车开了出来。

他下车，站在姜桃面前微微一偏头，示意她上车："去，放下车窗，我告诉你怎么倒。"

姜桃迅速坐进驾驶位，在他左左右右前前后后的指挥当中，成功地把车倒了回去，还对着站在车外的温照卿比了一个"耶"的胜利手势。

锁好车，她跟在温照卿的身后踩着小碎步，小心翼翼地问道："温先生，您会开车啊？"

"很意外吗？"

"意外，我以为您不会开车才需要司机的，我以为喜欢买豪车的人，都是因为喜欢享受乘坐的舒适感。"

"你以为，你以什么资格以为？"

姜桃被怼得够呛，话是不好听，但确实有几分道理，她以什么资格以为，不知天高地厚的小东西。

温照卿的晚餐很简单，只有一道豆腐汤和一碗米饭，还是没有肉。姜桃跟阿姨这一桌，有个小炒肉，还有一份和他一样的豆腐汤。

他的晚餐还不如早餐丰富，这给姜桃造成了深深的疑惑。

她捧着水杯小声问阿姨："温先生是不是不爱吃肉？"

阿姨点头，也小声回应："也爱吃肉，早晚不吃肉，中午才吃肉，他胃不好，吃了肉晚上有时候会不舒服。"

"哦，这样也挺好，养生。"

阿姨没有告诉姜桃，是她不给温照卿做，温照卿才没得吃的。温照卿才不懂什么养生，只是被阿姨这个老妈子逼着被迫养生而已。

"阿姨，大老板是不是都这样啊，肉也不稀罕，车也不稀罕，买了肉给用人吃，买了车给司机开。"

"很多大老板都是有司机的，有些车适合自己开，有些车只适合自己坐。"

姜桃似懂非懂地点点头。她是很饿，但故意少吃一点，一边捂着胃，一边说："饿过头了，吃不下太多，又怕一会儿回家了会饿。"

阿姨指了指盘子里的剩菜，大方地说道："剩的这些带回去嘛，不然也浪费了。"

姜桃甜丝丝地笑道："阿姨你真好。"

饭后，阿姨在厨房里打扫卫生，姜桃没什么事，也跟着忙活了一阵。她不是假客气，只是在拼尽全力去做一个讨喜的人。

晚上八点多，她上了趟别墅的二楼，敲响温照卿的书房门。

温照卿大概以为是阿姨，不假思索地说："进来。"

姜桃推门而入，映入眼帘的是拿着一束鲜花，对着两个花瓶一筹莫展的英俊美男。这书房的灯光似有什么魔力，把他照得温温柔柔的，在这样赏心悦目的男人的映衬下，这一室简洁雅致的布置，也显得稀松平常起来。

温照卿认真专注地看着手里的花束，没有抬头，淡淡地吩咐："帮我把眼镜拿来，在卧室床头，我看不出这个黄色的花配哪个花瓶好看。"

姜桃皱了皱眉头，温柔地回答："先生，阿姨只告诉我哪一间是书房，没有告诉我哪一间是卧室。"

温照卿惊讶地抬头，仿佛看到了什么阴魂不散的鬼东西："你怎么还不下班？"

"我就是来问问您，如果您晚上不出去了，我就要下班了。"

"嗯，你走吧，不过你最好考虑一下在这里住，这样会方便一些。"

"我家里还有孩子呢……"

这话，温照卿不知该当真话听还是假话听，但真假也与他无关，觉得不过是她不能二十四小时服务于他的理由罢了。

"你等等。"温照卿叫住她,"这束黄色的花,插哪个花瓶里更好看?"

姜桃的眉心再次微不可察地拧起:这花明明是蓝色的啊!

她犹豫了几秒,觉得自己不该凡事都说谎,万一他是在试探自己呢?

姜桃笑了笑,说道:"左边的,蓝色的花配左边这个半透明的墨绿花瓶挺好看的。"

温照卿很淡定地点了点头:"原来是蓝色的。"

"嗯,先生,您是分不清颜色才不开车的吧?"

他抬眸瞪了她一眼,说道:"没礼貌,滚回家去。"

姜桃噘了噘嘴巴,她干的没礼貌的事也不差这一件了。她昨天出现在这里,就已经很没礼貌了,今天也是没礼貌的一整天,还不是平安无事地活到现在。

这个温照卿,好像丝毫不记仇,无论她上一秒把他惹得多生气,只要一转身,他的态度又变回那个冷淡又无所谓的样子。

姜桃下了楼,和阿姨聊了一会儿天,知道原来阿姨也姓姜,两人居然是本家。

姜桃去厨房把阿姨留给她的饭菜打包。电饭煲里还剩了不少米饭,阿姨本来是怕温从心回来喊饿,留了一些,后来接到温从心的电话,说今晚不回来了,那这饭也就不用留了,姜桃全都装进了打包盒。

姜桃正准备从厨房出来时,温照卿拿着手机打着电话下来了。

他想喝冰水,才到厨房来翻冰箱,看到姜桃手里打包的餐盒后,随手按住话筒,问道:"没吃饱?"

"啊?啊……我特别能吃,但是刚刚胃不舒服,吃得少了,阿姨怕我饿,说剩饭可以拿回家夜里吃。"

温照卿没有对这个借口产生怀疑,只是默默地为她的饭量竖起大拇指,看不出来这几乎还没有一个饭盒厚实的小身板,居然能吃进去这么多东西。

姜桃带着饭菜回了家,和往常一样,四个小家伙已经睡了。她把带回来的食物放进冰箱,听到走廊里有凌乱的脚步声,还有房东阿姨快人快语的指挥声，于是打开家门看了看。

房东住在隔壁，不知道从哪儿淘了一个二手衣柜，正在往上搬。姜桃赶快穿上拖鞋下去帮忙，一不小心，被衣柜底部粗劣木头刮了几道小口子，她没当回事，磕磕绊绊地帮房东阿姨两口子把衣柜弄进了屋。

"阿姨，我想跟您商量一件事。"姜桃坐在房东家门口的椅子上，笑着撒娇。

"又没钱啦？"

姜桃笑嘻嘻地说："这个月的房租和下个月的房租一起给您，还有您帮我看孩子的托管费，我都一起给，下个月月底，准给。"

房东阿姨撇撇嘴："你个小丫头片子，是不是又骗我？分期你都给不起，还能一下子给齐？"

"我换工作了，给别人开车，比之前工资高了很多，以后我就不欠房租了，等我有钱了，托管费给您再涨点。"

房东阿姨很痛快地答应了，还塞给姜桃一个西红柿。

姜桃回到家躺下来，枕边放着红红的西红柿。她时常想着：这世上没有什么绝对的不幸，你看，我还能拖房租，还有肉给弟妹吃，还能混到西红柿。有句话怎么讲来着，天无绝人之路。

老天总是在姜桃觉得自己快要撑不下去的时候，给她一点温暖和甜头，让她觉得日子还是有盼头的。

姜桃爱极了现在，简直就是元气少女开启了新生活。温照卿是个好老板，人美事儿还少。

事儿少的主要原因是他近些天来略忙，每天都要开各种会。

温照卿是个爱美的男人，姜桃在他那儿上了半个月的班，压根没见他穿过重复的衣服，天天打扮得花枝招展，显得他的日理万机不是那么辛苦，仿佛只是去参加一场场时尚大秀，而不是坐在那里听什么冗长复杂的报告。

他日理万机，自然就没工夫和姜桃较劲，偶尔开了一天会过于疲惫，他会在回家的路上小憩一会儿。姜桃很努力地学习怎么开那些豪车，各个说明指南都看个透彻，也让他少了一些教训自己的机会。

　　下午，还未到他往常下班的时间，姜桃便见他和一个与他身量差不多的男人一起神采飞扬地从公司大厦走出来，姜桃立马下车，帮两位老板开门。

　　"哟，这小姑娘，看着都没方向盘结实，在哪儿弄的？"廖海潮看着姜桃，露出一丝狡黠的笑，"单身是好，还能用女司机，那些结了婚的老总可是想都不敢想啊。我说怎么给你介绍的老司机你不稀罕，原来是自己备好人了。"

　　姜桃嘴上一直挂着温婉的笑容，不敢随意搭话。

　　温照卿不屑地哼了一声：「你也想要一个？"

　　"想啊，长得多顺眼，你让给我啊？"

　　"想得美。"

　　两人路上没再提起姜桃，一直在讨论公事。姜桃听个七七八八，于她而言都是无用的。回到温宅后，温照卿告诉她，今天可以提前下班。

　　姜桃不想提前下班，因为提前下班就意味着混不上晚饭，她"哦"了一声，一会儿去看看这辆车，一会儿去看看那辆车，希望时间快点过去。

　　等温照卿和廖海潮一起从书房下来时，姜桃正蹲在厨房里帮阿姨择葱叶。

　　廖海潮来这里跟回自己家一样，进了厨房毫不见外地翻冰箱，打开一盒牛奶仰头就喝，他还递了一瓶冰水给温照卿。

　　温照卿走过来接水时，低头就看到姜桃还在这里。

　　这相当于休息半天，她居然还不回家。温照卿看了眼手表，思忖了几秒，说道："姜桃，你跟我来一趟书房，我把工资结给你。"

　　姜桃身体不由得一僵，她才来这里半个月，分明还不到发工资的时候。她想张口询问的时候，温照卿已经和廖海潮聊着天朝楼梯走去。

　　她打开水龙头，仔仔细细地洗净自己的小手，就算心有疑惑，也不得不去面对。

　　温宅的楼梯上都铺了地毯，踩上去软绵绵的，安静又舒适，比她睡觉的地铺还要舒服不少，温宅的灯也别具特色。听阿姨说，屋里的每一件物品都是温照卿从世界各地买回来的,大到油画,小到糖果盘,都是他亲自挑选,他对美有着独到的、不容置喙的见解。

姜桃也觉得这里好看,每天来上班,在屋里转一圈,就跟在皇宫转一圈似的,简直像给皇家当差,倘若温照卿真不用她了,她可要号啕大哭一场。

廖海潮从书房出来,一边打电话,一边推开隔壁的房门走进去。

书房的门没关,姜桃在门上叩了叩,便推门进去。温照卿侧身站在落地窗前,他今天穿着一件米白色的高领毛衣,身后厚重墨兰色窗纱衬得他高贵无比,似乎有魔力的灯光又将他笼罩在一片柔色之下。

他在摆弄手机,听到声音后抬头,轻飘飘地看了她一眼:"过来。"

就像他第一次见自己一样,他大概是吩咐别人习惯了,说这些话的时候总是很自然,听的人也并没有因为不客气而觉得不妥。

姜桃双手交叉放在身前,乖巧地走过去,连呼吸都变得谨慎极了:"先生。"

"嗯,你微信多少,我直接转给你,拿了钱就赶快走。"

完了,这是留不住了。

姜桃的眼睛一下子就红了,在她苍白的脸上格外显眼,声音里带着若隐若现的哭腔,手指不知所措地来回绞着:"先生,对不起,我知道错了,我下回不敢了……不对,我保证没有下次了。对不起,我真的知道错了……"

温照卿诧异地抬头,一脸的不可思议。他拉开真皮办公椅,带着一丝愠怒入座,跷起二郎腿,一只手搭在桌面,指尖有节奏地敲着桌面,像在耐心等她哭完,也像在观察和思考。

这眼泪是真的,有豆粒那么大,啪嗒啪嗒往下掉,认错的态度也十分诚恳,那么问题是,她又干什么他不知道的错事了?

"你错哪儿了?"温照卿沉着声,用审判的语气问她。

姜桃没想明白自己错哪儿了,支支吾吾半天也没说出个所以然来。她已经谨小慎微地去做每一件事,在她能思虑的范围内,都不允许自己犯错。可温照卿觉得她错了,那必然是她错了,不然人家一个日理万机的大老板,没事儿会盯着她找碴吗?

这都要把她开除了,必然是有大错在前。

"我……惹你生气了……"姜桃试探地说出这句话。

温照卿果然更生气,看来真蒙对了,女人的第六感真是一门玄学。

"是吗?怎么惹的?"

姜桃继续支支吾吾:"就……不乖。"

她像只犯错的小猫,主动立起来勾起小爪,扒拉着主人的大腿,祈求原谅。表面上看起来是求饶,但本质上根本没有忏悔的意思。

温照卿的眉头轻轻向上挑了一下:"不乖?这个范围还挺大的,那你就仔细说说,你究竟是怎么不乖。"

姜桃绞尽脑汁也想不出来,喘了两口大气,气鼓鼓地说:"你想批评我就直接批评好了,我也不知道我哪里错了。你说我哪里错了,你说出来我才能改,你不说我怎么能改?改的机会都不给我,就直接把我开除,哪有你这么不讲道理的?"

温照卿都快被她气笑了:"是你一进来就跟我哭,给我道歉,向我认错,我只是问问你犯了什么错误,怎么就成了我不讲道理呢?还有,我什么时候说要开除你了?刚把你教会就开除你?"

姜桃飞快抹了一把眼泪,喜出望外道:"不是要开除我啊?被您吓个半死!不开除我您发什么工资啊,还让我拿了工资就赶快滚?"

"今天回来得早,给你放半天假,你还在这儿磨蹭不愿回去,想到今天是月初,我以为你是想要领上个月的工资不好意思开口。"温照卿不觉得自己这么考虑有什么问题,倒是她这个脑回路真令人费解。

姜桃不敢相信,又确认一遍:"可以1号拿工资?"

"可以。"

姜桃笑得嘴角都快咧到耳根,眼泪还没完全褪去,眼睛弯起,亮晶晶的。

"你是属狗脾气的,说哭就哭,说笑就笑?"温照卿不禁皱眉。

"只要先生高兴,先生说我属什么我就属什么。"

温照卿沉吟片刻,对她勾了勾手指。

姜桃笑眯眯地靠近，只听他说："微信，转钱给你。"

姜桃直起腰板，不好意思地摸了摸耳朵，说道："我没有微信。"

"你平时跟你朋友靠写信沟通吗？社交方式如此复古，不多见。"

写信不用买邮票？邮票不用钱？她和朋友的沟通，主要靠朋友主动打电话，朋友要是不打电话，他们就靠心灵感应。

姜桃摇摇头，理直气壮地解释："因为我的手机屏幕有一半看不见，只能打电话，所以我不用微信。"说完，她拿出自己千疮百孔的手机放到他面前。

手机确实是有些惨不忍睹，尽管外观看似被保护得很好，但屏幕上五彩缤纷的彩条已经显示出它曾经饱经风霜。

"工资发给你，买个新的。"

姜桃点头："可是，怎么收工资呢？我没有微信，不然发现金？"

"我没有现金。"

姜桃失落地点点头，这就麻烦了，总不能让老板出去给自己取现金。

温照卿有些无奈地深吸口气，拉开抽屉的最底层，拿出一个九成新的 iPhone 放到桌面上："拿去用，离职的时候交回。"

"我不离职。"姜桃飞快地拿起手机，跟捡了什么宝贝似的，眉开眼笑道，"我要一直给先生开车，开到……"她话说一半，忽然停下来。

温照卿不屑地扫她一眼，接过她的话："开到我死是吗？那好，我死以后，灵车也是你开。"

"呸呸呸，胡说八道。"姜桃见温照卿说了不吉利的话，气得直跺脚，"开到您不需要我为止。廖先生不是说了吗，那些结了婚的大老板是不用女司机的，等您有了太太，不就不能用我了嘛，这跟生死搭不上边，您要长命百岁福如东海寿比南山呢！"

说得他好像已经七老八十了一样。

"先生，您现在忙吗？"姜桃跃跃欲试地往温照卿身边凑。

温照卿撇撇嘴："不忙，怎么，你要约我？"

"先生真会开玩笑，我可约不起您，请您去夜市吃饭您也不会去。我就是想着，您要是不忙，我就在这儿注册个微信，然后咱们加上，我没用过这个手机，怕弄不明白。"

温照卿没同意，也没拒绝。姜桃干脆直接厚脸皮地搬了把椅子坐在他旁边。她在这个家里待久了，对温照卿的脾气秉性有了一定了解，温照卿不是个不近人情的人，姜阿姨还经常让他帮忙拧个罐头盖子之类的。

手机被还原过，内容一片空白，下载需要苹果专属ID，她没有，磨着温照卿给她输入他的。他用不耐烦的语气以及不冷不热的态度再一次给她当起老师，下载注册登录一气呵成。

微信需要一个头像，姜桃转过身，拿温照卿当背景板，自己则竖起大拇指，笑得就跟儿子考进名校了似的，一脸骄傲，后面的温照卿，面无表情，冷冷冰冰。

"温先生，我特别喜欢你。"姜桃忽然抬头，冲着他那动人心魄的脸忽然说出这么一句。

温照卿虽然不经常接触女性，没有圈着一群莺莺燕燕在身边的习惯，但以他这般容貌和家境，身边不乏许多主动示好的女孩子。他又不是十几岁不谙世事的少年，看不出女孩眼中的倾慕之情，但他很绝，不喜欢便直说，从不吊着任何人。

如果是别人对他说这句话，这会儿无情的拒绝必然已经出口了，可现在，他说不出来。

因为姜桃看他的眼神与那些女孩子不同，她的眼里没有倾慕之色，只有干净又单纯的崇拜，像一个小孩，你给她一颗糖，她便笑得像眼里有星星一般，仰着小脑袋说，我最喜欢你啦。

姜桃也像一只小猫，惹它不高兴的时候，它会反手给你一爪子，给它个小鱼干，它便温温柔柔地过来蹭他的手背。

他要真说了"我不喜欢你，不要浪费时间"的话，倒显得有些自作多情。

温照卿心头一软，勾了勾嘴角，问道："喜欢我什么？"

"就是特别喜欢你，我觉得你可神气了，会赚钱，又长得好看，衣品好，眼光好，还刀子嘴豆腐心，表面总是很讨厌我的样子，其实对我很有耐心。在认识你以前，我可不敢相信居然有大老板可以跟家里的阿姨相处得这么好,总之,我觉得您哪里都值得被喜欢。"

温照卿低沉地笑了两声,问道:"你这一身示弱和讨好的本领,都是在哪儿学的?"

姜桃抿嘴一乐,说道:"我原创的。"

难得两人气氛和谐,姜桃还想多问问他这手机的功能,却被人残忍地打断了。

廖海潮揶揄的声音从门口悠悠传来:"可惜了,你这么喜欢温先生,他却只能给我当妹夫。"

姜桃寻声望去的时候,温照卿看到她没有任何失落的神色,只是有几分好奇而已。

姜桃有点害怕廖海潮,总觉得他说话的时候有几分不正经,憋着坏的那种。她起身把椅子放回原位,只是嘴角挂着笑,不和他搭话。

姜桃离开后,廖海潮坐到温照卿的办公桌上,似笑非笑地说:"我妹妹可是快回来了,你忘了答应我跟她见一见来着?"

"我没反悔。"温照卿低头打开微信,点开姜桃的微信头像看了好一会儿才退出来,给她转了薪水后关上手机屏幕。

"我看你和那个小姜桃眉来眼去的……"廖海潮的话没说完,温照卿的眼神就像一把刀似的扎了过来。

廖海潮随手拿起桌面上的一张纸去遮温照卿的眼睛:"我进来最起码有十来分钟了,你俩旁若无人地在这儿嘀嘀咕咕,脑门都快贴一起了,你自己没发现吗?"

温照卿一把拍掉白纸,起身推了廖海潮一把,直接把他从桌子上掀了下去:"我现在还不是你妹夫,想跟谁眉来眼去就跟谁眉来眼去,你别像个怨妇似的说这些酸话。"

"我酸?我怎么酸了?"

"就是酸,跟小姑娘吃醋一样。"

廖海潮气得说不出话,怎么就像吃醋了?怎么把他说成小姑娘?他气得不行,强行被温照卿推出门后还不甘心:"我不至于吃一小司机的醋吧?你这话说的,好像我爱你爱得已经无法自拔了呢?"

温从心突然从房里出来,听到廖海潮的话,不由得打了一个冷战:"咦,你们两个……好大年纪了都不找女朋友,原来是有这种爱好。"

已经好几天没能见到温从心的温照卿终于把他逮住了:"来,你给我过来。"

温从心撒着娇站到温照卿面前:"爸爸。"

"滚。"温照卿冷声拒绝,"我生不出你这么野的儿子,明天我就给你买机票,给你送回日本,上你妈那儿野去。"

"哎呀,爸爸!我还是不是你亲儿子了!不就剐了一下你的法拉利嘛!你又不是剐不起!你这样多伤感情啊!"

"这是剐车的事儿吗?"温照卿觉得姜阿姨说得对,是自己把温从心惯得太过头了。

廖海潮在一旁帮腔:"对,你二叔还缺这一辆两辆法拉利吗?就你们家这条件,想剐什么剐什么。你二叔那直升机不还闲置着嘛,剐去!这不是剐车的事儿,这是打脸的事,出去一问,谁家的孩子把车剐了?哦,温照卿家的,车技不行。多丢人。"

温照卿瞪了廖海潮一眼:"我反悔了。"言外之意,对当你妹夫这件事没兴趣了。

廖海潮立即拍着从心的肩膀,语重心长道:"这么想,那肯定是不对的,你二叔是担心你的安全。那法拉利再贵也是有价的,但你可是你二叔的无价之宝。再说你爸死得早,你妈拿你当宝贝,你要真在国内出点什么事儿,你二叔怎么跟你妈交代?"

温从心是个嘴甜的,虚心接受叔叔们的教育,待长辈们的话说完,又开始撒娇:"我今天晚上想去……"

"好,我跟你一起去。"温照卿抢在温从心之前一口气把话说完,"我刚刚结束了一个大项目,接下来的日子都会很清闲,我有大把时间陪你,你就是上刀山下火海,二叔也陪你。"

· 第三章 · 秘密

夜里十点,姜桃拎着一个大袋子从沃尔玛超市出来,她刚刚给房东阿姨补交了房租和托管费,出来给四个"拖油瓶"买点东西。

大宝想喝奶粉;二宝想吃面包;三宝的鞋子断了底;四宝的鞋子被三宝穿了,每天只能靠多穿几双袜子度日;她自己需要两包姨妈巾。

姜桃很久都没逛街了,已经不记得自己上一次走进商场是什么时候。

姜桃住在老城区,繁华与破败并存是老城区的特点之一。这里高楼林立灯红酒绿,可是高楼的后面,就是逼仄的贫民窟。

她穿着单薄的毛衣,拎着袋子往家走的时候,遇到了之前公司的男同事林晋,对方要帮她拎袋子。她很轻松地把袋子往上提了提,笑着说:"不用,一点也不重。"

两个人在马路边聊了一会儿天,林晋突然问道:"我记得我那会儿,每天早上买三明治都给你带一个。"

"嗯,我也记得,等我以后有钱了,肯定回报你一顿豪华大餐,龙虾鲍鱼任吃的那种。"

其实,姜桃一点也不想回忆那段日子,本来上班就已经累得喘不过气了,工资还低得离谱。别人可以一日三餐,而她每天的口粮都得靠别人救济,就是那个时候,姜桃把自己活成了她和所有女孩子都很讨厌的那一种人。

有男同事给她送吃的,她照单全收,不管多讨厌的人,她都能两眼一弯,笑得跟花一样。女同事的聚会不敢去,因为大家多是AA制。男同事的聚会可以参加,一来不会让她付钱;二来,还能吃饱了打包一点剩菜回家。

姜桃当然考虑过尊严，可饿极了的时候，真的顾不上脸面。

不管天多高多蓝，她都觉得生活像一顶大锅，把她压在下面，不仅重，还蹭得满身是灰。

那时公司里常有流言蜚语，也会有看不下去的女同事当面呛她几句。姜桃被欺负得狠了，就想去撕她们的嘴巴。可是想到打架都是要付出代价的，她一毛钱的代价都舍不得付出，于是忍气吞声，忍着忍着，就习惯了。

装成一副惹人怜爱的样子，是姜桃最擅长的。她本就长了一副好欺负的皮囊，说话声音也温和细软，流眼泪更是信手拈来，可真到了夜深人静一个人躺在冷被子里难过的时刻，眼泪反而没那么洒脱了，仿佛哭给别人看不是真正的懦弱，哭给自己看才是。

林晋很喜欢姜桃，原来公司的男同事都喜欢她，谁会不喜欢一个长得干干净净，说话娇娇软软又待人礼貌客气的小女孩呢。

姜桃突然从公司离职，他心里空荡荡的，天天都没精神工作了，这下好了，终于遇到了，不想再错过。

林晋不顾姜桃的拒绝，硬是从她手里抢走了她的购物袋。

姜桃被吓了一跳，本能地伸手去抢回自己的购物袋。林晋见她主动伸手过来，便壮着胆子握住了她的手腕，他一本正经地对姜桃说："我不用你请我吃饭，你要是想报答我，就当我女朋友吧，以后你的购物袋我都帮你拎。我看你挺喜欢吃东西的，以后我每天都给你买好吃的。"

姜桃愣了一下，试图从他的掌控里挣脱。

她面露难堪，不情愿地说道："不好意思啊，林晋，我现在没有谈恋爱的打算，再说我还有四个小孩要照顾，不能拖累你。"

林晋也是第一次听说她还有孩子这事儿，看来姜桃并不如她表面那么清纯，那就更好办了，他拉着姜桃不放，商量道："那也没关系，我们就谈谈恋爱，也不谈婚论嫁，我会对你好，你周末去我家里陪陪我，这不挺好的吗？"

"我不愿意。"这一次，她直接说明，"放开我。"

"为什么不愿意？你吃我东西的时候挺开心的啊，翻脸不认人啊？"

姜桃深吸一口气，合计这人想通过买点零食这样的低劣手段骗个姑娘。她收起表面上的客套，冷冷地瞪着他："我问一下，你有母亲吗？"

这个问题让林晋有些意外，他点点头："有，怎么了？这种关系不需要了解家庭情况吧？我妈不经常来我这里。"

姜桃冷笑，她活动了一下胳膊肘，已经很久没有发挥自己乡下孩子优越的肢体灵活性了："你妈打你之前，数不数数？"

"啥？"林晋没懂她的意思。

姜桃不需要他懂，她伸出手指开始进行恐怖倒计时："三，二，一。"

林晋皱眉。不等他开口说话，姜桃的巴掌已经招呼在他脸上了。姜桃并没使出吃奶的力气，只是随便打一打。

林晋生气了，把姜桃的购物袋摔到地上，松开她时，还用力推了一把。

姜桃猝不及防，一屁股坐到地面的水洼里。老城区的地面不是那么平整干净，旁边又有一个垃圾桶，水洼里不只是水，还有散发各种气味的汤汁，她抓起手边的一个空瓶子往他身上砸去。

路人纷纷侧过头，所有人都是一副探究吃瓜的表情。林晋被空水瓶甩了一身脏水，很生气，正要发脾气，就听到路旁传来急促的鸣笛，并且没有停下来的意思。

姜桃一边撑着地站起来，一边抬头看去，看到一辆方方正正的黑色大 G 停在路边。说来都是托温先生的福，她才能知晓什么叫大 G，以前她只知道大萝卜大白菜大馒头。

副驾驶的车窗放下来，温照卿那张英俊的脸和突然出现在老城区的这辆大 G 一样格格不入。他冷眼看着林晋，怒不可遏地呵斥道："你干什么的！赶紧滚！大男人当街打小姑娘？"

他看起来极为严肃和凶狠，这是姜桃不曾见过的模样，他仗义出手的样子，好像她是一个该被守护的重要的人一般。

姜桃甩了甩衣服上和手上的脏水，弯腰去捡地上掉落的东西，把它们一样样装回袋子里。

林晋对着温照卿骂了一句："你算干什么吃的！多管闲事！我跟我

女朋友吵架关你屁事?"

姜桃瞪向林晋：什么时候我就成了你的女朋友？

车门打开，驾驶位直接走下来一个人，拎着一根棒球棍绕过车头。姜桃定睛一眼，是廖海潮。

廖海潮用棒球棍指着林晋质问："来，你过来，我让你看看我是干什么吃的！"

温照卿也下了车，顾长身材立于大开的车门前，冷冷地盯着林晋。

温从心也从后门下来。

林晋见势不对，寡不敌众不说，还是一群惹不起的有钱公子哥，低头骂了姜桃一句"你倒是挺能勾搭的"后，就灰溜溜地跑掉了。

廖海潮低声骂了一句，扭头上车，温从心也上了车。

温照卿站在原地看了姜桃两秒，也回到车上关上车门，车窗还是开着的。

姜桃捡完东西，提着购物袋对温照卿笑了笑，有些狼狈，连笑容都跟着牵强。

温照卿对姜桃勾了勾手指，她便提着袋子乖乖走过去，甜甜地叫了一声："温先生。"

"你住这附近？"温照卿沉声问道。

姜桃点点头，指着家的方向说："走三十分钟就到了。"

温照卿几不可察地撇撇嘴："和男朋友闹分手？"

姜桃摇摇头，路上突然吹过一阵冷风，全身都湿透了的她突然哆嗦了一下，又摇摇头。

"女孩子太温柔容易被人欺负。"温照卿说着上下打量了她一番，"再说你怎么总是穿这么少？上车吧，我们送你。"

姜桃下意识地往后退了一步，脸上礼貌的笑容渐渐变得苦涩许多："不用了，我喜欢散步。"

温照卿点了点头："那走吧，需要我帮助的话，可以打电话。"

姜桃笑着挥挥手，也跟车里的廖海潮挥挥手，提着购物袋往家的方向走去。

大 G 重新启动，温照卿在后视镜里看着渐行渐远的姜桃。小姑娘瘦得盈盈一握，穿着白毛衣单薄得像纸片似的。

廖海潮在一旁骂骂咧咧："我真想不通现在的小女孩为什么那么喜欢在垃圾堆里找对象，就这样，还跟他处？"

温照卿没说话，视线从后视镜里收回，其实他也不懂。

姜桃走了几分钟，在一处有台阶的地方停下来。她放下购物袋，揉了揉自己摔疼的屁股，刚刚温照卿在，她没好意思揉。

她单手扶着后腰，仰天长叹一口气，想要呼一口气给自己暖暖手指尖的时候，闻到袖子上臭熏熏的味道，差点吐出来。她回头看看车水马龙的长街，早已不见那辆扎眼的大 G，忽然，鼻子有点发酸。

原来被大人保护的感觉是这样子的。

她也想坐车，不想吹冷风，可是温照卿上下打量她的眼神，让她却步了。

臭烘烘的她，根本不配坐车，是温先生人太好了，才会提出送她。她不想消耗这份好，她怕他会讨厌和嫌弃不会看脸色的自己。

姜桃回到家的时候，牛仔裤已经干得差不多了，她提着购物袋直接进了窄小的浴室，用抹布一点点擦干净袋子里的瓶瓶罐罐，然后脱掉衣服洗澡。

热水淋在身上并没有让她感觉很舒服，反而让她起了一层鸡皮疙瘩，因为洗手间实在太冷了。她速战速决，用十分钟把自己洗干净，穿上睡衣后再洗毛衣和牛仔裤。

没有吹风机，头发只能用毛巾擦一擦后等待自然干。晾好衣服，终于能躺下，被窝里冷冰冰的，并没有多么值得期待。

枕着湿漉漉的头发躺了一会儿，她拿出手机点开微信，里面只有三个人，温先生、温先生家的姜阿姨，以及闺密祁淇。

点进温先生的头像，她犹豫片刻，给他发送了一条信息：【今天谢谢你啦，温先生。】还附上一个笑脸的表情。

温照卿没有回，他正在酒吧里看温从心摇摆，脑仁发胀，耳边嗡嗡的，幸好温从心不是他亲生的，不然早被他掐死了。他看了一眼微信，手指在屏幕上停留了一会儿又离开，锁了屏幕继续看温从心摇摆。

第二天早上，姜桃感觉自己好像有些感冒了，她二话不说先烧了一壶开水，干掉一大杯。

姜桃搭早班车到达温宅时，温照卿还没下楼，她钻进厨房和姜阿姨打过招呼后，从冰箱里拿出一块姜，切了五六片扔进奶锅里，又加了半锅水，放在燃气炉上煮姜水。

姜阿姨握着一把小葱凑过来："感冒啦？"

"有一点。"姜桃吸了吸鼻子，接过姜阿姨手里的小葱在水池里面洗，"我觉得冬天应该取消洗澡这个项目，太容易着凉了。"

姜阿姨拿起菜板上的半块姜，啧啧两声，关掉燃气，把煮了一半的姜水倒掉："你拿的这是沙姜啊，这味道多怪，能喝吗？我给你拿生姜煮。"说着，她打开冰箱重新拿了一块生姜出来。

姜桃马上放下手里的小葱，从姜阿姨手里接过生姜："阿姨，我自己来就行，家里就你一个人你已经很累了，不用照顾我。"

姜阿姨没跟她客气，拿着食材去做早餐。

姜桃喝了一杯姜水，还剩小半锅，实在喝不下了，正愁怎么办时，就见姜阿姨变魔术似的拿出一个保温杯，正红色的磨砂外观，拿在手里沉甸甸的："这个给你用吧，新的呢，平时没事儿装点热水喝。"

姜桃有些不好意思，但是姜阿姨执意要给她，她只好收下。洗了两遍后，她开始往保温杯里倒剩余的姜水，正红色的杯子衬得她的手指格外苍白。

姜桃鼻音浓重地问道："姜阿姨，你这杯子多好看啊，怎么不用呢？"

"这不是我的，是先生的。"

姜桃的手腕抖了一下，倒水的动作停下来。

她诧异地抬头："温先生的？"

"我的？"温照卿的声音在她背后响起，他居然也带着一点点鼻音。

姜桃回头，一手端着奶锅，一手握着红色的保温杯。

温照卿的视线从她的脸上落到保温杯上，他双手插着口袋，斜靠在门口，不置可否道："这个，确实是我的，严格来说，这屋子里的所有一切都是我的，包括老姜阿姨和小姜司机。"

姜阿姨撇撇嘴："我腌了葱。"

"我不吃葱。"温照卿说道。

"那你就喝粥吧！"

温照卿没搭理姜阿姨，从置物架上取下一个玻璃杯，伸到姜桃面前。姜桃很识相，立马往里倒了一杯。

他说了一声"谢谢"，端着姜水走进餐厅入座，打开手机开始看新闻。

温照卿上午没有外出，在家里接了几通电话，还穿上一件厚毛衣去外面浇了一会儿花。

姜水并没有使姜桃感冒的症状变轻，她身上只穿着单薄的衬衣和小西服，喷嚏打个没完，人一直在发抖。这一上午，不知道喝了多少热水，厕所倒是没少上。

她提着皮具保养箱去车库准备给温照卿常坐的轿车座椅保养一下，反正待着也没事儿做，干点活还能暖和一点，却在半路被温照卿叫住了。

"不是感冒了吗？病好了再做这些也可以，多休息一下。"

"啊？"姜桃踌躇，"我不想休息，我想劳动发热。"

"那你来帮我浇花。"

姜桃笑着点头答应，可心里有些不愿意，这大冷天的，居然还要她浇花。单单是向他靠近，那股潮气都让她体感降温好几度。

温宅里有很多绿植和草坪，会有园丁定期来修剪。别墅侧面的外墙下种着一排南美茉莉，紫红色的小花在冬日里开得最艳丽，攀着墙壁一路向上，颜色大胆奔放，模样小巧玲珑，姿态朝气蓬勃。

温照卿很喜爱这些小花，平日里有空会来浇浇水，经过时也会驻足多看上两眼。

姜桃没浇过花，只浇过庄稼，她从温照卿手里接过水龙头，有些茫然。

"它可以调节三种喷水模式，手柄上面有图案，用力捏住就可以。"

姜桃翻过手柄辨认是哪三种模式，食指用力一捏，"哗啦"一声，一股冷水从她眼前一飞冲天，然后又稀里哗啦地落下，猝不及防地浇了两人一头。她尴尬地对温照卿笑笑："我……不要开除我……"

温照卿抹了一把脸上的水珠，沉声道："原来你觉得我才是花。"

姜桃本来就抖，一乐就抖得更厉害，僵硬的手指都快失去知觉了，一下子又按住手柄，"哗啦"一声，又给两人浇了一遍。她缩着肩膀用袖子擦脸，决定离他远一点。脚刚迈出去，就绊到了水管上，她紧张得再次捏紧手柄，连着倒退连着踩在水管上。温照卿想去扶她，却结结实实地被浇了一个透心凉。

他一脸愠怒地从姜桃手里抢过水龙头，抬起手背蹭掉下巴上的水珠。头发湿成一绺一绺的，水珠顺着发梢落下，带着水珠的脸颊肌肤显得格外剔透，饶是生气，看着也很赏心悦目。

"先生，对不起，别开除我……"姜桃缩着肩膀站直，双手交叉放在身前，小心观察他的神色。

温照卿冷笑一声，垂眸看了一眼手里的水龙头，余怒未消，没有原谅她的意思："我没说要开除你，为什么要开除你？"

他嘴上这样说，表情却仿佛随时会掀起暴风雨般恐怖。

姜桃可怜巴巴地往后退，寻思要不给他擦擦。

她抬起衣袖伸到他面前，正准备付诸实际行动讨好他的时候，来自温先生的恐怖报复就来了。

他举起水龙头对准姜桃，捏住开关，哗啦啦开启水枪。姜桃尖叫着倒退躲开，他步步逼近，脸上的怒意退散，取而代之是得逞的笑。

此时，他又不那么像高高在上的温先生了，可惜姜桃并无闲心来琢磨这件事，她被温照卿追得满草坪跑，连连尖叫连连求饶："我错了我错了！先生我错了……"

姜阿姨听到外面的声音穿上拖鞋出来查看，见此情景，立刻跑过来救被温照卿堵在角落里的姜桃。

"她感冒了你还拿冷水浇她！你不要浇她！你这么大的人怎么这么幼稚！人家是女孩子！"姜阿姨像个女英雄一样冲过来。

温照卿玩得正开心，连姜阿姨也不想放过了，连带把她一起淋成了落汤鸡。

老姜阿姨和小姜司机抱成一团，小姜司机不敢造次，老姜阿姨嘴上一直没闲着，誓要与温照卿决裂，一边口号喊得响当当，一边拉着姜桃冲出重围，温照卿这才作罢。

在楼上睡觉的温从心被吵醒了，趴在窗口一脸生无可恋地看着他们闹。草坪上归于安静后，他趴在窗口对温照卿说："二叔，你真幼稚，比我幼稚多了。"

温照卿抬起头，盯着温从心看了两秒，暗暗调节了水龙头的喷水模式，对准温从心的房间举起水龙头，吓得温从心立即关上窗，连窗帘都拉好了。

二十分钟后，温照卿换了一身干燥清爽的衣服下楼，去厨房倒热水的时候被姜阿姨用一根大葱尾巴给打了出来。他端着马克杯笑着走到客厅，没有看到姜桃的身影，便穿上鞋子散步似的溜达到车库。

姜桃也换上了一身干爽的衣服，不过是姜阿姨的，绛红色老式毛衫，印着藏蓝的碎花，米色的萝卜裤，有点老气，但挺有趣的。

她的头发没干，散在背后，她正弯腰从箱子里拿出一块海绵，准备擦副驾驶的座椅。

温照卿走过去敲了敲车顶，姜桃被吓了一跳，一抬头撞到车门框上，她捂着脑袋抬眼看他，规规矩矩地叫了声："先生。"

"阿姨没有吹风机吗？"

她摸了摸头发，摇头。

他看着她，命令道："过来。"

姜桃只想把手上的活干完，但她不能反抗老板，只好乖乖跟着他回到别墅里，跟着他上楼，接着进入他整洁的房间，来到他还有丝丝余温的浴室。

温照卿指着挂在墙上的戴森吹风机，说道："吹干。"

姜桃犹豫了一下，把吹风机拿了下来，她翻来覆去地看了两遍这个沉甸甸的东西。

温照卿眉头微蹙起，从她手里拿走吹风机，问道："这个也没用过？"

姜桃咬着下唇，清澈的眼底透着几分忐忑，她腼腆地笑了笑，摇头："没……"

他打开吹风机，对准她的头发吹了两下，递给她。

姜桃接过来开始吹头发，明明对这浴室里的很多东西都好奇，可又不敢明目张胆地看，只能东瞥一眼西瞄一眼。

温照卿见她不自在，便退出浴室，正好微信提示来消息了，他便开始回信息。

回到微信的主页面，看到了姜桃的头像，信息里是她昨晚发来的"谢谢"两个字。他撇撇嘴，有些不敢相信，都这个年代了，还有人没微信，也没用过吹风机。

头发吹干了，她也学会了怎么用这个东西，关上后挂回墙上。

听到浴室里安静了，温照卿又折回来，却看到她蹲在地上捡自己掉落的长发，团成一个小团扔进垃圾桶。

真的是很小心翼翼，生怕落下一处错误。

姜桃用皮筋扎好头发，摸着干爽的发丝，笑眯眯地对温照卿说："谢谢。"然后像个清瘦的小老太太似的小跑出房间，回到车库里继续干活。

姜桃的感冒加重了，温照卿也是，姜阿姨用实力向年轻人证明什么叫姜还是老的辣——她不仅没病倒，反而还比任何人都生龙活虎。

中午吃过饭，姜阿姨给姜桃找了两粒感冒药。姜桃吃完药头重脚轻，困得人直犯迷糊，走到客厅里看着没人，一头倒在沙发上睡着了。

姜阿姨也给温照卿喂了两粒感冒药，其实吃一粒就行，但姜阿姨觉得吃一粒好得慢，两粒才够劲，非要让他吃两粒，并且说了一个让他无法拒绝的理由："我能害你吗？你死了我又继承不到遗产的。"

温照卿吃完药也觉得头重脚轻，看什么都天旋地转，他下午还有个会要参加，下楼来想告诉姜桃准备一下，结果看到她在沙发上睡着了，蜷曲着小小的身体，脸色苍白，抱着肩膀的手指头都泛着可怜的青白色，就像个小孩儿要被冻死了一样。

温照卿身上裹着薄毯，他觉得姜桃应该更需要，便坐到她脑袋旁边，一扬手，把毯子盖到她身上了。他有点晕，想歇一会儿，这一歇，也跟着睡着了。

姜桃醒过来的时候，发觉身上很暖和，脑袋下面的枕头也热乎乎的。她慢慢睁开眼睛一看，当即吓得屁滚尿流，直接从沙发上摔了下来。

这哪里是什么枕头，分明是温照卿的大腿。

她这么大的动静，温照卿不想醒也不行，他揉了揉发麻的腿，看着跪在地上神情视死如归的姜桃，哑着喉咙开口："你不许再生病了，因为你，我错过一场很重要的会议。"

"啊？"姜桃苦着脸，心想：其实也不能只怨我，你自己不也睡着了吗？你完全可以用冷水把我泼醒的。

可她不敢这么说，只能小心翼翼地问道："现在去来不及了吗？"

温照卿看了一眼手表，挥挥手，一头栽到沙发上，抓过一个抱枕垫在头下，闭着眼睛咕哝道："你当我铁打的……"

姜桃没听清，不过她猜这不是一句很重要的话，因为很快，温照卿就呼吸绵长地沉睡过去。她把身上的毯子给他盖上，又去楼上他的房间里找来一条更厚的毯子，给他盖上。

姜阿姨一整个下午都在擦拭许久没用过了的餐具，姜桃去帮忙之前，还用两个空瓶子装满热水，再用毛巾包住，放进温照卿的怀里。

直到姜桃下班，温照卿也没醒。她换回自己来时穿的工服，从姜阿姨手里接过没吃完的剩饭剩菜，悄无声息地穿过客厅下班回家。

她不吵他，不代表没人吵他。温从心在房间里鼓捣了一天游戏，终于"苏醒"过来，连跑带跳地从二楼下来，嚷着要喝辣牛肉汤。

温照卿被吵醒，却感觉身体轻快很多，坐起来时，怀里的简易热水袋掉落在地上，他踢了一脚，没有弯腰去捡。

他觉得自己已经痊愈，头不晕了，呼吸也顺畅，喉咙也不疼，他看了看身上的毛毯，隐约记得之前把它盖在了姜桃的身上。

姜阿姨出来问温照卿喝不喝汤。

温照卿刚刚睡醒，眼底还有些血丝，冷眼看着阿姨，说道："你这两粒药差点给我送走，你是不是故意的？"

"我都说了我不会害你的嘛,你死了我又没遗产拿的嘛!"

"你这个老女人,成功引起了我的注意。"

姜阿姨叉着腰,一脸不服气:"你报警抓我啊!"

姜桃就没有温照卿那么幸运,那两粒药把他完全治愈了,可并没有把她也治愈。在公交车上晃了一个半小时,下车再一吹冷风,她觉得病又卷土重来。

家里五块钱一盒的感冒胶囊吃完了,回来的路上忘记买了,姜桃还得再出去买一点。四个小家伙今晚不知道怎么了,一直闹到十一点多才睡,这会儿她才有空出去。

家附近的药店都关了门,姜桃只能走一站路去繁华的商业街那边。

她在一家挺大的药店里买了一盒十八块钱的感冒药,一直腹诽着怎么感冒药都这么贵。从药店出来时,姜桃撞到一个匆忙赶路的男人身上,她抬起头,看到了她的另一位前同事。

出于礼貌,姜桃和他聊了几句,可对方竟然和林晋一样,对她是有目的的,非要拉着她去吃烧烤,说林晋和另外一个男同事都在。

姜桃不愿意,她以前其实也不愿意,可那时她需要蹭饭,现在她不用蹭了,是绝对不会去的。

男同事对姜桃又是拉又是搂,姜桃是有点小脾气的,无奈身板太单薄,整个人跟风筝似的任这大块头同事拉来拉去。

她觉得自己今天不会再遇到从天而降的温照卿了,准备大喊非礼,连口型都摆好了,就见穿着灰色长款毛呢大衣的温照卿突然站到她面前。他面容冷峻,严肃沉稳,一把将她从男同事的手里拉了出来。

温照卿的个子很高,与这位人高马大的前同事不相上下。前同事是个做游戏的程序员,而温照卿是年轻有为的大老板,气势上绝对胜出。

"你是……"

"你惹不起的人。"

前同事被这莫名强大的气场给震撼到了,不敢出言不逊,只能憨憨地笑起来:"我跟姜桃……"

温照卿再一次打断他："你跟姜桃是什么关系都可以，但欺负她强迫她，不可以。"

前同事不知所措地挠挠头，想要开口解释，可是面对温照卿那副冷漠的杀手嘴脸，只好吸了吸鼻子，和姜桃摆摆手说："再见。"

温照卿松开姜桃的手臂，居高临下地看着面露窘色的姜桃，沉沉地问了一句："你不累吗？"

"嗯？"姜桃不明所以地抬眸，还是那副干净清纯的小白兔模样。

"男女关系很复杂，不会累吗？"温照卿重新说得更直白一些，看她的眼神也变得有些奇怪，好像有那么一丝丝嘲讽和鄙夷。

姜桃紧张地摇头："不累不累……"她觉得自己说错话了，又急着改口，"不复杂。"

温照卿没有听，也没有听的必要。路边的大G后座里，温从心像个翘首以盼老父亲归来的留守儿童一样趴在车窗边，百无聊赖地看着温照卿去英雄救美，满眼都写着"爹你看看儿子吧，说好的带我去蹦迪，怎么换节目了呢"的幽怨。

温照卿回到了车上，他没有说送姜桃，也没有交代她注意安全，甚至都没有回头看一下。他的决绝甚至让姜桃觉得，如果换了任何一个女孩子在这里被男孩子欺负，他都会出手相助。

路见不平拔刀相助，不求回报无须感谢，潇洒无情。

姜桃心里有点难过，她想解释，自己没有和别人搞复杂的男女关系，可人家并不想听。既然温照卿不想听，那么她就完全没有解释的必要，不然好像自作多情。

她拿着感冒药低头往回走，越想心里越难受，明明他白天看自己的时候还很温柔的，当然不是那种不该有的温柔，而是和看姜阿姨一样的温柔，不对不对，不是温柔，应该叫温暖……

回到家里，姜桃吃了药喝了热水躺进被子里，想到温照卿刚刚冷漠又鄙夷的神色，她长叹了一口气，又开始为未来担忧。她一定要好好积极地工作，不能再让温先生对自己的讨厌持续增加，不然工作就危险了。

她从枕头下面摸出手机，打开与温照卿的对话框，经过几番思考，

发出两个字：【先生?】

温照卿嘴里叼着香烟，放在桌上的手机亮起，他眯着眼睛打开微信消息，看到她发来这两个字，手指在屏幕上停留了半天，不知道回什么，索性不回，关上了屏幕。

出门之前，姜阿姨叮嘱他不能喝酒，会死人的，为了好好活着，他听了姜阿姨的话，只点了一杯柠檬水。

廖海潮可以喝，拎着酒瓶子已经喝到别桌去了。

温照卿坐在高脚凳上撑着下巴，看着温从心像一只抽风的蛆似的疯狂摇摆，缓缓吐出一口烟雾。

一位衣着性感的长发女孩端着酒杯来到温照卿面前，用酒杯碰了碰他的柠檬杯："嗨，你一个人吗？"

温照卿眯着眼睛看她，暴露的V领裙，浓重的彩妆，妩媚的笑容，应该是好看的，不过他不喜欢，脑海里忽然浮现姜桃那张干净素气的脸蛋。

他将水杯拿到自己面前，远离了她的触碰："不是。"

"和朋友一起来的？"女孩随着音乐摇摆的身躯向他靠近。

温照卿皱眉，身体往后仰去，躲开了她突然贴近的身躯。他斩钉截铁地说道："和我男朋友。"

女孩子瞬间蒙了，嘀咕了一声就走了。

廖海潮喝了一圈回来，搂着温照卿的肩膀，从他手里拿走香烟按进烟灰缸里："你怎么闷闷不乐的？别是因为那个女司机吧？"

温照卿一脸嫌弃地推开廖海潮："滚吧，我这是带病蹦迪，又不能喝酒，有什么可乐的？"

廖海潮见温照卿一个人怪无聊，硬是拉着他一起蹦。平时还行，今天温照卿不知道怎么了，格外没精神，不仅仅是身体上的不舒服。

温照卿拒绝了廖海潮的提议，又沉闷坐回高脚凳上。

没过几分钟，今晚第二个搭讪的女孩出现。温照卿都懒得打量，直接抬起手往外扫了扫："别烦我，走开。"

一直没有等到温照卿的回信，姜桃在失落中睡去。

从酒吧回家的路上，难得温照卿自己开车。路上已经人车稀少，他心不在焉地闯了个红灯。

坐在副驾驶的廖海潮被吓到了，震惊地问道："你还说你没心事，都闯红灯了，我六分又没了！"

"我色盲。"温照卿理直气壮地回应。

"你放屁！你又不是红绿色盲，关红绿灯什么事？"

温照卿有些不悦："不关红绿灯的事儿我雇司机干什么？我又不是残疾。"

"我看你雇司机就是想彰显你的英雄本色！你都英雄救美两次了！人家有两个男朋友把你气得一晚上不说话。"

温照卿笑笑："按你这么说，她有个孩子，我是不是得气死？"

廖海潮震惊："她还有个孩子？"

温照卿"嗯"了一声："单亲。"

廖海潮也笑了："那我就放心了。我还以为我妹妹未战先败呢，这小司机有孩子我就放心了，你再怎么着也不至于找个这样的。"

不用廖海潮提醒，温照卿也不会想那些有的没的。

姜桃是他的司机，也只是他的司机，是和姜阿姨一样的存在，像是半个家人。

·第四章· 姜桃最开心的一天

接下来的几天，为了更正温照卿对自己的印象，姜桃工作格外努力——

早上温照卿提着包出门，她立刻小跑上前从他手里接过来，帮他开车门，细心地将手掌撑在他的头顶，防止他不小心撞到头。

平日里下车时都是他自己开门，反正也不费事，这几天都是姜桃积极主动地给他开门，扶他下车，帮他提包再将人送到电梯口。

温照卿舔一下嘴角，她立即拧开矿泉水瓶递过去；温照卿扯一下领带，她立马调整空调温度。

赶上下雨，她撑着雨伞到后座接他，自己半个身体都淋湿了，冷得直发抖也无所谓，总之一丝一毫都不能淋到温先生。

温照卿踩了水，皮鞋被溅湿了，等到了写字楼里，她立刻拿出事先准备好的纸巾，弯腰给他拭去……

这番卑微讨好的操作，实在匪夷所思，每每都让温照卿莫名其妙，觉得姜桃肯定没安好心。

后来又下了一场雨，姜桃打着伞把他送进大厦，正要弯腰给他擦鞋上的水珠时，被温照卿抓着胳膊强行直起身。

"没关系，一点雨水而已，不用擦。"

姜桃点点头，把手里的纸巾对折，随后揣进自己的西裤口袋，对温照卿甜甜一笑："那祝您今天工作顺利。"

"姜桃。"温照卿在她转身时叫了她的名字。

姜桃心里"咯噔"一下，她发现自己非常害怕他用这么郑重其事的语气叫自己。哪怕什么都不叫，完全让她看眼色做事，也比听他这样叫自己的感受要好很多。

她胆战心惊地转身，露出礼貌的微笑："先生。"

他犹豫了几秒，挑眉问道："需要我提前发工资？"

姜桃连忙摆手："不用不用，真不用，谢谢先生。"

温照卿点点头，看了一眼手表，说道："不用的话，你就正常一点。"不要总是一副小心翼翼讨好我的模样，让我误会你是有求于我。

后一句他没说，只在心里想了想，如果说出来的话，好像过于刻薄了。

姜桃觉得现在的自己才是正常的，以前那个才是不正常。一个合格的小司机就应该有她今日这番觉悟，毕竟人家是老板，她是打工的，不该总是拿自己的愚蠢去考验别人的包容心。

她笑着点点头，目送温照卿上了电梯后，脸上的笑容一下子垮了下来。她揉了揉自己僵硬的脸颊，总算松了一口气。

温照卿今天是来一家游戏公司谈收购的，这家公司就在姜桃原来上班的公司楼上，这栋大厦她也很熟悉。因为温照卿是错峰来这里，所以没有遇到她的前同事们，可是到了中午，就不好说了。

姜桃走进大厦旁边的全家超市，想买一份鱼蛋吃，站在玻璃柜前踌躇半天，最终放弃了，回到车里拿了一块糖塞进嘴里。

她百无聊赖地趴在方向盘上，听着车内广播陈述着为何当代年轻人很难感到幸福，为何年轻人更爱抱怨。

姜桃冷笑一声，心想，还不都是惯坏了？很难感到幸福本身就是一种幸福，这叫身在福中不知福。

她就很容易感到幸福，二十来岁的人了，能吃饱饭就很开心，一块糖都能叫下午茶零食，这说明什么呢？

说明了她本质上的不幸。

她趴在方向盘上睡着了，不知道睡了多久，迷迷糊糊地感觉手机响了几次，闭着眼睛摸到手机接了起来。

"桃桃！我直播间有个大哥给我打赏了三十多万！"

姜桃抬起头，眯着眼睛看向窗外，要不是听到这个三十多万，她可能连眼睛都懒得睁一下。她有气无力地感叹着:"哇……这就是传说中的一夜暴富吗?"

祁淇觉得姜桃的语气不对劲,有些担忧:"你不是又感冒了吧?怎么听着无精打采的?上班了吗?"

"没有啊,我刚睡醒。"姜桃伸了个懒腰清了清嗓子,"上班,一直在上班,地球不爆炸我就不放假,每天起床的动力就是上班。"

"你们老板不休息吗?"

姜桃被祁淇问得微微一愣。她来温照卿这里一个月了,确实没有见过他哪一天全天在家无所事事。

她一边打开车门准备下去活动活动筋骨,一边说道:"你不说我都没发现他这个人不休息的,这说明什么你知道吗?"

"说明资本主义压榨工人阶级毫无人性?"

姜桃笑了两声:"说明穷人总有穷的道理,像我老板那么有钱,还天天上班呢。"

"你老板上班都干吗啊?签签字?手挺累的吧?"

姜桃靠在车门上笑道:"我怎么知道啊,我是司机又不是秘书,也没跟他进过办公室。反正他天天穿得像是要上台走秀似的,身上还香喷喷的,我怀疑他的工作不正经……"她没说完就开始哈哈大笑。

电话对面的祁淇似乎心有灵犀,也感受到了她的笑点,跟着一起坏笑。

到了午休时间,大厦里的白领需要外出觅食,进进出出的人很多。今天姜桃开的是一辆白色的 S 系奔驰,开这车的原因很简单,既不是温照卿的劳斯莱斯坏了,也不是他的法拉利送去保养了,而是因为温照卿觉得他今天的穿着和这辆车比较搭。

姜桃刚刚挂了祁淇的电话,就听到有人叫自己的名字,循声望去,是原来公司里的几个女同事。

"真的是姜桃哇!"一个长发及腰的女孩子指着姜桃笑着说,"我还以为只是像,没想到真的是啊!"

三个女孩子喜出望外地朝着姜桃走来，不知道的还以为是久别重逢的小姐妹之间的温馨时刻到来了。

　　"哇，姜桃离开我们公司后发达了，开这么豪的车，听林晋说你找了很有钱的男朋友呢！"齐耳短发女孩笑着摸了摸奔驰的引擎盖。

　　一个头发不长不短的女孩说："幸好你没跟咱们那个陈经理在一起。"

　　姜桃脸上的笑容瞬间消失殆尽："我本来也没打算和陈经理在一起啊，什么叫幸好？"

　　长发及腰的女孩说："啊？不是吗？可是我们都听说陈经理要包养你，一个月五千块啊！"

　　齐耳短发的女孩说："真的，还是陈经理喝多了跟别的组长说的，还说你都同意了，是他自己临时改了主意。你别提了，当时我们听了特别生气，我们都知道你不是那种人。"

　　头发不长不短的女孩说："你看你现在多好。那种人渣，还要感谢他当日不包之恩呢，理那些闲言碎语干什么？对不对？"

　　长发及腰的女孩说："嗯嗯，我们也这么觉得的。不过听林晋说，你男朋友年纪挺大的，你这么单纯，去人家家里，儿女什么的给不给你脸色看哦？要是不开心，就找我们出来聚一聚。"

　　这都哪儿跟哪儿啊？真是三个娘们儿一台戏。姜桃被她们几个擅自安排的戏份给震撼到了，还说什么不开心就出来聚一聚？难道我不开心说出来给你们开心一下？

　　以前姜桃在这里上班的时候，就数她们三个欺负姜桃最厉害，整天在背后编造各种版本的故事。姜桃秉着多一事不如少一事的原则，每一次都息事宁人，任人宰割，没想到她都不在这里了，故事还在延续。

　　这可真是"虽然大哥我不在江湖，但江湖仍旧有我的传说"啊。

　　"我是长了一副标准的小三模样吗？"姜桃突然开口问道。

　　三个女孩子一起摇头："怎么这么说呢，你长得多清纯啊，一点也不妖艳。"

　　姜桃"哦"了一声，又问道："那你们怎么感觉我就一定会是被有钱人包养呢?我就不能自己发愤图强白手起家做自己的白富美吗?"

三人面面相觑,看来是不觉得,其实姜桃自己也不觉得。场面有些尴尬,她这两个反问,问得大家都骑虎难下。

温照卿被对方公司代表邀请一起吃午餐,从大厦出来时,他看到姜桃被三个女孩子围在车头前面,满脸问号和不解,那些不堪入耳的话,也都入了他的耳朵。他本来是不想听的,无奈女孩子叽叽喳喳的声音不小。

他站在离车几步远的台阶上叫她:"姜桃。"

姜桃抬眸,那三个女孩子也转身看去。温照卿一身休闲米白色装扮衬得他干净斯文,他对姜桃招了招手,示意她过来自己身边。

三个女孩又看向姜桃,仿佛看到了什么不可思议的事情。

姜桃连再见都没和她们三个说,握着车钥匙走到温照卿身边,笑盈盈地看着他:"先生。"

温照卿看了看那三个女孩,微微弯腰,小声问姜桃:"一会儿他们安排吃饭,你想吃什么?"

姜桃乐了,捂着嘴,小声回答:"先生,你吃什么我不敢做主啊。要我的话,吃白米饭就行。"

"西餐还是日料?"温照卿压低声音问道。

姜桃压低声音反问:"日料都有啥?"

温照卿被姜桃问得微微一怔,他拍拍姜桃的后背,转头对对方公司代表笑了笑:"对面三楼有一家日料还可以,也很近,就去那儿吧。"

背上被他拍过的地方好像有点热,姜桃有些不好意思了,低着头。忽然想起还有车,可温照卿的步子已经迈了出去,她下意识地抓了一下他的衣袖:"哎,等等。"

温照卿停下来,看看她葱白色的手指,又看看她:"怎么了?"

"要不要开车过去?车就放在这里吗?"

"很近啊,走路五分钟,不用开车。"

姜桃回身拿车钥匙锁车的时候,那三个女孩子还站在原地,嘴里不知道在嘀咕什么。姜桃撇撇嘴，凭她单薄的想象力，是无法揣摩那些复杂狗血的剧本的。

照和居酒屋，装修很日式，门口的迎宾小姐穿着和服。

姜桃看着酒屋的名字，好奇地向温照卿打听："你开的吗？"

"我开的不应该叫照卿吗？"他扫了一眼牌匾说道。

这是姜桃第二次陪温照卿在外面吃饭，上一次是参加一个晚宴，排面很大，有专门的司机餐，很多老板的司机都坐在一桌吃饭，这回人不多，算上姜桃总共才五个人。

她总是听廖海潮对温照卿说哪里的什么挺好吃的，下回一起去，他却从没去过那些地方。温照卿似乎格外喜欢吃家里的东西，不得不提一下，姜阿姨的手艺确实不错。

温照卿几人来到一个包间，姜桃很识趣地在外面找了一张单人桌坐下，她拿起除了图就是日本字的菜单，皱眉沉思良久：这都是些什么东西？

经过一番思想斗争之后，她决定吃点自己会吃的，于是指着最后面的一个炒饭对服务员说："我要这个。"

话音才落，就见温照卿一脸诧异地站在包房门口看着她："我以为你去洗手间了，坐那儿干什么？过来。"

温照卿很喜欢说"过来"这两个字，这两个字好像有什么魔力，无论是否用命令的语气说出来，都让人难以拒绝。

姜桃合起菜单对服务员笑笑："那个饭先不要了，不好意思啊。"

她有点害羞，朝温照卿小跑过去。

包房里的餐桌很矮，需要大家席地而坐，所以要在门口台阶处脱鞋。姜桃犹豫了一下，脱下自己的小皮鞋，露出一双不知道洗了多少次，已经失去了本色的棉袜，上面还粘着丑陋的棉球。

她抬眼悄悄打量温照卿的表情，发觉他在看到自己袜子的时候，眉心微微蹙了蹙。她下意识地又把脚丫塞回鞋子里，脸颊微微发红，小声说道："温先生，我在外面吃一口吧，不打扰你们聊事情。"

其实她平时穿的袜子大抵与今天的相同,她也经常穿着拖鞋在他家里走来走去,可他从没低头看过她的袜子有什么不妥,只有今天,因为环境特殊,不得不看一眼。

温照卿插着口袋站在台阶上,居高临下地笑了笑:"人也不多,一起吃没关系。"

里面的代表也招呼道:"来吧,小姜司机,我们一起吃吧,反正就几个人,自己吃也没意思。"

盛情难却,姜桃只好脱鞋进去。她以最快的速度在温照卿右手边的空位坐下,盘起腿,把两只脚丫藏起来。

没有人愿意跟自己的老板坐在一桌上吃饭吧,姜桃也不愿意,每一秒都如坐针毡。别人说话不能插嘴,还不能一直低头摆弄手机,时不时地要装作在听他们聊,露出似懂非懂的表情,时不时又要装作自己听不懂他们在聊什么,所以等待上菜的每一秒都很煎熬。

终于开始上菜了,陆陆续续地上了几个超大份的刺身拼盘,还有寿司船以及各种小菜和汤,桌子顿时显得有点小。

姜桃有些不知所措,经常听别人说吃生鱼刺身,轮到自己了,还有点下不去嘴。况且老板不动筷子,她也不敢动,万一让外人笑话她一个小司机这么不懂规矩,那岂不是给温照卿丢人嘛。

她决定干点给温照卿长脸的事儿,于是主动拿起他的碗帮他盛了半碗汤,然后再去帮对方公司代表盛。

对方公司代表连忙自己盛起来,说道:"不用不用,你吃你的,不用管我们,女孩子照顾好自己就行,我们可以自己搞定。"

"没关系,不然我也没事做。"姜桃笑了笑。

温照卿用眼尾看她:"没事做就吃啊,吃起来就有事做了。"

姜桃点了点头,夹起一块西蓝花,小口地吃着。她心里有点委屈,真不如让她坐外面畅快地干掉一大盘子炒饭,这憋憋屈屈的,肯定吃不饱,以前因为穷吃不饱,现在吃得起了,还是吃不饱。

"你不吃生的东西?"温照卿突然看过来。

姜桃笑笑:"不用管我,我什么都吃。"

温照卿夹起一块金枪鱼刺身,在料碟里轻轻蘸了一下,放进嘴里慢慢品尝着。他点了点头,跟对面的人笑了笑:"还不错。"

说完,他叫来服务员,让服务员把姜桃面前的两盘天妇罗端到中间,然后把中间的刺身拼盘挪到姜桃面前。

这让姜桃怎么好意思,她紧张得语无伦次,一直说:"不用不用,没关系的,我可以站起来夹。"

对方代表见姜桃被温老板特殊对待,自然也就跟着特殊对待,一瞬间,姜桃就成了这包房里的团宠,桌上每一样她都尝了个遍。

第一口吃刺身,芥末沾多了,她泪流满面地低下头,温照卿给她递来纸巾,笑着问她:"太呛了是吗?"

她摇头:"不,我是感动的⋯⋯"

吃得差不多了,对方代表准备去买单,起身之前向温照卿礼貌地询问:"温总这边看看还要加点什么吗?"

温照卿立即扭头问姜桃:"你吃饱了吗?"

不等开口,姜桃就打了一个饱嗝,看来是饱了。温照卿嘴角挑起一抹浅浅温柔的笑,但又转瞬即逝。

五个人一起走进电梯,因为正值午餐时间,商场里的人还是挺多的,电梯变得有些拥挤。一个八九岁的小孩子不知道在哪里玩得满身汗津津的,手里抱着一个脏兮兮的篮球,温照卿想把姜桃拉到自己面前,却看到姜桃缓缓抬起小臂,不着痕迹地挡在篮球与他之间。小孩子不老实,篮球蹭在了她的白衬衣上,却没有蹭到他的身上。

温照卿沉默不语。

电梯停在一楼,大家陆陆续续地走出电梯,姜桃护在他身后,不小心被后面的人踩了一脚鞋跟,顿时觉得脚底一凉。

她低头一看,差点爆粗口,鞋底被踩掉了!她揪住那个人,准备讨个公道。可温照卿一回头,她又立马把人松开了,她怕自己给温照卿丢人,不敢大声嚷嚷。

踩她鞋的人走了,她站在原地束手无策。温照卿感觉到姜桃有点不对劲，便提前和对方代表道别，然后朝她走来。

"你杵这里干什么？等我抱你呢？"他皱眉。

姜桃伸出一只手往外赶他："你先走吧，回去车那儿等我，先走先走，我马上就来。"

温照卿挑眉："你要干什么？什么时候轮到你命令我了？"

"我这是和你商量，都是为了你好，快走吧，求你了。"姜桃说完又往外推了推他。

温照卿稍微有一点不太高兴。虽然他不是一个霸道的老板，但向来都是他告诉别人怎么去做，而不需要别人指挥。当然，姜阿姨除外，他对姜阿姨的纵容包含一丝尊老爱幼的成分在里面。

他沉默地盯着她看了看，嘴角紧绷着，抿成了一条直线，转身离开了。他猜没准小姑娘是来大姨妈了之类的，要去趟洗手间。

可是上洗手间有那么难表达吗？他走到商场大门口，忽然想到这很有可能，比如她发现裤子脏了，不好意思在他面前转身，所以急着推他走。

如果是这样，那她一个人在商场里怎么走路？他停下脚步转身，准备脱下大衣去拯救她，一抬头，就看见纸片一样的姜桃抱着一只鞋子光着左脚在商场里飞奔。

一楼有好多家卖鞋的商铺，姜桃不怎么逛商场，对品牌的力量一无所知。她冲进了一家很大的店铺，里面的鞋却不多。她犹豫了一下，又头也不回地冲出来，店铺很大东西很少通常都很贵，她买不起。

她冲到这个店铺对面的一家，店铺依然很大，但这里的鞋子很多。摆在最外面的都是高跟鞋，开车不能穿，她也不会穿，她只需要一双朴实无华的平底皮鞋。

姜桃终于在角落里看到一双看起来柔软又款式简单的平底皮鞋，女店员没有因为她的寒酸给她白眼，还是很热情地为她服务。

姜桃脚小，只有36码，正好摆在展示台上的鞋子也是36码的。

女店员取下鞋子放在姜桃脚下，帮她解开鞋带，笑着劝说："您试一试，有些鞋子上脚了才知道好不好看合不合适，这款鞋子很柔软，脚感特别好，上班休闲都合适，这附近挺多白领都会选这款的。"

姜桃不好意思地勾起脚趾:"我袜子踩脏了,能试吗?"

"没关系的,您试一下不要紧,这商场里面也不会很脏。"

姜桃抬起脚掌在右边小腿的裤脚上蹭了蹭,把穿着袜子的小脚伸进鞋子里,大小刚刚好。女店员帮她系上鞋带,她在镜子面前来回踩了两下。

柔软舒适,鞋子的款式虽然平平无奇,但一看就知道不是简单货色。姜桃在心中暗自感叹自己这辈子也没穿过这么舒服的鞋子,如果不超过五百块钱,她一定要买。

"这个多少钱啊?"姜桃问道。

"打完折是两千零七十元。"

这个价格出乎她的意料,内心有小小的失落。她面色如常地脱下鞋,视线在前面的展示柜上来回巡视着:"我上班不累,不用穿这么好的鞋,有没有稍微便宜一点的?"

"这双鞋已经是咱们店里最便宜的了,而且咱们品牌全年无折扣,这次是配合商场八周年庆才推出这个折扣的,已经非常划算了。"女店员面带笑容继续为姜桃解说,"这个鞋真的挺合适您,您也感觉得到它很舒适,这样一双……"

女店员的话没说完,一双优雅干净的男士手掌便伸到她面前。

温照卿拎起那只黑色的小羊皮鞋,礼貌地对女店员说:"可以,就这双,帮我们打包。"

女店员立刻喜笑颜开:"好的,先生。"

姜桃捧着自己坏掉的旧鞋,不可思议地看了看温照卿,又连忙去拉女店员:"不要不要,我上班不用穿着这么贵的鞋,真的。"她面色通红,紧张得无所适从,回头哀求温照卿,"先生,我真不用穿这么贵的鞋,我上班也不站着,一点也不累。真的,你别给我买,这太贵了。"

温照卿打开手机支付码交到女店员手里,并没有听姜桃的劝阻:"一双鞋而已,当作你努力工作的奖励。"

"我做的都是分内的事情,哪有什么努力不努力的。"

"别这么说,你最近拍马屁拍得很努力啊。"温照卿双手插进口袋,嘴角几不可察地挑了一下。

姜桃撇撇嘴，低头穿上女店员递过来的鞋子，她的旧鞋子被装进了鞋盒。温照卿扫了一眼那只掉底的皮鞋，皱眉问道："坏了，不扔掉吗？"

姜桃摇摇头："粘一下就行了，我也没穿多久，扔掉多浪费。"

这话仿佛给温照卿开了眼界，他仿佛听到了来自异世界的声音，不禁疑惑："嗯？这东西还能再粘起来？"

姜桃理所当然地笑笑："对呀，本来就是粘上的，就是再粘一次嘛，有什么不能的，又不是一次性的。"

温照卿抿了抿唇，没再说话。在他的世界里，鞋子和衣服这种东西，坏掉了就没有再留着的必要，不过好像也没什么东西是他穿坏了才扔掉的，一般穿几次就扔了。

穿上新鞋子的姜桃步伐轻盈，心情愉悦，这鞋子要多软有多软，穿在脚上人都跟着轻了两斤。难怪有那么多女孩子拼了命地要找一个有钱男朋友，这感觉确实挺好的。虽然他是老板，她是员工，可她心头就是莫名其妙地多了一丝甜蜜，不对，应该是暖意。

这样的男朋友谁不想来一打啊？她也很想的好不好。

姜桃提着袋子跟在温照卿身边，嘴角咧得老高。她觉得自己今天太幸福了，吃了很多好吃的东西，还得到一双两千多的鞋子做奖励。

感觉到温照卿在侧头观察自己，姜桃下意识地抬头看去，忘记及时收敛自己脸上的笑意，憨态被他尽收眼底。

"这么开心？"温照卿问道。

姜桃小鸡啄米一样点头："开心，今天是我这辈子最开心的一天。"

"一辈子很长，你怎么知道以后不会有比今天更开心的时候？"温照卿的心情也跟着美好起来，笑着问道。

姜桃傻乎乎地笑了两声，笑声清脆："对哦，万一以后我有比今天更开心的日子呢？应该说，这是我活到现在，最开心的一天。"

温照卿笑笑："不是万一，是一定。"

姜桃没考虑太长远，总觉得日子过一天是一天，眼前都很难了，谁还要操心未来的事情。她眯着眼睛笑道："管他呢，反正今天开心，哪有什么是绝对的，万一以后真没有这么开心的时候，那我一想到今天还是会很开心。"

"那你今天为什么开心？因为拿到奖励了吗？"温照卿问道。

姜桃愣了一下，诚实地点点头。其实也不全是，更多的是他对自己的好。

以前也不是没有男人对她好，可她心里知道，那些好都是有所图的，各有动机。温照卿和别人不一样，他对自己没有动机，也没有意图，他对自己好，单纯是因为他是个不错的老板，很大方，也很包容。

姜桃非常渴望有人真心待她好，无论他是老板还是老公，只要是温暖的，她都渴望。

他们一同穿过人行道回到停车的位置。冬日的风有些刺骨，姜桃一直缩着肩膀，上车后打了一个冷战，她搓搓大腿，企图用摩擦生热的方式让自己尽快缓过来。

她调了一个音乐台，兴致勃勃地问道："温先生，下午去哪里？"

温照卿抬起手腕看了眼手表，离他计划的时间还早："去江南西。不着急，时间来得及，你慢慢开，当兜风好了。"

"兜风？"姜桃从后视镜里笑着看他，"那我可以把音乐声放大一点吗？"

温照卿点头："随便，你开心就好。"

姜桃又把频道换到一个以英文歌为主的音乐频道，放大音量。车载音响的效果不错，舞曲的节奏感很强，她听得过瘾，温照卿却有点头疼，但他理解。

姜桃和温从心都爱玩，都喜欢随着音乐摇摆，可她比温从心乖多了，起码她不摇。

温照卿的手机响起来，他示意姜桃把声音调小，随后接起电话。

来电的是他的秘书小金，因为昨天下午漏签了一份重要的文件，今天小金秘书需要跟温照卿再见一面，询问他今天下午是否去公司，或者她可以赶过来送一下。

温照卿的好心情当即全部消散，这个秘书已经来了一年多了，不是落点这个就是落点那个，再好的脾气也得被她气坏。

他皱眉对着电话训斥:"你是日理万机没空处理我的事还是怎么回事?整天丢三落四,我给你发薪水不是让你成天向我说对不起的,再有一次你就主动带着辞呈来找我。"

电话那边的小金秘书又开始道歉:"对不起温总,那这个文件……"

"明天签。"

"可是……"

温照卿懒得听小金秘书的可是,他是老板,他说明天就明天,哪有什么可是,他放下手机,嘀咕了一句:"废话真多。"

姜桃没再敢把音乐声调大,换回了刚刚那个平和的中文音乐台。她忐忑地问道:"先生,咱们已经到江南西了,具体去哪里呢?"

温照卿心情不好,冷冷地看过去。姜桃吓得立马双手握住方向盘,坐姿端端正正:"我知道了,先兜兜风,我随便兜一下。"说话声越来越小,后面几个字几乎听不见了,生怕他来一句"你废话也挺多"。

这等悠闲的高薪工作她若是丢了,可就再也找不来第二份了啊!

"你怕我?"温照卿淡淡地开口。

姜桃犹豫了一下,回答:"哪有不怕老板的员工啊。"

"老姜就不怕我。"

姜桃忐忑地笑笑:"因为姜还是老的辣嘛,我是小姜,我怕的。"

"我很凶吗?"

"不啊,我觉得您特别温柔,待人宽容,所以才想在您身边工作久一点。您要真是个刻薄的老板,我就不怕您开除了,就是担心离开这里再也找不到像您这么好的老板才努力谨慎地工作呢!"

"你倒是长了一张好嘴。"温照卿笑了笑,心情缓和不少。

"您可别这么说,好像我花言巧语阿谀奉承一样,我说的都是大实话。怕归怕,但是我挺喜欢给您开车的,我怕的不是您凶,是怕自己没做好事情,对不起您的温和宽容。"

温照卿笑了一声,没再继续这个话题。他可一点都不觉得姜桃是个实在姑娘,这小嘴说话可是很有一套。想想也正常,没有一点情商和说话的技巧,光凭漂亮怎么可能撩得到那么多男朋友。

他告诉姜桃一家酒店的名字,姜桃打开导航,按着指示开向目的地。她见温照卿心情好了许多,便想他多开心一些,于是主动说道:"我来给您开车之前,一直以为大老板要么是大腹便便的叔叔,要么是酷炫狂霸的高冷大佬,给您工作了几天后才发现您不是。"

温照卿笑着问:"什么是酷炫狂霸的大佬,黑社会吗?"

"我也不知道啊,我闺密特喜欢看小说,她跟我说年轻英俊的总裁都是很冷血无情的,动不动就要挖未婚妻的心肝脾胃肾换给前女友,一言不合就要完蛋。您这个年轻英俊倒是符合了,后面那些全没有啊。"

温照卿大概也是第一次听说还有人动不动就挖人心肝脾胃肾的,他是总裁,也认识不少老板,会玩花样的不少,可是这么恶心变态的还真没见识过。小说果然是源于生活,但要高于生活,还高出挺大一截。

他权当小女孩天真的笑话来听,过了一会儿,说道:"行了,你愿意开车就一直开着好了,我不会随便开除你。"

提心吊胆了半天的姜桃见他嘴角又恢复了愉悦的弧度,也跟着愉悦起来。

到了他指定的酒店楼下,她停好车,他却没有立即下车的打算,而是低头看时间。

"我三点约了人在这家咖啡厅见面,具体结束时间待定,你可以去喝咖啡,或者自由活动,但别走远。"

"好,我也渴了,去弄点东西喝。"

两点五十五分的时候,姜桃下车走到温照卿那边,帮他把车门打开。等温照卿下车后,姜桃关好车门,与他一前一后走进咖啡厅。

·第五章· 贪心

温照卿约的是一个穿着浅蓝色长裙的女人,他站在咖啡厅门内愣住了,因为放眼望去,偌大的咖啡厅坐着五六个背对他的女性,而且都是单独坐在那里。

他分不清蓝色和黄色,这两种色彩在他看来并没什么不同。

老板不动姜桃也不敢动。

他垂眸低声问道:"浅蓝色……"

姜桃立即会意,她指着不远处靠近装饰柜的位置小声说:"只有她是浅蓝色。"

温照卿拍拍她的肩,抬起长腿走过去。姜桃感觉自己的肩膀热热的,好像有阳光照在他拍过的地方,暖融融的。她来到吧台,想给自己点一杯喝的。

姜桃扭头看过去,温照卿礼貌温和地笑着与那个女人握手,随后入座,不知道他们在说什么,反正看他的样子,是很高兴的事情。姜桃以为这个女人是客户或者合作伙伴之类的,心里有点小羡慕,能那样坐在他对面与他谈笑风生的女人一定也是不一般的,她羡慕那样的人生,却也只能羡慕。

姜桃在酒水单上看了一大圈,发现最便宜的一杯咖啡要八十九块,咬了半天牙也没敢下手。她艰难地挤出一句:"我要一杯热的柠檬水。"

"您好,您一共消费两元,女士,请问怎么支付呢?"

姜桃拿起手机点开支付码,"嘀"的一声后扣除两块。她想问问喝完续水还要不要钱,想想算了,在这么高级的地方只花两块钱就已经挺丢人的了，能加也别喝了。

姜桃从吧台上借了一支铅笔，端着自己的柠檬水和消费单在一处靠窗的单人位坐下。店里有个三四岁的小朋友，很喜欢她这个窗边上贴的装饰，小胖手一直摸来摸去的，她便让出这个位置，找了另外一张远离窗口的单人台，这回，距离温照卿近了一些。

她隐约能听到他们谈论的内容。

她低头打开手机，随便找个新闻看起来。可这耳朵就像自己长腿，非要往温照卿那桌上蹿，精准地捕捉到他们俩谈话中所有可以被听到的蛛丝马迹，这些词汇连起来，谈话的内容也就变得越发清晰。

"我哥说你家阿姨做饭特好吃，他经常去蹭饭。"

这个女人是廖友谊，是廖海潮的妹妹。

"真挺好吃的，那个阿姨是朝鲜族人，年轻的时候在酒店厨房做过事，会做很多东西，人也很勤快，总是不停地换着口味做东西吃，改天你来尝尝。"

"好啊，改天真要去尝一尝，听说朝鲜族人喜欢吃辣的，我也喜欢。"

"喜欢吃辣的？你皮肤很好啊。"

"高科技护肤的结果而已，现在很流行这个。"

温照卿没想到廖友谊会这么诚实，一般女孩子都不会承认这些事，只会说天生的而已。他低声笑了笑，两人又开始聊她在国外的事，刚好他也去过那些地方，好像还挺有话题的。

温照卿问道："在国外生活那么久，怎么突然想回国了？"

"就是在国外生活得太久了才会想家，而且我家里人也不同意我以后嫁给外国人，他们还是比较传统，所以……"

"所以你就被按着头回来跟我相亲了？"温照卿笑道。

"被按头的体验还不错。你呢？也是被按头来的吗？"从廖友谊的声音中，姜桃已然听出了她的开心。

温照卿端起廖友谊给自己点的咖啡喝了一口，笑着摇了摇头："可没人按我的头，也没人按得动。我父母对这件事很看得开，我结不结婚谈不谈恋爱他们都随我自己。"

"这个我听说过,你父母还说家境无所谓,品质好就可以,反正你挑的都不会错。"

不知道哪个词触动了温照卿心底的某些东西,他的笑容渐渐褪去,不像刚刚那般开心,变得平和了许多。

"品质确实很重要,我有一点感情洁癖。"

这几年,温照卿也不是没接触过一些女孩子,他发现如果只是普通的人际交往,他是不在乎这个女孩子整天和什么人玩在一起,是否乖巧安分,甚至还会觉得那种在众人之间吃得开的女孩子挺随和的,只是一旦到了男女关系的那道坎上,他就过不去了。

而且温照卿身体里的理性比感性强势,一旦发现对方不是自己想象中的那样,好感就会立即灰飞烟灭。

所以时至今日,他也没谈成一个女朋友,所有人都是在成为他女朋友之前就被他嫌弃了。

廖海潮经常嘲笑他是个守旧的老古董,让他跟上时代的潮流,可他就是做不到。

温照卿理想的女朋友可以是任何家庭出身,任何社会地位,长得让他觉得顺眼就行,没有具体的学历和智商要求,说白了,只需要让他顺心顺意。

当然了,他是不怕别人指着鼻子质问,你这样要求人家女孩子像一张白纸,你自己是白纸吗?

因为他是。

温照卿觉得恋爱的是他,全心全意交付的是他,走进婚姻的是他,共白首的也是他,是个很过分的要求吗?

廖友谊笑着问道:"所以我哥在让我来和你相亲之前,反反复复问过我,有没有交过男朋友,有没有生活不检点。拜托,我要是会自己交男朋友,有不检点的本事,谁还出来相亲啊!"

温照卿有些抱歉地笑了笑:"抱歉,让你感觉不舒服了。"

姜桃听到这里,那两块钱买的热柠檬水已经喝完,身体很暖和,敢于直面寒风了。她直起身体抬起头，看向坐在她斜前方的温照卿，没想到他会看过来，连忙垂下头，拿着手机匆忙走出咖啡厅。

与姜桃视线相交的一瞬，温照卿竟然看到了她眼底微微泛红，很明显是要哭的意思。他有些诧异，但终究还是没有在廖友谊面前表现出来。

外面的风是真的冷，难怪大家都会在不冷静的时候选择吹一吹冷风，看来冷是真有镇定的作用，刚刚一定是被热水的热气熏得头昏脑涨了，才会有那些恼人的情绪。

姜桃得承认，在将那些对话的片段整理成完整的故事后，上一秒还在空中飘荡的愉悦心情一下子就滑落到了谷底，心口一揪一揪地难受，仿佛受了多大的委屈一样，快要不能呼吸了，眼泪也差点失控。眼泪可是一直为她所用的利器啊，怎么突然就有了自己的想法呢？

冷风将姜桃吹醒，不断地吹，不断地提醒她，温照卿是谁，她又是谁。而他是她的谁这件事，永远只能存在她不切实际的幻想里。

温照卿是她可望而不可即的男人，不对，是她连渴望都觉得自己过分的男人，她有什么资格渴望他？想到这里，眼泪又不争气地流了下来。

有人告诉她，撒娇的女孩子比较好命，她很努力才学会了撒娇，然而命并没有好到哪里去。可是有些女孩子，从投胎那一刻开始，就注定好命。

姜桃在风中站了良久，一直盯着脚上的新鞋。它柔软舒适，美观大方，怎么看都是她的心头好，可能拥有这一双，就已经是她攒了多年的运气，再想多要，便是贪心了。

直到心中那点不切实际的幻想彻底被冷风冻结，她才挪动僵硬的脚步，回到车上。

温照卿和廖友谊也没聊多久就结束了，出于礼貌，他邀请她一同吃晚饭，不过廖友谊今晚要去堂叔的生日宴，只好改天。

买过单后，两人一同起身，他帮她递过大衣，随口夸赞："大衣很好看。"

廖友谊挺开心的，觉得自己的审美有了知己："我也很爱这个颜色，其实蛮难搭的。"

鬼知道她大衣是什么颜色的,他礼貌地笑笑,作为一个蓝黄色盲,并不想讨论颜色这个话题。

温照卿路过姜桃刚刚坐过的那张台,看到桌面的水杯和她留下的消费单,消费单上乱画着一堆东西,他随手将消费单拿起来揣进了自己的口袋,若无其事地离开。

廖友谊也是由家里的司机送过来的,中午她刚好和表妹约在这附近用餐。她上了自家的奔驰后,放下车窗和站在路边的温照卿挥手再见。

升起车窗后,她的司机说:"小姐,温先生带了一名女司机。"

廖友谊从后视镜里看向渐渐从视线里远去的白色轿车,"嗯"了一声:"怎么了?"

"看起来年纪不大,刚刚她从咖啡厅里出来好像哭过,坐在车里也一直往你们那边打量。"

廖友谊沉思片刻,说道:"我知道了,这事儿别跟我哥提。"

"可是先生说……"

"先生说什么都不要紧,你现在给我开车,以后也会是给我开车,留你不留你,是我一句话,不是他,你要认清自己的老板。还是你希望以后我和温照卿结婚了,给我们开车的是那个小姑娘,不是你?"

司机噤声,不再说话。

温照卿打开车门时,姜桃正放着嗨曲闭目养神,手掌放在车门上都震得慌。他坐进车里,车身一沉,她才反应过来他回来了,把声音调小以后坐直,从后视镜里对他笑:"回家吗,先生?"

温照卿打量她半晌,淡淡地开口:"回家。"

车子启动,他安静地坐在后座,过了一会儿,从大衣兜里掏出那张他顺来的消费单,打开仔细看起来。

她用铅笔画了画,绘画手法不是专业的,但能看出来有几分天赋。她画了一高一矮两个人,高的是男人,穿着长款大衣,双手插在口袋里,目视前方；矮的是女人，穿着一身西装，光着脚，怀里捧着一双鞋，仰着头，面带微笑地望着男人。

翻过消费单，上面只有一杯两元的柠檬水。

温照卿抿了抿唇，抬起头，若无其事地从后视镜里她专心致志的脸庞上划过，把那张消费单重新放进口袋。

"孩子上幼儿园了吗？"他沉声开口，打破车内诡异的安静。

"没呢，再晚一点吧，明年。幼儿园有点贵，我要攒一点钱。"

"你一个人养？"

"嗯，我一个人养。"

"你每天出来，小孩子会不会哭闹着找你？"

"不会，不黏人，有口吃的就行，和房东阿姨比跟我还亲呢。"姜桃说完笑了笑。

温照卿没再问她任何与孩子有关的事情，两人一直沉默到家。

他下了车，姜桃把车开进车库，现在她已经能完美地将车倒进停车位里，不需要任何人的帮助。

她像往常一样完成工作后第一时间奔向姜阿姨，帮姜阿姨做一些力所能及的事情。姜阿姨指着放在沙发上的一堆衣服，这是干洗后拿回来的，让姜桃去挂到温照卿的衣帽间里，衣服的内里都用别针别了一块布，上面写着它应该在的位置，只要按指定位置挂上去就行了。

姜桃不喜欢这个工作，因为不想到温照卿面前去晃悠，她宁可出去倒垃圾或者切洋葱扒大蒜，可她刚才吃了一口阿姨做的甜品，吃人嘴软拿人手短，只能去做。

她抱着一大堆衣服上楼，心里还在哀怨着，这贵的衣服都比便宜的要重上许多。

姜桃在温照卿的房门上敲了两下，没人搭理，以为他去书房了，便费劲地用手肘压下门把手，捧着衣服走进去。一抬头，姜桃就看见他穿着一条居家运动裤，光裸着上身，手里拎着一件卫衣准备来开门。

姜桃的脸腾地红了，抱着衣服说："对不起，先生。"说完转头就要往外走。结果，"砰"的一声撞到开着的门边上，被重重地弹了回来，一屁股摔坐在地板上。这下脸不仅仅是红了,简直都要滴血了。

温照卿也没料到她会直接进来,更加没料到她看见自己没穿衣服会有这么大的反应,他只是没穿上衣而已,又不是没穿裤子。

他先套上卫衣,随后伸手扶起正撅着屁股准备翻身爬起来的姜桃。

"你……"

他话未说完,就被姜桃急急忙忙地打断。

姜桃红着脸垂着头,慌慌张张地寻找衣帽间,一边急忙往衣帽间走,一边解释:"不是我自己要进来给你送衣服的,是姜阿姨,姜阿姨在忙,让我帮忙送的,其实我更想倒垃圾、扒洋葱和大蒜,我真不是故意闯进来的……"

她把满怀的衣服放到衣帽间中间摆放他各式手表的玻璃柜上,深吸一口气,鼓足勇气抬头看向跟进来的温照卿,再一次郑重其事地解释一遍:"真不是故意的,你相信我。"

虽然姜桃的表情看起来十足正经,可这小脸也太红了,特别像是脖子上顶了一颗大番茄,番茄还有鼻子有眼地跟他说自己不是故意的。

温照卿有点想笑,又觉得不太礼貌,嘴角挑了挑又严谨地落下。他抿着唇,也学她一本正经的样子,点了点头:"嗯,我相信,你的辩解很有说服力。"

姜桃这才算喘匀了这口气。

她认真地按着姜阿姨的执行标准把衣服挂进衣柜,每一件衣服里面都有一个别针别着一块布,上面写着英文加数字的编号,还有它的颜色标注。她挂了几件,发现他的衣服裤子并不是按种类分放,而是按照搭配好的一套一套分放,编号为b32的衬衫,一定和b32的毛衣和b32的裤子放在一起,至于外套和大衣,里面则会别一根很长的布条,上面会写着b32、c16、c18、e05这类编号,意味着这件大衣可以搭配这些编号的衣服。

虽然很富有,可是应该也不用那么开心吧。

连最简单的穿衣搭配都需要别人辅助进行,对于一个有着掌控欲的成功男人来说,应该是件很恼火的事情。

姜桃不经意地抬头看向门口,发现温照卿抱着肩膀靠在那里看自己,不动声色,也没什么表情。

"先生,您看我干什么?"

"你不看我怎么知道我看你?"

"我感觉后背冒凉气……"

"你下午哭了吗?"温照卿问了一句让人不知所措的话。

姜桃眨眨眼,笑着反问:"哭?哭什么?我好端端哭什么?您要是不开除我,我是永远不会哭的。"

温照卿笑笑,从她身上移开审视的目光,转身回去自己的房间。

姜桃挂好这些衣服便离开衣帽间,路过他的房间时,不敢抬头看坐在床上摆弄手机的他,只是低头说了一句:"那我先下去了啊。"

温照卿头也不抬地"嗯"了一声,她出去把门关上后,他才抬起眼皮,视线虚浮地掠过门口。他又进了衣帽间,从今天穿的那件大衣口袋里拿出那张被姜桃画过画的消费单,回到床上靠着床头半躺下来,摊开消费单,盯着背面的画看了良久,然后拉开床头的抽屉,拿出那本自己常看的书,把它夹进扉页,又把书放回抽屉。

温照卿保持这个姿势发呆足足有半个小时,直到温从心光着脚跑进来跳上他的床,问他今晚去不去蹦迪。

温照卿被烦得不行了,反问侄子一句:"你上辈子是个马达吗?"

姜桃下班的时候差点忘记带走自己坏掉的鞋子,已经出了门,又跑回来带走。现在已经很难找到修鞋的地方了,不过她小时候看过别人怎么修鞋,决定去买一盒专门粘鞋的胶水给它粘上。

晚上,她钻进冷冰冰的被子里,拿起手机打开微信,回了闺密祁淇的信息后,看着温照卿的头像,犹豫地点了进去。

温照卿不是不玩手机,只是不回她的信息。这没什么值得失落的,他是老板,老板都是日理万机,她只是一个小小的司机,老板完全没有回她信息的必要。

她想了一下,反正他都不会回,那么她发什么都行,于是她在屏幕

上打下：【鞋子很软，走很远的路也不累，谢谢先生。】

盯着屏幕半分钟后，她又补充了一句：【的工作奖励。】

哎呀，为什么要画蛇添足地补一句呢，它本来就是啊！姜桃焦灼地咬了咬下唇，选择把这一条消息撤回，他应该看不到，他日理万机，这个时间应该在酒吧，不会第一时间读消息的。

可事实上，温照卿今晚说服了温从心，在家喝枸杞泡姜水以及读世界名著，他只想安静地过一晚，所以他两条消息都看到了，只是没有回复。

三天后，姜桃再次见到了那个与温照卿相亲的女人，她知道对方是廖海潮的妹妹，只是刚刚知道对方的名字叫廖友谊，是一名竖琴演奏家。

姜桃甚至不知道什么是竖琴，就先认识了一位演奏家，得知这个消息后，她第一时间百度了一下什么是竖琴。

无非就是一种乐器，很大，很贵，不是一般家庭学得起买得起的。可能姜桃终其一生奋斗，也买不起廖友谊的一架琴。

周五的下午，温照卿本来是约廖海潮一起吃晚饭，结果廖海潮把他损了一顿，于是他改成约廖海潮和廖友谊一起吃饭。

姜桃觉得自己可以下班了，就准备提前向他请示。

不等姜桃去找他，就听端着茶杯从楼上下来的姜阿姨说："今晚你要加班了，一会儿吃完饭他可能要去看音乐剧。"

看来早退不成了，她只能去跟姜阿姨一起准备晚餐。

"阿姨，音乐剧的票很好买吗？"

"票这个事儿，我也不清楚，我也没买过啊。不过温先生要是想买，那有什么难的，有钱能使鬼推磨啊。"

"鬼不是花冥币的？"姜桃笑了笑。

姜阿姨乐了："冥币也是要花人民币才能印刷的呀！"

才下午三点多，廖海潮开车带着廖友谊来温家了。

温照卿站在门口迎接，姜阿姨在门口摆好了拖鞋，连一向只爱电脑不爱世人的温从心都下楼了，姜桃却只能趴在厨房探头探脑地往外张望。

廖海潮是个话痨，人未见先闻声是常态。姜桃还没看见他，就听见他和温照卿扯皮，随即，她看清了廖友谊的正面。

廖友谊不能说是个绝世美女，也没有多么高挑妖娆，看起来与姜桃的身高差不多，胸倒是比她大不少。

廖友谊今天穿了一件知性优雅的白色名媛风连衣裙，姜桃说不上来这是一种什么样的气质，只觉得廖友谊很温柔也很随和，并不如职场中的女孩子那般锋利强势。廖友谊化着淡雅的妆，嘴角总是挂着笑，笑起来的时候，眼睛弯弯的，高贵而不冷清，极有涵养的样子。

廖友谊的身边还跟着一个小姑娘，十二三岁的模样，是廖海潮的小妹妹，叫廖英姿，年纪虽小，看起来却比她姐姐廖友谊厉害多了。

这个小姑娘是在国内长大的，跟温照卿很熟，进来就很不客气地往沙发上一坐，姿态十足的大小姐。

廖海潮提了一堆东西进来，说是廖友谊来时路上给温照卿买的礼物。

姜桃贴着冰箱蹲下来，手里拿着阿姨之前给她的大苹果，静静地听着他们谈笑风生，有些能听清，有些听不清，可她善于捕捉蛛丝马迹。

廖友谊把礼物一件件放在茶几上，笑容温和地道："这是给照卿的，这是给姜阿姨的，这个是给小姜司机的。"

姜阿姨受宠若惊，没想到自己一个保姆都分到了礼物，果然，美好的人身边围绕的都是同样美好的人。

廖友谊和姜阿姨聊起自己要跟她学一学做朝鲜族的小菜。温照卿在一旁看着，从耿直的姜阿姨脸上看出了她对这个女孩子的满意和喜欢，他也觉得挺好的，连对保姆都热情礼貌的女孩子又能坏到哪里去。

他转身来寻姜桃，刚拐进厨房，就差点被蹲在地上缩成小小一团的姜桃给绊个跟头。

姜桃也吓了一跳，刚刚伸出手扶了他的大腿一把，生怕他摔了，又触电似的收回。她仰起头睁着清澈无辜的双眼望着他，眼底满是惊讶。

不知道怎么回事，温照卿忽然觉得这样孤零零蹲在这里的姜桃很可怜，他记得姜桃刚来的时候，还是挺开朗朝气，甚至有点心机和尖锐的女孩子，虽然现在她依旧是开朗朝气的，可她一个人待着的时候，如果不小心被他看见了，就会让他有一种把她抛弃了的负罪感。

不是男人玩弄女人的那种抛弃,是小男孩有了新的玩具,就忘记了陪他扬沙子的小女孩的那种抛弃。

温照卿皱了下眉头,飞快地将这种负罪感打散,将这一切归罪于他是个善良的老板。

"你干吗呢?"温照卿问道。

"准备啃苹果。"姜桃晃了晃手里的大苹果不好意思地笑了笑,贴着冰箱门缓缓站起来。

"过来。"他沉声命令。

姜桃疑惑地瞪大眼睛:"去哪儿?"

"外面,友谊给你买了礼物,你过来看一下。"

姜桃挺意外的。廖友谊居然会想到送一个小司机礼物,她对礼物没有期待,可还是面露喜色,只有这样才是正常的,她得让自己看起来是正常的。

姜桃跟着温照卿来到廖友谊面前,笑着和廖友谊打招呼。

廖友谊似乎是个自来熟,她笑着从袋子里拿出送给姜桃的礼物,是一条芬迪的羊绒围巾,浅棕色的底色,印花是芬迪的标志。

姜桃对名牌是没有概念的,大概就认识个 LV、Gucci 和香奈儿几个,以前不认识芬迪,后来见温照卿戴过这个牌子的围巾,才好奇地问了一下。

她一个小小的司机,怎么可以接受这么贵重的礼物,她也没有那种与其价值相当的衣服来搭配,挂在她身上,真货也会被认为是假货。

姜桃受宠若惊地推了回去:"不行,这太贵重了,我怎么好意思收这么贵的礼物啊,无功不受禄,您这样我太不好意思了。"

廖友谊重重地把围巾塞进她手里,笑着说道:"拿着。不贵,一条围巾能贵到哪里去,这个颜色很好搭大衣的。"

是很好搭,可是姜桃从不曾拥有一件像模像样的大衣。姜桃抬眼去看温照卿,希望他能给自己一个指示。

温照卿笑了笑,说道:"说谢谢就可以了。"

"谢谢。"姜桃摸着柔软的围巾,对廖友谊笑笑。

姜阿姨做了一些热的水果茶端出来，还拿出一些家里常备的零食点心。温照卿跟廖家三兄妹在外面聊天，姜桃跟着姜阿姨在厨房帮忙。

姜阿姨一直在夸廖友谊真不错，看着就是个不错的孩子，有礼貌又没有架子。她夸了半天后，问姜桃："你觉得怎么样？"

姜桃拿着两颗西红柿，笑道："我觉得挺好的，如果是她当温太太，可能我这个女司机的位置还能坐久一点。"

廖英姿双手插着卫衣裤袋，倚在厨房门边看她们俩干活，大概也看出了厨房里有姜桃没姜桃都一样，便说道："小姜司机，你陪我玩一会儿呗。"

姜桃最讨厌熊孩子，她自己家里有四个已经很头疼了，可是没办法，还是要给对方一个面子，于是洗了手跟廖英姿出去。

廖英姿家里也有几辆豪车，但没有超级跑车，她拉着姜桃去车库，让姜桃把法拉利开出来，她要坐进去照相。

姜桃照做了，毕竟不是什么麻烦的事情。

拍够了，廖英姿又要提议给姜桃化妆。廖友谊给了她两支口红，她看网红用一支口红就可以做彩妆达人，她便想用这两支试一试效果。

另外，廖友谊还给了她一支浆果红的指甲油，她也需要试一下。

接下来的画面就有趣了，廖友谊和廖海潮，还有温照卿喝着茶聊着愉快的留学经历，姜桃则像个画板一样端坐在一边，任由廖英姿在她脸上乱涂。

廖英姿还年轻，没有掌握到化妆的精髓。姜桃虽然年纪不小了，但她对于化妆品的认知可能还不如十二岁的小丫头片子，两人鼓捣半天，也没弄明白口红到底怎么才能涂抹均匀。

人家网红不仅用口红涂嘴巴，还能用口红涂眼影，涂腮红，姜桃这张脸惨白惨白的，粉底是不用打了，正好缺点颜色，可是，这未免也太重了吧……

姜桃看着小镜子里的自己，欲哭无泪，这两坨浮夸的高原红，这大红灯笼一样的红眼皮，也就这个嘴还能勉勉强强看起来像个正常人。

廖英姿说:"这是夜店风。"

姜桃暗自腹诽:这样去夜店不会被打出来吗?

廖英姿觉得很好笑,不许姜桃擦掉。她又从双肩包里拿出一瓶指甲油,托着姜桃的手开始涂,完全把姜桃当成一个大号的芭比娃娃来对待。廖英姿不仅不擅长化妆,也不擅长涂指甲油,指甲油本身的颜色确实很漂亮,可她涂得歪歪扭扭。一只手涂完,姜桃拿起来一看,血淋淋的,毫无美感。

"哎呀,你这个,涂得也太惨不忍睹了。"姜桃终于出声抱怨。

廖英姿是娇生惯养的公主,骄纵得很,她当即翻脸了:"明明是你手长得丑!"

"我的手不丑,我的手挺好看的!"姜桃不服。

"好看?这么粗糙,像保姆的手!我姐姐的手就是又细又软的!"

"这是因为干燥!我只是没涂护手霜!"

两人争执的音量有些高了,终于引起了在另一旁谈笑风生的三个人。

廖海潮一看姜桃的脸蛋儿,扑哧笑出声,不痛不痒地训了廖英姿两句:"你老实点儿,不然现在把你送回家。"

温照卿不觉得姜桃的样子可笑,反而因为廖英姿不尊重人的行为有些生气。他放下茶杯,对着廖英姿欲言又止。

廖友谊注意到了温照卿的情绪,立刻起身坐到姜桃身边,对廖英姿板起脸,劈手夺走廖英姿手里的指甲油,伸出食指义正词严地教育道:"廖英姿,你赶快给姜桃姐姐道歉。"

"我为什么要跟司机道歉啊?照卿哥哥付她工资不就是让她为老板服务的吗?老板的妹妹也是老板啊!"

姜桃摆摆手,顶着浮夸的脸蛋儿对廖友谊释怀地笑笑:"没关系的,廖小姐,她就一小孩,我陪她玩一会儿没关系,别说她了。"

廖友谊没有就此放过廖英姿,她安抚地握住姜桃的手腕,瞪着自己妹妹,训斥道:"司机怎么了?司机和你有什么不同?你哪里比她高贵?你自己又没赚过一分钱,有什么可优越骄傲的?姜桃姐姐凭自己的能力上班赚钱,比你厉害不知道多少倍,你凭什么不尊重一个比你厉害的人?

你给我立刻马上道歉。"

廖英姿不悦地噘起嘴巴,不情不愿地开口:"对不起。"

姜桃觉得其实也没什么必要非得按着廖英姿给自己道歉,廖英姿说得对,自己是拿工资的,拿了工资的人,偶尔受到一点刁难也不该有什么怨言。况且也是自己一时没管住脾气,非要跟廖英姿狡辩那两句,要是一直不出声就好了。

廖友谊把妹妹打发到哥哥那边后,温柔地托起姜桃被涂得乱七八糟的手指头看了看。她在廖英姿的双肩包里找出一小瓶同品牌的卸甲水,很细心地用纸巾帮姜桃把这些脏脏的指甲油卸掉。

温照卿终于开口了,对廖海潮说:"英姿和你小时候一样,熊孩子。"

廖海潮不以为然:"我现在不熊啊,长大了就好了,小嘛,不懂事。"

卸甲水有一股奇怪的香气,超越了廖友谊身上清淡温和的香水味。

廖友谊帮姜桃把指甲清理干净后,又打开那瓶指甲油,仔仔细细地帮姜桃涂了起来,她说话的声音很好听,让人如沐春风:"你的手指好漂亮,又细又长,手指也很软,不像我们练琴的,灵活是灵活,可是摸起来很硬。"

姜桃微微垂着头,视线轻轻落在廖友谊细腻柔滑的手背上,连一丝丝毛孔都看不见,相比之下,自己的就粗糙很多。

"什么是很硬?看起来你的手是软软滑滑的呢。"姜桃小声问道。

廖友谊用力地抓了一把姜桃的另一只手,让姜桃感受一下自己手指头的硬度,然后笑着说:"因为我要演出啊,所以很认真在保养,你的手才是软软滑滑,可能是冬天的风太冷了,吹得皮肤干燥,春天以后就好了。"她说完这句,突然想起来什么似的转过头,笑着看向温照卿,"你不会不允许你的司机涂指甲油吧?不要这么严格,有一个漂漂亮亮的司机不好吗?"

温照卿从容地笑道:"我没变态到要求员工的手指头应该是什么样子的,她自己喜欢就好。"

"你喜欢吗?"廖友谊托着姜桃的手,问道。

浆果红真讨人喜欢，姜桃点头："喜欢。"
　　这是她第一次涂指甲油，也是第一次化妆，虽然有些不堪。
　　涂完指甲，廖友谊用手掌轻轻给姜桃的指甲扇风，很快就干透了。她举着姜桃的纤纤玉手展示给自己的哥哥和温照卿看："怎么样，很漂亮吧？"
　　廖海潮竖起大拇指，温照卿只是淡淡地扫了一眼，没做任何表情。
　　姜桃尴尬地抽回手，手掌轻轻托了一下脸颊："我去洗个脸吧。"
　　一楼有一个客用卫生间，她在里面用香皂反反复复洗了五六遍，到后来根本分不清到底是口红洗不掉，还是她把自己搓红了。
　　从洗手间出来后，姜桃没再回到那群人里，又钻进厨房去跟姜阿姨瞎忙活，可能是用香皂洗了太多次脸，皮肤像干得快要裂开了一样难受。
　　晚饭时，她跟阿姨一直照料着客人，一会儿加这个小菜，一会儿添汤添饭，还要准备餐后的甜点。阿姨没空做她们俩的饭，姜桃只喝了几口热水，就又要送温照卿和廖友谊出门了。

· 第六章 · 他的人

歌剧院离温宅不远，走路过去不到二十分钟，还是等过两个红灯的情况下。歌剧院和温宅一样，都是有些年头的老建筑了，没有地下停车场，只有门前一块能容纳二十几辆车的场地。

他们到的时候已经没有停车位了，姜桃把他们俩送到门口后，把车开走，正好路边的公共停车位有一辆SUV离开，给她腾出一个车位。她把车停好，准备去附近弄一点吃的，胃里空落落的，不太舒服。

马路的左边就是粼粼江面，夜晚的江风好像一把把锋利刀子刮过她的脸颊，让她觉得自己的脸快裂开了。

她沿着主路走了一会儿，除了正儿八经的中西餐厅，没有其他小吃，她只能拐进辅路。

前面有个老商场，一楼是半开放式的，有些游乐设备，她被一群穿着校服玩跳舞机的小孩子吸引了。

姜桃没玩过跳舞机，看着就是她掌握不了的东西，如果让她上去，肯定会手忙脚乱。孩子们好像专门训练过，配合默契，动作如同复制粘贴般整齐，年轻又活跃，看着很养眼。

如果不是祁淇打电话过来，她可能会一直看到歌剧结束。

祁淇今晚的直播时间改为晚上九点，这会儿正闲着，拉着姜桃聊天，说了很多给她打赏的大佬的事情。

"桃桃，我跟你说个事，我可烦心了，给我打赏的这个人好像年纪不大，万一他家长找过来，这些钱还是要退的。"

"大哥原来是个小老弟啊……"姜桃拿着电话找了一处安静的地方

陪祁淇说话，直到祁淇把苦水倒完才开口。

和祁淇打完电话，姜桃看了一眼时间，摸了摸自己的胃，还是饿。路过一家面包店的时候，看到里面的面包架上挂着五折的牌子，她进去买了一个很大的三明治，才花了十块钱，一边往回走，一边撕开包装袋，迎着风吃起来。

九点五十分，歌剧散场，这比温照卿告诉姜桃的时间要提前了二十分钟，是因为他记错了时长才有这种失误。

廖友谊与他侃侃而谈观后感，她是个不会轻易让交流冷场的人。两个人的许多观点都很相似，总的来说，算是聊得来。

出了剧院大门，温照卿一眼就看到了自己的车在路灯下，可姜桃不在车里，两人决定在路边等一会儿。

"她一般不会走远，应该很快回来。"

冷风吹过来，廖友谊笑着耸耸肩，无所谓道："没关系，等一下就好，本来也是我们告诉她错的时间。"说完，她打了一个喷嚏。

温照卿拿起手机拨通姜桃的号码。

姜桃接起来，声音含混不清，一听就是嘴里含着东西，听筒里还有哗啦哗啦的风声："温先生？歌剧提前结束了？"

"嗯，你在哪里？快点过来。"

"我我我，马上就到！"姜桃挂了电话开始小跑，一边跑，一边往嘴里塞面包，本来想着要细细品一品，看来没这个闲工夫了。

温照卿向长街两边张望，终于在右侧的街头看到姜桃单薄匆忙的身影，她手里还拿着什么东西，一股脑地塞进嘴巴里，腮帮鼓鼓的，边跑边吃，还不忘和他招手，像一只瘦骨嶙峋的大猩猩似的朝他狂奔而来。

廖友谊也看到了姜桃，她抬眼扫了温照卿一眼，又打了个喷嚏，用力揉了揉鼻子，用淡淡的鼻音对他说："我哥说从心要去夜店，他把英姿先送回家，一会儿来你家接咱们和从心，正好我想喝点热糖水，好冷。"

温照卿回眸，看廖友谊抱着手臂不停地搓着，便脱下自己的大衣给她披上。

廖友谊羞赧地微笑:"谢谢。"

姜桃回来了,小鼻子被风吹得通红。她喘着粗气打开后车门,内疚地向温照卿道歉:"对不起,我记错时间了,让你们等久了,晚上这么冷可别感冒。"

廖友谊抓着身上男士大衣的衣襟,从容地对她笑道:"没关系,也没站几分钟,你不用跑得这么累的。"

姜桃帮廖友谊关上车门,又跟着温照卿来到车的另一边,帮他开门。

温照卿抬手指了指姜桃的嘴角,示意她这里有东西。姜桃马上用手背胡乱地擦了一把,没再抬头看他的眼睛,只说道:"先生快上车吧,别感冒了。"

系好安全带后,姜桃启动汽车,问道:"先送廖小姐回家吗?"

"不用。"温照卿沉声否定,"直接回温宅。"

直接回温宅的意思,是今晚廖小姐要住在温家了吗?

姜桃的眼眉不自觉地跳了一下,她抬眸,从后视镜里看了一眼温照卿,谁料与他的视线碰个正着。她飞快地扭转视线,故作轻松地说了一句:"好嘞!"

把他们送回温家,再把车开进车库,姜桃今日的工作就算完成了。

放好车钥匙后,她直接下班。

走了没几步,廖友谊穿着拖鞋追出来,手里拿着那条芬迪的围巾:"姜桃,你的围巾!"

姜桃驻足,笑着伸手去接。廖友谊拂开姜桃的手,直接把围巾围在姜桃脖子上:"你就穿这么一点来回通勤啊,很容易感冒的。"

"没事儿,我习惯了,你快进去吧,多冷啊。"姜桃摸着软软的围巾说。

"记得戴围巾,这样能暖和很多。对了,我们加个微信吧,我刚回国,在国内的朋友也不多,有空我们可以一起玩啊。"廖友谊笑眯眯的,眼睛里像有星光在闪烁,让人无法拒绝。

姜桃掏出手机扫描了廖友谊的二维码,她的头像是她在台上演出时拍的照片,名字是:友谊地久天长。

廖友谊跟她挥手又小跑了回去。温照卿默不作声地站在门口看着这一幕,待廖友谊回来后,才关上门。

虽然围巾的保暖程度和大衣棉服都是不能比的,但聊胜于无。

末班公交车已经收工,姜桃在等半个小时一班的夜间公交车,椅子上太凉了,只能站在地上来回踱步。她把半张脸都埋进了围巾里,面对刺骨的江风没有丝毫的反击能力。

微信提示有新消息,是廖友谊:【你头像的背景板是照卿吗?他干吗这副嘴脸,好像谁欠他钱。】

姜桃点开自己的头像重新温习一遍"他的嘴脸",藏在围巾里的嘴角不自觉地上扬,手指飞快在屏幕上按下:【他平时都这么酷的,只有跟你在一起才总是笑的。】

廖友谊:【真的吗?他这么快就被我的人格魅力征服了吗?我好厉害!】

姜桃:【给厉害的大佬鞠躬,哈哈。】

廖海潮来温宅接他们去赶下一个场,温照卿坐在副驾驶,路过公交车站的时候,他侧眸多看了一眼,便看到姜桃缩着肩膀低着头在原地跺脚。她可真是瘦,好像一阵大风就可以轻易把她吹走。

夜晚的沿江路很繁华,可冬日的万物又很萧瑟,光怪陆离被冷风蒙上奇怪的滤镜,所有的热烈都变得很生硬,这样的繁华里,形影单只的人会显得更加孤独和寂寞。

廖友谊在车上拿着手机低笑:"我真的好喜欢这个姜桃,我要跟她做朋友,还要给她介绍一个厉害的男朋友!"

"你省省吧。"廖海潮在前面说,"做朋友可以,男朋友就免了,她连孩子都生过,而且有男朋友。你自己都没个男朋友,操那么多心干什么?"

廖友谊很正经地问道:"她都当妈妈了?"

"对,人家年纪轻轻都当妈妈了,你看看你。"

廖友谊不好意思地笑笑:"看我干什么,我这不也……快有男朋友了嘛……"

"幸好你有个哥哥,不然你这辈子也交不到男朋友。"廖海潮揶揄道。

温照卿扭头看了一眼廖海潮，笑了笑："我发现你这个人，刻薄起来六亲不认，连你自己妹妹都损。"

"你比我好哪里去？最先六亲不认的不是你吗？你刻薄起来连自己亲侄子都卖。"廖海潮说道。

温从心赶紧帮腔："对啊，我二叔好无情，我才十九岁，就要按着我喝枸杞水，还要用热水泡脚……"

廖友谊仅仅消失了两天，就再次出现在了姜桃的视线里，并且这一次，好像打算在她的视线里常住下去。

第三天早上，姜桃按时来上班，廖友谊比她来得还早，已经在跟姜阿姨学习怎么做朝鲜族的小菜。见到姜桃来了，廖友谊愉快地把手洗干净，拉着姜桃来到客厅，提起一个大纸袋，从里面拎出一件深灰色的毛呢大衣，连标签都还挂在上面。

"我给你带了一件大衣，是我去年在英国买的，只试了一下，回来才发现不是很适合我，和我平时的穿着也不搭，如果你不嫌弃的话，就送给你吧。"廖友谊说着把大衣往姜桃的身上比量起来，"肯定是温照卿太严格，不让你穿好看的大衣上班对不对？你可以穿这件，简单干练。他要是连这都不让你穿，我就帮你讲道理去！这大冷天的，怎么能让女孩子每天只穿着西装上下班。"

姜桃的脖子上还围着廖友谊送的围巾，她只是摸了一下这件大衣，就知道它的价格不是自己能承受的，于是连忙推了回去："这可不行，我不能收，这衣服肯定很贵！你还是自己留着吧，万一哪天你需要了呢？"

"不贵！才一万多一点而已！我要是需要这种款式，可以再买的呀。现在我回国了，可以跟我哥撒娇，让他给我买十万二十万的，他肯定答应。"

姜桃想问她，你是否真的了解你哥哥？你哥哥穿的衣服都是搜刮温照卿的好不好？

可姜桃只是笑了笑，不是在笑廖友谊不懂自己的哥哥，而是在笑自己。廖友谊随手赠人的东西,是她做梦都不敢想的。

她怎么敢想自己有朝一日能穿上一万多一件的大衣。当然,她也无法想象,怎么有人舍得把一万多一件的衣服随手送给别人。

温照卿看到姜桃身上这件价值不菲的大衣后,很诧异。姜桃主动解释:"廖小姐送我的,我说了不要,她非要给我,我再说不要她都快生气了,只能收着,怕她觉得我不识趣。"

温照卿只是赞许地点点头:"还挺合身的。"

在姜桃送温照卿去公司的路上时,他问道:"她很好相处吗?"

姜桃反问:"先生觉得好相处吗?"

"挺好的。"

"那就挺好的。"说完这话,姜桃忽然感觉心口一阵阵酸痛,好像有人拿重物狠狠撞过来,若不是她整个人被包在座椅里,恐怕要被撞得跌个跟头。

很难过,却不能表现出任何难过,不想笑,却只能开心满足地笑。

她一直都是这样过来的,以前不觉得有什么不妥,也不觉得心酸,如今,却大有不同。

姜桃终于承认,自己对温照卿有了不该有的感情。她的理智告诉她,必须将这蠢蠢欲动的小火苗扼杀在初始状态里,不然她将陷入可怕的无底深渊。她甚至不敢去细想,自己为什么会有那些不切实际的想法,权当年少无知,见到美好的人和事总会被不自觉吸引。

人这一生这么长,偶尔迷路也很正常。

其实有廖友谊这样的老板娘也挺好的,她那么温柔那么开朗,很好相处,大家都喜欢她。自己已经比之前更幸运了,已经在越来越幸运了。

在姜桃看来,或者在包括温照卿在内的所有人看来,廖友谊待姜桃真的很好,也是真心把姜桃当成朋友。

这不是很好吗?

廖友谊偶尔会给温照卿打电话,把姜桃借出来,陪她逛街买衣服,陪她一起去喝下午茶。

在廖友谊的主张之下，姜桃还见识到了许多没见识到的世界。

比如，她尝到了两百块钱一小壶的花茶，虽然只能倒出两小杯而已；她见识到了两千三百块钱一件的吊带背心，她甚至不好意思用自己干巴巴的手指头去摸一下。

这个周末下午，她又被廖友谊借走了，陪廖友谊去给温照卿买礼物。

姜桃好奇是什么日子要送礼，廖友谊云淡风轻地说："不需要什么特殊的日子才可以送礼物啊，照卿给我送了几次花，我都没有回礼呢。"

廖友谊带姜桃走进一家奢侈品店，挑挑选选半天，选了一对钻石袖扣。

三万多的价格令姜桃瞠目结舌，廖友谊却像白捡的一样，觉得这可真是物美价廉。

付完款后，导购把礼盒装进纸袋。

廖友谊直接把纸袋撤掉，将绒布礼盒塞进姜桃手里，神秘兮兮道："你帮我放一下，不用袋子，等下我要给他个惊喜，袋子这么大还哪有惊喜。"

姜桃点点头，把小礼盒放进自己的大衣口袋，还轻轻地拍拍口袋，确保它的安好。

廖友谊又看上一条女士的丝巾，她拿下来在姜桃的脸上比了比，嘀咕着："下周妈妈过生日，她皮肤和你一样白，这个颜色应该还不错……"

导购笑着问道："你们两个是姐妹吗？看起来有点像。"

姜桃摆摆手："不是，我是……"

她的话没说完，就被廖友谊打断："很像是不是？可惜不是，要真是的话，我可要问问我妈妈为什么这么偏心了，怎么独独把妹妹生得这么好看。"廖友谊对导购笑笑，"这是我的闺密。"

闺密？姜桃呆呆地看着廖友谊，不知自己何德何能，能有这么阔气的闺密，她有祁淇一个，都觉得自己是三生有幸了。

廖友谊没有买那条围巾，挽着姜桃的胳膊离开了，一路有说有笑。有风吹过来的时候，她总是第一时间帮姜桃拉围巾。

因为没有国内的驾照，廖友谊不能自己开车，所以她出入都是自家司机送，或者姜桃送。晚上约好在温照卿家吃户外烧烤，廖海潮还叫了几个和温照卿相熟的朋友。从廖友谊的言语里，姜桃听到的意思是，今天应该算是她和温照卿确定关系的日子，不然她哥不会叫来外人。

她们一起回到温宅，庭院里已经很热闹了，姜阿姨还贴心地给这群年轻人拉了彩灯，看着挺有意思的。

姜桃停好车从车库出来，就见廖友谊笑着跟她招手。

廖友谊仰头对站在高一级台阶上的温照卿说："照卿，我给你买了礼物，是姜桃陪我一起挑的，你看看喜不喜欢。"

姜桃走过来后，廖友谊朝她伸手："快拿出来，姜桃。"

廖友谊又看向温照卿，说道："你快猜猜我们给你选了什么！"

温照卿双手插着口袋，蹙眉笑了笑，没有回答她的问题，只是和她一样，伸手等着接礼物。他看着姜桃日渐消瘦的小脸，忽然收起手掌，皱眉，问道："你吸毒了？"

姜桃刚把手伸进大衣口袋，闻言抬眸，愣愣地看着他："啥？我自己都不相信我能买得起……"说完她就笑了，笑着笑着，脸色突然不对了。

左边口袋也摸了，右边也摸了，怎么没摸到那个小礼盒，姜桃当即吓出一身冷汗。

她又来来回回翻了几次，甚至跑回车里去找，再回来时，还是两手空空。她焦急地拉着廖友谊问："你看见我揣进来了吧？我就揣大衣口袋了啊！"

廖友谊也着急，围着她一顿翻。

姜桃急得眼泪都出来了，原地直跺脚："我没拿出来啊！"

温照卿的朋友都围了过来，廖海潮又去车里找了一遍，也没找到。

"你们买了什么？"温照卿抬起手挥了挥，把过来看热闹的人都打发走了。

"一对钻石袖扣，很小的，盒子也很小。"姜桃捂着脑门拼命回想能把东西丢到哪里去。

廖友谊拉着姜桃的手腕，一脸心疼地说："算了，别找了，也别想了，你也不是故意弄丢的，破财免灾，东西再买就好了。"

这是好几万的东西，怎么能说算就算了呢？姜桃咬着下唇，急得团团转。廖友谊却突然捏住姜桃的肩膀,大声说道:"我想起来了!是我忘记拿了,落在了店里,当时只记得看围巾了,等我有空再去取就好了!没事了,没事了,姜桃。"

姜桃摸着口袋的手掌顿住,她怔怔地看了廖友谊几秒,扭头与他们擦肩而过,直奔洗手间。她从里面反锁了门,坐在马桶盖上仔仔细细地回忆着下午的事。

姜桃很确定那个小盒子装进了自己的口袋,并且从未拿出来过。她用力抓着头发,迫使自己清醒一点。她想起刚刚温照卿那些朋友的怀疑眼神,仿佛在嘲讽她不小心,或者,怀疑她手脚不干净。

廖友谊为了化解这种尴尬,竟然把事情揽到自己的头上。姜桃也不知道该怎么办了,不知道去哪里找,或者怎么赔偿。

廖友谊在外面敲了敲门,趴在门缝上说:"姜桃,你别难过了,只是一对袖口而已,不是什么贵重的东西,我和照卿都不会怪你的,你也是不小心。别这样,你这样我很内疚,要不是因为我,你也不会这么自责。"

姜桃深吸一口气,紧绷着身体,没有回应。过了一会儿,她听到温照卿的声音在门外响起,他对廖友谊说:"我跟她聊,你先去和朋友们聊天吧。"

廖友谊似乎有些犹豫,但还是答应了:"好,那你千万千万不要批评她,她现在吓坏了,毕竟这东西对她来说也挺贵的,肯定很有心理负担。姜桃和我们不同的,我们要体谅她。"

姜桃和我们不同的?

廖友谊离开后,温照卿叩响了洗手间的门:"姜桃,开门。"

姜桃没出声,他又敲了一次,姜桃还是没回应。

温照卿没有再敲了。姜桃静静听着,好半天都没有了声响,温照卿的耐心应该是耗尽了,明明是她做错了事,还要别人安慰她。温照卿肯定很生气,因为她的不懂事,让他与他未来的太太烦心。

姜桃掏出手机看卡里的余额,勉勉强强能维持个生活吧,虽然他给的工资很高,可她的窟窿太大。

"咔哒"一声,洗手间的门锁被拧动。姜桃紧张地看着门把手,下一秒,门锁被人用钥匙从外面打开。

温照卿板着脸,不悦地站在门口盯着她:"你过来。"

"温先生……"

温照卿没有耐心,皱眉又强调了一遍:"我让你过来。"

姜桃不敢说不,只能耷拉着脑袋,像霜打的茄子一样跟在温照卿身后,直上二楼,来到他的书房。

温照卿在写字台后坐下,拉开抽屉拿出香烟,抽出一支放在唇间点燃:"你哭丧个脸给谁看呢?"

姜桃的睫毛微微颤抖,小心翼翼地道歉:"对不起先生,我弄丢了廖小姐给您买的礼物,实在笑不出来,那是我三个月的工资……"

"我又没让你赔。"

姜桃抿了抿唇,眼泪瞬间涌了出来:"谢谢您和廖小姐的宽容理解,可我真的是压力太大了。廖小姐说得对,我和你们是不一样的,三万多块对您和廖小姐来说,可能只是一个普通的礼物,但对我来说,是会要命的。我已经很小心了,生怕自己做错一点事惹您不高兴,可我还是总惹您不高兴……"

"你不这副样子我就不会不高兴。"他吸了一口烟,沉声说道。

姜桃刚落了两串我见犹怜的眼泪,听到他的话,立刻用衣袖狠狠抹干净脸颊,把鼻涕也吸了回去,挤出一个难看得不得了的苦笑:"那我不这样了。我知道错了,我下次一定很小心,绝对不会丢东西了。"

温照卿沉默地看了她半晌,对她勾了勾手指。

姜桃委屈巴巴地走过去后,他从桌下的纸抽里抽了两张纸递给她:"别再把自己锁在洗手间里,不然我让你在洗手间上一个月班。"

姜桃看着他修长干净的手指,心里痒痒的。她接过纸巾,像小孩子一样胡乱地在脸上蹭:"我做错了事,还要你们来安慰我,我内心可过意不去了。"

"不然呢,把你打死?"温照卿挑眉,眼尾似乎有一丝笑意,"如果你不想跟她出去,可以拒绝。"

"可以拒绝?"姜桃不敢相信,"怎么拒绝?拒绝了万一老板娘不高兴，我还是要下岗的啊！"

"哪儿来的老板娘？"温照卿笑着反问一句，指了指书房里的沙发说，"让你乱说话，惩罚你静坐一个小时。"

温照卿回到楼下继续自己的烧烤派对。

姜阿姨手忙脚乱，问温照卿："姜桃人呢，来帮忙啊。"

"在面壁思过。"温照卿说完，便拿起夹子亲自动手去烤肉。

姜桃站在书房的落地窗前往下看，稍稍开一点缝隙，就能闻到诱人的烤肉香，她关上门，坐在沙发上摆了一个"葛优躺"。

她喜欢温家的沙发，实在太舒服了，比她的地铺不知道强几万倍。身体忽然得到了前所未有的舒适，近些日子以来紧绷的神经也跟着柔软了，脑子里只剩下那一对离奇失踪的钻石袖扣。她窝了一会儿，觉得好累，脑子里浑浑噩噩的累，索性什么都不想，横在沙发上睡着了。

睡梦中感觉有人进来书房了，在她身边转了一圈，然后又离开。醒来时，身上多了一条薄毯，她完全想不起是谁进来给她盖的。

姜桃睡了两个多小时，楼下的"烧烤趴"也差不多结束了，大家准备去夜总会续下一摊，她这才下楼。

温照卿把她叫到身边，垂头在她耳边低声说："去吃东西，给你留了晚饭在厨房，吃完我们出去。"

他说话时，有微醺的酒气，呼吸像芦苇草一样从她耳朵尖拂过，有些痒。她觉得自己脸红了，不敢抬头，扭头就往厨房跑。

姜桃和姜阿姨的小餐桌上，有一碗白米饭、一盘烤好的牛肉和香肠，还有姜阿姨做的小菜和一碗汤。她伸手摸了一下，都是热乎乎的，一屁股坐下来，先喝半碗汤，又迅速地干掉一碗饭。

姜桃吃饱喝足，抓起旁边放着的两颗小圣女果一股脑塞进嘴巴里，起身时，看到温照卿已经穿好了大衣靠在门口。他看起来有些累，不是很有精神的样子。

她鼓着腮帮一脸惊慌："我吃太久了吗？"

"你几辈子没吃过东西了？"

"中午才吃过……"

"吃这么多也不胖？"

姜桃不好意思地摸了摸自己的肚子，这大概就是令人羡慕嫉妒恨的易瘦体质吧，她也希望自己能胖一点，一点点就好，看起来能珠圆玉润一些，就不会显得太寒酸。

"是不是很羡慕我，不用保持体形？"姜桃笑了笑，抿唇低头跑出去找廖友谊。

温照卿垂眸看了一眼被她吃得干干净净的碗盘，回想起她刚刚专心闷头吃饭的样子。

仿佛这个世界只剩下她面前的一张饭桌，她总是把嘴巴塞得满满的，吃相一点也不名媛，她像在担心有人抢了她碗里的东西，吃了这顿没有下顿一般急迫。他忽然觉得有点心疼。

看姜桃跟在廖友谊身后，僵硬着笑脸去奉承配合廖友谊，温照卿也会觉得不舒服。

廖友谊待姜桃是很好的，可每次姜桃一抿嘴巴，露出妥协的笑容，温照卿都觉得姜桃受了委屈。

他的人，在他的眼皮底下受委屈，这让他很不爽。

可是，廖友谊和姜桃，到底谁才应该被摆在"他的人"这个位置上？这也是很令人头疼的问题。

廖友谊应该算是他的理想女朋友，有学识，有能力，家境也可以，重要的是人品好，很单纯。

爱情这个东西有时候真的很神奇，对方或许满足了你所有的想象，可你对她还是差那么一点，或许是她微笑时让你心潮澎湃的那一点，也或许是她哭泣时让你有恻隐之心的那一点。

大概他就不是一个会一见钟情的人，他的爱情需要在长久的相处中慢慢孵化。

"先生！"姜桃拎着廖友谊的包回到厨房外面，脆生生地叫他。

温照卿转身，看到她笑眯眯的眼睛，心情好了不少。她可真是一个心情变幻多端的女孩子，一会儿哭得鼻涕一条一条的，一会儿又眉飞色舞。他笑着朝她走去:"你又开心了?嗯?"

"啊……"

"我也是头一回经历别人把我的东西弄丢了,我还要安慰对方的。"

姜桃笑了两声,奉承道:"先生最好了。"

姜桃本来只需要把他们送到KTV,等他们结束以后,再把他们送回家,中间他们"嗨皮"的时间她是可以自由活动的,可是廖友谊不同意。

廖友谊非要拉着姜桃一起进来,只要不喝酒就可以了。

姜桃没进过KTV,这算平生第一遭,黑压压的让人很不舒服。廖友谊把她按在身边,还把果盘和小吃都推到了她面前。

大家推杯换盏,唱歌划拳,有人用麦克风大声叫她:"小姜司机!你唱什么?"

另一个拿着麦克风的女孩子也笑着问道:"是啊,我们给小姜司机一点娱乐的机会,不能老这么霸占着麦克风。"

喝了一点酒的廖友谊拿起哥哥手边的麦克风,佯装生气地说道:"她叫姜桃,不要一口一个小姜司机,人家女孩子没有名字吗?"

"她本来就是司机啊,这也能杠?"叫姜桃唱歌的男人不乐意地说道。

"就不行!不许叫她司机!"廖友谊突然站起来,被姜桃一把拉回然后一同坐下。

姜桃抱着廖友谊的胳膊尴尬地笑道:"别这样,我本来也不是千金小姐,真就是司机啊,干吗怕人说呢,你不要生气。"

廖友谊一把抱住她,在她肩头重重拍了拍:"我好希望你是少爷小姐,这样你才会跟我更亲近啊。姜桃,我总觉得你没有真心把我当朋友,是不是觉得我们之间的差距太大了?我交朋友不在乎阶层的,真的。"

姜桃拍拍廖友谊的后背,安慰道:"我真心把你当成老板娘了。"

廖友谊直起身,让姜桃闭嘴,不要乱说话,两个小姑娘闹成一团。

温照卿靠在一旁,眼睛半睁半闭地看着。这样幽暗的灯光下,姜桃脸上的苍白不那么明显,她也很鲜活,很漂亮,笑起来脆生生的。

他想起姜桃刚来温家时，要比现在大胆和开朗，偶尔还要跟他发一下小脾气，撒个娇，现在这些好像都不存在了。
　　是姜桃太怕廖友谊，才故意疏远了他吗？
　　姜桃一直拒绝别人递过来的麦克风，她怕唱了会让人觉得抢风头，再说她的老板都没有唱，她唱哪门子呢。
　　临近结束时，温照卿突然把廖海潮手里的麦克风拿过来，递给了姜桃："去唱首歌，会吗？"
　　姜桃摇摇头："不怎么会。"
　　"那就唱个《生日快乐歌》，这个会吗？"
　　廖友谊自告奋勇去帮她点："《生日快乐歌》嘛！我帮你点。"
　　廖友谊一番操作，把姜桃拉到房间中央，举起手掌热情地带动大家给她鼓励，然后拿起一个麦克风，准备在她唱不出来的时候帮她和声。
　　可是音乐一出，就有些尴尬了，廖友谊点的生日歌并不是大家常规认知里的那首，屏幕上显示着六个字：《祝我生日快乐》。
　　廖友谊愣了一下，对着麦克风说："哎呀，怎么点了这首，快帮我换一下，不知道姜桃会不会这种流行歌曲，快帮我换一下，哥！"
　　"不用换了。"姜桃紧张地握着麦克风，对廖友谊笑了笑，"这首我也会。"
　　其实大部分的流行歌曲，只要听过几次，姜桃都能唱出来，只是不记得歌词而已，她对音乐没有多大的热情，但这东西是天生的，她也拒绝不了。
　　姜桃只开口唱了第一句就艳惊四座，平日里说话脆脆甜甜的，没想到唱起歌来，声音别有味道，音准也丝毫不差。这一群少爷小姐，没有一个比得过她。
　　别人鼓掌，姜桃就很紧张，看向温照卿，昏暗里，只觉得他嘴角是带笑的。廖友谊见姜桃完全不需要自己帮忙，便坐到一旁，跷着腿，面带微笑地听歌。
　　一曲结束后，掌声热烈，廖友谊拿起麦克风，笑着问温照卿："我觉得你让我的好朋友受委屈了，这么优秀的女孩子为什么要给你开车啊？我要给她安排一个更好的工作，我哥缺个秘书。"

廖海潮连忙摆手，说："你可拉倒吧，人家姜桃在温照卿这里工资很高的，我不需要这么贵的秘书。"

"多少钱啊？"廖友谊笑着问姜桃，"你工资多高？"

"一万二。"姜桃只能如实回答。

"哇，是很高。"廖友谊对廖海潮撒娇，"我不管，我想让姜桃坐办公室，当白领，你提高一下秘书的工资又能怎么样？"

姜桃放下麦克风，一时间不知道该坐到谁身边。包房里的音乐声停下来，温照卿对她招了招手，拍拍自己身边的位置。

姜桃走过去，保持礼貌的距离坐下。温照卿指了指桌面的烟盒，姜桃立马会意，给他递上一支烟，拿起打火机帮他点燃。

温照卿咬着烟，含混不清道："这事儿，你不得问问我吗？怎么变成问你哥了？"

话一出口，大家齐齐看向温照卿。

温照卿慢条斯理地坐直，似笑非笑地看着廖友谊："你对好朋友比对我还好，想让她当白领，就不怕我没司机用？我可是心理不平衡了。"

廖友谊笑笑："把我哥哥的司机给你用嘛。"

"我不喜欢，还是喜欢用自己的人。"温照卿说着弹了下烟灰，抬手比了一个二，"想要挖我的司机，让你哥出双倍工资。"

廖海潮当即不乐意了，笑着拿烟盒去打温照卿："你俩玩我呢？好端端干吗给我安排一个两万四的秘书？"

温照卿突然偏头去看姜桃，他眼神深幽带着探究，像一位国王，在测试着自己将领的忠诚。在这样的注视下，姜桃的心跳速度剧增，她得说点什么才能让所有人都开心。

她一脸期待地笑着看向廖友谊，问道："真的吗？真的给我两万四吗？"不等廖友谊回答，又立马看向身边的温照卿，撒娇道，"温先生您看，我现在可是很值钱的，您要不要考虑给我涨一点工资呀！"

"不涨呢？"

"那您让姜阿姨把她做辣白菜的配方给我。"

温照卿低笑出声，眸光熠熠，想抬手揉揉她的小脑袋瓜，觉得不合适，伸至半路的手又收了回来："去买单。"

姜桃接过他的卡，低头走出去。

廖友谊娇嗔地瞪了温照卿一眼："你这个坏人，一直压榨我的好朋友。"

温照卿笑了两声："你可以换个朋友啊，换一个不让你这么操心的。"

姜桃是真想当那个两万四的秘书，可是廖海潮才不会同意，只要钱多，在哪里工作都挺好的，哪怕看不见温照卿也挺好的。

她像站在甜品店窗外踮脚的小女孩，眼巴巴地望着精美昂贵的点心。点心看起来触手可及，可又遥不可及。

· 第七章 · 两难

第二天早上,温照卿醒来时已经过了平时吃饭的时间,他昨晚喝得有点多,头很沉,洗了澡后也没能好些。他穿着浴袍来到衣帽间,准备拿今天的穿搭,无意间,看见自己的玻璃柜里少了一块手表,一块他很少戴却并不便宜的限定款。

他以为是自己乱放才不见的,在衣帽间和卧室里,还有书房都找了一遍,也没找到,便去敲温从心的房门。

温从心宅得昏天暗地,反问温照卿:"我拿你表干什么用呢?在家敲键盘不需要,出去蹦迪看不见,再说我的表比你的好看多了。"

这个反问句,显得温照卿特别智障,他就不该来问,要是现金没了,倒有可能是被温从心拿去花了。

温照卿叫来姜阿姨,询问她是否看到了自己的手表。姜阿姨当即吓得嘴巴都合不拢了:"看见了,昨天中午我来擦柜子的时候还在。"

"你确定?"他皱眉问道。

姜阿姨点头:"我确定,就是海潮说像女款的那块,自从他说完,每次看见我都觉得像女款,这么有特点的东西我怎么能忘?再说它就在最中间,我又不瞎。"说完,她一脸难以置信地问,"表呢?不会是丢了吧?"

温照卿撇撇嘴,没有回答。

姜阿姨立马从围裙里掏出手机:"报警,赶紧报警。"

温照卿按住姜阿姨的手腕,手指在玻璃柜上一下一下有节奏地敲着:"先找找。"

"那还找什么啊？这表不是丢了还能自己长腿飞了？一百多万说没就没，我一个保姆说不清啊！"

"我没让你说清，也没怀疑是你偷的，你慌什么？"

"什么叫我慌什么？那表是花钱买的，钱啊，你个败家孩子，不管你了。"姜阿姨把手机往口袋里一塞，扭头就出去了。

温照卿眉头紧锁，拿起空荡荡的表盒，放在鼻子前仔细闻了闻，又拿起旁边的表盒闻了闻，居然是不一样的味道。

昨天晚上来温宅的人，谁会缺这一块手表？可如果是进了外贼，那这小偷，为什么只拿走一块？它可不是最贵的，也不是看起来最贵的。如果小偷只想偷一块，为什么不挑一块不起眼的。直接拉开他玻璃柜的下层，有很多可以神不知鬼不觉就偷走的，毕竟他不会每天都来检查一遍抽屉，玻璃柜里的东西是多么显而易见。

所以说，拿走这块放在正中间手表的人，就是故意偷给他看的。

温照卿不觉得这人是想偷表，对方要么是想提醒他，他家里有贼，要么是想把这次盗窃行为，栽赃给别人。

第一种的可能性几乎是零。那么就是第二种，栽赃。

他身边的人有老姜阿姨、小姜司机、温从心、廖海潮，还有廖友谊，若是栽赃，又是谁在栽赃谁？

温照卿轻轻抚弄着空荡的表盒，挑起嘴角笑了笑，忽然觉得也挺有趣的。他身边居然藏着这么有心机的人，而他却还天真地看谁都是小绵羊。

他告诉姜阿姨，丢表这件事就当不知道好了，不要对任何人提起。

姜阿姨不明白怎么回事，也不服气，但最终只能咽进肚子里，反正温照卿不是个傻子，不会真的傻乎乎地干等着。

当天下午，温照卿找人给衣帽间里安装了一个摄像头。

他打算让这件事就这么平息过去，就算报了警，也不见得能抓到人。可既然是栽赃，那么一次栽赃不成功，就会有第二次。

并且那人一定会好奇，第一次为什么没有成功，难道是偷得不明显？对方会想办法回来这里看看，为什么自己偷走的东西没有被发现。

他选择让日子风平浪静地过,日子果然就很风平浪静,仿佛他从未丢过那块表。

可温照卿相信自己的直觉,总有一天,他会等到那个用善良伪装在自己身边的坏人。

廖友谊约温照卿一起喝咖啡的时候,感觉气氛不对,便关切地问道:"你怎么看起来心不在焉的?家里发生什么事了?"

温照卿端着咖啡杯笑笑:"你应该问我公司发生了什么事。我家里就只有我和从心,还有姜阿姨,能有什么事发生?"

廖友谊用小勺子挖了一块提拉米苏,笑着送进嘴里:"我觉得你不是会为了公司烦心的人。"

"我也不是为家事烦心的人啊。"

"你这叫抬杠。"廖友谊说道。

温照卿淡然一笑,看着杯里的咖啡,兴致缺缺。

最近的天气总是反复无常,气温每隔两三天就来个蹦极式的变幻,前一天热得要穿短袖,第二天满街都是穿羽绒服的人。

温照卿的公司选择了在这样一个气温反复无常却干燥晴朗的时间段里进行团建。

作为员工之一的姜桃也有幸参与,并且这一天,不需要开车。尊贵如温照卿,也是要和大家一起坐巴士的。

团建地点在两百公里以外的一个沿海小镇,三辆大巴装人,早上出发,一共两天。

第一天上午到酒店后自由活动,午餐自行解决。酒店附近有一些当地小吃,给大家时间去品尝,晚餐则是沙滩BBQ(海鲜烧烤)。

姜桃和温照卿的小金秘书住同一间房,住的房间也比一般员工稍微好一些,和温照卿是同一层的不同房型。

小金秘书在温照卿这里工作这么久,第一次住临海的房间,开心得不得了,好一顿拍照。姜桃也不比她有出息到哪里去,一直给祁淇发照片,给祁淇看自己今天住的地方有多豪华。

小金秘书在房间里看到一些免费的零食和饮料，挑了自己爱吃的，剩下的都给姜桃了。姜桃看了看，装进包里，带回家给四个小不点吃。

大家有两个小时的自由活动时间，姜桃和公司里的同事都不熟，很大一部分都是今天才见到第一面，有些甚至碰到面都不知道是自己的同事，和小金秘书也不熟悉，只是说过两次话而已。小金秘书被别的女同事叫走，问姜桃要不要一起去，姜桃礼貌地拒绝了。

姜桃不愿意和别人凑成一堆不是因为她不合群，是因为合群就要为社交付出代价。她不想付出那样的代价，有那闲钱，她给家里"四只小猪"买点奶粉不香吗？

她换上公司统一发的黑色连帽卫衣，提着一个黑色的塑料袋出了房间，一个人去沙滩散步。

正午，沙滩上阳光很足，附近也有一些三三两两结伴而行的女孩子在散步，大家都做足了防晒的措施，鸭舌帽、遮阳帽挡得严严实实。姜桃就没有这种烦恼，反正晒完了皮肤最多红两天就会白回来。

她找了一块礁石坐下，打开自己带来的塑料袋，从里面拿出一包用保鲜膜捆成一条的寿司卷，还有用一次性小餐盒装的几片腌好的苏子叶，这都是从自己和姜阿姨的小饭桌上省下来的。

她撕开保鲜膜，拿起一块寿司卷放进嘴里，迎着海风吃起来。刚用手指捏起一片苏子叶，就听到温照卿的声音在她身后响起："老姜很偏心啊，给你带了吃的，没给我带。"

姜桃回头，看见一身黑色的休闲装，连帽卫衣外面套着一件薄薄羽绒马甲的温照卿，他倒是冷暖自知，不轻易向寒冷妥协。

温照卿坐到姜桃身边，眼巴巴地看着姜桃吃。

姜桃一点也不喜欢分享自己吃的东西，他若是喜欢她的衣服，让她脱了都行，但是她手里只有这么一点吃的，再分出去，就所剩无几了，可总不能让他这么干看着吧？

她用手指捏着一块寿司，犹豫了一下，伸到他面前，小声问道："那你吃吗？"

姜桃觉得，以温照卿这种对什么都不冷不热不咸不淡的个性，是不会和她一个小姑娘讨要这一口东西吃的。谁又能料到，他不仅接受了，还直接用嘴咬住半块寿司，一仰头，让它完全掉进嘴里。

他慢条斯理地吃东西的样子要比这瑰丽的大海好看得多。

他目视前方，慢吞吞地咀嚼着。她咬着手指怯怯地看。

"好看吗？"温照卿视线还在远方，却突然开口。

"啊？"姜桃愣了愣，开启小甜甜模式，"好看哪！我们家先生怎么会不好看？那叫一个唇红齿白目若朗星，面如冠玉气宇轩昂，放眼望去，只要我们家先生说自己是世界第二好看，就没人敢称第一！我们家先生像太阳像星星，明亮璀璨夺目，好看得全世界的人都有目共睹。"

她这张嘴，一直就跟抹了蜜似的，温照卿已经见怪不怪，再说他也不是第一次被人夸。从小被人夸到大，早就享受不到因为夸奖而带来的心花怒放了。

只是被姜桃夸，有一种特别的感觉。姜桃又不是眼光多高，言辞多犀利，整天不是捧这个就是捧那个，公司的保洁大妈都值得她夸一夸，可他还是觉得不一样。

可能是她夸得特别真实吧，能让满嘴跑火车的唠嗑显得无比真诚。

他拿眼尾扫了一下姜桃，反问道："什么叫，你们家的先生？听着好像你是我太太。"

姜桃刚塞进嘴里一块苏子叶，听到这话，一紧张就把辣椒吸进了喉咙里，剧烈地咳嗽起来，好像要把心肝脾胃肾全咳出来似的。

温照卿也没有水，只能干看着姜桃咳嗽。她咳得直反胃，捂着肚子一副要吐的样子。

他皱起眉头，有点心疼，也很意外："当我太太这么恶心吗？"

过了好半天，姜桃才平复下来。她面色通红，是咳的也是羞的，好像心底里不愿被人知晓的秘密被发现了一般难为情。她用力捶了捶胸口，皱眉道："想都不敢想啊！哪有那种福分！"

温照卿撇撇嘴，看了眼让她咳嗽的罪魁祸首——苏子叶，嫌弃极了。他就不爱吃这个东西，姜阿姨总是强迫他吃。他自己动手，又分走了一块寿司，这次只咬了一半："我上初中的时候，特别喜欢吃这个，每次从家里返回学校前,都让阿姨做很多,和同学们一起分着吃。"

"你初中的时候姜阿姨就在照顾你了?"

"嗯,所以比较亲近,她可以算是我的家人了。"

姜桃点了点头,难怪他对姜阿姨那么宽容。她吃了最后一块寿司,意犹未尽地舔舔嘴唇:"我好像没吃饱,晚上沙滩BBQ是吗?我得多吃点。"

"知道自己能吃,不多带一点?"

姜桃卷起手里的塑料袋,心想还不是因为你蹭了两块。

"我低估了自己的饭量,我在之前公司上班的时候也参加过团建,当时就吃了一根火腿肠和一个面包就可以疯跑一天。"

"你在我这里早餐都不止吃这么一点。"这个温照卿倒是记得很清楚。

姜桃长叹了一口气,说道:"因为那天我兜里只有五块钱,哈哈!"

可能是想起了自己曾经心酸又无奈的凄惨,她居然自嘲地大笑起来。

温照卿眉头微微皱了一下,没说话。

姜桃起身拍了拍裤子,伸了个懒腰,问坐在礁石上的温照卿:"先生,您午饭吃什么?就吃那两块寿司能饱吗?要不我替您去买一点?"

温照卿抬起头,看到她圆圆的小脑袋瓜和太阳的光晕重叠在一起,晃得他不得不眯起眼睛:"你想吃什么,我带你一起吃。"

姜桃想了半天,说道:"就面包或火腿肠吧。"

温照卿皱眉起身,拍拍她的肩膀:"至少也应该吃个汉堡。"

姜桃跟在他身后,不依不饶:"其实那种两块钱的面包和一块钱的火腿肠挺好吃的,你吃过吗?"

"你吃过两百块钱的面包和五百块钱的香肠吗?如果你吃过,就不会觉得两块钱的面包和一块钱的火腿肠好吃了。"话音刚落,他忽然想起这话可能有些冒犯一个简朴的女孩子,他很少会说话这么没分寸,大概是与她太熟了,过于放松。

他侧眸去观察她的表情,她并未表现出异常,只是有些无奈地笑了笑,说道:"我也想吃的呀!"

她当然想了，怎么会有人不想呢？就像她看惯了在生意场上冷静沉着、雷厉风行的他，也见识过与家人朋友相处时善意温柔、宽容随和的他，她有幸常伴这样一位优秀英俊的男性的身边，她还如何去喜欢凡夫俗子，她这一生对于爱情，都会心存不甘。

可能与她走到一起的，只能是她的同类人，就像她能吃得起的，只有两块钱的面包和一块钱的香肠。

或许有一天她吃得起贵的，不见得还会有今时今日这般渴望的心境。

损失了两块寿司的姜桃，满足地蹭到了一个汉堡，吃饱喝足散散步，回酒店柔软的大床上睡了一会儿后，被回来换衣服的小金秘书叫醒。

小金秘书已经换上一身休闲装。

姜桃没有正经的休闲装，上大学的时候，两条牛仔裤穿四年，两件花衬衣穿完半个青春，她只有一身很新的高中校服。这新校服还是高三毕业后，祁淇准备扔掉的时候，被姜桃要了过来。

平平无奇的校服，蓝白相间，姜桃本来就单薄瘦弱，再加上不化妆，脸上干干净净的，头发卷成丸子，穿上校服，板板正正地拉好了拉链，看起来和学生差不多。

姜桃穿着这身衣服来到集合地点时，路过了几个不认识的女孩子身边，就听到有人在背后说："哇，这个嫩装得好有心机啊！是我们公司的吗？哪个部门的，怎么没见过呢？"

"你别乱讲话，人家是老总的司机，一个小姑娘，没有一点关系能给老板开车？"

你看，这个世界从来不缺少恶意，只要我们耳朵灵一些，眼睛亮一些，总能发现这些恶心人的东西。

姜桃停下脚步，忽然转身，大步走到那几个女孩子面前，上下打量她们一番，狠戾的眼神看得她们直打怵。

姜桃双手插着兜，冷笑一声："等下我就告诉老板。"

"哎，你……"

姜桃"哼"了一声，扭头就走了，留下那几个女孩子面面相觑。

姜桃才不是一个喜欢打小报告的人，但是她今天还偏偏打了这个小报告。她穿着校服来到温照卿的面前，故意在那几个女孩看着自己的时候，用手指了指她们的方向，眼看着她们几个大惊失色，说道："先生，她们几个说我装嫩勾引你。"

　　温照卿低笑出声，姜桃这身装扮好像来参加初中运动会的小朋友。他抬起手捏了捏她的丸子头："那你到底有没有装嫩勾引我？"

　　"我没有装嫩，我本来就很嫩的啊！"姜桃脸色微红道。

　　"那你管她们说什么干什么？有的女孩子不就那样嘛，嫉妒你嫩，嫉妒你天天跟在老板屁股后面。"

　　"哦，她们在背后嚼老板的舌根，不用处罚吗？"

　　"不用。"

　　姜桃失望地垮下脸，噘着嘴巴站到一边。

　　温照卿皱眉，绕到她面前，不悦地问道："你对我的决策有意见？"

　　"没有没有。"姜桃摆摆手，转身去看另一边。

　　温照卿这回没跟着她转，直接按着她的肩膀把她扳回来，似笑非笑地看着她："姜桃，你可以啊，还学会跟我耍小脾气了？等着我哄你呢？干够了？"

　　这威胁太管用了，姜桃立马认怂。她低着头，咬牙切齿地道歉："对不起，我错了。"

　　"你这是认错的态度吗？"温照卿双手插兜，冷漠地问道。

　　姜桃咬了咬嘴唇，觉得自己怪委屈的，被人说坏话还要被迫道歉，这世界看来也不存在纯粹的正义和公平。她的语气软下来，还是带有几分不甘心："那我认了一个不是错的错，还要我什么态度嘛，我都跟你道歉了还不行嘛。"

　　她的声音有些发颤，温照卿垂眸仔细一看，可怜巴巴的她连眼泪都要掉下来了。

　　周围好多人看着呢，他可不想让姜桃在这里掉眼泪，他皱了下眉，一本正经地警告道："把眼泪给我憋回去，你敢落下来试试。"

姜桃抬眸,泪珠已经在眼眶下面滚了起来,眼看就要兜不住了。他深吸一口气:"我在跟你开玩笑,她们一定会得到处罚,但不是现在,至少要等回公司以后。"

见她半信半疑,温照卿又说:"我向你保证,但前提是,你不能哭。"

姜桃点点头,她弯腰用手指对着眼皮一挤,把眼泪直接挤落地,避免它们从自己脸颊上落下,随即抬头,笑眯眯地说:"好的先生,您真好。"

温照卿松了一口气,立马远离她,站到别的高管身边去。

姜桃习惯了一个人待着,倒乐得自在。她得意地看向刚刚说她坏话的女孩子们,心中暗爽。

下午有一些体能项目,小队合作项目,六人一组。姜桃一开始和小金秘书分到一组,但由于这一组全是女孩,必须要换来两个男孩,有人提议把姜桃换到温照卿那一组,她和温照卿比较熟悉,怕别的女孩子在老板面前放不开。小金秘书和另外一个小秘书却自告奋勇,因为她们俩跟老板也熟。

姜桃坐在地上的屁股特别沉,一点也不想起来往温照卿那边凑,于是两个小秘书被调了过去。姜桃这组来了两个又高又帅的年轻中层管理人员,同组的女孩开心地鼓掌。姜桃为了显得合群,也跟着她们一起开心地鼓掌,一转头,就看到温照卿那张英俊的脸冷得跟冰砖似的,直勾勾地瞪着她。

她眨了眨眼,回过头来,不再看他。

其实这种团体活动基本上大同小异,没有什么别出心裁的节目,目的无非就是增强团队协作能力之类的,半玩半竞争性质。

姜桃表现平平无奇,她的队友却差得出奇,每个小节他们组都是倒数三名,不过这也不是赢房子赢地赢现金,她倒并不怎么在意。

在一个过吊桥的环节里,需要两个队伍一起合作,姜桃的队伍安排与温照卿的队伍合作。桥面是尼龙绳编织的,很多洞,一脚深一脚浅极为难走,桥底是泥汤,踩空了就会一脚陷进泥巴里。姜桃可摔惨了,两个小腿都是泥巴。

因为有速度要求，大家都匆忙赶着跑向下一个阶段，只有温照卿回过头来帮助姜桃。

也不知道是平衡感不好还是怎么回事，姜桃很不擅长和软绵绵的绳子打交道，摔到怀疑人生，眼看着旁边的队伍嗖嗖过去，她急得直冒汗，她不想给大家拖后腿。

在扶起姜桃几次都寸步难行后，温照卿放弃了让她一个人过桥的想法。他抱起她的腰用力往上一抬，她本能地用小腿环住他的腰，手臂也搂紧他的脖子。从他们身边经过的人都在哄笑，姜桃急得直冒汗。

温照卿拍了一把姜桃的后背，沉声命令道："抱住了，别掉下去。"

姜桃点点头，像只树袋熊一样，被他抱着顺利闯过这一关。温照卿走得很快，并没有给她过多的时间去回味这个看起来有些暧昧的姿势，再说，情况也不允许她有那些心猿意马的想法。脚丫子才落地，姜桃就被温照卿拉着疯狂往前跑，一脚泥也基本全甩飞了。

体能任务完毕开始智力比拼，这就更加没脑子想别的东西了，等姜桃终于有时间可以去回味的时候，海鲜烧烤已经开启。

姜桃瘫坐在黄色的塑料靠背椅里，呆呆地看着远方，海风拂面，吹起她耳边的碎发。

小金秘书凑过来："你看什么呢，眼睛都看直了。"

姜桃眼珠子一动不动，木讷地回应："看落日熔金，暮云合璧。"

"啥？"小金秘书被姜桃说得愣了一下，可能觉得她脑子不太正常，直接扭头去跟别人聊天了。

姜桃很佩服自己，都累成这样了，还能转词。

晚餐挺丰富的，又是鱼又是虾，女孩子们吃到一半的时候都吃饱了，大多是坐在那里吃着水果聊天。姜桃就不一样了，她一直在吃。

有人给温照卿夹了两块带鱼，他觉得太腥了，放到一旁的空盘子里。姜桃直接把盘子拉到自己面前，开始用筷子扒拉刺。

"你别扒了，扒了刺我也不吃，腥。"温照卿说道。

姜桃置若罔闻，淡淡地扫了他一眼，继续扒拉，扒拉好刺，一筷子把鱼肉放进自己嘴里:"好吃。"

吃饱的人陆续回了酒店,海边渐渐安静下来,只剩海浪涌入沙滩时发出的温柔声响。

而这时,姜桃还在吃,她又剥了一只虾。

温照卿这一桌的人也都走了,只有他坐在这里陪着姜桃。凌晨的大排档,褪去喧嚣,只剩孤零零的寂寥。

"你是猪吗?"温照卿抽着烟,淡淡地问道。

姜桃一点都没挣扎,喝了一大口橙汁,说道:"先生说我是我就是。"

"你知道我为什么吃这么少吗?"

姜桃摇摇头,一脸天真地猜测:"因为你减肥。"

他减什么肥,浑身上下摸不出二两多余的肉。他吐出一口烟雾,冷笑道:"因为太难吃了,我打算一会儿重新吃,带你一起,你……"

温照卿话没说完,姜桃立马放下手里的叉子,拿起纸巾飞快地擦了一下嘴巴:"啥时候去?"

温照卿意外地扬眉:"你还能吃进去?"

姜桃委屈地白他一眼:"我也没吃什么呀,米饭都没有……"

温照卿带姜桃去了一家轻音乐融合菜餐厅,一路上他都在琢磨姜桃的胃到底在她身体里的哪个位置。看她像个纸片人一样,是怎么装进去那些东西的?

姜桃的鞋子在下午的时候灌了泥,她刚在洗手间的水龙头下面冲干净了,放在塑料袋里提着。裤脚也是用水冲过的,吃饭的时间已经干得差不多了。

沿海的小镇很干净,她光着脚也不怕,只是有点凉。

温照卿问她要不要回酒店去换一双鞋,她说不用,因为就算回了酒店,也没鞋换,她压根就没带备用的鞋。

但是话也不能说得太绝对,温照卿带她回酒店,把湿漉漉的鞋交给酒店客服,让他们烘干,顺便给她要了一双酒店的一次性拖鞋。

姜桃就穿着这双拖鞋跟他一起去隔壁的饭店吃饭。从进门到入座,他们吸引了很多人的目光。一个成年男人后面跟着一个穿着校服的年轻少女,很容易让人浮想联翩。

"我们坐外面吧?"温照卿刚坐下,姜桃就拉了下他的衣袖,指了指外摆区,"坐外面吧。"

温照卿这个人很少在意别人对自己的目光,他没发现有什么问题,看到姜桃一脸不自在后,才多向旁边扫了几眼。他从容地起身,又带她穿过右边的长廊,在外摆区坐下。

温照卿点了两份烩海鲜,姜桃抿了抿唇,说道:"我想吃米饭。"

然后,他又加了一碗白米饭。

只要不吃米饭,姜桃都会觉得自己在饿肚子。

温照卿时常看手机,两人有一搭没一搭地聊天。姜桃放在桌面上的手机突然响起来,把她吓了一跳,上面显示着廖友谊的名字。

姜桃迟疑接听的动作引起了温照卿的注意,他也看到是谁打来的了。

服务员端来两份海鲜放到桌面上,温照卿拿起筷子犹豫了一下,说道:"不想接可以不接,现在不是你的工作时间,你也不是她的员工。"

姜桃没接,电话铃声却再一次响了起来。

手上的红指甲已经剥落得差不多了,只剩一点点残缺的红,仿佛染红的地图拼块。她抠了抠指甲,在最后一秒滑动屏幕接了起来:"喂?"

"姜桃,你和照卿怎么都不在家呢?"

"哦,那个……"姜桃犹豫了一下,"今天我们公司团建,早上就出发了,明天晚上才能回去,我老板没跟你说吗?"

"没有。"廖友谊有一点点赌气,"他没跟我说,你也没跟我说,你们两个瞒着我单独行动!难道是想暗度陈仓?"说完,她在电话那边哈哈笑起来,跟鹦鹉似的。

姜桃无奈地捂了一把额头,立刻否定:"被你发现的暗度陈仓还叫暗度陈仓吗?我看你分明是想无中生有。你再乱讲话,我就把我老板卖掉,让你再也看不到他。"

"卖去哪里,把我一起卖掉,我怕他一个人太孤单了。"

姜桃皱眉:"你打电话就是想喂我吃一口狗粮吗?我还以为你想我

了。"

"喂你吃狗粮和想你并不冲突。对了,我打照卿的电话他没接,你们两个在一起吗?"

姜桃抬眼看向坐在对面的温照卿。鹅黄色的柔光灯下,他看起来像一幅油画,坐姿端庄,眉目深邃,好看极了。

她又垂眸看向自己面前的餐盘,平静地说道:"没有啊,我看他和其他高管一起散步去了,可能大家在聊天,听不到,你晚一点再打。你要是有急事的话,我出去帮你找他转告。"

廖友谊安静了两秒后,笑盈盈地说道:"没什么事啊,未婚妻想未婚夫了这点事,难道要你去帮我转达吗?"

"也不是不行。"姜桃说道。

廖友谊只交代了一句如果看到他,让他给自己回电话便挂了。

两人四目相对,看了半天,姜桃主动开口:"你未婚妻说……"

"你未婚妻。"温照卿毫不留情地怼了回来,"谁允许你私自把我许配给别人的?"

姜桃被他凶得一愣,这和她有什么关系,分明是刚刚廖友谊在电话里告知的他们俩的关系。她委屈得拍了一下桌子:"是你未婚妻说的呀!"

"我看你像我未婚妻。"温照卿冷冰冰地瞪着姜桃,"我什么时候订的婚我怎么不知道?别人说什么就是什么,你工资怎么不找别人拿?"

姜桃被训了个体无完肤,她好像真的站错了立场。她挠挠耳朵,无精打采地说:"廖小姐让你有空给她回电话,她说她想你了。"

温照卿沉默地盯着姜桃半晌,抬手叫来服务员,点了一瓶店里最贵的红酒。饶是最贵,品质也没好到哪里去,只能勉强入口。

餐厅马路对面停着一排轿车,看起来大同小异,没有什么区别,也没有醒目的豪车。廖友谊坐在其中一辆灰色的轿车里,隔着墨色车窗冷冷地望着餐厅的外摆区,她冷笑一声,对前排的司机说道:"送我回家。"

"现在吗?咱们才来没多久啊小姐。"

"一条养不熟的母狗冲着男人摇尾巴有什么可看的？这种女人真的是下贱，面子上装得云淡风轻一本正经，骨子里就是下贱。"

司机没敢再说话，打开导航规划了回家的路径。

服务生拿来两个酒杯，温照卿只是试探地问了一下姜桃要不要尝尝，她便痛快地答应。姜桃见很多人都喜欢喝红酒，不知道好不好喝，就是单纯地想尝一尝。

她先是端着酒杯闻了闻，又轻轻抿了一口，有些嫌弃地皱眉："一言难尽的味道……"她拿起手边的雪碧倒进去一点，又尝了尝，这回好喝多了，变成了淡淡甜甜的酒香。

"你这样喝很容易醉。"温照卿轻声提醒。

姜桃不以为然："这兑了雪碧的红酒能醉到哪里去啊？"不知不觉，小半瓶红酒被她一个人喝下肚。

姜桃之前从未喝过酒，这是第一次，就在庆幸自己原来是有一点酒量的狠人的时候，站起来去洗手间的步子已经开始虚浮了。

她上了一趟厕所，认为这点酒已经差不多被尿完，于是又给自己倒了小半杯。这回她没兑雪碧，麻木的舌头已经失去了对红酒的敏感，稀里糊涂就喝完了。

姜桃的手肘搁在桌面上，托着自己红扑扑的小脸蛋，看着坐在对面眉眼带笑的温照卿，忽然有些恍惚：他是在嘲笑自己不自量力吗？

她噘着嘴巴，不屑地哼了一声，扭头看向远处的天际。夜风还是很凉，有风吹来时，她不禁缩起肩膀。她指着自己的脸颊问道："好冷啊，你看我脸是不是都被风吹红了？"

"哦？"温照卿似笑非笑地反问，"不是喝醉了才红的？"

姜桃也不知道是不是，就算是也不能承认啊，多少有点没面子。她撇撇嘴，又摆摆手："不存在的，这点酒我还是可以的。"

温照卿轻抿一口酒，嘴角挂着浅浅的笑："你喝酒以后比平时可爱多了。"

姜桃双眼迷离，托着脸颊，嘟起嘴巴，撒娇道："可爱有什么用啊，海风呜呜呜地吹过来,还是会冷。"

"冷的话,要多穿衣服才行,光靠脸皮厚是不够的。"

这话让姜桃反应了半天,言外之意是说她脸皮厚?她捏了捏自己的脸颊,薄薄的一层,跟塑料袋似的,这也叫厚?

纯属放屁!她拍了一下桌子,自己并不觉得声音大,却把温照卿吓了一跳,以为她就要开始耍酒疯了呢。

"衣服不要钱买的啊!多穿……我得有衣服多穿才行,但凡我有一件运动服,我会穿着校服出来让人笑话?我不要面子?"她跷起二郎腿,一副小太妹的酷样,斜着眼嫌弃地看他,"真是站着说话不腰疼。"

温照卿差点没忍住笑出来:"你确定你没喝多吗?你明天起床不要后悔。"

"我姜桃这辈子就没干过一件后悔事儿,人生弹指之间啊,朋友!哪有那么多时间去后悔啊?人要往前看,往前……"她说着,伸出两根手指直指前方宽阔的马路。

温照卿轻轻咳了一声,拿起手机,看着手机屏幕上显示四个未接来电,点进发现是廖友谊,又退出最近通话,打开手机相机,选择了录像功能,把摄像头对准姜桃。他要把她的所作所为录下来,明天让她抱着自己大腿忏悔。

"我给你的工资不低,怎么就让你穷得穿不上衣服了?"

姜桃长叹一口气:"唉,那不得还债嘛,还要养孩子啊!孩子不吃不喝啊?明年再不上幼儿园就得直接上小学了,不得攒钱啊?四个啊!"她伸出四个手指头,"四个张嘴吃饭的小家伙,你说我饿死哪个?还是让哪个辍学?就算辍学回家种地放羊,我都没有地和羊分配。"

温照卿有些难以置信,皱眉向她确认:"你有四个孩子?"

姜桃捂着脑门点了点头,再仰起头的时候,眼底泪光闪烁:"我上高中那会儿,学校给特困生发衣服,你知道什么是特困生吗?就是家里特别贫困,出奇贫困,无比贫困。

"我就站在领操台上,被全校好几千人看着学校领导给我们几个特困生发衣服。那些衣服都是同学们自发捐的,打那以后,我就经常被人指指点点,说我穿的是谁谁谁的衣服。后来,我就不穿了,我宁可冻着,也不穿!"

她拍拍自己的胸脯,委屈地问道:"我这么说,你都不敢相信吧?"

温照卿看着她没说话。

姜桃释然地笑了笑:"我特怕别人笑我穷,上大学那会儿还因为这个跟人打了一架,打架要赔钱,赔完钱,我就更穷了。命运教导我,要讨好别人,因为讨好,才能让我过得舒服一些,我讨好她们,她们就不会当着我的面来戳我的脊梁骨。面子是维持住了,可里子还是烂的,我还是穷,因为要养那'四头猪',还要还债,我还是揭不开锅。"

她端起酒杯,豪迈地一饮而尽:"我知道,你一定想说,每个人都有各自的苦难,有钱人也不见得就很幸福,也会有种种烦心事。我当然理解啊,我理解每个人都有自己的辛苦,我不是在抱怨这个世界只有我最辛苦。"

一阵冷风吹过,她又缩起肩膀,打了个寒战,说道:"我也不知道自己在说什么,只是我……真的太想过好这一生了,太想了……对别人来说,过好这一生需要满足这样那样的条件,对我来说,过好,只需要饿了有饭吃,冷了,有人给我温暖……"

温照卿的视线一直停留在手机屏幕上,他按下停止键,静静地看了她一会儿,对她勾了勾手指头:"你过来。"

姜桃白他一眼:"我不要,我下班了。"

"我数三个数,一,二——"

姜桃腾地从椅子上站起来,步伐虚浮地晃到他旁边坐下。坐下时,她咬着牙在温照卿肩膀上捶了一下:"你可真是的,人家都下班了你还要威胁!没人性的万恶资本家!"

她愤愤不平地抱怨着,下一秒,温照卿的手臂绕过她的头顶,温热的手掌揽住她的肩头,用力往怀里一带,她结结实实撞进他的胸口。

姜桃的心,一下子就蹦到了嗓子眼,酒也醒了大半,僵硬着身体一动不敢动。

温照卿身上总有一股淡淡的古龙香水味道,这不是她今天才发现的,是一直就知道。可从未有一次,像现在这么近距离地去感受。

他的怀抱是热的,尽管隔着厚厚的卫衣,她还是觉得他的体温像夏日的太阳,烤得人脸发烫。

"现在还冷吗?"

姜桃沉默半晌,借着酒劲,小心翼翼地伸出手臂,轻轻环在他的腰间。她闭上眼睛,不敢细想这是喝醉了做梦,还是活生生的现实。她像一只缺乏温暖和安全感的小猫贪恋主人的怀抱一般,用额头在他胸口轻轻蹭了蹭,小声咕哝:"还是有一点点。"

姜桃的声音太好听了,撒起娇来像细细软软的羽毛在心尖上扫动一样。温照卿的喉结下意识地滚动,他伸出另外一条手臂,把她完全环住,只听她在怀里,悄声说道:"现在不冷了,好大一个热水袋。"

温照卿不记得自己保持这样抱她的姿势有多久,他的脑子很乱,思绪纷杂。

姜桃睡着了,脑袋一下子滑到他的两腿之间,他连忙把她的脸托起来,免得别人觉得这两人在大庭广众下伤风败俗。

温照卿叫来服务员买了单后,抱起姜桃回酒店。

姜桃很轻,她不是看起来瘦,是真的瘦,还没廖海潮家那只长得像猪一样的哈士奇重。

小金秘书刚洗完澡,穿着睡衣在敷面膜,听到有人敲门,便光着脚下床,趴在门里问道:"谁啊?"

"是我。"

小金秘书一愣,惊讶地捂住胸口:老板是要潜规则我?飞上枝头变凤凰的机会来了?

她飞快扯掉脸上的面膜,用纸巾随便擦了两下脸,含情脉脉地打开门,当即惊得合不拢嘴:"温总?"

"嗯。"温照卿从小金秘书的身边错开,抱着姜桃进了屋。

房间里一共两张床,一张床上扔着衣服和乱七八糟的化妆品,另一张床上只有一个环保袋。他用膝盖思考后,认定这张空荡荡的大床属于姜桃。

小金秘书反应迅速，一步窜到温照卿面前，掀开姜桃的被子，托着姜桃的脚，和温照卿一起把姜桃放到床上。

"把她衣服脱了。"温照卿利落地发号施令。

小金秘书二话不说，一把拉开姜桃的校服拉链，并且从善如流地把姜桃的校服裤子扒了一半，直接露出她的小裤衩。

温照卿被小金秘书这痛快劲儿给惊讶到了，立即转身背对姜桃。

他侧头瞪着小金秘书，恨铁不成钢道："你脑子有问题吧？我让你给她脱衣服是等我走了给她脱，谁让你在我面前给她脱了？我有这种需要的话还用把她送回来让你脱？"

"不是，温总，那个我没想那么多，我寻思我高度服从就是正确的。"

"你真是……"温照卿有些无语，越想越气不打一处来，"她是一个女孩子，一个喝多了的女孩子，一个男人说让你脱了她的衣服，你就直接脱？那是不是你喝多了，我让姜桃脱了你的衣服，她就可以在我面前把你扒光？"

"不是、不是，温总，对不起温总，我不是故意的，我觉得你是有头有脸的人……"

"有头有脸的人就一定不会犯法吗？"

"那倒也不是，主要您也不可能真看上小姜司机啊。"

怎么就不能呢？

"我……"他瞪了小金秘书一眼，冷声道，"别拿你那个猪脑袋揣摩我的想法。"

小金秘书委屈地说："好的，温总。"

温照卿从她们的房间离开，小金秘书在门口送他的时候，信誓旦旦地向他保证："你放心地睡吧，我会保护好小姜司机，绝不会让任何可疑人士靠近我们的房间，一会儿我帮她脱衣服擦脸！"

温照卿懒得搭理她，直接回了自己的房间。

虽在同一层，温照卿的房间就宽敞太多了，他脱掉身上的衣服去洗澡，热水淋下，水汽氤氲，朦胧间，他健硕的身材依稀可见，肌肉线条格外明显。他摸了摸刚刚姜桃趴过的胸口，在莲蓬头下发了很久的呆，直到放在洗脸台上的手机响起来。

他皱了皱眉，没有急着去接，有条不紊地给自己打上洗发水和沐浴露，再冲水擦干。这一切做好后，还刷了牙涂了护肤露，最后才拿起手机打开最近未接电话。

又是廖友谊，他围上浴巾，回到床上后给她打了回去。

"你去哪里了？怎么不接我电话呢？"廖友谊在那边轻轻地哀怨道。

温照卿拿起遥控器打开电视，云淡风轻地回答："吃饭喝酒走路洗澡。"

"洗澡？自己洗澡？"廖友谊故意用开玩笑的口吻问道。

"不然呢？"他低声笑了笑，"需要自带一个搓澡大爷？"

"搓澡大爷多没情趣，应该配个漂亮小妹。"

"小妹睡了。"

温照卿的语气突然很正经，倒是把廖友谊吓得半天没说话："我可要带我哥哥去找你算账了。"

"你哥……"温照卿找到一个放着综艺节目的电视台，把遥控器扔到一边，"用不用我提前给你们订房间，别来了没地方住。"

"住你房间不行吗？"

温照卿笑了笑："不行，我房间还要给小妹妹睡。"

"你怎么这么坏？故意气我。"

"你也挺坏的，故意试探我。"温照卿揉了揉湿漉漉的头发，向后靠去，将湿漉漉的头发靠在枕头上。

两人闲扯了一会儿，温照卿有些困了，就没再聊下去。他躺在床上盯着天花板，耳边环绕着电视机里夸张热闹的笑声，眼前浮现出姜桃的脸，于是，他翻开了手机相册，看了好几遍刚刚录下的内容。

在姜桃说到她有四个孩子的时候，画面明显地晃动了一下。

这个晃动的镜头让他心烦意乱，他关灯关电视关手机，手臂搭在自己的额头上，有些无奈地叹了口气。

真是挺让人难以接受的。

她和好多男人纠缠不清，她小小年纪就生过四个孩子，孩子还都到了上幼儿园的年纪，他在心里一遍一遍地重复着这几点，不断地告诉自己，姜桃不可能是温照卿的女人，作为他的员工她很好，作为他的女人，她不配。

　　或许在很多人眼里，真爱高于世上的一切，可在温照卿这类人的眼里，这世界上没有真爱，只有现实。

　　他不是孩子了，应该懂得什么事该做，什么事不该做，什么人该喜欢，什么人不该喜欢。

·第八章· 我送你回家

第二天早上,姜桃醒来的时候,小金秘书正蹲在床上化妆,至于为什么蹲着化妆姜桃就没有去细究了,谁还没点特殊的爱好。

小金秘书一边画眼线,一边声情并茂地给姜桃讲述了一下她昨天是怎么回来的,并省略了自己当着温照卿面扒她裤子的那一段。

姜桃伸了个懒腰,顶着散乱的丸子头坐起来,仿佛身体被掏空了一样,直直地凝视着电视柜,昨日酒后的一幕幕如幻灯片一样在脑子里浮现。

"你发什么呆啊?"小金秘书见姜桃也不起来洗漱,好奇地问,"是不是想死的心都有了?喝多了也就算了,居然还要老板亲自送回来。"

姜桃跟机器人一样,呆呆地移动视线,在看到小金秘书那个粗达两毫米的眼线时,才怔怔地开口:"我没有想死,而是担心老板会被我气死……"

"那倒不会,咱们老板特别有耐气,他要是能被气死,估计早被我们气死了。再说,老板都亲自把你抱回来了,那肯定是不舍得生你气的,不然随便打个电话就有人去扛你回来。"

姜桃呵呵两声,掀开被子下床去洗漱。吃早餐的时候看到很多同事,不知道这些人捕风捉影到了什么,看她的眼神多少都有点变化。

她一个人在角落里吃完早餐,然后和大家一起出去活动。

不过今天,没有见到温照卿。

一上午他都没出现,姜桃有点担心了。中午解散后,她第一时间去敲温照卿的房门,却看到保洁阿姨在做退房打扫。

她给温照卿打电话也没人接，只能给他发微信：【先生？】

温照卿也没回，姜桃只能给姜阿姨打电话，说如果温先生回家了就告诉她一声。一个多小时后，姜阿姨来电话，说温照卿已经到家了。

姜桃这才算放心，虽然心里有点埋怨他不辞而别，可仔细想了想，温照卿是老板啊，老板来去自由，什么时候需要她操心呢？

没有温照卿在身边，她显得孤单很多，很多人对她持观望的态度，姜桃也不懂他们在观望什么。

姜桃稀里糊涂地完成任务，傍晚和大家一起坐大巴回家，折腾到家，已经是晚上十点多了。

四个小家伙都还没睡，房东阿姨的儿子在这儿陪孩子玩，不知道他从哪里弄来一堆二手积木，可能是收房时别的租客留下的，乱七八糟地铺了一地。小宝骑在他的脖子上，另外三个坐在他的大腿上和小腿上，总之他像一棵树，四个小孩像四个树袋熊。

见姜桃进门，屋子里齐刷刷地响起兴奋的呼唤："姐姐！"

姜桃的脑袋嗡一下，本来就挺疲惫的，现在更疲惫了。她放下手里的环保袋，勉强挤出一丝笑容，盘腿坐到地上。四个小家伙全都拥上来，抱着她的脖子、手臂和脑袋，把她层层环绕，不窒息不罢手的那种。

"麻烦你了啊，这个时间了还让你帮忙照看。"姜桃回头对刚刚获得解放的房东儿子笑了笑。

男孩二十出头，也叫她"姐姐"，虽然家里条件很好，但是一直挺朴实的。他挠挠头，说道："没事儿。这也怪我，主要下午让他们睡太久了，我自己也睡着了，忘叫他们起来。"

"今天是你帮我照顾他们的啊？阿姨呢？"

"去姑姑家了，明天回来。"男孩说着开始收拾地上的积木。

姜桃对他挥挥手，按住男孩的胳膊，不好意思地说："哎呀，不用你收拾，你快休息去吧，这点东西我自己就弄好了。今天累坏了吧？他们四个是不是挺烦人的？"

男孩手上的动作没停，飞快地把一地积木装进袋子里："不累，你家这四个比我外甥好带多了,也不哭不闹,给口吃的给个玩具就能安静一整天。"

姜桃笑了笑:"改天请你吃饭啊!"

"不用不用,没事儿我就先回去了啊,姜桃姐姐。"他起身活动了一下自己的胳膊,又揉揉每个小家伙的脑袋,穿上自己的运动鞋出门。

四个小家伙很懂事,不用姜桃叮嘱,就主动举手和他拜拜,奶声奶气地喊着:"哥哥再见,哥哥明天还要来。"

家门一关,姜桃立即板起脸,严肃地看着他们四个:"你们是不是该睡觉了?是不是想挨揍?"

大宝最精,他用玩得黑黢黢的小手轻轻拍姜桃的肩膀,一副人小鬼大的样子对她说:"我们在等你回家,看到你回来了,我们就准备睡了,主要是担心你。"

"你骗人,是你说想玩积木。"三宝最喜欢拆台。

小宝凡事置身事外,默默爬上床,免得惹一身骚。

二宝见风使舵,看眼色行事,此时呈观望姿态。

大宝恨铁不成钢地瞪三宝一眼,抬手给弟弟嘴巴一下子:"你闭嘴,就你话多。"

二宝觉得此时大哥更权威,于是站到大宝身边,啃着手指头说:"我们是在等姐姐啊。"

三宝用力哼了一声:"没一个好东西。"

姜桃双手叉腰,眼珠子一瞪:"都给我睡觉去,别让我说第三遍。我数十个数,有人没躺在床上,明天就没奶粉喝。"

瞬间,其他三个小东西连滚带爬地上了床,找到自己的位置,顺便给自己盖上被子。

姜桃有点头疼,别的小朋友四岁的时候都能认识好多字了,起码也能背背唐诗,认识几个英文单词,她家这几个什么都不会,讲话倒是又老成又社会,无论如何明年也要去上学了,不然就不是大宝二宝三宝四宝,而是大傻二傻三傻四傻了。

姜桃洗完澡躺下的时候,发现床上有一颗小脑袋瓜还在动。她趴到床边,扭过大宝的脑袋,小声问道:"你干吗呢,还不睡觉?像泥鳅似的扭来扭去,影响到别人了。"

大宝瞪着圆溜溜的大眼睛,小声说道:"姐姐,今天哥哥带我们出去玩,好多阿姨问我们为什么不上幼儿园。幼儿园是什么样子的,我们什么时候能去啊?"

姜桃抿了抿唇,伸出一根手指向他保证道:"秋天的时候,一定让你们去上幼儿园,来,拉钩。"

吃了定心丸的大宝终于放下心事,在姜桃的安抚下入睡。

第二天一早,姜桃和往日一样打点好家里的一切,坐上公交车前往温宅。

天气很好,阳光明媚,气温也有所回升,她穿着西服刚刚好,不冷不热,很舒适。

温照卿没有像往常一样在吃饭之前跟她和姜阿姨打招呼,他一直戴着蓝牙耳机打电话,时不时发出"嗯""哦""是吗"的声音。临出门之前,他等着姜阿姨递过来西装。姜桃眼尖地发现,他衬衣的袖扣很眼熟。

姜桃走过去抓住温照卿的手腕,翻过袖扣仔细端详,确认这就是她陪廖友谊一起去买的那一对儿。

见温照卿结束通话,她立即提出心中疑问:"找到了?"

"你记性倒是挺好的,还能记得这是你跟友谊一起去买的?"

姜桃点点头,她没经手过几件贵重物品,况且这扣子别致精美,很难让人记不住。

"在哪儿找到的?是廖小姐找到的吗?真是让我内疚了很久,幸好找到了。"

他淡淡地抽回手腕,接过姜阿姨递过来的西装,淡然说道:"她重新买的。"

姜桃"哦"了一声,低头去穿鞋,顺便拿上车钥匙。

姜阿姨见她这就要走了,有点急了:"你就吃半碗粥啊,你今天早上怎么吃这么少啊?"

姜桃摸摸肚子："吃饱了,感觉没什么胃口。"

"你还有没胃口的时候？"姜阿姨惊叹,还翻了一个巨大的白眼,表情看起来特滑稽,"我好像听到了什么国际大笑话。"

"哈哈哈……"姜桃被她逗笑了,笑声清脆悦耳,"对呀,我为什么会没有胃口啊,真是太不像我了……"

姜桃尽管笑得很开心,但也没弄明白视饭为命的自己为什么突然就有了这么矫情的毛病,可她还是没有喝那剩下的半碗粥,因为她不想让温照卿等自己。

她在开车送温照卿去公司的路上时,调小了汽车音响的音量,笑着与他说道："先生,下次您回家可要告知我一声,我还到处找您呢！"

"找我干什么？有事？"

"事儿倒是没什么事儿,就是想确认一下您的安全。"

温照卿低头笑笑,翻动手机上的新闻没说话。

"那个先生,我喝多了是不是耍酒疯？要是因为我喝多了,做了什么让您不高兴的、逾矩的事,您别生气,该批评我就批评,我承受得住的。"她有些讨好地说。

温照卿的手指在屏幕上顿了顿。他不知道姜桃为什么要问这句话,难道是觉得自己忽冷忽热,后悔给她那个拥抱吗？

说到后悔,他也是有点,自己那个行为才是逾矩的。

"廖海潮家里的司机现在只给廖友谊一个人开车,他家里现在缺个司机……"

前方是红灯,姜桃一个急刹,后座的温照卿不得不用手撑了一下座椅靠背。她从后视镜里沉默地凝视着他的眼睛,他也安静地凝视着她,车内的气氛很诡异,只有音响里细弱的声音在孜孜不倦地吟唱着。

温照卿没有把话说完,姜桃也没有继续问下去。绿灯亮起时,他们还在这样互相对望,后面的车开始鸣笛,终于唤醒了出神的姜桃,她换上D挡,抬起刹车,缓缓滑行出去。

这是今天温照卿跟她说的最后一句与行程无关的话,一整天,两人都维持着一股奇怪的静默。

他进公司,她自由活动,他下班,她送他回家,他和廖友谊出去约会,她把人送到,趴在方向盘上睡着了。

姜桃是被廖友谊敲车窗给敲醒的,她马上给车门解锁,放下车窗,对廖友谊笑了笑:"今天这么美啊。"

廖友谊自信从容地点了下头:"谢谢。"然后从手包里拿出一张卡片,递进窗口,"后天更美。送你一张音乐会门票,是我的演出,位置很好的,记得穿礼服哦,不然会场不让进的。"

姜桃接过邀请卡,面露难色:"啊?给我会不会很浪费啊,我能不能听懂那么高级的音乐啊?再说我也……"

"没有礼服嘛,我知道,明天我拿来给你,我有。"廖友谊笑眯眯地拍拍姜桃的肩膀,"身为我的闺密,怎么能不来见识一下我的魅力呢?到时候你跟照卿,还有我哥哥一同入场就好了,和看电影一样,没什么的。"

姜桃牵强地笑笑,收起门票,心想,我也没去看过电影。

次日,礼服准时送达,是廖友谊穿过一次的,和新的没有什么区别。

姜桃在姜阿姨的房间里打开那件礼服,黑色裸背长裙,对于身材干扁的她来说有些过于性感,她试了一下,后背凉飕飕的。

她觉得里面还得再穿点什么才行,被姜阿姨嘲笑道:"小姑娘家家的,连个后背都不敢露。"

其实也没什么不敢的,只要把她的长发放下来,后背也基本遮挡严实了。

她换下礼服捧在怀里闻了闻,香得不得了。

音乐会当天,姜桃就是穿着这件衣服开车载着温照卿和温从心去的演奏厅。

温从心是个捣蛋鬼,天天叫她"小姜阿姨",生生把她叫老好几岁。这孩子看着很精灵,其实不然,只有小聪明,没有大智慧。他爸死得早,又是独生子,被家里人惯得不成样子,想干吗就干吗,往后余生,也不需要付出什么努力,只要不被骗或是去赌,吃老本是吃不完的。

温从心在车里很不老实，一会儿扒她的座椅后面，一会儿去拉温照卿的衣袖，嘴巴也特别欠抽："小姜阿姨，你这衣服是不是穿反了？这不应该是正面V领一直露到肚脐的衣服吗？"

"才不是呢！它就是露背的，我都问过了！"

"没准儿我婶婶是觉得你的胸撑不起来这个正面，所以告诉你是露背装。"

姜桃正要开口反驳，什么叫撑不起？再撑不起，那胸也比后背有起有伏的好不好？

"啪"的一声，温照卿的手掌重重地落在温从心的大腿上，他声音冷冽，语气漠然，很不高兴地教育道："你少给我开这没分寸的玩笑，拿女孩子的身材开玩笑是非常恶劣的低级趣味，别人这样开你妈的玩笑你会觉得有意思？"

温从心看出来温照卿是真生气，想跟他撒娇："哎呀，爸爸，我这主要是跟小姜阿姨太熟了，再说她也没生气啊，你这么生气干什么，她又不是你女朋友……"

温从心只有在有求于温照卿的时候，才会叫爸爸，仿佛在提醒温照卿，他是个缺失父爱的小孩，得宠着惯着心疼着。平时温照卿是很吃这一套的，只要他张嘴叫爸爸，就没有温照卿不同意的，从温照卿能天天陪他蹦迪蹦到半夜这件事就可以看得出。

可今天没能行得通。

温从心的脑袋刚靠过去，就被温照卿一把推了回来："是你觉得你跟她熟，并不代表你们真的熟，你以为是你们的关系让她对你纵容吗？是你叔叔的面子。不然就凭你刚刚那些话，给你个耳光也不为过。"

"我知道错了。"温从心委屈地说道。

温照卿疑惑地瞪向他，眉眼之间满是嫌弃："你跟我认什么错？"

温从心也没那么傻，立刻趴到姜桃后面，可爱又诚恳地认错："对不起，姜桃姐姐，我刚刚不该和你那样开玩笑，你不要跟我一般见识，我下次不会这么调皮了。"

姜桃有些尴尬，她觉得事情没有温照卿想的那么严重，因为她的胸也不是很平，只是太单薄了，显不出来而已，所以平胸这个事情没有让她感觉自己受到真正的攻击。可温照卿的批评也没有丝毫不妥，虽然今天她不会对温从心的行为反感，但不代表将来温从心不会因为这种行为伤害别的女孩。

她不能安慰温从心，只能潇洒地摆摆手："嗨，没关系。"

"这个世界上没有无心的玩笑，只有真心的装傻。"温照卿说道。

姜桃打了左转向，看了看两边的后视镜，专心观察路况。

她觉得自己需要做点什么来冷静一下，越是不想觉得温照卿在吸引自己，却越发觉得他很迷人。

温照卿哪哪都迷人。

每天姜桃都会整理好自己的心境才来工作，可是每一天，温照卿都有新的超能力来瓦解她筑起的坚固堡垒。

不是姜桃没见识过男人，恰恰是因为她见识过太多人，才会轻易发掘温照卿与众不同的魅力。

因为漂亮，在之前的单位里，姜桃成了男同事们明里暗里最喜欢调侃的女孩子，她早就习惯了，也认同了漂亮女孩就该是别人嘴里调侃的对象这件事，可到温照卿这里，女孩子突然就有了神圣不可冒犯的尊严。

作为一个男人，温照卿具备了所有值得被女孩子喜欢的魅力。

而姜桃，刚好只是一个女孩子。

温从心倒是不记仇，也没有因为这件事和姜桃生出嫌隙，下了车还围着姜桃嬉皮笑脸地聊天。姜桃也是个见人说人话，见鬼说鬼话，见狗都能学着叫两声的机灵鬼，跟谁都能聊到一起去。

这情况倒显得温照卿很多余，所以三个人一起走上演奏厅台阶的时候，他突然瞪了温从心一眼："你能不能安静一会儿。"

温从心噘嘴扭头，不搭理他。姜桃看见老板不高兴了，恨不得拿个针线把自己的嘴巴缝上以表决心。

他们在进场的时候，遇到了廖海潮，他西装革履，打扮得像模像样，和温照卿两个人站在一起，就跟刚刚下了T台的模特一样。

廖海潮看到姜桃的时候，明显眼前一亮："哇，这是谁啊？这是我们小姜司机吗？果然人靠衣装啊。"

姜桃腼腆地笑笑，握着手机的动作显得有些局促。

廖海潮围着她转了半圈，看到她长发下若隐若现的后背，双手插着口袋，一副色眯眯精心谋划的样子："其实一万二的司机也不算很贵，两万四的秘书也……"

温照卿皱眉，往入口处推了廖海潮一把，先一步带着他进去："适可而止，搜刮我的衣服就算了，还搜刮我的人，还要当着我的面，你当我死了？"

廖海潮只是开玩笑，让他一万二养个女朋友还可以考虑，让他一万二养个司机，他是不会同意的。他这个人怎么说呢，用一毛不拔来形容其实也不为过。

"哎，我说真的，你要是和我妹妹结婚了的话，身边留个这么漂亮的女司机是不是不妥啊？"

"漂亮吗？"温照卿反问。

"不比我妹妹漂亮吗？"廖海潮也反问。

温照卿撇撇嘴："原来你也这么觉得，我还以为自己审美有问题。"

廖海潮回过头，四目相对。沉默半响后，他突然爆了粗口。

温照卿从容地微微一笑，与他擦肩而过，直奔自己的座位。

温从心贴在姜桃身边，小声说道："天天跟我爸斗嘴，没有一回斗得过，每次都被我爸气得半死，一副不是很聪明的样子。"

姜桃怕廖海潮听到，轻轻拍了他一下，温从心适时闭嘴。

姜桃第一次来这种场合，开场之前，周围都是低语声，开场以后，所有人都端坐在位，如同上课的小学生。

大概是小时候没有受到过这种高级爱好的培养，和朗朗上口的流行歌曲相比，姜桃对这种古典乐不是特别有兴趣，大家都是津津有味的模样，她也不好显得太另类，装模作样地跟着一起感兴趣，别人鼓掌她也鼓掌，别人安静她也安静。

廖友谊出场了,一袭优雅的白色长裙,裙身上星光闪烁,妆容温柔得体。她坐在那台姜桃一辈子都买不起的竖琴旁边,宛若下凡的仙子。

那份矜贵高雅,是姜桃一辈子也修炼不来的。这样的廖友谊,与在场的每一位观众都是同一路人,只有与姜桃不同,云泥之别的不同。

要知道两个月前,别说音乐会和礼服,姜桃就差当街要饭了。

廖海潮的座位在温照卿的前面,廖友谊的演奏结束后,他回过头来,很骄傲地对着温照卿笑了一下。

现在是廖海潮骄傲,等温照卿娶了这样优秀的廖友谊以后,就该是温照卿骄傲了。掌声响起时,姜桃木讷地抬起手腕,跟着鼓掌。

谁不喜欢另一半成为自己的骄傲呢?

接下来的每一分钟,姜桃都如坐针毡,她开始后悔答应来到这里,就算她坐在这里又能怎么样?这只会让她平庸的后半生更加煎熬。

音乐会结束后,姜桃随着温照卿等人来到后台,廖友谊被众人的赞誉和鲜花围绕,她只能安静地立在门外。

廖友谊的每一个笑容与动作都透着优雅得体,有工作人员给她拍照,等一会儿还有一个简单的采访。她抱着花束拉过温照卿,自然而然地挎上他的手臂,落落大方地与他合影。被记者问及这位是谁时,廖友谊甜蜜地回应:"现在还是男朋友。"

"现在还是男朋友的意思是,未来是老公?"记者问道。

廖友谊只是用一个娇羞的微笑来回应。

这个答案和问题都让温照卿很不舒服,他眉心微拧,从容地抽出手臂来到走廊,留给廖友谊单独接受采访的空间。

温从心晃晃悠悠地凑到二叔身边,小声问道:"确认关系了?"

"我觉得只是在互相了解的阶段。"

"可是友谊阿姨说你是她男朋友。"

站在一旁的姜桃突然开口:"那就是呗,这有什么的,反正早晚都要是的。"

温照卿扭头看向姜桃,她只是低垂着脑袋专心致志地踢着自己的裙摆,压根没有去理会他的诧异。

廖友谊结束采访出来时,手里只抱着一束温照卿让人送来的花束,她第一时间来到姜桃面前,给姜桃一个拥抱:"天啊,原来你在这里,我还以为你没有来,刚刚难过了好一会儿呢!"

"我当然要来,天上下刀子我也要来,这种机会可不是天天有,机不可失,必须到场。"姜桃的情绪也随之热情高涨起来,对廖友谊竖起大拇指,笑眯眯地说,"你今天真的好棒,演出超级完美。"

廖友谊自豪地扬起下巴,拉着姜桃站得离温照卿他们远了一些,笑道:"那是当然,没有一点优秀的资本怎么好意思做你老板的女朋友,毕竟他那么优秀。"她用同样自豪的眼神望了温照卿一眼,"像他们这种男人,谈婚论嫁最讲究门当户对,可这门当户对呢,光有钱还是不行的,个人自身的能力和魅力也很重要,不然以后会觉得自己的太太拿不出手。"

姜桃的笑容有些僵硬,轻轻握了握友谊的手臂,说道:"你会是他的骄傲的。"

"我知道。"廖友谊这会儿可不想谦虚,她拉开自己和姜桃之间的距离,上下打量姜桃一番,"真好看。你穿我的衣服还真的合适,要是只看背影,可能连我哥都会认错人。万一以后我需要一个替身,看来你是可以胜任的。"

姜桃大大咧咧地拍拍自己的大腿,笑得很不自然:"嗨,我只能像个外形,你这么有才华有内涵,气质上我可差太远了。"

"别这样,其实你也不错,别那么自卑。"廖友谊又抱了抱她,顺便把手里的花束送给她,"鲜花配美人,刚刚好。"

姜桃想要推谢,被廖友谊给挡回来:"哎呀,你跟我有什么不好意思的,这东西里面还有一屋子,我都不知道该怎么带回去,都是要扔的。"

廖海潮和杂志社沟通好了有关廖友谊的采访内容后,和杂志社的人一起出来。打过招呼后,杂志社的人先离开,廖友谊和温照卿这一群人最后一起出来。

为了庆祝廖友谊在国内的首场演出成功,廖家特地给她准备了庆功宴，包了一家别有格调的西餐厅，请了一些亲朋好友，人不是特别多，但足够热闹，也没有什么对外的应酬。

西餐厅内布置了许多鲜花，清新怡人，宛如仙境。

廖友谊一会儿拉着温照卿跟这个打招呼，一会儿拉着他跟那个打招呼，看起来很开心。

温照卿的脸色一直很淡然，廖友谊再一次拉他去与人说话的时候，温照卿礼貌地拒绝了。

他皱眉揉了揉自己的太阳穴，语气低沉地说道："我有点头痛，出去抽支烟。"

廖友谊面露关切，想要陪他，也被拒绝了。

温照卿在门外的藤椅上抽烟，双眸微眯，与别人不同，他端坐在那里抽烟时，总是无法让人将他和烟鬼联系到一起，尽管有时候他也会一支接一支地抽，但是气质上仍旧是干净优雅的。

姜桃只从里面向外扫了一眼，就在心底咒骂：温照卿太烦人了，无时无刻不在释放自己无处安放的魅力，他就不能像巷口的老大爷一样恣意放纵，穿着背心短裤蹲着抽烟吗？

温照卿似乎感觉到什么，偏头看过来。姜桃连忙转头，生怕"大爷"……不是，是生怕他发现。

廖友谊有一点醉了，不知道从哪儿又叫来一群朋友一起喝酒玩乐，她平时挺娴静一个人，可到底是在国外长大的，很放得开。

姜桃就不一样了，她自觉自己是放得开的人，可在廖友谊面前，就显得很拘束。

再一次，她被廖友谊戴了好多顶高帽子，什么国内唯一的闺密、最知心的好姐妹、可以相互为彼此两肋插刀……一时间，将她们二人的友谊升华到一个全新的高度。

大家都在夸廖友谊很好，交朋友很真心，甚至说出了廖友谊交朋友不看阶层这种话。

推杯换盏之间，姜桃也被劝了酒，她极力表示自己一会儿还要给老板开车。廖友谊当时就不乐意了,借着酒劲说温照卿欺负她的闺密,今天姜桃可是她邀请来的贵宾。

贵宾倒不至于,贵宾犬还凑合。

几杯洋酒过后,姜桃的状态渐渐放松,她去洗手间的时候,路过坐在椅子里对着手机傻笑的温从心。姜桃凑到他身前一看,嚯,屏幕上这个啃大苹果的美人怎么这么像祁淇啊!

她一把夺过温从心的手机,拿到眼前仔细看了看,真的是祁淇。她对祁淇招招手:"祁淇!"

温从心嫌弃地瞪了她一眼,把手机拿回来:"阿姨,这是直播,您当视频聊天呢?"

"我知道是直播,我还跟她一起直播过呢!"

姜桃的话一出口,温从心顿时两个眼珠子差点从眼眶里蹦出来。他抓着姜桃的肩膀,不停地摇晃:"真的吗?你真的认识她吗?带我去见她!我给你一百万!"

姜桃愣了一会儿,反手抓住温从心的肩膀,也开始疯狂摇晃:"真的吗?真的吗?你真的给我一百万吗?"

温从心眨眨眼,为自己一时冲动懊悔不已,小声说道:"你先回答我,我再回答你。"

"我能!祁淇是我闺密,我就算把她卖了她都会替我数钱,见你还不是小意思!"

"那你可真是棒棒啊,姜桃姐姐,那明天怎么样?明天我请你们两个吃饭!"温从心抱着姜桃撒娇,有求于她的时候不叫阿姨了,又叫上了姐姐。

"那一百万?"

"成!一百万就一百万!"一百万只是一个数字而已,他又没说给一百万什么东西。

"好,那你先放开我,我可能要尿裤子了。"

温从心立马把她松开,做了一个请的手势。

姜桃上完厕所,在镜子前洗了一把脸,想要清醒一下。没料想洗完了以后，人更晕了，走出来还没想明白自己该去哪儿歇一会儿，就又被廖友谊拉去一起喝酒。姜桃都不知道自己喝进肚子里的是些什么玩意儿，只有苦、辣，天旋地转，犹如云端。

姜桃挥挥手，说道："那什么……我去吹吹风。"

她推开餐厅沉重的玻璃大门，提着裙摆走到台阶旁边的绿化带前，一屁股坐下来。她的斜对面，就是因为头疼而坐在这里抽烟，再也没进去过的温照卿。

温照卿冷眼看着摇摇晃晃的姜桃，冷声说道："刚刚不是挺精神的吗？抱着温从心又跳又笑的。"

姜桃不悦地噘起嘴巴："我看你头是不够疼。"

他见识过姜桃喝醉的样子，算不上无法无天，但还是很大胆。他冷笑一声："呵，我看你头是不够铁。"

"我头铁得很！因为够铁我才不疼！"

"来，你过来。"温照卿示威性地朝姜桃勾勾手。此时，餐厅的玻璃门再次被推开，廖友谊的两位朋友端着酒杯从里面出来，主动和温照卿打招呼，酒杯也递到了他面前。

温照卿礼貌地微笑着，没有接过来的打算。

他从来都不是一个过于刻薄的人，可总有心情不好，不想卖人面子的时候。姜桃以为他们要灌温照卿酒，摇摇晃晃地冲过来，一把拿走男人手里的酒杯。

"姜桃，你这是……"男人很意外。

温照卿也很意外，以为她要拿酒泼人家，正琢磨着这女人有点意思，放纵的时候还挺泼辣的，就见姜桃端起酒杯一饮而尽，喝完还把杯子倒过来，傻乎乎地笑两声："不好意思，我们先生今天生病了，不能喝酒，我替他喝了。"

这下两位男士可尴尬得不得了，一个拿走酒杯，一个扶着姜桃的手臂，不好意思地说道："我们不知道温先生生病了，早说那肯定不会让他喝的。姜小姐，你还行吗？"说完又看向温照卿，"不好意思，温先生，是我们唐突了。"

姜桃垂头深吸一口气,再次仰起头时,发丝凌乱地挂在脸上。她的下巴尖尖的,脸颊上没什么肉,可并不缺少胶原蛋白,苍白的肤色上染了一层恰到好处的红晕,嘴角湿润,眼尾微翘,性感迷离。

她甩开扶着她的男人,不屑地瞪了他一眼:"别摸我……想摸我的人多了,你得排队……"

她现在的模样,让温照卿很不满意。好像她在故意露出这份清冷嘚瑟的风情万种来勾引男人一样。可她这番话,倒让他舒心不少。

"姜小姐,你喝多了吧?我叫个代驾送你回去吧,我看友谊也喝了不少,不能送你了。"男人说道。

姜桃看向玻璃门内明亮的餐厅,廖友谊正在与别人谈笑风生,确实没工夫搭理她。她摆摆手,不理会男人:"我自己能回家,不麻烦你了。"

"姜小姐,你这样也不安全啊……"男人做出一副关切的样子。

温照卿放下跷起的二郎腿,又抽出一支香烟放在嘴边,这次却没有点燃,只是冷冷地看着面前的两个男人,淡漠道:"大男人纠缠醉酒的小女孩,这样好吗?"

"我们可没纠缠,就是担心她一个小女孩不安全。"

"对对对,这是友谊的朋友,友谊让我们照顾的。"

"这是我带来的人,我会照顾,你们请回吧。"温照卿不容置喙地命令,起身后挡在姜桃与两个男人之间。

温照卿身材高大,年纪轻轻却事业有成,不悦时,既有王者的沉稳尊贵,又有武士的震慑与威严。手指夹走嘴里的香烟,他再一次命令道:"转身,进去,不然,我就让你们在这里躺下。"

温照卿在他们同龄人的圈子里还是挺有名气的,不是有名的狠,是有名的"关系户",跟谁关系都好,没人愿意得罪他,就算是为了廖友谊,也没人愿意。

两人闷不吭声地回到餐厅,来到廖友谊身边,低声和她耳语。廖友谊没开口,只是抬眸瞪了他们两眼,恨铁不成钢的样子。

"你对自己的酒量是不是没有清楚的认知?"温照卿跟在摇晃的姜

桃后面，冷不丁地来了这一句。

姜桃回头看了他一眼，忽然觉得胃里翻江倒海，一头扎进绿化带里吐起来。

"你……"

温照卿正欲靠近，姜桃忽然伸出一只手臂抬到半空中，制止了他的步伐。她难受得要死，眼泪鼻涕一把一把地流："别，别过来，我不想让你看到我这样。"

果然，温照卿没有再靠近，而是直接转身快步消失。

姜桃吐完了，往旁边干净的地方挪了两步，原来喝多了跟喝醉了还是两码事，这吐起来可真要命。

此时此刻她更加眩晕，眼前的世界天旋地转，她觉得自己要死在花坛了，家里那四只小猪怕是要当孤儿了。

飘忽之间，有一双有力的温热手掌轻轻握住她的肩头，触感格外清晰。她扭过头，看到英俊的温照卿给她递来一瓶矿泉水，他的手里还握着一条白色的湿毛巾。

姜桃说了一声"谢谢"，开始漱口，然后把水倒到掌心里，给自己洗脸，最后用毛巾擦脸，擦手，擦得干干净净，这全程都因为有温照卿在身后扶着她才能站稳。

她仰起头，眉眼微弯，迷离却故作乖巧讨好地笑着："谢谢先生，您真好，真好看，又好看又温柔，像被子，又像馒头。"

这是什么糟糕的比喻，还像馒头？

"走吧，我送你回家，车在那边。"温照卿没喝酒，他可以开车。

·第九章· 狗粮

许是喝酒喝热了,姜桃走着走着,突然撩起头发,想要扎起来。可她穿的是一件露背装,这一撩,雪白的后背就全暴露在温照卿的视线里。

温照卿默默抬手拉开姜桃的手腕,让长发再顺势垂下。

姜桃耸起肩膀,暧昧地朝他笑了笑:"你干吗拉我的手?你这个……花心大萝卜,都有女朋友了,还来拉我的手,你想干什么?当渣男?看你的样子嘛,倒是有几分当渣男的资本……"

温照卿是不会跟一个酒鬼计较的,只是嘴角挂了一丝丝嘲讽的微笑,任凭她胡说一气。

西餐厅的前面有一家蛋糕店,因为临近打烊,所有产品都在五折出售。姜桃胃里面空落落的,她趴在蛋糕店的玻璃橱窗上,指着里面的面包架撒娇:"好饿啊,好想吃东西,这么好看的面包,一定很好吃吧?可惜我的手机没电了,我又没有现金,真的太可惜了……"

说完,她的手机屏幕突然亮起来,屏幕上显示出一条垃圾信息。她抿了抿唇,尴尬地笑笑:"哎呀,这怎么,还突然有电了呢……"

这小把戏简直可笑至极,温照卿任她在橱窗上趴着,自顾走进店里,选了一块粉红色的草莓味欧包,这是买一送一款,送了一个菠萝味的。他又买了一盒牛奶,让店员帮忙加热了一下。

这期间,姜桃十分乖巧,一直趴在玻璃上对着他傻笑。

"你女朋友这是喝多了吗?真可爱。"帮他装蛋糕的营业员说道。

温照卿回头看了姜桃一眼,弯了下嘴角:"喝多了有什么可爱的,胡搅蛮缠。"

他提着牛奶面包出门，姜桃扭过身体，醉醺醺笑眯眯地夸奖："你真好，谢谢你。"

这是一种假惺惺的客气，平时她就这样，喝多了更甚。温照卿没搭理她，一边走路，一边把吸管给她插上，打开草莓蛋糕的包装，放进她手里。

姜桃大口大口地吃，走着最野的 S 形嚣张步伐，吸着大佬亲自送到嘴边的温牛奶，一不小心踩到一块空砖上，险些摔倒，幸运地被身边的温照卿及时挽救。

温照卿出手太快，没来得及找位置，就本能反手一伸，手掌直接贴在她的身体上，再具体一点儿的话，应该是她的肚子。

"呵，你个渣男，你想干吗？"姜桃嘴里含着面包，嘴边沾着奶油，含混不清地指责着，不过她没有怒气冲冲地给他一个耳光，而是学着他的样子，将细若无骨的小手顺着他衬衣纽扣的缝隙，一下子伸了进去，"我要摸回来……"

她的皮肤微微凉，可他摸上去仿佛滚烫的玉石，迅速地抽回来。她倒是摸得很舒服，还在他的腹肌上捏了捏。

温照卿默默拉出她的手，夹起她飞快地来到自己的停车位，打开车后门，把她塞进去。

姜桃举着半个草莓奶油面包，嘀嘀咕咕地骂了一大串脏话。

驾驶位一直是属于姜桃的宝座，她人小个子矮，座椅被她调得很靠前。温照卿费劲地挤进去，把座椅调至最宽敞的状态，放他的大长腿正好。

温照卿不知道姜桃家的具体住址，他开口询问，姜桃置若罔闻，偏不告诉他，他只好先启动汽车往前开去。

许是觉得有点闷，姜桃把车窗打开了，她靠在座椅里咬了一口面包，目光呆滞地看着前方，忽然说道："我要上绮云山顶看夜景。"

"我看你像夜景。"温照卿面无表情道。

"好。"姜桃从善如流地改口，"去绮云山顶看我。"

"姜桃。"温照卿的语气里已经有了一点警告的意味。

姜桃毫不畏惧，一副死猪不怕开水烫的样子："我要去山顶看夜景，我不管，你不让我去，我就跳车。"

温照卿立即将车窗锁死，然后掏出自己的手机给廖海潮拨了一通电话，告诉他姜桃喝多了，自己先送回去。

廖海潮觉得温照卿此举多余，完全可以让别人去送，但最终只说道："注意安全。"

车子匀速前行，温照卿在山下买了夜间门票，沿着盘山路弯曲而上。

夜间的山风很凉，温照卿每每在前面操控车窗换气，姜桃都会嚷嚷起来，为了防止她感冒，他只好脱下西装扔给她。

姜桃抱着西装仔细闻了闻，很香，还有淡淡的烟草味。

快到山顶时，一直沉默的姜桃突然"扑哧"一声笑出来，接着便拿起手机给祁淇打电话。

祁淇接得很快，声音嗲嗲地说道："桃桃啊。"

"喂！"姜桃兴奋地大叫一声，闭着眼睛咧嘴笑道，"祁淇！你猜我在干什么？我在兜风！你猜谁在带我兜风？我们老板！就问你，姐姐我牛不牛！我们老板！开他的大宾利！带我兜风！"

"真是你们老板？你喝多了还是说梦话呢？"祁淇问道。

"完了，你这一问，给我问蒙了，我也不知道我是喝多了还是做梦呢……我感觉是做梦呢，不然就凭我，就算喝多也不至于敢使唤我们老板啊！"

"你可真行啊！你安不安全啊？"

"我安全。"姜桃沉默了三秒，贼兮兮地笑起来，"他不安全，既然是做梦，我打算为所欲为了。"

听到这句，温照卿在前面乐了一下，他好奇姜桃还能耍个多别出心裁的酒疯，反正车里就这么大地方。

姜桃可是挺痛快的人，计划为所欲为，就打算付诸行动。她忽然坐直身体，笨拙地往前坐爬去，甚至伸手去抓方向盘。这太危险了，好在温照卿的车速并不快，他一手按着姜桃，一手稳住方向盘，将车停在路边的一处石椅旁。

盘山公路上，每隔一段距离就会有一个这样从公路旁延伸出去的休息处，如同高速路上的路肩带。车子停靠在这里，不会影响其他上下山的车辆。

夜晚的山路上是没有灯的，一棵在白天用来给游客遮阳的大树盖在头顶，遮天蔽日，窗外早已没有了城市的喧嚣，只有山林之中树叶被风吹荡后的簌簌声响。

温照卿将车熄火，汽车大灯自动关闭，车内的顶灯亮了起来。

车子停稳了，姜桃也好爬一些，经过她不懈努力，终于让裙子和她形成统一战线，而更不是故意跟她作对。

"你要上天和太阳肩并肩是吗？现在是晚上。"温照卿怕她摔倒，伸出手臂轻轻挡在她的身前。

姜桃笑了一声，终于爬到副驾驶。如果温照卿单纯地以为这就是姜桃的目的，那他可就错得太离谱了。

姜桃瞅了他一眼，猝不及防地，开始往他怀里爬。

人倒是小小一个，力气却大得很，温照卿不让她爬，她的手指头就拼命抠在他的手臂上，恨不得把肉都掐下来。在经过一番撕扯推搡后，姜桃终于得逞了。

她成功地达到了自己的目的，像一个女土匪一样骑在温照卿的腰上，由于不停地扭动，她那原本就岌岌可危的绕脖吊带式的礼服已经彻底变形。礼服是裸背的，她不能穿内衣，她根本没有隐形胸衣这种东西，好在礼服本身做了一定保护，在胸前的位置有一层薄薄的海绵，但这会儿也被扯变形了，酥胸微露，成了恰到好处的性感。

温照卿不知道她今天准备耍一个多么别出心裁的酒疯，他眸光幽深地与她对望，余光里的某些东西实在令他心烦意乱。他只能伸出手，在尽量不碰到她身体的前提下，帮她把衣服正过来。

姜桃低下头，看着他的手指小心翼翼在自己胸口活动，便眯起眼睛微微一笑，醉醺醺问道："你想脱我衣服啊？"

"我只是……"

温照卿话音未落，姜桃忽然脖子一缩，把绕在脖子上的吊带一把拉下来，给他来个一览无余，坦诚相见，还好像帮了他多大一个忙似的炫耀道："脱好了。"

姜桃的皮肤雪白紧致，几缕长发若隐若现，看起来似乎是在遮挡什么，实际上又什么都挡不住，倒是更平添许多神秘撩人的性感。

温照卿的第一反应是偏头看向窗外，即便是这样迅速转头，该看的还是都看到了。想到车里这么亮，如果有车辆或者夜里爬山的人经过，她就走光了，他便抬手关掉车顶灯。

暗下来的一瞬间，车内是伸手不见五指的黑。视线渐渐适应，月光缓缓漫延，黑暗中，也可以看清对方。

温照卿的喉结下意识地滚动，他尽量保持冷静，尽量不让自己的教养失守。他希望姜桃能寻回理智，才好不至于他们两个之间难以收场。

所以他变得刻薄起来，看着窗外时冷冰冰地说道："也不是什么人都能爬上我的床，你最好不要让我觉得你是一个为了爬上老板的床不择手段的……不好的女人，在我发火之前，你给我识相地滚下去。"

姜桃"扑哧"笑出了声，没想到在梦里他还这么酷，那可真是太给他脸了，这可是她姜桃的梦啊！

"啪"的一声，姜桃给了温照卿一耳光，并不痛，却足够示威。她的笑容被赋予了一定的攻击性，捏着他的下巴强迫他看向自己："哎哟，在我梦里，你还敢这么狂？现在我才是老板，弄死你可是分分钟的事！"

温照卿还从没被人这般无视和对待过，他用舌尖顶了一下自己的右腮，瞬间就将她的手反在背后。

姜桃吃痛，不悦地扭动挣扎，带着哭腔撒娇："好痛好痛，你这个坏蛋！臭流氓！"说着，眼泪就掉了下来。

温照卿无奈松开，正准备把她抱下去的时候，她却突然扑进他的怀里，死死搂住他的脖颈，贴在他的耳朵上喘着粗气，落过泪的脸颊微凉。他的手刚搭上她的腰，她就喊疼，隔着裙子去拉她的腿，她也喊疼，总之他无论做什么，她都要做出一副他欺负她的样子，委委屈屈，蛮不讲理。

他索性就不管了，任她抱着，也任自己的心脏胡乱地跳。

没老实几秒，姜桃又开始淘气，一下下啄着他的耳朵和脖颈。

他的喉结不住地滚动，声音喑哑地叫了一声她的名字："姜桃……"
姜桃应了声，忽然很难过地对着他的耳朵叹息一声："你再叫一声。"
一时间，温照卿不知道该不该再叫一声。
姜桃捏了捏他的胳膊，轻轻地撒娇："再叫一声嘛……"
"姜桃。"
姜桃直起身体，抱着他的脸颊，与他鼻尖相贴："再叫，我就把你吃掉。"
温照卿唇瓣微启，还没来得及出声，她便主动吻过来，带着微醺的酒气，还有女孩子专属的柔软和酒鬼的霸道。
她想怎么亲就怎么亲，她想亲哪里就亲哪里，衬衣扣子全给他解开，皮带拉链也给他解开，又急又粗鲁。
她好像很疼却也很快乐。
一切都在朝着失控的方向发展，不是姜桃失控，而是温照卿。
如果他控得住自己，就控得住姜桃。
姜桃不顾一切想要得到他的吻和他的身体，或许是她醉到不自知。可温照卿滴酒未沾，却也不清醒，他的克制也成了她放纵的催化剂，仿佛越难征服的一切，才越值得去征服。
姜桃咬着温照卿的下嘴唇，又像抱怨，又像撒娇，狡黠而任性地说："我也喜欢你，好喜欢你，可是我不够好，不配喜欢你，也不配被你喜欢，所以我要在梦里对你为所欲为，也只能在梦里……"
这句喜欢，让温照卿沦陷了，也让他有了反客为主的冲动决心。
温照卿终于知道自己为什么总不愿意接受廖友谊对别人以男朋友的身份介绍自己，也从未给廖友谊一个明确的女朋友的身份，甚至当廖友谊以那样的身份来介绍自己的时候，他只想逃离。
虽然长久以来，温照卿一直认为廖友谊是适合成为他太太的人，可说到底，他心里还是不愿意。
他对廖友谊有各种喜欢，谈得来，也门当户对，可唯独没有心动。
他和姜桃的话不多，家境有云泥之别，身份难以逾越，可他偏偏心动了。

这是一场理性与感性的竞争，理性告诉他，他的人生可能不需要爱情，只需要美满的家庭，可感性似乎更强大，它居然纵容了他的身体去靠近他的爱情。

温照卿的手机在副驾驶响个不停，上面显示着廖友谊的名字。姜桃拿过来打开车窗，顺着黑夜抛向一路向下的山林之间。

姜桃咬着温照卿的耳朵说："在我的梦里你不能理别的女人。"

温照卿没有制止，从刚刚他彻底放下了对姜桃的感情的戒备心开始，他就打算任她为所欲为。

在狭小的空间里缠绵悱恻是很消耗氧气和体力的，姜桃满身汗津津的，皮肤泛着淡淡的粉，被汗水打湿的长发缠绕在脸颊、脖颈和胸口，她趴在温照卿的怀里沉沉地睡去。

温照卿将姜桃抱到副驾驶上，把车窗打开一条缝隙，觉得夜里的山风有些凉，便把西服盖到她赤裸的身上。睡梦中的姜桃抓着他的衣服，像小猫一样蹭了蹭："温先生……"

温照卿拍了拍她，简单地整理好自己的着装，把她哄得睡熟，拿着烟盒下了车。

带着草木清香的山风瞬间将温照卿的混沌吹得烟消云散，他颀长的身体靠在车门上，指尖的香烟忽明忽暗，面沉如水。

他在回想，姜桃这个除了好看一无是处的小姑娘，究竟用了什么样的手段让他动了心。

或许她的美貌就是她的手段，那他岂不是太没出息了？就因为人家好看就沦陷？不会的。比她貌美的他也不是没见过，这个世界难道还缺美人吗？

温照卿想起自己第一次见到姜桃时，她乖巧的外表下，双眸里那份倔强与狡黠至今都挥之不去。或许从那一眼开始，她的特别就在他心里留下了种子，并随着朝夕相处而无声萌芽。

她小心翼翼抱着带回家的剩饭的样子，像一只可怜兮兮的小狗，好不容易得到了一点吃的，只想着藏起来；

她卖力讨好的谄媚样子好可爱；

她穿上新鞋子眉飞色舞的样子也好可爱；

她喝醉了天马行空的样子亦可爱……

可能一旦喜欢一个人以后，那她什么样子都会是可爱的。

可他还是不能接受她曾经生过小孩这件事，所以他们的互相喜欢，只能换来谈情，换不来说爱。

对温照卿来说，这是一个注定失眠的夜晚，他开车带姜桃下了山，住进酒店。在给浴缸放水的时候，他站在洗手台前照了照镜子，发现脖子上有一个很明显的草莓印。

温照卿解开纽扣，脱掉衬衣，发现衬衣的衣角有干涸的血迹。

回到床边，他掀起姜桃的裙子看了一眼，顿时脑仁疼，她这大姨妈可真会挑时候，她睡得和猪一样，还要他伺候。

温照卿用酒店的座机给姜阿姨打了一通电话，很快，姜阿姨就带着两套衣服来酒店，一套他的，一套姜阿姨自己的。

温照卿在考虑是不是应该在家里给姜桃备两件换洗的衣服了。

姜阿姨把衣服送到，温照卿没有让她进门，只说姜桃喝多了。

姜阿姨知道温照卿不是会胡来的人，可临走之前还是交代了一句："你还要跟友谊订婚的呀，别乱来。"

温照卿"嗯"了一声，关上门。他用自己的衬衫把她的头发包住，再把她抱进浴缸，简单清洗一番，在床上铺好浴袍，再把她抱上去擦干。

他做这些事的时候一点也不觉得累，倒不是爱情的力量，主要是姜桃真的瘦。

他简单地冲洗后，换上姜阿姨带来的运动服，给姜桃盖好被子后出了门。

温照卿在酒店外面的便利店买了卫生棉和女孩子的一次性内裤，还买了一瓶醒酒药、一个三明治和一盒牛奶，结账时顺便要了一盒香烟。

没有手机，他成了失联人员，倒也落个清静。

可是，这个买卫生棉容易，用卫生棉难啊。

聪明如温照卿，一时间也没想明白，这个东西这么多胶，粘在肉上不疼吗？

还好外包装上有图片，给他一个学习的机会，通过过人的才智，他成功把卫生棉贴在了一次性内裤上。

人生又学到了新的知识点，还实际操作了一番，也算是一种历练吧。

一夜没睡的温照卿因为早上有个重要的会议，只能把姜桃一个人留在酒店。

姜桃一觉睡到下午才醒过来，她眯着眼睛四下打量，确定这是一个酒店，房间只有她一个人，床头放着吃的东西和醒酒药，还有卫生棉，身上穿着浴袍，掀开被子，看到自己穿着一次性内裤。

除了有点晕和肚子有一点疼，身上没有任何不舒服。

姜桃抓过床头的牛奶，插上吸管吸了一大口，又闭上了眼睛，开始回忆。

可记忆只到餐厅门口她替温照卿喝了一杯酒就暂停了，后面的事情怎么也想不起来。不过她记得自己做的梦，好像隐隐约约有温照卿，然后梦里的自己还挺不要脸的，可是具体的细节她都想不起了。

姜桃斗胆猜测，是温照卿把她送到酒店的，因为喝多了说不出自己家在哪里，另外再斗胆猜测一下，是姜阿姨照顾的自己，因为墙上挂着姜阿姨的衣服。

姜桃伸了个懒腰，感慨了一声自己的酒品，拿起手机看时间。屏幕上显示有一条未读消息，是温照卿发来的：【我先去开会。】

也没什么特别的。

姜桃收拾好自己，穿上姜阿姨的衣服，顿时从苍白病弱的少女变成乡味十足的小村姑。她抱着自己的礼服，用塑料袋装上温照卿买回来的东西，检查一圈没有落下的东西后，拿起房卡下楼。

一夜没有找到温照卿和姜桃的廖友谊，整个人已经气到了崩溃的边缘，她早早就在温宅等候，而温照卿直到中午才回来。

一进门，看到廖友谊抱着抱枕在沙发上打瞌睡，温照卿走过去推了推她的脑袋，让她去客房睡。

廖友谊起身后，不开心地把抱枕往旁边一扔，一副正牌女友的架势，质问道："你昨晚去哪儿了？"

温照卿蹙眉，淡淡地扫了她一眼，径直走进厨房，给自己倒了一杯水，顺便也给廖友谊倒了一杯。

他在廖友谊身侧的单人沙发里坐下，刚喝了一口，就听廖友谊再一次重复了她的问题："说啊，你昨晚去哪里了？"

他放下水杯，眸光清冷，沉声道："友谊，你好像误会了一件事，我们只是在互相了解中的关系，你还不是我的女朋友。"

"我以为我是，我跟人说的时候，你没有否定。"廖友谊扬起下巴倔强道，不经意间看到他衣领下隐藏的吻痕，顿时嫉妒得发疯。

"你希望我当众否定你吗？"温照卿反问，"经过这段时间的接触和深思熟虑以后，我觉得我们还是做普通朋友更合适。"

"我觉得我们很聊得来。"廖友谊态度坚决地说道。

温照卿温和地笑了笑："我看你和很多人都聊得来，和我也是。"

廖友谊的目光渐渐沉下来，沉思片刻，问道："昨天你跟姜桃在一起吗？"

温照卿没有回答她这个问题，并且表现出了极为明显的不悦，他冷笑一声，端起水杯，浅浅地抿了一口。

廖友谊深吸一口气，面上多云转晴，恢复了平日里那副温和的神态，还落落大方地笑笑："好吧，我们就当普通朋友，当普通朋友也不错。祝你未来幸福，也祝我自己幸福。"

温照卿点点头，露出赞许的目光，她这个态度他还是挺满意，要是非要死缠烂打揪着不放，可能就是另一方景象。

"你也可以把我当兄长，毕竟我和你哥关系不错。"

廖友谊从温宅离开了，坐进车里后，她疯狂地抓着自己的包包摔打前座的座椅靠背，双目猩红，愤怒地叫道："他昨晚就是跟姜桃在一起！

贱人！都是贱人！他还看不上我？他还真以为他温照卿是什么稀世珍宝！要不是因为他是温家人，我要这么低声下气？"

司机见她气得不行，想着安慰一下："小姐，也没必要这么生气，和您门当户对的青年才俊挺多呢。"

"你懂个屁！你懂个屁！你知道温照卿有多少钱！？他们家企业有多大你知道吗！他哥死了！整个温家都是他的！那些个酒囊饭袋配得上我吗！"

司机嚓声，暗自腹诽：那你配得上温先生吗？

姜桃今天没有上班，也没有联系温照卿。

她不上班可以，但是她居然不联系温照卿，这就让他很难受。他几次想要拿起手机给她打电话，最终都放下了。

第二天一早，乌云密布，已经两天没怎么睡好的温照卿，心情也可以用乌云密布来形容。

姜桃这是几个意思？她自己耍流氓，吃干抹净就拉倒了？合计她说喜欢他，是想睡他？

想到姜桃孩子都生过了，他还是第一次，就更不是滋味了。

八点二十分，姜桃甩着雨伞，步履轻快地走进来了，手臂上挎着一个环保袋，进门直接拎着袋子进厨房，把姜阿姨的衣服还给她："谢谢阿姨！"

"不客气！"

姜桃就这么无视他？就算没睡，那也应该打个招呼才对啊！

温照卿双手插在口袋里，在客厅沙发后面来回踱步。姜桃嘴里咬着一块甜萝卜出来看到他，和他打了一声招呼："先生散步呢！"

温照卿抬头，单手扶着沙发靠背，对她勾了勾手指："你过来。"

姜桃一脸茫然地走过去："嗯？"

"你看看这个是什么？"温照卿扒开衣领，把那块酒红色的草莓印露出来。

姜桃定睛一看，当即一愣，她怔怔地盯着那个吻痕看了半天，过了好一会儿，委屈巴巴地扭头："先生跟我显摆什么呢？大早上我饭还没吃呢，就给我吃狗粮，不就一个吻痕嘛，有什么了不起的，我以前也有。"

温照卿惊讶："你又在跟我显摆什么？"

姜桃赌气道："显摆喜欢我的人可多了，显摆有的是人在我脖子上种草莓！"

温照卿深吸一口气，干巴巴地吐出一个字："滚。"

"有钱了不起啊！干吗一早上就对我大呼小叫的，一下让我来，一下让我滚，强行给我吃狗粮还不让我反击，不会是因为我喝多了惩罚我吧？我可是替你挡酒……"

"然后呢？"温照卿打断她的话。

"然后？"姜桃心虚地撇撇嘴，"然后……吐你身上了？"她是忘了，完全断片的状态。

眼看着温照卿在她面前深呼吸翻白眼，她又开始慌了，不会把她开除吧？不过是一念之间，她就意识到冲动是魔鬼，不该这么鲁莽，于是她眼睛一眯，小嘴一弯，假惺惺地笑起来："哎呀，我在跟你开玩笑，先生不要生气，有钱人当然了不起呀！你付了工资，就该对我大呼小叫，我特别喜欢吃狗粮，狗粮多香啊，我特希望您和廖小姐早生贵子呢！"

温照卿七窍生烟，深吸一口气合上衣领。

她到底是真的什么都不记得了，还是她不想记得？

他摆摆手，把她驱赶走，整个人像雕塑一样趴在沙发后面。

温从心顶着一脑袋乱发从楼上下来，抱着温照卿亲了一口："爸爸！我……"

"没钱。"温照卿冷酷无情地将温从心的小九九扼杀在摇篮里。

"哎呀，爸爸！"温从心不依不饶，趴在他肩膀上撒娇。

"没钱。"

温从心心有不甘地撇撇嘴，大脑飞速运转，想着其他可行政策。过了一会儿，他贱嗖嗖地开口："亲爱的！我要买包！"

温照卿顿时石化了，僵硬地扭过头，怔怔地看着温从心，后知后觉地清醒，抓起抱枕就开始揍他。

温从心被吓得满屋子乱跑,结果一下子撞到了端着汤的姜桃。

"哐当"一声,汤碗碎了一地,热汤溅了姜桃一身。她一边尖叫,一边跳着往后退。

温照卿被眼前的情景吓到了,他神态凝重地冲到姜桃身边,狠狠瞪了一眼已经吓傻了的温从心,一把抱起姜桃,把她带离这个地方。

留下温从心和举着葱的姜阿姨目瞪口呆。

相比被烫了一下,被温照卿抱起来更让姜桃意外,老板突如其来的关爱还挺瘆人的啊!

温照卿把姜桃抱上二楼书房,放到宽敞的沙发上,眉头紧皱着,一言不发又极其小心地脱掉了她脚上的棉袜,看到她脚背通红。

他取来医药箱,翻翻找找半天,找到一支烫伤膏,看了一眼日期,真巧,再晚烫伤几天都要过期了。

姜桃的衬衣上也湿了一块,他坐在姜桃身边,一边打开全新的烫伤膏,一边沉声命令:"衣服掀起来。"

"啊?"姜桃低头看了看自己衣服上的污渍,面色通红地小声拒绝,"不用,就烫了一下,过几天就好了……"

"现在想起来不好意思了?我看你昨天晚上很落落大方啊。"温照卿冷着脸揶揄,然后不顾她的反对,一把将她的衬衫从她的裤腰里抽出来,把衬衣的下摆掀到她的内衣上。

姜桃连忙捂住胸口,瞪着他:"还真没看出来您有流氓的潜质呢!"

"你的流氓潜质我也没看出来。"温照卿嘴上不饶人,眼睛还是很绅士,没有特意去扫视不该看的地方,再说就姜桃那个小身板,实在没什么可让人心猿意马的。

温照卿用棉签挖了一块烫伤膏涂到她泛红的肚皮上,一点点地涂,然后是她的手腕,再然后是脚背。

他涂得很认真,没有什么多余的话。姜桃一会儿看看自己被烫的皮肤,一会儿看看他。他是真的好看,尤其是他温柔专注的样子,让她忍不住咽了一下口水。

"疼吗?"临近尾声时,温照卿突然问道。

"疼啊！"姜桃回答得理所当然。

"疼你怎么不说呢？"温照卿涂着脚背的动作更加轻柔了。

"刚才你也没问我啊……"

"我没问你，你自己不会叫唤两声吗？疼就干忍着？"

"啊，是的呀。"

又是这么理所当然，这让温照卿的心情糟上加糟，他故意用棉签按了一下她的脚背。她只是噘着嘴瞪了他一眼，伸手打了他胳膊一下，算是惩罚这个男人此时不成熟的恶作剧。

"你平时不是很喜欢哭吗？"

"这有什么好哭的呀！"姜桃不解，"就是烫一下嘛，过几天就不疼了呀，再说烫一下能疼到哪里去？又不是千刀万剐，这要也喊疼，那多矫情，我矫情给谁看啊！"

温照卿抿了抿唇，思虑再三，有句话还是没说出口——昨天晚上你可是很矫情，碰你手腕一下喊疼，碰你头发丝也喊疼，哭得梨花带雨，敢情还是个演技派。

姜桃真觉得烫一下没什么，她又不是什么大小姐，几岁就要自己生火做饭，被烫一下不算什么稀奇事。

温照卿一个人开车去上班，把姜桃留在了家里，吩咐她老实一点，并且"画地为牢"，让她别走出他的书房。

姜桃不能出去，不代表别人不能进来。

温从心捧着一盘水果来道歉，姜桃小手一挥，慷慨道："没事，我知道你是无心的，不过从心，你还记不记得咱俩有一个一百万的交易？"

温从心一拍大腿，激动地说道："当然记得，你什么时候介绍我们见面认识？我说到做到！有我爸做担保你怕什么？"

姜桃半信半疑地看着他：这地主家的傻儿子这么好骗？

姜桃跟祁淇沟通了一下，祁淇很痛快地答应了，这是小事一桩，况且姜桃说，事成之后分她十万。

温照卿晚上回来时，温从心已经带着姜桃成功"越狱"了。

他们与祁淇相约在一家私房菜馆,地方是温从心订的,坐落在水塘旁边的二层灰白小楼看起来格外有艺术气息,水面波光粼粼,古典音乐环绕,姜桃不得不感叹还是有钱人家的孩子会玩。

祁淇穿着牛仔裤和白衬衫,素面朝天出现了。她拿着手机一路各种拍照,远远地看到姜桃,开心地招手。

从祁淇出现开始,温从心的脸就一直白里透红,紧抿的薄唇泄露了少年的羞涩。

倒是祁淇,在姜桃将他们俩介绍完后,落落大方地跟温从心打招呼:"嗨,听说你是我的粉丝,你叫什么呀?兴许我会有印象呢!"

温从心不好意思地挠挠头:"我叫这是收获的季节……"

姜桃愣了一下,这名字,也太成熟了一点,就连她一个不上网冲浪的人都觉得过于老气。

祁淇已经惊得合不拢嘴,还狠狠拧了姜桃的胳膊一把,把姜桃疼得五官都挤成了一团。

"你干吗啊?这是什么暗示啊!?"姜桃忍不住问道。

祁淇咬着后槽牙,一字一顿地说道:"'这是收获的季节'就是那个给我刷了三十万礼物的人。"

姜桃不禁倒抽一口凉气。

温从心羞涩地摸了摸后脑勺,说道:"很多吗?也没有很多啊,我还觉得挺少的。"

这就是所谓的败家子吧,整天找温照卿要钱,真不知道他那么宅需要花什么钱,这下找到罪恶的证据了,居然拿来供养女主播。

这要是被温照卿知道了,不知道会不会连姜桃一起制裁。

姜桃下意识地咽了一口口水,开始担心自己的往后余生。

一顿食不知味的饭局下来,温从心基本上可以确定,祁淇是他今生必娶之人。可祁淇就不那么想了,怎么也没料到自己一口一个大哥叫着的男人,居然是个小屁孩。

温从心一口一个"姐姐"地叫祁淇,含糖量直接超标,可扭头就叫姜桃"阿姨",神操作令人费解。大概在他眼里,属于"叔叔的人"只能是叔叔那个辈分的,属于"梦中情人"的祁淇,是跟他自己一个辈分的。

祁淇对姐弟恋没兴趣,但温从心是她的财神,她不能得罪,只能陪着一起笑。

温照卿回到家里后,发现姜桃不见了,一问姜阿姨,得知是温从心把她拐走的,顿时很生气,一顿疯狂的夺命连环 call 找到姜桃,质问她不听从老板的安排,还拐走了老板的儿子,到底有何居心。

姜桃对着电话那边的温照卿说:"你儿子成年了,他要请我吃饭,你不会找警察抓我的吧?"

"吃饭?在哪里吃饭?发个定位给我。"

姜桃觉得温照卿不会来,最多是想知道她和温从心的动向,于是发了定位过去。

她喝了口汤,在温从心和祁淇从南边的台风聊到牡丹江的大雪之后,她终于在温从心反复暗示的眼神里,得知自己是一个电灯泡这个事实。

为了她和祁淇的一百万,她决定先出去看看风景。

饭店后面有人在钓鱼,姜桃搬了一把椅子看了半个小时,这一排老大爷没有一个争气的,连个鱼苗都没拉上来,让人颇为失望。

姜桃正专心致志盯着水面的时候,突然听到身后有熟悉的女声传来,居然是廖友谊在打电话。

廖友谊言辞犀利态度傲慢:"你觉得你配吗?你现在就滚,我不想再见你,也不想跟你废话,在我眼里,你就是个工具。"

姜桃回过头,正好与廖友谊的视线撞个正着。姜桃只是有一点意外在这里能遇到廖友谊,看来有钱人的圈子也没有多大。

廖友谊的表情就可谓精彩至极,直接把电话挂了,恢复往日那副温柔和气的样子,对姜桃微微一笑:"真巧啊,桃桃。"

姜桃从椅子上站起来,笑眯眯地走过去。

"你跟温照卿一起来的?"廖友谊的神情有几分戒备,回头四处寻找温照卿的身影。

"没。"姜桃摇头,"和闺密一起来的。"

廖友谊立刻上前，抱着她的胳膊撒娇："桃桃，我居然不是你唯一的闺密呀！好难过！我要生气了！"

姜桃笑着说："你是我最漂亮最有才华的闺密。"

廖友谊这才露出满意的笑，转瞬又开始撒娇："我怎么办啊，桃桃，我哥让我把司机还给他，我又没有国内的驾照，不然我也给你一万二，你给我开车吧，我还可以天天带你逛街吃喝玩乐。"

姜桃犹豫地挠挠眉毛，笑得有些尴尬："你跟先生结婚以后，我不就是你的司机了吗？你还要挖自己老公的员工啊？这我也不敢答应啊。"

"结婚啊。"廖友谊叹息，"八字没一撇呢！"

"八字总共就两笔，你着什么急啊？"

廖友谊笑笑："那倒也是，可能那天看到我醉了的样子，他有点不开心了。我在想办法挽回自己的形象，酒这个东西肯定是要戒掉的。你也是，我们一起戒酒吧？"

两人正聊着天，廖友谊的身后走来一个气势汹汹的陌生男人，模样长得还可以。姜桃不认识他，只觉得危险，拉着廖友谊往一边走。结果男人上来就粗鲁地抓住了廖友谊的胳膊，姜桃吓得连忙往回拉她，并且用更加气势汹汹的语气对他说："你是谁啊！放开！不然我报警了！"

廖友谊淡定地瞪了男人一眼，平静地对姜桃说道："没事，我朋友，我进去说两句话，你在这儿等我吧。"

姜桃将信将疑，不想松手。可廖友谊却主动从她手里挣扎离开，她也不好多说。

姜桃猜不透这两人的关系，可怎么看都不觉得像朋友。她还是担心廖友谊，等了一会儿后，她决定进去看一看。

她绕过半个建筑的缓台和一些室外临时休息用的藤椅，然后跟门口的服务员问了一下廖友谊的包间是哪一间，毫不犹豫地走过去，压开门把手，推门而入。

温照卿才停好车就看到姜桃和门口的服务员在说话，迎宾接待他时，向他问询是否有定位，他直接说是和刚刚进去那个女孩一起的，寻着她的脚步进入餐厅。

·第十章· 生气

包间里没有人,一张只能围坐五六个人的小圆台上摆着几道未动过的菜品和饮料,杯壁上的水珠落下,将淡绿色的桌布氤氲出一个深色的圈。

包房里有独立的洗手间,姜桃站在洗手间门外,能清楚地听到廖友谊和那个男人的对骂。

不知道谁打了谁一耳光,然后听到廖友谊骂道:"我拜托你醒一醒!别像一只狗一样跑到我面前来摇尾巴!在我眼里你就是狗!你想跟我结婚?你配吗?你除了床上的功夫好一点,一无是处!你就是我养来玩的工具人!我现在不想玩了!就算你追到国内又怎么样?玩够了就是玩够了!"

"砰"的一声,里面有人狠踢了一脚门,姜桃吓得一蹦。

洗手间的门突然被廖友谊拉开,她没看到姜桃,只是指着门外,冷冰冰地对着那个男人说道:"滚吧,体面一点。"

男人冷笑着走出来。这时,两人都注意到了姜桃的存在,廖友谊大惊失色,快速走到姜桃身边。

男人看了看姜桃,又看了看廖友谊,一脚踢翻两人身边的椅子,怒吼道:"我像狗?你说我像狗?"

温照卿来到虚掩的包房门口时,正听到这句话,他敲门的手停下来,重新插回口袋里,沉默地立在包房门外。

"我看你是忘了自己当初主动往我床上爬的风骚样子!上个月来酒店敲我门的也是你吧?你要忘了也不要紧,回去我就把那些视频发给你,让你重温一下下贱的自己！连孩子都打过的女人在这里装什么清纯！你想重新开始生活？想高攀顶级富豪？那就主动爬上他的床啊，故技重施啊，看看那种狗男人把你玩够了以后，会不会把你当垃圾一样甩了！只有我对你……"

话音未落，姜桃迅速回神抓起那杯插着薄荷叶混着冰块的饮料，扬起手腕朝他脸上泼去，厉声呵斥："你闭嘴！我已经报警了，想被送进去你就继续在这儿撒泼！"

被泼了一头冰水的男人渐渐恢复了理智，他红着眼眶，深深地看了廖友谊一眼，自嘲地笑了两声，转身握住了门把手。

姜桃觉得他应该是爱廖友谊的，不是纯粹的无赖，无赖是不会被伤害的，不会退缩，不会想哭，不会轻易善罢甘休。

男人带着不甘，一把拉开包房门，有些狼狈不堪，正好对峙上矗立在门外身形挺拔衣着光鲜的温照卿，他一个字都没说，男人的尊严使他不能站在这里，只能头也不回地离开。

一时间，面面相觑的只剩他们三人。

温照卿一眼都没看廖友谊，他犀利危险的视线一直停在姜桃的脸上，然后渐渐转移到她手里的玻璃杯上。

从温照卿的眼神里，姜桃看到了误解，这不怪他，毕竟刚刚这个男人骂的话，比起廖友谊，更符合她——生过孩子，攀附大款。

说实在的，廖友谊的清纯人设崩塌，姜桃也万分震惊，可现在不是向廖友谊求证的时候。她想解释，可也不是最佳的时机，因为廖友谊挽着她胳膊的手臂在微微发颤。廖友谊主动握住姜桃的手，死死捏着姜桃的手指。姜桃看向她的眼睛，读懂了求助的信息。

虽然廖友谊隐瞒了真相，也对温照卿撒了谎，可哪个女孩子会将这样不堪的过往整日放在嘴上和别人讲呢？廖友谊无非也是想让别人喜欢她而已，她有权利结束一段恋情，也有权利重新启动自己的生活。

或许廖友谊总是在不经意间让姜桃意识到她们不是同一个世界的人，可姜桃总觉得自己欠廖友谊不少人情。

姜桃在纠结一点，那就是上个月，廖友谊在与温照卿发展的阶段，还去敲了那个男人的门。

不过敲门和上床还是两码事,兴许她是去敲门讲道理呢?

姜桃想着,自己应该给廖友谊一个时间去处理这件事,而不是急忙把廖友谊推出去。

里外这只是廖友谊和温照卿的感情纠葛,她一个旁观者,何必亲自捅这层窗户纸呢?

如果捅了,那廖友谊会怎么想她?为何那么偏心男人,而不是偏心朋友,那她对温照卿的心意不就昭然若揭?

事发突然,姜桃一时间不知道该怎么办,如果直接说出事实,只会显得特别小人。

再三斟酌过后,姜桃的唇瓣只是微微动了一下,没有发出任何声音,也没有放下手里的玻璃杯,任凭证据明晃晃地存在。

廖友谊本来是有一点怕的,怕温照卿讨厌自己,可看到温照卿看姜桃的眼神,那里面都是赤裸裸的醋意和怒不可恕,她忽然嫉妒得发疯,她不能一个人落水,一定要先溺死姜桃才肯罢休。

她可以得不到,但是姜桃这种低等人,不配从她眼皮子底下抢东西。

廖友谊拿过姜桃手里的杯子放下,走到门口对温照卿浅浅地笑了一下:"照卿哥哥,我先和她聊两句好吗?"

温照卿的眼神好像一把刀子,从姜桃的脸上拔下来,又狠狠在廖友谊的脸上划了一道。

他转身离开包房门口,廖友谊第一时间把门关上,激动地抱住姜桃,低声下气地向她求助:"桃桃,帮帮我,给我一点时间,让我想好怎么对他解释。我跟那个男的早就断了,事情也没有他说的那么严重,他不过是看你在这里,故意给我难堪而已,你要相信我。"

见姜桃表现得很犹豫,廖友谊开始打友情牌:"桃桃,我对你还不错,是不是?每一次我都帮你了。"

她深吸一口气,认命道:"好吧,我去和他承认吧,不难为你了,本来也是我的问题,不该这样牵连你。虽然你只是他的司机,但也要是个好司机,不应该平白无故被老板戴上有色眼镜看待。"

她转身的时候，姜桃拉住她的胳膊。

让姜桃陷入踌躇的并不是廖友谊的求助，而是温照卿刚刚的眼神。姜桃咬了咬牙，说道："别，就说是我吧，也没什么，过后再想想怎么和他解释那些。"

廖友谊提着包先出去了，她找到了站在外面抽烟的温照卿，急匆匆地跑过去拉住他的胳膊，一脸的为难："照卿哥，你是在生姜桃的气吗？你就别责备她了吧，你不是早就知道她有孩子吗？再说她只是你的司机，就算生活不检点，也影响不到你，你别气了。要是真觉得气不过，就当那个坏女孩是我，姜桃还是你的小姜司机。她刚刚吓坏了，让我跟你求情不要开除她。"

温照卿淡淡地吸了一口香烟，视线轻飘飘落在廖友谊身上："姜桃不是跟从心一起来的吗？"

"啊，是啊，那个房间是我订的，姜桃和她男朋友偶遇，怕从心看到，才来我这里说。我觉得姜桃的事要紧，就让朋友先走了。"

"你倒是挺热心的。"

廖友谊撇撇嘴："知道你心情不好，不跟你计较，反正我不许你欺负我的朋友，这是人家的私生活，你就不要干涉了。"

"你现在不是在干涉我的私生活吗？"温照卿的态度仍旧没有转变，一副拒人于千里之外的样子。

廖友谊心里百般不服，但面子上还要做出一副善解人意的模样。

她不再多说，只是回到店里把账单结了，然后和他打了一声招呼就走了。

姜桃整理好情绪后出来，站在温照卿的身后，乖巧地打招呼："温先生。"

"嗯。"温照卿不冷不热地应了一声，"身上的烫伤怎么样？"

他看起来挺生气的，却还这么关心自己的烫伤，姜桃真的好内疚，他在他身份和能力的范围内做到了真心实意地对她好，可她却屡屡当不诚实的大骗子。

姜桃满心愧疚，却只能笑笑："没事儿，就有点疼，过几天就不疼了，您不是帮我……"

姜桃的话还没说完，温照卿突然开口打断："温从心在哪里？"

"在吃饭，他很喜欢一个主播，刚好这个主播是我的闺密，然后我……"

姜桃的话还是没有说完，温照卿又一次打断："哪个包房？"

"203，我们等……"

这次温照卿连打断她的耐心都没有，直接迈开长腿，准备去把温从心拎走。一个姜桃不省心就算了，温从心怎么还被主播鬼迷心窍了？他就说一直不怎么花钱的温从心这几个月的零花钱需求剧增，还以为温从心玩游戏花掉了。

姜桃讨了一顿没趣，只能跟在他身后，谁料他突然停下来，她猝不及防地撞到他的背上，鼻子一阵发酸。

温照卿转过身，瞪了她一眼："别以为我可以放纵你带坏温从心。"

"嗯嗯。"姜桃乖乖点头，"对不起，他是我的小老板嘛，我也不好拒绝。"

"还有，跟我保持距离，别用勾引别的男人那一套来对付我，走路不长眼睛？"

姜桃愣了一下，仰起头，呆呆地眨了眨眼，又迅速低下头。这一次她什么都没说，他眼底的嫌恶太过明显了，她什么都不敢说，"事实"摆在眼前，说什么都是狡辩。

温照卿很生气，但他还是礼貌地敲门，推门而入，看到端着水杯的温从心正背对自己。祁淇倒是看过来了，有些诧异。

"哎呀，姜桃姐姐！"温从心撒着娇地回头，看到是自己的二叔，顿时惊得下巴都要脱臼了，原地起跳，就差行个军礼，颤颤巍巍地叫了一声，"爸爸。"

一时间没弄清楚情况的祁淇傻乎乎地叫了一声"叔叔"，还挺热情地邀请他入座，直到看见姜桃在后面视死如归的表情，才反应过来是怎么一回事儿。

在看见祁淇本人的时候,温照卿的气忽然小了一点,首先祁淇的模样和装扮和他想象中出门约大款的女主播很不一样,小姑娘看着和姜桃差不多大,穿得干净简单,脸上未施粉黛,脸蛋上婴儿肥太肥了,显得有一点胖……

温照卿清了清嗓子,抬起手腕给温从心看了一眼手表:"我等你回家。"

温照卿说等就等,坐在餐厅外面的缓台上,跷着二郎腿抽烟。

姜桃没事做,又不敢距离他太近,只能站在远处,静静地观察着他。

钓鱼的大爷们不争气,钓不上来鱼,鱼都跟着着急,扑通扑通地往上跳。被水声吸引的温照卿扭头看了一眼,正好对上姜桃无辜委屈的眼神。

温照卿嫌恶地转回头,低头摆弄手机。

他不知道姜桃有什么可委屈的,犯错误的是她自己,又不是他冤枉了什么。他决定,从这一刻起,疏远这个可怕的女人,这个喜欢用无害天真外表迷惑人心的坏女人。他和姜桃之间的错误已经无法挽回,那么只能及时止损。

他在一板一眼地计划着如何在心里把姜桃这个坏女人凌迟,可他的心,却无力地难过起来。

刚刚那个男人说的话,或许是他早就料想过的,可是当它真的这样赤裸裸血淋淋地扔到他面前,还是挺难接受的。

他到底是有多蠢,会喜欢上这样一个不堪的女人呢?

姜桃见温照卿连抽了两支烟,在他准备抽第三支的时候,悄无声息地靠近,像个犯错误的小孩子一样,低声叫他:"先生。"

温照卿翻了个白眼,拿起香烟放进唇间,言语之中毫无温度:"嗯。"

"少抽一点烟,虽然我不知道你为什么烦心,但是无论为了什么,都不如自己的身体重要,要是因为我就更……"

她的话没说完,便被温照卿冷冰冰打断:"姜桃,还记得自己的职业是什么吗？"

姜桃愣了一下，回答："司机。"

"司机的职责是什么？"

"开车。"

仿佛是在跟她唱反调一样，他故意点燃香烟，狠狠吸了一口，云雾吞吐间，漠然道："知道就好，开好你的车，我的身体不用你惦记，也轮不到你一个司机惦记，知道了吗？"

姜桃没说话，无声地点了点头。她低垂着眉眼，想到昨天前天，想到之前的每一天，他是个多温柔的人，看她的时候总是眼里带着笑，就算和她生气，也是有温度的气，可不是现在这般冷漠。她忽然有点想哭，眼泪涌上来，在眼眶里打转。

温照卿见她不回答，皱眉看过去，看到她这副泫然欲泣的样子，眉头皱得更深，已经提到喉咙的揶揄，又生生咽了下去，扭头看向别处。

姜桃抬起头，从眼角抹掉眼泪，然后挤出一个强硬的笑容，故作轻松道："对不起先生，我让您失望了，以后我会好好做人好好做事，再也不惹您生气了。"

这次换他沉默。

回家的路上，温从心一直喋喋不休，夸祁淇的人品有多好，还劝自己改一改蹦迪的时间，白天蹦迪，锻炼身体，夜里泡脚看书。

这很容易博得温照卿的好感，他觉得泡脚、看书是好习惯，不过也不好判断，因为不清楚这是不是温从心哄骗他的手段。

温照卿觉得自己大概是疯了，怎么忽然之间，觉得全世界都是骗子呢？

车子在进入温宅大门口的时候放缓了速度，车顶传来"咚"的一声，似有什么东西掉落。

姜桃打开车窗仰起头向上看了看："这株木棉花开得可真早。"

温照卿和温从心对视了一眼，随即一起看向车外，发觉他们家院子里这株木棉好像是比别处的开得早。

温照卿蹙了蹙眉头，问道："你们两个没开车去吗？为什么回来都在我车上？"

姜桃：！

温从心：！！

车忘那儿了！

温宅的木棉花成了沿江路独树一帜的景致，别的木棉花期未至，它就已经开始绽放刺目的红，又高又艳。从长街的远处看过来时，那股浓郁的孤傲显得别处的喧嚣格外寂寥。

姜阿姨总是捡一些掉落的木棉花，放在庭院里晒干后拿来煲汤煲粥。姜桃觉得姜阿姨艺高人胆大，什么花花草草都敢给老板吃，也不怕万一哪一口不对，直接把老板送走了。温照卿就更加胆大了，只要是姜阿姨送到嘴边的东西，他就算皱着眉头也要吃两口的。

自从上次的误会以后，温照卿已经整整三天没跟姜桃说过一句话了，但也没有故意刁难她，他的冷漠显得极为自然，让人挑不出一点错。

每每姜桃与他说话的时候，他不是忙着发信息，就是忙着看文件，总之都有很合乎常理的借口对她置若罔闻。

姜阿姨从干洗店取回来几件温照卿的外衣，让姜桃送到楼上去。

姜桃有些不情愿，噘着嘴巴，像个被家长强制按头干活的小孩子一样，抱着衣服上了二楼。

温照卿侧躺在宽敞的大床上，臂弯下压着一本打开的书，他好像是睡着了，又像是因为听到了声响才闭上双眸，仅仅是因为不想看到进来的人而已。

姜桃抱着衣服在门口安静地站了一会儿，发现他没有醒来的打算，便悄悄走进衣帽间，尽可能不发出声响地把衣服分类挂好。

房间的落地窗敞开着，姜桃从衣帽间出来时，迎面吹来一阵微风。时至傍晚，还是有些凉气的。姜桃见温照卿只穿了一件单薄的居家服，便走过去关上落地窗，又取来沙发上的薄毯，打开后轻轻覆在温照卿的身上。

温照卿醒来，看到姜桃正俯身在自己面前，便略为嫌弃地抓住了她的手腕，有多嫌弃呢？就是抓她的时候，中间还隔着薄毯，连皮肤都不愿意触碰的那般。

"对不起先生，吵醒你了。"

温照卿没说话，冷漠地直视着她略带歉意微笑的眼睛，隔了几秒才说道："你的职责里，没有摸我的床和给我盖被子这一条。"

"哦，那你冻着吧。"说完，姜桃一把掀开他身上的薄毯，当着他的面，落落大方地叠起来，全然不顾及他想杀人的眼神，还走到落地窗前，把窗户大敞开，任凭傍晚的凉风一股脑涌进来，吹得写字台上的文件都飘落到地板上。

做完这些，她笑着对温照卿摆摆手："您先休息，一会儿吃饭我再叫您。"

温照卿深吸一口气，从床上坐起来，两步跨到门前，"砰"的一声，把她刚刚拉开的门缝拍了回去。

姜桃被吓到了，她有点后悔自己为什么要干这么蠢的事情，低头闷不作声。

"抬头。"他命令道。

姜桃不敢，紧急酝酿眼泪，终于在他失去耐心，第二次命令自己抬头的时候，慢吞吞地抬起自己委屈巴巴的小脸。不等他威胁和批评，她就小声嗫嚅："我错了，我再也不敢了。"

温照卿的眉头几不可察地皱了一下，有些无语地翻了个白眼，又来，还来，每次都是这样，好像犯错误的是别人，被欺负的人才是她，这个套路真是毫无长进，可她却委屈得诚意满满。

"你又哭什么？我打你了骂你了？刚刚不是很嚣张吗？掀了我的被子还给我吹冷风，怎么这么快就怂了呢？"

"我没有嚣张……"姜桃说着，满是惊恐的眼睛里，掉下两滴泪珠，恰到好处地挂在脸颊上。

温照卿深吸一口气，居高临下地与她的无助哀求对峙。不得不说，姜桃是真的有几分姿色。两个人的距离很近，近到他可以轻易地嗅到她身上的味道，那股平平无奇的女孩子的简单而干净的味道，竟让他觉得有一点迷人。

不知是不是姜桃故意为之，她抬起纤纤细手，挽了一下耳边的碎发，顺便抹掉腮边晶莹的泪珠。

"憋回去，不许哭！"温照卿加重了语气。

姜桃努了一下嘴巴，委屈地揉了揉耳朵，小声嘀咕着："不要这么凶，我耳朵都震痛了。"

这也能算凶吗？她以为自己是公主，听到大一点的声响都要捂心口？温照卿看她这样子，气不打一处来，更气的是，自己竟然在这种时候想起不该想的往事。

比如，他想起姜桃趴在自己身上，这里不让碰，那里不让碰，碰到哪里都痛得叫，她自己倒是可以胡作非为随意折腾。想到这些，也就顺便想到了她身体的美好，那种该死的美好，真是太不该存在了。

温照卿下意识地滚动了一下喉结，一把打开房门，指着门外说："滚。"

姜桃愣了一下，才迈一步，又缩了回来："那个，我问一下，这个滚，是什么意思……"

"滚还能有几个意思？"

"我的意思是问，您这个滚是让我离开你房间的意思，还是让我永远离开你的意思？"

温照卿一愣。

姜桃抿了抿唇，补充道："不是离开你的意思，是让我下岗回家的意思。"

温照卿冷笑一声，说道："你欲擒故纵的本事倒是挺高的，别在我身上试探，你不配。"

姜桃笑了笑："听不懂，我想起来要洗车，我现在就去。"说完扭头小跑着下楼，往外跑，把车开出来停在路边，扯得水管哐当作响。她抬头，看到温照卿就站在阳台外面，手掌杵在栏杆上看着她，她洗得更卖力了。

她知道,她不配,所以她要好好干活,起码让自己配得上拿到的工资。

其实温照卿已经在后悔了,他不该对女孩子说那样的话,"你不配"这三个字,怎么想都觉得很羞辱人。可是他也不想挽回什么,就让往事都随风,往后也随风吧。

傍晚,廖友谊来了温家,见到姜桃在洗车,二话不说,拿起抹布就要帮忙。姜桃已经在洗第三辆车,确实没什么力气了,可还是不能让廖友谊帮忙。她抢走廖友谊手里的抹布,扔回水桶里,按着廖友谊湿漉漉的小手往自己围裙上擦。

廖友谊轻轻抱了她一下,愧疚地说道:"桃桃,不知道怎么报答你的好,你真的太好太好了。我以为这几天你会一直疯狂用信息轰炸我,没想到你这么安静,你怎么可以这么好呢?"

姜桃欲言又止好半天,笑了一下:"你对我也挺好的,我也不知道该怎么报答你,如果这件事能算一种报答的话……"

"算啊!"廖友谊急着打断她的话,脑袋轻轻靠在她的肩膀上,温柔地说,"太算了,不过我想,这就是朋友吧,相互扶持的才是好朋友,对不对?我们女孩子也可以很仗义,为朋友两肋插刀。"

"如果,我是说如果,以后温先生知道了我帮你瞒着他,肯定会觉得我是个吃里爬外的人。"姜桃下意识地看向二楼,明知那里早已没有温照卿的身影。

廖友谊语气坚定地说道:"可你是我永远的朋友,我不会不管你。如果有那一天,我会给你一个比现在更好的工作,大不了我养着你好了。"

姜桃轻轻勾了勾嘴角,说道:"你进去吧,我要用水冲一下这里,忙完我就要下班了。"

廖友谊直起身体,不确定地捏了捏姜桃的胳膊,讨好道:"桃桃,你永远都会站在我这边的,对不对?"

姜桃犹豫片刻,说道:"对我好的人,我当然要永远站在她那一边。"

廖友谊进去之前,给姜桃的口袋里放了几块进口的巧克力,这巧克力的口感细腻柔滑,甜而不腻,保证姜桃吃了以后,会感叹原来这世上还有这么好吃的东西呢!

廖友谊去了厨房,缠着姜阿姨学做小菜,她看起来美好又温柔,端庄又可爱,仿佛那些乱糟糟的感情纠葛真的与她无关一般。

晚饭的时候,姜桃没胃口,连着洗了三辆车,现在饿了,厨房里又没有她的落脚地。她用饭盒把剩下的饭菜打包好,满满当当的。

廖友谊见了,还笑她能吃,不晓得饭都吃到谁的身体里了,她还是这么瘦。

姜桃提着饭盒,准备回家,走到温宅大门口的时候,突然泛起一阵眩晕,并伴随强烈的恶心感。她扶着大门站了一会儿,越发难受,甚至有些难以支撑自己的身体,根据她浅薄的生活常识来判断,这应该是低血糖。

她咬着牙半猫着腰,思考片刻,觉得这样下去可不行,万一晕倒在半路上可没人管她,一顿饭能解决的事情,何必要急救车来解决呢?

她忍着天旋地转和恶心打开小门,从温宅出来后,直接坐在大门右侧的窄花坛旁,在江风中从环保袋里掏出三层的保温饭盒。

饭盒是姜阿姨在超市买促销的进口食品时赠送的,所以她结束了用塑料袋带饭的日子。

饭还是温热的,姜桃用勺子挖了一大口塞进嘴里,又塞了一口尖椒炒肉,闭着眼睛慢吞吞地咀嚼起来。

温照卿在二楼的窗帘后面看到了姜桃在大门口扶着门的那一幕,他来不及换上一身出门的衣服,穿着一身居家服就跑了出来,到一楼的玄关处也没想着换鞋。

廖友谊戴着腌泡菜的手套走出来,看到他向外飞奔的身影,在背后叫了一声"照卿哥哥",温照卿匆匆应了一声便消失在她眼前。

温照卿按下小侧门的开锁键时,本应发出"嘀"的一声,门口刚好有一辆炸街的跑车飞驰过而,将开门声淹没在狂野的噪声中了,所以姜桃并不知道温照卿此时此刻就站在她身后,她还在闭着眼睛大口地往嘴里塞饭。

本来只想吃两口，等到不晕了就回家，可是这饭也太香了，这勺子实在是令人拿得起放不下，她干脆一不做二不休，一鼓作气吃完。

温照卿双手插着口袋，靠在自家的铁门上，沉默地观望。尽管在他看来，姜桃是如此狼狈不堪，可姜桃仿佛没有任何感觉一般，吃得挺开心的。

姜桃把最上面一层的饭菜都吃完了，最后把勺子都舔得干干净净。她用手背蹭了下嘴角，把饭盒收好，起身拍拍屁股，不带走一片云彩地朝着公交车站的方向走去。

她原地满血复活了，头也不晕了，眼也不花了，就是有点口干，只要坚持到家就可以了。

温照卿见她恢复如常，一颗悬着的心也随之放下，转身走进自家大门。

"咔哒"一声，是铁门落锁的声响。姜桃脚下微顿，回过头看向温宅的门口，看到刚刚一直矗立在余光中的身影消失，便深吸了一口气，如释重负地吐出来。

温照卿大概是忘记了家里还有廖友谊这事儿，见到她的时候不由得愣了一下。这是一个很微妙的表情，虽然看起来足够内敛，但还是让廖友谊感受到了那份强烈的嫌弃。

"照卿哥哥，你鞋子都不换，跑去哪里了？"

温照卿眨了眨眼，不答反问："姜桃下班了，你在这儿干吗呢？"

"我来跟阿姨学做泡菜啊，顺便看看姜桃，她最近不是发生了一点不愉快的事嘛。"

温照卿点点头，又问道："什么不愉快，那个男的还在纠缠她吗？"

廖友谊脱下手上的乳胶手套，深吸一口气，看起来好像有什么难言之隐似的，用指尖挽了一下耳边的长发："我不知道该不该说，毕竟涉及姜桃的名誉。"

"不知道该不该说的就是不该说。"

他准备转身离开的时候，廖友谊慢条斯理地开口："可是这件事对我影响也挺大的,我没有地方倾诉,很有心理负担。"

果然,温照卿停下转身离开的动作,进而走到沙发边坐下,跷起二郎腿,云淡风轻地抬眸看她:"那你说说,我看她影响到你什么了。"

廖友谊犹豫再三,走到他对面坐下,有些失望地说:"那天她跟我说,如果让你知道她人品不好,你肯定就不会要她了,所以她说让我背这个锅,这样她就可以继续做轻松又高薪的司机。"

"这件事里,姜桃没有跟我提过你。"

事实上,这件事情以后,姜桃只字不提,连解释都没解释一句。

廖友谊苦笑了一下:"是啊,她是没提过,因为她想让我主动跟你承认。"

温照卿意外地挑了一下眉。

"姜桃是我的好朋友,我真的很想帮她,可你也是我的好朋友,我不想从此以后你用有色眼镜看我,就算我们不能做情侣,我也想在你心里是个清清白白的好女孩。"

廖友谊这番话说得真真切切又坦坦荡荡,仿佛真把他当成大哥哥一样去倾诉自己的心事。

温照卿双臂环胸,手指轻轻叩着自己的下颌骨,不着痕迹地撇了一下嘴:"你可以直截了当地拒绝她。"

廖友谊摇头:"她是我在国内最好的朋友。"

"是吗?"温照卿淡淡地反问。

他清冷犀利的视线让廖友谊不由得瑟缩了一下,让她不敢再直视他的眼睛。接着,他又说道:"我还以为你在国内最好的朋友是我。"

闻言,廖友谊抬眸对他笑了笑:"你当然是,所以我不让我们之间有隔阂,因为我不想失去你。"

温照卿倒是挑了挑嘴角,只是脸上没什么笑意:"姜桃是我的司机,你是我兄弟的妹妹,也就是我的妹妹。我在意的是你们在我面前是否能扮演好自己的角色,至于个人问题,那只是个人问题,和我无关。"

"可是我哥哥说你特别在意女孩的品德……"

"我不在意。"他起身,微微一笑,"我只在意我太太的品德。你玩吧,我要休息了。"说完,他便转身上楼。

回到卧室,温照卿关上房间的顶灯,只留下一盏落地台灯散发着微弱的光芒。他靠在床头,从床头柜上拿起一本书,打开扉页,拿起那张两元的消费单,翻过背面,盯着上面的漫画发呆。

笔挺顾长的是他,笑靥如花的是姜桃,漂亮的女人都是毒药这句话,果然不是那些无聊的作家凭空捏造的。

这话有些不严谨,不能说只有漂亮的女人才有毒,廖友谊不怎么漂亮,也像有毒。

原本他也没有讨厌过廖友谊,只是单纯地觉得不合适。刚刚她的那番话,确实讨嫌了,这大概就是所谓的自作聪明吧。

· 第十一章 · 小纸片

冬天就这样不咸不淡地随着他的冷漠渐行渐远,沿江路的木棉已然成了一道浓烈迷人的风景线,在绿荫密布的整洁街道上,像一个叛逆的少女不断剪碎自己的红色裙摆纷纷扬扬洒落凡间。

温照卿不喜欢木棉花掉落的时节,他对红色没有什么概念,只觉得这花从高处落下,砸在地上时总会把汁液摔出来。汁液是黏的,沾在地上,满是斑驳。

小姜司机在跟老姜阿姨聊天的时候,说道:"这是肝脑涂地。"

老姜阿姨说:"你别这么唠嗑,怪吓人的,好像我每天都在捡尸体给先生泡水喝一样。"

这话被温照卿听到了,胃里难受了好几天。

最近,温从心倒是很安稳,稳到好似换了一个人。他不怎么打游戏了,盯上了家里的健身房,还倒腾回来好多书,从当代言情小说到古典文学,再到心灵鸡汤,怎么看都像极了正常的普通文艺青年,可正常之中,又透露着些许诡异。

连来找温照卿聊天的廖海潮都觉得诡异,这分明是灵魂经过生死别离的洗涤才能换来的转变,所以廖海潮悄悄地问温照卿:"你嫂子还好吗?"

温照卿给了他一个白眼,然后两个大老爷们儿好像两个八卦的小姑娘,偷偷摸摸趴在门缝上观察着重获新生般的少年的行为。

温从心早就听到他们两个在嘀嘀咕咕了,等到阅读完下午定制的目标后,把书籍放回书架,才落落大方地说:"你们两个到底要干什么?"

温照卿推开门,整理一下身上的衣服后,闲庭信步地走进来:"没什么,问你想不想去酒吧,海潮说想……"

"我不去,你们去吧。"

温照卿和廖海潮一起愣住。

廖海潮走到温从心新添置的书架旁,粗略地看了一下那些书名,很担忧地问道:"这好好的孩子,怎么就突然喜欢上读书了呢?你和我们谈谈心吧,为什么突然要读这些。"

温从心从床尾拖出一个哑铃,开始日常锻炼,语气坚定道:"大概就是为了中华民族的崛起而读吧。"

温照卿一下子没站住,身型不稳,晃了一下。

廖海潮马上把他扶好,一脸担忧地安慰道:"约医生吧,先让医生跟他聊聊。你也别太紧张,你要是崩溃了,谁能救他啊?"

温从心觉得他们俩才有毛病,气急败坏地把他们俩赶出去了。

温从心是温照卿的宝贝,不能有半点闪失,所以温照卿真的请了心理医生来。医生同从心聊天的时候,他在隔壁的房间里坐立不安,来回踱步,跟在等产房传来好消息的新手老爸似的。

结果医生出来很愉悦,说从心半点毛病没有,只是因为有了喜欢的人,对方给了他一个积极向上的引导,仅此而已。

在温照卿看来,这是好消息,也不算好消息,好的是那个女孩引导温从心向好的方向走,没有引导他向坏的方向走;坏的是,这也太容易掏心掏肺改变自己的立场了,这么容易为爱情迷失自我,岂不是很容易就受到伤害?

温从心喜欢的人是祁淇,那个有些婴儿肥的主播,在与她有过一面之缘后,温照卿特地看过两次她的直播。

怎么说呢?声音甜美,长相说得过去的……铁憨憨?

想到"铁憨憨"这三个字,温照卿忍不住捂了一下胸口,那种无力感就像眼睁睁看着自己家的大白菜往猪上撞,拉都拉不住。

温从心的人际关系单一,虽然很贪玩,但是并不善于交际,也没有很多朋友。温照卿无法判断祁淇这个女孩是否靠谱，也许她只是图财，可对于交付真心的从心来说，这就是害命。

温从心的命就是温照卿的命，一个小小的主播，居然让温照卿有了危机感。

他想从姜桃那里侧面了解一下祁淇，结果姜桃很不高兴地回应道："不要白费力气了，就算祁淇是坏女人，我也不会告诉你们的。温从心用十个皮卡丘抵他欠我那一百万这件事，就注定我再也不想跟温从心一伙了。"

只要能见到祁淇，愿意给姜桃一百万，这是温从心当时信誓旦旦许下的诺言。可当姜桃让他兑现的时候，他居然给姜桃买了十个皮卡丘。他说一个皮卡丘可以放电十万伏，十个就刚好是一百万伏。

姜桃觉得自己受到了欺骗，找温照卿讲理，可她忘记了，她和温照卿的关系也出现了裂痕。

温照卿这次没跟她统一战线，只是很冷漠地说道："你不喜欢皮卡丘，就换成雷神好了，他一锤子就有一百万伏。"

无奈，温照卿偷看了温从心的手机，得知他约了祁淇两天后在绮云四季酒店吃中餐，便也在那里定了个位置。

两天后，温照卿西装革履准时出现在酒店的中餐厅，入座在温从心背后的那张台。

"姐姐，你什么时候愿意给我当女朋友？为了你，我已经不去泡吧了，每天晚上都用热水泡脚，游戏我也戒了，还看了很多很多书。最重要的是，为了你，我已经学会了坐地铁！这难道不是你所谓的成熟的爱吗？"

温照卿刚喝进嘴里的冰水又吐回了杯子里，他淡定地放下水杯，用纸巾擦拭嘴角，心想：其实祁淇也挺难的。

祁淇当然很难啊，她一介草民，肯定不能理解成熟的爱跟学会坐地铁有什么关系。

祁淇很善良，想到温从心曾经给自己刷的各种礼物，她也没办法不善良。她深吸一口气，对他竖起两根大拇指，对他的成长和进步表现出极大的肯定。

可温从心仍旧是个孩子，这种感情如果任其发展，会很有负罪感。

祁淇也没谈过恋爱，在处理这种事上毫无经验，她想不出一个合情合理的借口去拒绝这个满眼赤诚的少年。

于是，她一口气干掉了面前的冷水，说道："革命尚未成功，同志还需努力！"

温从心郑重其事地点了下头："行！我就喜欢这痛快的！"

温照卿有点脑壳疼，一方面他发自内心地觉得其实这俩铁憨憨挺合拍的，另一方面，他又愤愤不平，祁淇这个平平无奇的小姑娘，凭什么看不上他们家从心。

"祁淇姐，你喜欢什么礼物？比如包啊，手机什么的，我不知道你喜欢什么。"温从心热切地问道，"一个成熟的男人，应该懂得礼节，下次见你，我一定要给你带礼物。"

祁淇挠了挠发际线，说道："我喜欢苹果。"

温照卿听了冷笑，狐狸就是狐狸，外表的憨态根本不持久，早晚要露出尾巴。

正这样想着，就听祁淇又说："猕猴桃也行，还有水蜜桃。苹果我喜欢黄元帅，你知道什么是黄元帅吗？就是黄色的，吃起来绵绵的。我在直播间卖过，我家就有，你记得吗？"

温照卿有点后悔跟过来了，仿佛智商被按在地上摩擦，这两人完全不配让自己动用这么聪明的脑袋去思考和琢磨。

温从心一听可兴奋了，连忙说道："我知道！我买过！不好吃！给家里那两个姜阿姨吃了，我还是喜欢脆苹果。除了水果你还喜欢什么啊？比如包啊，鞋啊，这些让我拿得出手的。你又不是生病住院，我提一篮子水果来看你，是不是不太好？"

祁淇深思熟虑一番后，说道："贵一点的……那就坚果吧，坚果就挺贵的，我就喜欢吃东西，你说的那些我不感兴趣，再说礼物不在贵贱，是心意。"她说完干巴巴地笑了两声，"你呢？你喜欢什么？下次我带来送你，礼尚往来呗。"

温从心绞尽脑汁地琢磨，自己什么都不缺，只缺一个祁淇，于是他说道："我喜欢你，你要是方便也愿意的话，可以送给我。"

祁淇的脸瞬间红透了，本来就很圆，真是比一般描写"脸红得像一颗熟透了的番茄"更像番茄。

他们在这里谈话的时间共计五十六分钟，其间，祁淇没有对温从心做出任何不良的洗脑行为。倒是温从心，听那意思，很快就要给祁淇洗脑成两相情愿了。

两人见完面各走各的，因为祁淇家就在这个餐厅后面，不需要温从心送。

温从心的车子就停在路边，出来的时候，前面的交警在抄牌，吓得祁淇急忙指挥他驱车离开，性子之急，就差一脚把温从心踹回家。

温从心离开后，祁淇转身朝家的方向走去，路过7-11便利店时，进去买了一支雪糕。扒雪糕包装纸的时候，她看到了一身笔挺西装，面如玉雕、斯文而立的温照卿。

上次见面他怒气冲冲，这次倒是温文尔雅，稳重从容，难怪姜桃总是会时不时提到她的老板，而且提到的时候，满眼都是崇拜。

像姜桃这样家庭长大的小孩，会本能地对这样的男人有好感，一切个性不羁，在姜桃的眼里都宛如狗屁。

所以姜桃很讨厌温从心，每次提到都直咬牙。

祁淇咬着雪糕站在便利店门口，直愣愣地挥手："你好，好巧啊，你也来这里逛街？"

温照卿礼貌地微微一笑，让路过的几个女孩子不禁频频回眸。

他这一笑，祁淇就知道姜桃完了，妥妥的完蛋了。

很久以前，姜桃曾沦陷于一个与温照卿极为相似的笑容之中，让姜桃一度认为，人生满目疮痍，爱情也注定是悲剧。

祁淇觉得一个人吃独食不礼貌，扭头又回便利店买了一支一样的冰激凌递给他。

温照卿收下这份好意，与她同行。

"我不是无意来这里逛街，是特意来这里的。"温照卿咬了一口雪糕，云淡风轻地说道。

祁淇愣了一下，一时间没反应过来。什么意思？这是桃花朵朵开？温从心的二叔也看上自己了？难道说她命中注定要嫁入豪门吗？

"我是不是想多了？"祁淇小心翼翼地问道。

温照卿挑眉，不明所以。

"你来找我？特地跟着温从心，来找我？"

温照卿点了下头："嗯，是这个意思。"

"啊？我有那么好看吗？这一见钟情来得也太突然了啊。"

温照卿皱眉，很认真地审视了她一番："那你还真是想多了，我只是想看看，你究竟给从心下了什么药，让他一夜之间性情大变。"

祁淇下意识地拍拍胸口，含着一大口雪糕说："居家旅行必备的苦口良药。难道你不希望他变好吗？年纪轻轻整天泡酒吧打游戏，不管他跟谁在一起，当谁的男朋友，都不该这样混日子。"

"你说得对，是我和我的家人对他太溺爱。"

祁淇一副了然于胸的样子，笑了两声："我懂我懂，有钱人家的小宝贝。其实他只是有点爱玩，品行不坏的，没有像其他公子哥一样嚣张跋扈。一般的有钱人，都仗着家里有几个臭钱，下巴扬到头顶……"她斜眼看了一下温照卿，轻轻咳嗽两声，"我不是仇富啊，说话没分寸了，你别往心里去。"

温照卿撇撇嘴，说了句："没关系。"让祁淇感受了一番什么叫有钱人的大度。

"你是不是，不想让我跟从心在一起啊？"

祁淇向来直白，不会拐弯抹角，这也是她跟姜桃能成为好朋友的原因。她喜欢姜桃的小聪明小心计，姜桃喜欢她的人间真实。

温照卿大概没有想到她是这么直来直去的人，有些难以置信，蹙眉笑道："你平时都是这么直接吗？"

"也不是，涉及别人的自尊时，我会委婉一点。如果是我自己的事，我都这么直接。直接一点不好吗?想说什么就说什么,猜来猜去的多累。"她指了指温照卿的雪糕,"巧克力要流下来了。"

温照卿扫了一眼手里的冰激凌,翻了一面,先舔了一口快要融化的巧克力:"所以你的答案是什么?"

"现在的答案是不会,我很明确地表达过我们更适合做朋友。不过感情这事儿,有些人就会一厢情愿做一些傻事,就好像我爱你与你无关那种傻事,自己乐在其中。我只是觉得,如果对他有正面的影响也挺好的,也算尽到了一个偶像的责任。"

温照卿半眯着眼睛侧眸看她,若有所思一般,沉默片刻后问道:"这世界上真的有'我爱你但是与你无关'这种事吗?"

"世界这么大,什么稀奇事儿没有啊?就好比我和从心吧,他喜欢我确实跟我没什么关系,迷人又不是我的错。"

温照卿闻言笑了两声,笑声低沉而从容。

祁淇扭头看看他,说道:"你要按套路出牌呀,温先生,你要真想让我离开你侄子,得付出一点代价的。"说着,她举起手指,做出数钱的动作。

温照卿愣怔了一瞬,问道:"要多少?"

"两百块吧。"

"你在开玩笑吗?我们家从心就值两百块钱?"

这次换祁淇意外了:"怎么,要少了你不愿意?我怕要多了你告我勒索。"

说完,两个人一起笑出声。

祁淇已经没有刚刚那么怕他了,姜桃说得没错,她的老板果然是个很温柔的人,这人冷漠的目光之中透着一股云淡风轻,笑容里仿佛他博爱众生,有点仙气。

祁淇觉得,姜桃应该逃不掉了。

"你知道姜桃住在哪里吗?"在十字路口处,温照卿突然开口问道。

祁淇一紧张,差点把舌头咬掉:"我说不知道,你是不是不信?"

"带我去。"

祁淇瞪着圆溜溜的大眼睛,摇摇头,脸颊上的婴儿肥都跟着晃了晃:"不行,你别想从我身上得到任何姜桃的信息。"

"开个数。"

"两千。"

"成交。"

祁淇有点不敢相信,人傻钱多这事儿怎么接二连三让她碰上了,早知道她就要两万了,毕竟姜桃在她心里,要比温从心重要十倍不止。

凡事都有价值,不是吗?只要她愿意给姜桃一点分成,姜桃肯定不会介意她泄露住址这种小事的。

温照卿开车载着祁淇,按着她的指挥,一路开向姜桃家。

姜桃住的地方是一片老城区,四周已经高楼林立,只有这一片不知什么原因还未拆迁。

祁淇指着不远处一栋贴着土黄色墙砖的小楼说道:"就是那个,挂着白色衬衣的那家。"

与所有的老房子一样,姜桃家的窗户上也焊着手指粗的防盗网。

温照卿有些想不通,住在这里的人能有什么财宝,又是多么没头脑的小偷,会来这里偷东西。

温照卿放下车窗,拿出烟盒,抽出一支香烟放在唇边,盯着姜桃家的窗口看半天,才讷讷地问身边的祁淇:"介意我抽烟吗?"

"我说介意,你会让我下车吗?"

温照卿收回视线,解开身上的安全带,咬着香烟下了车,靠在车门边将烟点燃。巷子里没有一丝风,烟雾缓缓在眼前散去,他半眯着眼,心思越来越沉。

一厢情愿是多么难过的一件事,想想都悲壮,怕是只有孩子和傻子才能做到乐在其中吧。

祁淇也下了车,隔着车问他:"你要上去吗?她今天休息,应该在家呢。"

"不。"温照卿言简意赅地拒绝。

"那……你这是？"

"好奇。"

祁淇撇嘴："好奇什么？"

"她这么高的工资都干什么用了，衬衫都泛黄了也不知道买件新的。"

祁淇笑道："钱总是有用的地方，还是工资不够高，不如再涨八千，凑个两万？"

温照卿冷冷地白了她一眼："我要回去了，你是留下来，还是需要我载你回家？"

见祁淇犹豫，他便果断地补充道："上车，附加条件，不许让她知道我今天来过。"

祁淇觉得那两千块钱只负责指路，不负责保密。她把自己的想法告知温照卿后，他只问了一句："你在哪个平台直播？"

"胖虎。"

"嗯，很巧，我可以给你一个首页推荐。"

祁淇当即表示自己最擅长的就是保密。

忍了一路，临下车之前，她问温照卿："你是想娶姜桃当正室，还是想让她给你当妾室啊？"

温照卿的手指叩了叩方向盘，并不打算回答她这个唐突的问题："你跟从心不可能，他妈不会同意的。"

祁淇撇撇嘴，不以为然。

她下了车，关上车门后又敲了敲车窗，俯身从窗口望进去，问道："你怎么知道我妈就一定会同意？不过话说回来，你是因为知道你妈妈一定不会同意，才不跟姜桃表明心意的吗？"

温照卿皱眉，耐心渐失："我说过我喜欢姜桃吗？"

祁淇笑了："有些事不一定要说出来啊。"

温照卿今日没有工作行程，所以姜桃才能放假。他以为这是休闲的一天，没想到这假休得很不容易，可以说比上班还心累。

送完祁淇，温照卿驱车回家，人还未进门，就听到屋里乱作一团，还有狗叫。

他们家是没有狗的，廖家倒是有一只。

他步入家门，皱着眉头在玄关处观察这乱七八糟的客厅，只见廖英姿和温从心扭打成了一团，姜阿姨和廖家的哈士奇在积极拉架，廖友谊则一脸无奈地坐在沙发里，杵着下巴皱着眉头看着这一切。

温照卿抬手，在玄关处的鞋柜上用力叩了叩，众人被这个冷静的声音打断，纷纷朝这边看过来。

温从心趁着廖英姿分神的空当，一把将她推出去老远。在接连的踉跄之后，廖英姿仰面摔在了地板上。

姜阿姨连忙去扶她，生怕她在自家摔出点什么毛病。廖友谊原是一副漠不关心的样子，现在不得不表现出一副很关心两个小朋友的姿态。

只是她刚站起来，温从心就指着她咆哮道："你给我坐下，有你什么事儿啊！"

温照卿换了鞋，一副严肃的家长姿态来到客厅，把所有人审视一番，最后看向温从心："你几岁了？和小姑娘打架？"

温从心气得脸都红了，恶狠狠地瞪了廖英姿一眼，指着她说："她脑子有毛病！就一没教养的傻子！"

"你打人骂人又是什么教养？"温照卿看到他下巴有点破皮了，用手指捏着他的下巴，抬起来看了看，不禁皱眉，"什么仇什么怨？打得头破血流的？"

温从心气呼呼地伸出手掌，掌心里躺着一个小纸团。虽然它已经被踩躏成纸团，但温照卿还是能看出来那是属于自己的东西。

温照卿从温从心手里拿起那个纸团，轻轻摊开，如他所料，正是他夹在自己书里的消费单，背面有着姜桃涂鸦的那张。

见他满眼疑惑地看着自己，温从心气急败坏地说道："廖英姿这个傻子，在你书房和房间到处翻，从你书里找到这个，就高喊找到你和别的女人搞暧昧的证据，我真怀疑她没有脑子！"

廖英姿也来劲了，从姜阿姨的怀里使劲往外蹦，一边蹦，一边叫嚣：

"你才没脑子!你就是有妈生没爹养的垃圾!动手打女孩子的人渣!翻翻东西怎么了?有什么不可见人的?这是我哥的哥们儿家,跟你有什么关系?你就是个蹭吃蹭喝的,我翻你东西了吗?"

温从心对她的谩骂嗤之以鼻,他不在意她怎么骂自己,只在意她不应未经允许就翻动温照卿的东西,还胡搅蛮缠不讲理。他不屑地翻了个白眼,一副不想跟傻子计较的样子。

按理说,只要一方平息,这儿就算过去了,不过就是两个孩子因为一点鸡毛蒜皮的小事在拌嘴。加上都是家里面娇生惯养,谁也不想先低头,也是可以理解。

可现在不同了,廖英姿骂温从心有妈生没爹养,这完全触碰到了温照卿的底线。廖英姿从姜阿姨的怀里挣脱出来,作势还要上来打温从心,温照卿一把抓住她的手腕,把她控制在原地。

温照卿已经很生气了,如果廖英姿是一个成年人,今天这事儿都没个善了,他极其不悦地训斥道:"想要撒野,回你自己家去,在我们家里,就要守我们家的规矩,我们家就没有客人打主人这条。"

廖英姿见温照卿力气大得出奇,根本挣脱不开,便开始耍赖:"就你还是我哥的好朋友,你就这么对待好朋友的妹妹?这就叫偏心,护短!我要告诉我哥!你们家太金贵了!以后我再也不来!有什么了不起的!为了一个有妈生没爸……"她的话音未落,温照卿抓着她的手腕突然朝她脸上扇了过去,"啪"的一声,她的手背重重拍在自己的嘴巴上。

"你凭什么打我?"廖英姿的声音变了调,歪着脖子仰头倔强地看他,小女孩的任性展现得淋漓尽致。

温照卿不为所动,冷静道:"再提他父母一个字,你还要挨打。"

"我就要提!就要!他妈……"又是话音未落,"啪"的一声,嘴巴上又挨了重重一下。她正要继续张嘴,可还不等发出声音,就被温照卿按着手腕接连自扇两个耳光,廖英姿一下子就慌了。

连温从心都不知道该怎么劝。

"照卿哥哥,算了吧,她得到教训了,这几巴掌她这辈子也没挨过。"廖友谊终于肯起身,裹紧身上的披肩来到他的身后,轻声温柔地说道,

"她这不懂事的毛病都是我哥惯的,屡教不改,只有你能让她闭嘴听话。不过教训归教训,你就别跟她一般见识,不要被她气坏了。"

温照卿松开廖英姿,漫不经心地扭头看向廖友谊,又看向姜阿姨,沉声说道:"再有外人来我房间翻东西,直接报警。给廖海潮打电话,让他十分钟之内赶到,把她妹妹接走。我花钱雇你是伺候多少人的?"

老板到底是老板,姜阿姨见温照卿生气了,不敢多说话,拿起手机就开始给廖海潮打电话。

温照卿上楼的时候带走了温从心,在书房里简单处理了一下他的下巴,顺便把他教育了一番:"你多大了,你跟十来岁的小姑娘能打到一起?丢不丢人?更丢人的是还让人把下巴抓花了。"

"我要不看她是十来岁的小姑娘,我不抽死她!"温从心拿起镜子照了照,被碘伏擦过的下颌角有点发黄。

他气得使劲撸了一把头发,有些内疚道:"你的小字条,都皱了……"

"没事。"温照卿一边整理着医药箱,一边说,"不是什么重要的东西。"

"怎么可能不重要!"温从心不悦道,"不重要你会夹在书里放在枕头下面吗?你最讨厌家里放些没用的东西,你的书里怎么会夹没用的东西?上次我看到你书里夹东西,还是我爸给你的手写信!"

温照卿拍拍他的头,没再作任何解释。

温从心有些好奇,试探性地问道:"那个是谁画的啊?画的是谁啊?是姜桃吗?"

温照卿从椅子上站起来,抿起薄薄的唇,沉思片刻,说道:"等廖海潮把她们接走了你再下楼,离那个小太妹远一点。"

温从心点点头,不再继续追问,他隐约感觉到了叔叔情绪上有些不对劲。或许是因为被他和廖英姿抢成一团的小字条真的别有深意,也或许因为廖英姿骂了让温照卿很难接受的话。

温照卿回到房间,看到枕头被掀开,床头的抽屉也被拉开一半,原来夹着涂鸦字条的书也被扯成了两半,"身首异处"躺在床上和地上。

于他而言，这已经是极度凌乱不堪了。

温照卿简单收拾了一下，把物品放回原处后，衣服也没换，半靠在床头，自然伸展长腿，随后，从口袋里掏出那张又皱又破的消费单。

巴掌长的字条，竟有四五处裂口，他把它垫在一本书上，小心翼翼地一点点摊平，想到就算这样，也很快就会烂掉，于是又去书房找来一卷胶布。他坐在房间的茶几旁，小心翼翼地修复，一点点把破损粘好，仿佛在修复什么国宝一般。

最后再找来一本新的硬皮书，把它重新夹进去，再放回床头柜的抽屉里。

廖友谊来敲了两次门，温照卿明明听到了，却都没有出声。廖友谊知道温照卿在里面，可是他不出声，她也不敢贸然闯进去，只好悻悻而退。

温照卿越来越讨厌廖家这两个小女孩，越来越像作精，虽然这个廖友谊没做什么事儿，但他说不上来是哪儿来的一股不好的预感，觉得将来他们俩也会闹得不欢而散，也许，她并没有看起来的那么善良。

夜晚，廖家。

廖友谊切好水果，从一楼的厨房来到廖英姿的房间。

廖英姿喜欢这个姐姐喜欢得不得了，可惜廖友谊是个薄情寡义、六亲不认的人，她烦死了廖英姿。

廖友谊扎了一块苹果放进自己嘴里，慵懒地靠在墙上，平日里温婉甜蜜的气质全然不见，披头散发的，毫无美观可言，在昏暗的光线下，看着有些恐怖。

她冷眼盯了廖英姿一会儿，不屑地问道："你在温照卿的书里拿了个什么东西？"

"一张字条。"廖英姿神秘兮兮地从被子里爬起来，用手在空中比量了一下，"这么大，一张白色的字条，上面画着两个人，一个男的，一个女的。"

廖友谊撇撇嘴。

廖英姿为了体现自己是多么的聪慧，直接掀开被子，郑重其事地分析起来:"我跟你说,这就是定情信物,还是特别低级的那种。温照卿就是被哪个不要脸的心机女给勾引了,他肯定就是特喜欢那种清纯的款式,这女的招数高明,正中下怀!"

廖友谊挑起一侧嘴角冷笑,用水果刀直逼廖英姿的鼻尖,吓得廖英姿不得不向床头退去,直到退无可退。

她用阴森的威胁口吻说道:"我告诉你廖英姿,我的事儿你少掺和,别像个跟屁虫一样到处找我。你再敢去温照卿那里给我捣乱,看我不戳瞎你的眼睛。"

"你敢!"廖英姿壮着胆子反驳道,"我是你妹妹,你不会那样做的,你要是伤害我,我就告诉爸妈!还有哥!"

廖友谊丝毫不惧,冷笑一声,把一块苹果放进嘴里,咬得嘎嘣脆:"去告诉啊,你现在就可以去,你看他们是信你这个娇惯跋扈的讨厌鬼,还是会信我。"

廖友谊这个样子还真把廖英姿吓到了,她钻回被子里,用被子蒙住半张脸,只留两个眼珠子露在外面。

廖友谊宛如一只胜利的狐狸,得意地扭着腰离开。

她放下苹果和水果刀,来到廖海潮的房间,做出一副十分内疚的模样,坐在廖海潮的床头忏悔:"哥,今天这事儿都是我不好,我当姐姐的没有管好英姿。照卿哥肯定特生气,我跟他说话都没理我,听说英姿弄坏了他特别重要的东西,要不明天你问问英姿弄坏了什么吧,我们想办法赔他一个,好不好?"

廖海潮没听温照卿提过什么东西坏了,皱眉琢磨:"没你说的这么严重吧?明儿我问问。对了,怎么感觉最近你们两个有点生疏了呢?"

"我不想说这个。"

不想说的意思就是有很多要说的,廖海潮干脆坐起来:"什么叫不想说?到底怎么回事儿?"

"我不想出卖姜桃。"

廖海潮皱眉:"跟姜桃有关系?"

廖友谊摇摇头,不一会儿,又点点头:"就是上次,照卿哥哥撞见我帮姜桃解围,误以为我给别的男人怀过孩子,感情生活不检点。为了帮助姜桃保住工作,我答应她不向温照卿解释。现在好了,姜桃的工作是保住了,在照卿哥哥眼里,我成坏女孩了。

"不知道姜桃之前在我的庆功宴上加了哪个朋友的微信,说了这个事情,那天居然有两个音乐厅的朋友来问我,还有没有被那个坏男人纠缠,真是好事不出门,坏事传千里。"

廖海潮也算疼爱妹妹的,一听这话,立马炸毛了:"什么玩意儿?姜桃敢这么干?我真给她脸了,她拿我们姓廖的当软柿子捏吗?明天我就去教训她!"

廖友谊懊恼地拍了他的肩膀一下:"我就知道,跟你说你肯定会这样!姜桃是我最好的朋友!我不允许你欺负她!这事儿是我自己愿意为朋友两肋插刀的,只是没想到后果这么严重而已。"

"你是脑子生锈了吧?你看你那可怜巴巴的德行,像小哈巴狗似的,生怕姜桃不理你怎么着?离开姜桃你还活不了了?"

廖友谊摆摆手:"总之,我不许你插手我跟姜桃的事,不然我就出国。我只是向你倾诉,倾诉,你懂吗?"

廖海潮当然懂倾诉的意思,可这事儿他怎么琢磨怎么不得劲儿。

第二天,有个项目要跟温照卿一起去谈,廖海潮苦大仇深地提着两杯咖啡与他碰了面。

姜桃自然也在,还是那身一成不变的衬衣西裤,扎个丸子头,不知道吃了什么上火的东西,脑门正中间居然冒了一颗痘,看起来像杨戬一样。

廖海潮觉得姜桃一定内心有愧于廖友谊,所以才不愿意直视他的眼睛,他在温照卿与别人交谈的时候,主动站到她面前,故意用那种很嫌弃的眼神上上下下地把她打量个遍。

姜桃完全蒙在鼓里,不知道这个廖海潮今天抽哪门子风,不过抽什么风都不稀奇,他本身就有点神经兮兮的。

"廖总,买菜啊?"姜桃小心翼翼地问道。

廖海潮摇摇头。

"不买菜，您跟我这儿翻来覆去看，看什么呢？"

"看你年纪不大，头倒是不小。"

姜桃下意识地摸了摸自己的小脑袋，她这迷你的小脑袋如果还算大头，那别人脖子上的岂不都是筐呢？

"这是夸我还是骂我？"

"夸你脑子够用，也夸你脸大。"

莫名其妙，好端端的，她怎么就脸大了？她这脸也算脸大，那廖海潮脖子上的，岂不是磨盘吗？

"廖总，我头大挡着你的光了？"

"我是不怕你挡着我的光，关键是，你不能挡着友谊的光。"

姜桃愣了一下，一时间没反应过来廖海潮为什么要说这种话。

她的迟疑在廖海潮的眼里成了不知所措，他觉得姜桃已经心知肚明他的言外之意，于是又补充了一句："你可要好好爱护你这颗可爱的大头，摆正它的位置，万一挡了什么不该挡的，被误伤砍了头就不好了。"说完，他笑眯眯地捏了捏姜桃头顶的丸子。

姜桃听懂了这是一句威胁，只是一时间没弄明白廖海潮在暗指什么，是说她妨碍了老板和廖友谊的发展吗？

她揣着半个明白半个糊涂也跟着憨憨地笑了两声，这一幕，正好被不经意侧眸来寻廖海潮的温照卿看到了。

日光正好，清风徐面，郎情妾意，你侬我侬，这还了得？温照卿整个胸腔在翻江倒海，一股无名的怒火从脚指头直蹿头顶，他感觉自己头顶都在冒烟了。

这个行为恶劣的姜桃，非但不懂得收敛，反而见在他这里讨不到好处，开始将目标转向廖海潮了是吗？

温照卿脸上的笑意渐渐收敛，深吸一口气，硬生生将这股火强压下去。他信步来到二人身边，冷漠地扫了姜桃一眼，附在廖海潮的耳边说了两句话，廖海潮马上眉飞色舞地搂着他的肩膀，跟他走进大厦。

姜桃揉了揉因为昨天洗了一天衣服而酸痛不已的肩膀，又拍了拍黑色的奔驰车头,看着自己精心爱护的宝贝,心想:唉,果然想挣大钱就要多担风险,开个车搞不好还要掉脑袋。按理说,封建社会早就被推翻了,怎么还有这种酷刑呢?

姜桃看温照卿对自己忽冷忽热的态度,猜想可能很快自己就不能继续给温照卿工作了。她拿出手机,准备看一眼自己银行卡里的存款,再一想,算了,有什么可看的,外债还没还完,余额只是虚无的表象。

微信提示音响了起来,姜桃打开微信,看到是廖友谊发来的,有两张插花的照片,还有一杯咖啡的特写:【要不要来看我插花,有免费的猫屎咖啡喝哦。】

插花有什么可看的,姜桃不会插花,插秧倒是会。免费的咖啡对她更没有诱惑力了啊,又苦有涩,和中药汤有什么区别?

姜桃真的特别不喜欢插花和咖啡,可是,她又好想像廖友谊一样,可以有闲工夫和闲钱去插花喝猫屎咖啡。

很不幸,她与廖友谊不同,对方能做的,她都不能。但不幸中的万幸是,廖友谊喜欢做的那些,她都不喜欢,无形之中,这就减少了许多爱而不得的烦恼。

姜桃回复:【我要工作。】

友谊:【工作之余你不是很多时间?】

姜桃继续回复:【今时不同往日,最近老板看我不顺眼,我开车之余就是看车,保证车上一片叶子都不落。】

廖友谊没有再说话。

姜桃锁好车,在大厦一楼蹭到了免费的Wi-Fi,找了一些免费的幼儿教育视频下载下来,然后开始搜索游戏制作的在线视频。

她原本就是学游戏制作的,为了防止技能生疏,她会时不时地看看这些,万一将来还是要做回本行,不至于手忙脚乱。

她用这些事情来消磨时间,中午十二点多,她看到温照卿一行人从电梯下来,立马小跑着回到车旁待命。

其中一人说道:"对面有家日料,二位吃过没,味道还不错。"

温照卿点头:"嗯,还可以,去过两次。"

"那就去那儿吧,包房也很安静。"那人又说道。

一行六七个人,准备过人行道去往对面的商场,姜桃一时间不知道该不该跟上去。

正犹豫着,温照卿便回过头来,简单地交代了一句:"你自己解决午餐,报销。"说完便随着大家离开了。

姜桃对着远去的背影,失落地"哦"了一声。她在便利店买了一个三角饭团,坐在便利店里的高脚椅上啃。高脚椅对着玻璃窗,窗外是整洁的街道,街道的斜对面,就是温照卿他们前往的料理店。

她也去过那家店,上一次温照卿带她去过,把她撑得打着饱嗝走出来,也是那天,她拥有了一双无比舒服的鞋子。

姜桃低头看看自己脚上柔软的小皮鞋,踩着它和他并肩走在商场里的幸福感还是格外清晰。

她咬着没什么滋味的饭团,嘴角不自觉地弯起来,只是这饭团太难吃,就是白米饭加盐的味道,于是她又买了几串关东煮,让店员给她盛上整碗的汤,再淋上一点泰式甜辣酱,连吃带喝地享受起来。

午餐时间的便利店有些忙碌,门口挂着的维尼熊布偶一直发出"欢迎光临"的提示音。旁边空位上坐了两个和姜桃年纪相仿的女孩,一人买了一盒蛋卷和一瓶酸奶,在她旁边边吃边聊。她们一直在说温总和廖总的那点八卦,都是一些无中生有的小道消息。

姜桃参加过团建,不记得自己见过这两个人,大概是新来的吧。

女孩走后,姜桃拿起她们落下的包装盒,撕下一块巴掌大方正的纸片,向店员借一支笔,开始在上面画画。

寥寥几笔,勾勒出一个高大的身影,衬衣笔挺,西裤笔直,他在远处侧头与几个人笑着攀谈,近处,几片凋零的桃花洋洋洒洒地落下。

她正准备再画一个鼓着腮帮子吃关东煮的小姑娘,旁边的手机突然响了起来,上面显示着"温先生"。

姜桃第一时间接起电话:"先生。"

"你在哪里?"

"便利店,吃午餐呢。"

"有备用的衬衣吗？我衣服弄脏了。"

"有，在后备厢，需要我送过去吗？"

"不用，一会儿我回去再换。"

姜桃松了一口气，幸好今天记得带备用的衣服了，不然还要回家跑一趟。

她在便利店等了很久，也不见温照卿他们回来，可是她当下有个非常难忍的生理问题，需要去厕所解决掉，无奈只能先离开一会儿。

温照卿一行人从对面回来，其他人纷纷先进了电梯。他在车附近没有看到姜桃，便来便利店寻她，便利店里没有姜桃的身影，在转身离开的瞬间，余光扫到放在一旁的黑色水性笔，还有那幅未完待续的漫画。

温照卿拿起来看了看，确定这是姜桃画的，于是对折起来，塞进西裤口袋。

姜桃上完厕所回来，看到温照卿环着手臂靠在车门上，脸上明确显示着耐心余额不足。他见到她的身影，又立刻站直，插着口袋等她打开后备厢。

姜桃不敢有一丝犹豫，动作麻利得像身后有个小皮鞭随时随地等着鞭挞她一般。她跟着温照卿来到大厦的洗手间，站在门外等他换好衬衣后，拿着那件所谓"弄脏了"的衬衣回到车里。

她翻来覆去地看，颠来倒去地看，愣是没看到哪里脏了。

看来这老板的心思还是别猜，猜来猜去你也猜不明白。

从那之后，廖海潮每次看到姜桃，都会表现出极大的敌意，一副她捆绑他全家跳井的样子，也不像从前那样和她开玩笑打趣。这仇恨来得莫名其妙。而温照卿则与自己的好兄弟同仇敌忾，时不时就会找点碴让姜桃难堪。

比如喝了一杯薄荷叶泡的水，非说柠檬味太重；买了一杯无糖的咖啡，非说躺得慌；但凡有个急刹车，就要质疑她的驾驶能力……

果然，当我们看一个人不顺眼的时候，这人连呼吸都是错的。

· 第十二章 · 家访

台风登陆沿海城市影响了本地的天气,刮风下雨疯狂造作,又遇上房东阿姨的母亲过大寿,全家都要回村里去,姜桃明天不得不请假,她不能把四个小家伙扔在家里。

温照卿这两天没有行程,可他又不肯给姜桃批假,还让她这两天把所有车都洗一遍。

姜桃当时手里正提着一颗大白菜,准备给姜阿姨递过去,听到这话,恨不得把大白菜直接拍在他脸上。气象局都通知了有台风,还到外面去洗车,怎么不去外面洗澡呢?

她放好白菜,态度坚定道:"我一定要请这个假,家里有人等我。"

温照卿靠在冰箱上,端着一杯姜阿姨独家秘制的胡萝卜青瓜水,淡淡地看了她一眼,没再说话。

姜桃将它理解为默认,晚上提着剩饭剩菜回家。

夜里的风雨延续到天明,依旧没有善罢甘休的意思。大风时不时刮一会儿,吹得窗框哐当作响。

四个小家伙一人手里捧着一个碗,碗里是姜桃用剩饭煮的粥,还有一点豆皮和肉丝。姜桃则端着一个粉色的塑料刷牙杯,指着床上的四个小家伙严肃地教育道:"不许挑食!豆皮很有营养!谁敢把豆皮剩下,今天中午和晚上就没有菜吃,只能喝白粥!"

姜桃起得有点晚了,好在四个小家伙很懂事,就算醒得早也不吵不闹,只等投喂。她先热了饭,才腾出时间来洗漱,嘴里叼着牙刷的时候,出租房的防盗门被人拍得砰砰作响,她径直走到门口打开门锁。

祁淇像个刚刚从乡下赶集回来的热心肠大婶一样，扛着半袋小米，喜笑颜开地站在门外："我来送温暖了！"

这个温暖是真的温暖，是姜桃的生活刚需。

祁淇的老爸准备上线一点五谷杂粮，这种时候，祁淇怎么能把姜桃忘了，第一时间送来一袋小米。她七七八八说了一大堆，从增强免疫力说到有助于生双胞胎，总之百利无一害，一定要多吃，不够吃还能申请免费补给。

姜桃刷完牙洗完脸，头发混乱地往脑袋后面一扎，拿出两个看起来价值绝对不超过两元的陶瓷小碗，给自己和祁淇一人盛上半碗米汤，米基本都在孩子碗里，她们俩只能凑合喝点汤。

孩子们坐在床边，她们俩只能坐在姜桃的地铺上。

"哎，你觉不觉得，小宝最近胖了一点？"

姜桃吸了一口热米汤，点头："全都胖了，小宝胖得狠点儿。"

小宝笑眯眯地指着姜桃说："你最瘦。"

姜桃撇撇嘴："小孩子才需要胖，大人不需要，等你长我这么大，就知道你姐姐我多么的得天独厚，多少人羡慕都羡慕不来。"

祁淇是开着老爸的车来的，她打算待到下午再回去。

喝完米汤，她打开手机，开始给姜桃展示自己的人气，那是质一般的飞跃。她看起来开心极了，姜桃也很开心，但姜桃内心深处，有更多不开心的事，所以笑容在脸上总是挂不了多久。

两人正聊着幼儿园的问题，出租房的门又被拍响，一开始只是隐隐约约地响，她们俩以为自己听错了，可慢慢地，越来越响。

房东阿姨不在家，祁淇在身边，几乎没有人会来敲姜桃的门。祁淇站起来走到门口，冲外面大喊了一声："谁啊？"

"我。"是有些熟悉的低沉男声，平和中透着一丝淡淡的冷漠。

祁淇趴到猫眼里一探究竟时，姜桃猛地反应过来这是谁，当即不可思议地瞪大眼睛。

她刚要开口叫祁淇不要开门，祁淇就已经直接打开门锁，拉开门。

"温先生……"祁淇呆呆地眨眨眼，看看他又看看姜桃，"你找姜桃，还是找我?"

这个问题有些明知故问,一定是找姜桃的,找祁淇可以在任何地方,不需要跟到姜桃家里。

不等温照卿回答,姜桃已经连滚带爬地从地上站起来,一步跨到门口,揪着褪了色的粉色睡衣的下摆,紧张地望着他:"先生!我以为你同意我请假了!"

"我是同意了。"温照卿不冷不热地说道。

"那您这是?"

"家访,看看你有没有撒谎。"

姜桃:这理由挺冠冕堂皇啊!

祁淇:这就是理直气壮地耍流氓啊!

姜桃红着脸把他让进来,越发不知所措,完全没想到他能找到自己家,并且能直接敲门进来。不过他是堂堂大老板,想要知道一点什么,又有什么难的呢?

温照卿今天的着装很休闲,深色的休闲裤,白色的宽松衬衣,既没有失了他贵公子的风范,还很好地隐藏了他身为商人的锋利,尽管不锋利了,可姜桃还是有点害怕。

这就跟班主任突然登门拜访似的,怎么琢磨都没好事。

姜桃小手一挥,对着床上的四个小崽指挥道:"下来,让地方!"

小家伙们很懂事,大宝二宝已经吃饱了,手里拿着积木,三宝四宝还在跟讨厌的豆皮做最后的思想斗争,只能捧着碗跳下床。

四个小崽齐刷刷地倚墙而站,一脸好奇和崇拜地看着眼前这个英俊挺拔的男人。

大宝伸手在床角拍了拍:"叔叔坐吧。"

温照卿看着四个长得与姜桃像极了的小朋友,心中五味杂陈,他是早就知道姜桃生了好几个,可亲眼见到时,还是很震惊。

姜桃殷勤地扯平了床单,笑盈盈地邀请道:"有点简陋,没有椅子,您就将就坐一下。"

一屋子人,都跟在等皇上入座似的眼巴巴地看着他,实在是盛情难却,他只能坐下。

姜桃这里连单独的厨房都没有,厨房是与整个房间连接在一起的,一个小小的角落支着一张小桌子,下面放着碗筷,上面放着锅,洗菜都要去洗手间。家里的碗都用完了,她只能拎起自己刚刚吃饭的那只,去洗手间洗干净,给他倒了一点凉白开,乖巧地端到他面前。

温照卿正在打量这个逼仄的小房间,视线所到之处,没有一个地方像人住的。

至少他无法想象这种地方该怎么生活。

四个小家伙不吵不闹,还保持着行注目礼的姿态看着他。说实话,这姿态,有点像要给他上供。

"不好意思啊温先生,我们家没有杯子,这碗是我刚洗过的。"

"在洗手间洗的?"

姜桃点点头。

"水也是洗手间的水?"

姜桃摇摇头:"准确来说,是自来水公司的水,只是我们家没有过滤循环系统,煮过的水,很干净的。"

温照卿犹豫了一下,端了过来,不过他并没有喝,只是端在手里,并且很有礼貌地说了一声:"谢谢。"

他神情淡漠地看着姜桃说:"看来你不是什么事都撒谎,至少家里这点事还是挺诚实的。"

姜桃抿了一下唇,没说话。

"你们要一直站着吗?"温照卿问道。

于是,姜桃和祁淇,还有四个小崽,整整齐齐地坐在了姜桃的地铺上,全都仰着头看他。这回不止像上供了,更像在举行什么神秘仪式。

"你男朋友不住这里吗?"温照卿调整了一下坐姿,使自己看起来更加从容。

姜桃愣了一下,反问:"哪个男朋友?"

温照卿嘴角挑起一抹不屑的冷笑,手腕不自觉地轻轻颤抖了一下:"姜桃,在你眼里我是什么?"

祁淇立马掏出手机开始刷短视频，把音量调至刚好听得到又不打扰别人的大小。小孩子的注意力没那么好，已经开始各干各的了，倒是姜桃，被人点名，避无可避。

她低垂着眉眼，抱着膝盖，过了好半天才说："一个善良温柔大方的……好老板。"

"仅此而已吗？"

"不该仅此而已吗？"

"但凡我在你心里有半点地位，你都不该在我面前如此在意自己的不堪，就算撒谎也会装得很完美……"

"我已经在装了呀！"姜桃突然打断他的话，"我已经竭尽所能地把自己包装得很完美了，可能是我太不堪了，包也包不住。"

"你是不是觉得自己很聪明，可以轻松周旋于各种男人之间？"

"我没觉得，是你觉得的，是你们所有人这样觉得的。你们所有人都这样觉得了，只有我不这样觉得。"姜桃笑了一下，这笑容如她平日一般，无害而甜蜜，"先生就别跟我生气了，我知道错了，以后我会好好表现的，我肯定能改成你满意的样子，就是特别特别完美的那种。"

温照卿的苛责就这样被她突如其来的道歉硬生生赌回喉咙里，她总是这样，状况都搞不清楚就开始道歉，心甘情愿委曲求全的样子让别人的怒火无处发泄。

"同时我也会尽全力让老板娘满意，我可塑性特别强，真的。"

她又补充道。

温照卿咬着后槽牙，死死盯着她，恨不得把她生生盯出一个大窟窿。姜桃为了表示自己内心没有鬼，也死死地盯回去。

空气中有一股无形的火花，噼里啪啦地冒着烟，弥漫出烧焦的味道。

温照卿随即起身，姜桃和祁淇也跟着起身。

他递出手里的碗，冷冰冰地说道："谢谢款待。"

"不用谢。"姜桃接过来，转身放到一边，小声嘀咕道，"也没什么可款待的，顶多算没虐待。"

温照卿莫名其妙地来了，现在又莫名其妙地要走。小宝爬起来站在两个大人中间，看看这头看看那头，突然一把牵住了温照卿的手，仰着小小的脑袋，天真道："你不要生她的气啦，我送你一个礼物，你不要生气啦，好不好？"

温照卿低头看小宝干净清秀的五官，大大的眼睛里闪烁着天真与讨好，跟姜桃求饶时候的表情如出一辙，实在说不上是喜欢还是讨厌。

姜桃不知道这个小宝在凑什么热闹，更不知道这个贫瘠的家里，能有什么礼物能让四岁的他拿得出手送人。

只见小宝一弯腰就钻进床下，从里面拖出一个不知道在哪里捡的透明盒子，鼓捣半天，神秘兮兮地握起了拳头。

姜桃怕他弄些什么破烂出来讨人嫌，直接摊开自己的手掌，对小宝命令道："什么东西，先给我看看。"

小宝犹豫几秒，还是乖乖交给姐姐。他将小小的拳头举到姐姐掌心上打开，只见一条红褐色的东西落了进去。姜桃定睛一看，居然是一条小小的蚯蚓，虽然挺小的，但是也很恶心，她当即跳了起来，失声尖叫。

姜桃敢追野狗三条街，敢徒手抓蟑螂，可就怕这种蠕动的虫子。

温照卿反应迅捷，她的尖叫还没来得及拉长，他就已经一把从她手里拿走蚯蚓，取而代之的是他另一只干净温暖的掌心，以及冷漠又温暖的安慰："好了，没有了，已经拿走了。"

姜桃紧张地握着他的手掌，看了一眼被他拎在半空中的蚯蚓，浑身上下的汗毛全都立了起来。

她深吸一口气，僵硬地抽回自己的手，面色通红，说道："谢谢，不好意思，这个蚯蚓……"

温照卿撇撇嘴，仔细看了看手里的蚯蚓，皱眉道："这条蚯蚓，长得还挺好看。"他垂眸，对站在地上不知所措的小宝敷衍地勾了勾嘴角，"谢谢你的礼物。"

"不客气，那你原谅她了吗？"小宝天真地问道。

姜桃按了按她的小脑袋，让她闭上嘴巴，忌惮地看了一眼温照卿手里的蚯蚓后，下意识地握紧了刚刚被他摸过的手掌，不知道为什么，手好像失去了知觉，半条手臂都发麻。

温照卿没有给小宝一个明确的回答，只是意味深长地看了看面色绯红的姜桃，随后走到门口。

"出于礼貌，你应该留我吃午饭。"他主动说道。

姜桃和祁淇面面相觑，按照常理，确实应该这样，可问题是，她们家这个条件，本身不具备招待客人的条件，难道留他席地而坐，来一场别开生面的室内野餐吗？

不过既然人家都说了，姜桃要是连表示都不愿意表示一下，也确实挺说不过去的，于是她假装热情，实际上内心又非常惶恐他会接受她的邀请。

"要不留下来吃个午饭再走吧！"

温照卿犹豫了。他的犹豫，对姜桃来说是一种难逃的煎熬。他看出姜桃的心思，故意让她煎熬着，过了好半天，才不屑道："不了，我只是路过这里，一会儿还有事。"

"哦。"姜桃点点头，又猛地一皱眉，"路过这里？您怎么知道我住这里的啊？"

"知道这件事很难吗？你又不是住在古墓里。"

温照卿与祁淇礼貌地点了下头，意味深长地望了姜桃一眼，提着蚯蚓离开了。

温照卿是真的路过这里的，只是不是为何，以前每每只是在楼下看看，今天竟鬼使神差地敲起了门。事实上，姜桃的生活比他想象的还要糟糕，他一直以为他们不过是白云和黑土的距离，没想到，白云还是白云，黑土却是沼泽。

送走了温照卿，姜桃开始收拾小宝，声色俱厉地警告她，再往家带蚯蚓，就把她卖给巷口卖牛杂的老太太。

祁淇抱着二宝靠在枕头上，一脸凝重地问道："你和你老板之间，怎么好像暗藏汹涌？"

姜桃撇撇嘴，蹲到祁淇旁边，经过一番慎重的思考后回答："汹涌就没有，胸罩倒是有。"

姜桃不知道自己怎么做才是对的，但是她知道怎么做是错的。

她喜欢温照卿就是错的，温照卿在意她也是错的。她很明确自己是喜欢他的，至于他的心意，姜桃不敢给他下定义，可能也许万一就是一个男人的占有欲在作祟呢？

她兢兢业业，尽职尽责，生怕做出一点出格的事情，失去这份待遇肥厚的好工作，当然，也是怕这一生都不再与他有交集。

她故意与他疏远，他也故意视而不见。

可能是由于这一切都太刻意，所以别人都看出来了。

廖友谊倒是挺称心如意的，因为和姜阿姨走得近，差点直接搬进温照卿的家里，差点，差的就是温照卿那一点。

不过，廖友谊不着急，她觉得自己像一只猎豹，狩猎之前的蛰伏，也是优雅的。

一个阴雨连天的下午，一身黑裙的廖友谊双腿交叠着，窝在星译律所的沙发上看着杂志，喝着咖啡。

"你就在这里混，想要风生水起可是很难的。"

赵星译放下手里的资料，有些无奈地看着她说："不然呢？"

"我带你混喽？"廖友谊笑盈盈地放下手里的杂志，一副志在必得的样子，"我给赵先生一个友好的建议，印一沓质感好一些的名片，买一套像样的西装。"

"然后呢？"

"然后，等我的电话，等我带你出入名流聚集的宴会。你想要的，自然会得到。"

赵星译实在不能理解廖友谊这么做的目的，毕竟此前两人完全不认识。他推了推鼻梁上的银框眼镜，轻靠进座椅里："廖小姐，你到底有什么目的？"

"没有目的，只是欣赏你的才华，想跟你做朋友。"

廖友谊才搭上赵星译这颗棋子没多久，就从哥哥那里听到一个好消息——温照卿的父母要回国了。她自然是知道温照卿的婚事由他自己做主,可也知道,温照卿是个十分孝顺的人。

所以她早早就把温照卿父母的功课做好了,关注什么,喜欢什么,全都了如指掌。要不是温照卿的存在,她还真没看出来自己是个这么努力上进的女孩子。

温家父母回国的这天,万里无云,姜阿姨早就提前找园丁把家里修葺一番,姜桃也应了要求,买了一身新工装,衬衣雪白,长裤笔挺,看起来干干净净,也很干练。

姜阿姨给姜桃的长发编成了四股辫,黝黑的发丝散发着珍珠般的光泽,露出饱满的额头和圆润的脸廓,看着十分讨人喜欢。

当然了,姜阿姨也有变化,她换了一条紫蓝色相间的缎面新围裙。她说这个围裙可算是他们家乡的特产,好多人买呢,她还将头发挽成一个圆圆的发髻,看起来很有朝鲜老太太的味道。

姜桃坐在玄关,和姜阿姨一起保养温照卿的皮鞋时,姜阿姨突然变得有些伤感:"我妈妈已经很老了。"

姜桃笑笑,用纯白的擦鞋巾小心翼翼地擦着皮鞋的缝隙,说道:"人都会老的嘛。"

"可是先生还没长大。"

姜桃看着眼前这只被一米八八身高的温照卿穿过的43码大皮鞋愣了一下:"还没长大?要多大啊?他这个岁数,再长大也不能去打CBA了吧。"

"等他成家了就长大了。"姜阿姨拿起另一只,将两只鞋放在一起,"你知道什么叫老伴儿吗?父母总会老去,孩子长大要离家,最后剩的只有自己的爱人。在我们老家,老伴儿的意思就是到老了也一直相伴。一只鞋子是不能走路的,再好的鞋也要两只,一双儿,一对儿,才能走得长远。"

老姜和小姜手里的这一双鞋,是温照卿从伦敦定制的牛筋鞋,配上他的深青色暗纹西装和梳理得一丝不苟的短发,绅士味道十足。

"等他成了家,有人照顾他,我也想回家了。"

姜桃嘟着嘴巴有些遗憾地想着,天下果然没有不散的筵席:"那等他成家了,我是不是也得离开这里啊?"

"那要看老板娶的是谁啊?他要跟友谊结婚,你留下来还是没问题的。要是换个老板娘可就不好说了,毕竟你长得也算有模有样,女人嘛,总是会多心的。"

"那他会娶友谊吗?"

"我觉得会。"

姜桃有些怅然若失,果然,能陪一个人到老的,只能是他的"老伴儿"。

温照卿从楼上下来时,就看到老姜和小姜头对着头蹲在门口,仿佛在密谋什么,两人还挺专注,谁都没发现他的到来。加上拖鞋柔软,踩在地上没有任何声响,他悄无声息地来到两人身后,微微俯身,静静地聆听。

"我老家邮来的那个明太鱼啊,今天过期。"姜阿姨说道。

姜桃惋惜道:"那怎么办?扔了?明太鱼算海鲜吗?会不会太浪费了?"

"算啊,海带都算海鲜,明太鱼怎么能不算呢?"姜阿姨憨笑一声,"我也觉得扔了有点浪费,所以我决定一会儿中午给照卿做个明太鱼汤,再蒸一条,再拌个明太鱼丝。"

"哇!这是海鲜全宴啊,那咱俩吃啥啊?"

"我早上买了一点里脊,咱俩炒点蘑菇。"

温照卿的嘴角不屑地向下撇了撇:"我也要吃蘑菇。"

老姜和小姜回头异口同声地说道:"那明太鱼咋办啊?"

这是一句本能的反问,话都说完了,脑子才反应过来。

对上温照卿危险犀利的双眸,姜桃忽觉自己闯了祸,她现在是草木皆兵,生怕惹他不高兴,震惊之时,一屁股坐到了地上,忙着道歉:"对不起先生,对不起,我错了,我在开玩笑的,不是认真的……"

慌张爬起来之时,脚下又一绊,险些摔个狗啃泥,幸好温照卿手脚利落，一把将要从自己面前逃离的姜桃接住。

姜桃的身上没有香水与化妆品的浓烈香气，只有一股说不出的干净的味道，像是洗衣粉和阳光混合后的朴实，又恰到好处地沾染上她独特的少女馨香。

温照卿伪装许久都伪装得极好的心，忽然因为这份零距离的接触变得凌乱起来，脑子里忽然一闪而过她喝醉了酒，在他怀里捣乱的画面。

他的手腕逐渐僵硬，可她却灵活得很，一把就将他推开了，直接来个90度的深鞠躬："对不起！"

温照卿看了看落空的手臂，只能故作不在意地放下。

他淡淡地扫了一眼淡定地坐在地上擦鞋的姜阿姨，说道："我也要吃蘑菇，那个明太鱼，留着给……"

他的话没说完，一看就是见过大场面的姜阿姨不慌不忙接过话："那就给姜桃吃吧。"

温照卿皱眉："给廖友谊吃，她不是经常来蹭饭吗？过期个几天也没关系。"

姜阿姨扔下抹布，起身瞪了他一眼，不悦道："我没发现你还是个坏孩子。"

温照卿对着消失在厨房门口的微胖背影说："我也没发现你是个坏老太太，你离给我下毒不远了。"

姜桃在一边站得尴尬，手里还捏着他的一只皮鞋。她抿了抿唇，决定先放下，刚弯腰，就听他在身后找碴："她要给我吃过期的东西，你都不拦一下？"

姜桃眨眨眼，慌乱的眼神透露出她内心的胆怯。

她不好意思地笑了笑："还……没过期，今天最后一天……"

"那你们怎么不吃？"

姜桃咬住下唇低下头，不再回答，两个人就这样沉默了片刻后，她突然硬着头皮，咬着牙说："对不起，我知道错了，先生和太太都不能吃，明太鱼也不能浪费，就交给我吧，我保证把它们吃得干干净净！"

"太太？"温照卿的面容渐露冷漠，全然没有了刚刚想要逗一逗她的心思,"什么太太?"

"就是……"姜桃犹豫了一下,"您的太太,姜阿姨说,就是您未来的老伴儿,我闺密,廖友谊。"

她的儿化音说得没有姜阿姨好,一板一眼地读出这个温情无限的词汇,听着很是别扭。

温照卿挑起一侧嘴角,冷冷地笑了一声,满眼失望地看着她:"你倒是挺着急我的婚姻大事。"

姜桃低着头,没说话。她有什么可急的,她急不急都没什么用,卑微到尘埃里的她怎么能左右和太阳肩并肩的温照卿啊,往难听点说,她算个什么东西。

于温照卿而言,姜桃能算个什么东西。

她用极小极小的声音,小到不能确定他是否能全部听得到的声音说:"我不着急,我和老姜阿姨一样,希望你有一个门当户对、两情相悦的爱人相伴,以后儿孙满堂,阖家欢乐。"

温照卿蹙眉,视线从姜桃身上移开,停留在落地窗外的喷泉花坛上,他想着,或许他应该放过自己,也放过姜桃。

姜桃自始至终都没有承认过他们两人之间有过情感与纠葛,她像个好奇又胆小的孩子,淘气,然后认错或者逃避。

她用天真和无害完美地伪装了她的所作所为,拼了命地要在他心里占有一席之地,接踵而来的,便是冠冕堂皇的始乱终弃。

温照卿被一个小姑娘吃干抹净翻脸不认,他像个怨妇一样揪着扯着不肯放手,真的太难看了。

姜桃觉得自己不该在这里傻站着,便抬头主动跟他请示:"先生,鞋都擦好了,我想去洗手。"

温照卿回过神,看着姜桃那双犹如惊鹿的双眸,忽然不想怪她什么了,反正一开始他就知道她是个骗子。

牵动僵硬的嘴角,他像姜桃刚来时那般,温和地对她笑笑:"好,辛苦了。"

姜桃仿佛松了一大口气,也笑了笑,低着头走开。

温照卿则只身一人来到喷泉旁,日光正好,水面泛起的水花似璀璨的钻石,晃得人睁不开眼睛。他半眯起眼睛,视线缓缓掠过眼前的一切,荒诞而怪异,可怜也可悲。

傍晚,姜桃开车载着温照卿去机场接机,两人一路无话,车内放着舒缓的音乐,温照卿全程都在接电话,一会儿是公事,一会儿是私事儿。

私事就是廖友谊,不知道她说了什么,反正他听得津津有味的,时不时还会笑。

临到机场的时候,他才交代了一句:"我先去接我爸妈。"

姜桃跟在温照卿的身边,一同来到国际到达的接机口,正值下班高峰期,路上塞车,他们在路上耽搁了一会儿,却是刚刚好接到人。

温照卿的父母亲推着一个行李车走出来,父亲看起来有些年纪,头发几乎全白,可身材依旧挺拔,一身西装,气质文雅,父子二人像极了。母亲看上去年轻许多,保养得极好,穿着一身淡粉色的运动服。

这就很迷了,看着像父女俩。

温妈妈见到了招手的温照卿,开心得像个小女孩,扔下温爸爸,一个人兴奋地跑过来,迫不及待地与他相拥。

放开儿子,温妈妈瞄了一眼身后的姜桃,仿佛发现了什么不得了的大事情,惊喜道:"这是我的儿媳妇吗?"

温照卿搂着妈妈的肩膀,有些无奈地笑了笑:"行了妈,别乱点鸳鸯谱,见到女孩子就问是不是你儿媳妇,也不问人家同不同意。"

温妈妈知道答案了,这么好看的小女孩,居然不是她的儿媳妇,真可惜。

姜桃红着脸,害羞地笑了笑:"阿姨您好,我是温总的司机。"

温妈妈又惊喜了,一把捏住儿子的胳膊,说道:"你看有戏,有戏的!她都没叫我温夫人,她叫我阿姨!"

"她没见过世面,不知道面对老太太都有什么称呼,统一叫阿姨。"说完,温照卿对姜桃抱歉地笑笑,硬生生搂着老妈的肩膀往后转。

此时,温爸爸终于推着行李车从出口出来,许久未见到自己的儿子,他也很开心,红光满面,上来先给儿子一个拥抱,又拍拍儿子的肩膀:"孩子瘦了，抱着比之前单薄了。"

温照卿拍拍父亲的后背，笑道："是穿得少了吧，体重没怎么变。"

温爸爸也注意到了姜桃，正要问，温妈妈先开了口："不是不是，司机司机。"

姜桃又一次脸红了，跟温爸爸打了招呼，主动推起行李车，先一步去往停车场。

到了停车场，行李车不能再向前，姜桃一个人把四个沉甸甸的皮箱放下来。温照卿从后面走来，淡淡地问道："需要帮忙吗？"

"不用不用！不重！"姜桃一手拖着一个大箱子，大步流星地走向车旁，终于知道为什么温照卿要让自己开保姆车出来了。

她放上两个箱子，小跑回去，再拖过来两个，一家三口这才慢悠悠地回到车上。

回家的路上，温妈妈一直在抱怨温照卿的大嫂，也就是温从心的母亲，每天只知道工作，旅游也不去，逛街也不去，护肤都没空去，不知道钱有什么好赚的，赚那么多，死了也花不完。

温照卿对待妈妈百般耐心，她抱怨什么，他都会跟在后面安慰，如果他的安慰不起作用，温爸爸就会开口。

温爸爸总是说："你抱怨归抱怨，你不要生气好不好？生气对身体不好，你就讲一讲，倾诉一下，不要动气嘛。"

所以，温照卿的温柔，是像他父亲喽。

姜阿姨在温爸温妈进门的时候，刚好端上最后一道菜，她和温妈妈好像失散多年的姐妹似的，热烈相拥，就差喜极而泣了。

温从心的出场与众不同，他一改往日跳脱的个性，竟然手里捧着一本没看完的书，鼻梁上还架上了眼镜，这可把温爸温妈吓坏了。

温照卿悄声对两个人解释了一番他为什么变成了一个正常孩子，两位老人将信将疑。好在温从心除了气质改变，他对爷爷奶奶的亲热程度还是一如既往。

姜桃和姜阿姨被邀请一同吃饭，这一大桌子，不吃也浪费，道理是这个道理，但是姜阿姨坚决不肯入座，就算她与温家人再亲近，也时刻保持清醒，拎得清自己的身份。她不坐，姜桃也不敢坐。

她们不好意思同席，不代表别人也会不好意思。

廖海潮和廖友谊及时登门，一个提着红酒，一个抱着小小的炖盅。

廖海潮和温家父母很熟悉，酒瓶都来不及放下，就跑过来抱着温妈妈的脸颊亲了一大口，亲完温妈妈亲温爸爸，然后把红酒往温爸爸面前一放："珍藏许久，就等老爷子您回来。"

说完，他来到友谊身边，搂着她的肩膀，向温爸温妈热情地介绍道："这是友谊，就是从小就被送去国外学竖琴的那个，今年刚回来。"

廖友谊落落大方地和温爸温妈问好，将手里的小炖盅放到温妈妈手边，这是她专门给温妈妈炖的燕窝，确切地说，是她专门吩咐家里的用人给温妈妈炖的。

温妈妈爱屋及乌，直接把廖友谊按到自己身边坐下来。

"我听你哥哥说你这个琴学得很有成就的，小姑娘家家，很了不起嘛，好端端的怎么突然回国了呢？"

"这不到了结婚生子的年纪了吗？我爸妈怕她嫁老外，生个小老外，所以把她弄回来了！"廖海潮主动接过话。

温妈妈面露惊讶，笑眯眯地问道："你这么优秀，应该已经有男朋友了吧？谈到哪一步了？什么时候举办婚礼啊？阿姨肯定给你送份大礼。"

廖友谊笑道："哪有那么快呀，阿姨。"

"嗯，是没有那么快，你们家照卿有点慢热，这事儿不能着急，慢慢了解着呗。"廖海潮又主动搭话。

坐在一旁的温照卿眉头轻轻一挑，满眼狐疑地看着自己的好兄弟，今晚来这里是别有目的啊！

温爸温妈立马反应过来这话里蕴涵的高深含义，敢情这廖友谊和自家儿子是一对儿？

温爸爸终于看到自己儿子的婚姻大事有点眉目了，顿时喜上眉梢，那愉悦的神态，总觉得喝红酒不合适，得来二两高度白酒才行。

温妈妈一边意味深长地笑着，一边温柔地握了握廖友谊的手掌，感叹道:"那你要是给我当儿媳妇,我可是一百个满意。我了解海潮,海潮的妹妹错不了,我们家什么都不缺,就缺一个错不了的人。"

温照卿有很多机会向父母解释,可是他没有选择在这个时机说出来,一家人其乐融融地吃饭是很开心的事,他不想做那个扫兴的人。

他们在聊这些的时候,姜桃正坐在厨房冰箱后面的小凳子上啃苹果,啃得嘎嘣响,唇齿间尽是苹果的香气。

姜阿姨进来给廖家兄妹拿碗筷,姜桃便放下苹果,帮着添了两碗白饭端过去。

"姜桃!"廖友谊喜笑颜开地叫了她一声。

姜桃抬眸,眉眼轻轻一弯:"哎!我在!"

温从心在一旁噗地笑出声,这话怎么听着这么像人工智能呢?

"等下我去跟你,还有姜阿姨聊天哦!"说着,廖友谊用白皙嫩滑的小手轻轻拍了拍姜桃的手背。

姜桃笑着点点头,放下饭碗,转身回到厨房,拿起那个苹果继续啃,手指轻轻抚平脸庞翘起的碎发。她很漂亮,也很年轻,可手上的皮肤与脸上的比起来,还是不尽如人意,她下意识地用手背蹭了蹭自己的脸颊,年轻的脸庞很轻易地就感受到了手背的粗糙。她可以是天生丽质的,却不是天生尊贵的。

一扇玻璃门,门里门外便是两个世界,我们不能说现世安稳的生活就完全不残忍,也残忍,因为当你有了现世安稳,你追求的便不再仅仅是安稳。

人有野心欲望,姜桃也有,可她始终记得自己该有的分寸。

姜阿姨回厨房喝水的时候,低头看了一眼姜桃:"哎呀?你怎么哭了?想妈妈了?"

姜阿姨不说,姜桃都没注意到自己流眼泪了,她飞快擦掉眼泪,笑道:"嗯,想妈妈了。"

夜晚,廖家兄妹离开后,奔波了一天的温妈妈终于得空,好好泡了个澡。泡完澡一出来就看到老公在床上戴着眼镜看书,她走过去一把抢下他手里的书，不悦道："都说了这个时间就不要看书了，对眼睛不好，天天看看看，也不晓得这个书有什么好看的，你要高考啊，这么努力？"

"为中华之崛起而读书。"温爸爸轻哼一声，摘下老花镜放到一旁。

"中华崛起靠你这把老骨头吗？那得靠我儿子和我孙子才行。"

"我就是我儿子和我孙子的榜样。"

说完，两人忽然对视上，半晌不动。温妈妈突然压低声音，神秘兮兮地说："我觉得，照卿和友谊不合适。"

"哪里不合适？家庭？学历？才华？我觉得她配得上照卿。"

"丑啊！"温妈妈气急败坏地捏了老公的胳膊一把，"那小女孩长得也太平淡无奇了！那个小脸平得跟菜刀一刀切下来似的，也太不好看了。你看看她哥长得多好看，但她那脸，和照卿那个小司机一比，都差十万八千里了。"

"嗯，是挺一般的……"

老两口一起陷入了沉思。

片刻后，温爸爸说道："你不要管，他自己喜欢看就行，也不要你看，让他自己挑。他这么大的人了，做事总有自己的分寸。"

温照卿的父母与大多数企业家不同，年轻时事业忙碌，但总不忘陪伴孩子，学校里的活动总有一人出席，带孩子打高尔夫、骑马、去国外旅行，在孩子长大以后，又给了他们绝对的自由。尤其是温妈妈，没有因为大儿子的突然离世，把视线全部聚焦于小儿子一人身上。她有她的伴侣，她不想成为儿子的负担。

恋爱结婚这事儿，他们也格外开明，不求门当户对，但求儿子开心。人这一辈子为了前途和钱途已经够累了，不能每一件都让他那么累。

自打温爸温妈回来，廖友谊来这里更勤快了，她和老人家相处还是很有一套。相比之下，姜桃就显得有些露怯，还很拘谨。

尽管廖友谊表现得落落大方，但并不能改变温妈妈觉得她长得不好看的事实。

· 第十三章 · 十二点的辛德瑞拉

姜桃是在收到廖友谊给她送来的四个小书包后,才下定决心让家里那四个小家伙去幼儿园的,因为他们四个连睡觉都要背着书包。

廖友谊说,这四个小书包是她跟温妈妈一起逛街的时候买的,也参考了温妈妈的审美意见。

姜桃万分感谢,无以为报。她提着那四个书包回家的时候,丝毫没有收到礼物的那份愉悦,反而觉得很沉重,无比的沉重。

她都活了二十几岁了,也没背过这么好的包,又是小熊猫又是小狮子的。

她想起自己上学的时候,拎的是无纺布袋,正面印着不孕不育的广告,背面印着买钻石珠宝的标语。

姜桃并不是嫉妒,反正这书包给她,她现在也背不上,令她沉重的是自己那个灰头土脸的童年,以及如何能让她的弟弟妹妹逃离这样灰头土脸的童年。

四个孩子要上学,就是四份学费,未来还有无数个四份。他们长大了,要买衣服,要吃饭,要零花钱,而这些,都要乘以四。

她总以为,找到一个高薪的工作,自己的人生就会扭转了,可这份高薪的工作没有晋升空间,温照卿总不能组个车队给她管理吧?

她大学里倒是学了一点本事,可以找一份前途无量的工作,可是前途无量的前期,总是要经历蓬头垢面的新人时期。她经历过,没能坚持下来。

有多难坚持呢?就是恨不得明码标价地把自己卖出去,只要能顿顿吃上饱饭。

她不知道其他的可怜人都是怎样在这个城市里站住脚的,可能她们并不需要在二十出头的年纪养四个孩子,也可能她们天赋异禀,总有一些过人的才能。

可她呢?姜桃想:我就是个废物。

离家还算近的地方有三所幼儿园,一所公立,学费最便宜,可惜姜桃和她的四个弟妹都不是本地户口,没有入学资格。落户本市,对现在的她来说和让她去参加神舟十号的研发一样艰难。

还有一所国际双语私立幼儿园,听这个名字,又是国际又是双语,听名字就价值不菲的样子。姜桃特地去打听了一下学费,好家伙,当时就把她给吓得说不出话。

一个月居然要一万二,一个小家伙的学费就是她一个月工资?四个人就要六万?还只是一个月?这是砸锅卖铁也供不起的啊!况且她家里也实在没什么能砸得出手的锅和铁。

最后一家,也是距离最远的,步行需要三十分钟,学费也相对合理,一人每月一千八百元,四个孩子就是七千二,每个月还剩四千八,去掉房租水电和生活费,多少还是能攒下一点点的。算算外面还欠多少钱,节省一点,争取早日还上。

前提是,她不能被温照卿开除,不然他们四个就是面临年少辍学。

终于,四个小家伙叽叽喳喳欢欢喜喜轰轰烈烈地去了他们梦寐以求的幼儿园。幼儿园里有小伙伴,还有老师,每天都有唱不完的儿歌和做不完的游戏。

放学后由房东阿姨帮忙接回来,晚饭一如既往由房东阿姨安排,吃饱喝足等姐姐下班。

自从上了幼儿园,他们就变得很吵,每天看到姜桃后,都要把在幼儿园里吃了什么喝了什么,唱了什么玩了什么,七嘴八舌地复述一遍。

姜桃听得烦死了,恨不得把他们的嘴巴全缝上,可是小家伙们很开心,这是唯一安慰到她的。她这个没本事的姐姐,终于有本事让他们每天都开心起来。

希望他们上初中、高中,还有大学的时候,依然保持这份对学校的热情。

还有一个好消息,房东阿姨打算给姜桃的房间安装一台新空调,但被姜桃给回绝了,姜桃不想付那么奢侈的电费,如果安装了,小家伙们一定嚷着要开。

姜桃把小朋友们已经上学的好消息告诉了廖友谊,感谢廖友谊的赠予,也亲自跟温妈妈说,小朋友们可喜欢那些卡通图案了。

这么做的原因,一方面是出于礼貌,另一方面,姜桃也在不停地在他们面前,划清自己与温照卿的界限。

夏至之后,温照卿和父母应邀去参加一场慈善晚会,他需要一名女伴,便临时把这个工作安排给了姜桃。

得到这个消息的时候,姜桃正蹲在温照卿的衣帽间里,按着姜阿姨的要求整理他的换季衣服,有哪些是今年还要穿的,有哪些是需要整理好捐赠的,总的来说,这个工程量很大,因为温照卿平日里很在意自己的装扮,衣服自然多得让人眼花缭乱。

也怪姜桃没什么见识,在她看来,一个爱臭美的名媛的衣柜,大概也就是他这个水平。

姜桃坐在地板上,像一棵单薄干枯的小草扎进石缝里,只靠转动胳膊来拿衣服扔衣服。

闻言,她便一屁股坐在了地上,仰着头,满眼的疑惑:"先生,您应该带友谊去的。"

温照卿正在解衬衣的袖口,闻言低声笑了笑,问道:"你在教我做事吗?怎么,准备从司机晋升到第二个姜妈妈?"

姜桃吸了吸鼻子,小声说:"我可不敢,我自己做事都做不明白,能教谁啊。但是,你不考虑一下我的意见吗?"

"嗯……"他犹豫片刻,"我没记错的话,她应该是表演嘉宾,而且,她有男伴,是她哥,如果你没意见的话,我可以和海潮交换。"

"不!"姜桃斩钉截铁地拒绝,"我有意见!我不想给他当女伴!"

"我记得你好像挺喜欢他的。"温照卿笑笑,眼角闪过一丝嘲讽。

姜桃抱起一包夏装重重摔在自己面前,嫌弃道:"我喜欢的人多了去了。"

她可不想跟廖海潮单独在一起,廖海潮可是很讨厌她的,还威胁过她,虽然她并不知道自己到底哪里得罪廖海潮了。

或许是廖海潮觉得姜桃威胁到了他妹妹,又或许,他觉得姜桃威胁到他本人了?还是从姜桃出现以后,温照卿对他不热情了?

"哈哈哈……"想到这里,姜桃突然笑出声。

温照卿只是弯着嘴角看了她一眼,拿起一件居家服便回了房间,习惯了她的神经兮兮。她最近总是这样,莫名其妙像个刺猬,莫名其妙就悲天悯人,莫名其妙开怀大笑。

姜桃笑够了,坐在衣服堆里开始了新的苦恼:去慈善晚会穿什么?给温照卿当女伴,又该穿什么?话说这一项应该算公费啊……

她推开眼前的大箱子,从衣服堆里爬起来,走到温照卿的房间,清了清嗓子,试图引起对方的注意。

待他面露疑惑回身之际,她努力让自己笑得特别好看,乖巧又可爱:"温先生,那个,参加晚会的衣服,是不是您这边提供啊?"

姜桃要是不提,温照卿还真把这茬忘了,他不置可否地点点头:"嗯,你有什么特别喜欢的类型吗?"

姜桃摇摇头:"没有,该遮住的能遮住就行。"

姜桃把这个难题抛给了温照卿,但对温照卿来说这事儿也没这么简单,他还没有给女孩子选礼服的经验,甚至没有注意过哪里有卖女孩子礼服的店铺。

为此,温照卿特地咨询了一下恋爱经验丰富的廖海潮,可惜廖海潮也不知道女士的晚礼服应该在哪里买,于是温照卿又咨询了廖友谊。

当天下午,一个叫"晚晚"的晚礼服销售就加上了温照卿的微信。

在温照卿的要求下,晚晚给他来了一场别开生面的直播选购,两人视频选款,层层筛选,最后确定了一件珍珠色的抹胸长裙,剪裁干净利落,下摆略蓬松,看起来有两三层,腰间和散开的下摆上点缀着一些大小不一的珍珠,单看裙子的设计是无功无过,至于它是否真的耀眼,还是要等拿到手里,看到具体的质感才知道。

这件礼服的价格,大概是姜桃半年的工资,这让温照卿犹豫了。

作为普通的老板和司机关系,他是否应该提供这个价值的礼服呢?答案是显而易见的,哪个老板也不会给自己的司机买这么贵的衣服。

晚晚看出温照卿的犹豫,便开始给他介绍一些价位更平民的款式,甚至问他是否需要租赁一件晚礼服,如果只穿一次,这种方式更划算。

温照卿看着晚晚在视频那头不遗余力地推销着,听得耳朵都烦了,他皱了皱眉,说道:"就刚才那件吧。"

一周之后,温照卿在办公室里收到了这件礼服,是小金秘书送进来的。

"哇,温总,您这是好事将近了吗?"小金秘书跟在温照卿身边挺久了,除了有点迷糊,别的都很好,起码工作态度还是不错的,最主要的是,人品很好。

人品似乎是温照卿最看中的一点,他总觉得,笨一点可以教会,心眼坏就不行了。

小金秘书时常把公司当家,把温照卿当爸,表面上很怕他,实际上又深深掌握了他嘴硬心软这个特性,偶尔也会没规矩一些,比如现在。

温照卿放下手里的签字笔,抬起双眸嫌弃地白了她一眼,又对她勾了勾手,让她把礼盒拿到自己面前:"你操心的还挺多,上午我让你整理的东西你整理好了吗?"

小金秘书毕恭毕敬地送上礼盒,笑道:"我提交给法务了,法务说下午四点之前给我。"

"嗯,日期那些你要亲自检查一遍,有些数据法务那里也不清楚,你要是再出错……"

不等他说完,小金秘书连忙比了个"OK"的手势:"我知道我知道,再出错就滚蛋嘛！"

温照卿没搭理她，抽开礼盒的丝带，直接掀开盒盖。这件白裙十分高级梦幻，散发着珍珠的柔和光泽，这个质感就值这个价钱。

小金秘书两眼放光，一副没见过世面的样子，连连惊叹："这也太好看了吧！我的天啊！温总，做您女朋友也太幸福了！我太羡慕姜桃了！"

她激动得仿佛这衣服是老板要送给她的，两只小手无处安放，又想捂嘴巴，又想摸衣服，但最终只能捂嘴巴，不敢摸衣服。

"谁告诉你是给姜桃的？"

小金秘书一愣，意识到自己可能说了不该说的话，脸上的笑容瞬间消失："哦……不是，我以为，嗯……我觉得……毕竟其实……"

"闭嘴。"温照卿不悦道。

"好的，温总。"小秘书识相地闭上嘴巴。

"你说得对，确实是给姜桃的，她要陪我参加一个宴会，总得体面一些。"

小金秘书点头如捣蒜。

"其实带你去也可以。"温照卿又说道。

小金秘书两眼再次放光，一脸期待地看着温照卿，只听他特别无情地说道："不过那天你要和法务出差，机票还是你自己定的，你没空。"

下班时间到了，温照卿夹着礼盒走进电梯，一同走进电梯的还有几个公司的高管，大家日常寒暄道："温总，买了礼物啊，有人过生日吗？"

温照卿温和地笑笑："嗯，送人的。"

"我们聚餐，要不要一起？"

"不了，你们去吧。"他礼貌地拒绝。

"温总真是好男人的代表，以后谁能给您当老婆肯定特安心。"其中一人说道。

温照卿笑了笑："我只是喜欢安静。"

另一个人挤对自己的同事说："你得向温总多学学，你老婆昨晚电话都打我这里来了,你看你多不让人放心。"

"喝多了喝多了……"

电梯里的人哄笑出声,温照卿也跟着笑了笑。

电梯抵达一楼,大家都等着温照卿迈出去以后才跟着出去,然后在大厦门口和他道别。

姜桃在车里听音乐听得忘乎所以,音响开得很大,连温照卿敲车窗,她都以为是音响产生的震动。

温照卿第三次敲窗她才听见。她的动作之快,内心之惶恐,可以用屁滚尿流来形容,由于车门开得太猛,还撞了一下站在她门外的温照卿。

不过最近的他脾气温和许多,没有说什么,看起来也是云淡风轻,一团和气。

姜桃下车先道歉,然后殷勤地接过温照卿臂弯里的礼盒:"我来拿,给温阿姨买的吧?我先帮您放后备厢。"

"给你的,随便你放哪里。"说着,温照卿径直打开后车门坐进去,"砰"的一声关上了车门。

姜桃愣了愣,低头看看手里精致的礼盒,忽然有些不知所措。

她还不知道里面的东西究竟长什么样子,但单单是这个盒子,都已经华丽得让她无法承受了。

她把礼盒放到副驾驶,车子启动的时候,礼盒滑动了一下,姜桃暂时停下,给礼盒系上安全带后才继续行驶。

温照卿看着她这一系列操作,属实有点想笑,合计着这东西要是给别人的,就得放在后备厢,给她的呢,就得搁在副驾驶,还得系上安全带。

回到温宅,姜桃停好车后,抱起礼盒一路飞奔,抢在温照卿前面进了门,冲进厨房,一把推开姜阿姨摆在桌子上的三颗西红柿,迫不及待地抽开蝴蝶结,掀开盒子。

"哇……"姜桃忍不住感叹出声,秀气的面容因为激动也难得覆上一层淡淡的粉。

"呀!真好看,友谊的?"姜阿姨探身过来,问道。

姜桃摇摇头，提起礼服，让它自然垂落，这才看清楚它完整的样子："是我的，过几天我要陪先生参加活动，他拿给我的。"

"租的吧？小心点，弄坏了要扣钱的。"

姜桃重重地点了点头，小心翼翼地叠起来放回盒子里，一转身就看到温照卿进来厨房找水喝。他刚关上冰箱，就看到姜桃像只淘气的土拨鼠一样窜到他面前。

"谢谢老板！"

她的气息来得太猛烈，温照卿一时间没有防备，心脏猛地抽动，下意识地往后退了半步，撞到冰箱上。他举着依云水的水瓶仰头喝了一大口，含混地"嗯"了一声："不客气。"

"贵不贵？"

"不。"他敷衍地回应，拎着水瓶走开。

慈善拍卖晚会到底是个什么东西，在姜桃脑子里是没概念的，她只觉得有钱人总是喜欢搞一些花里胡哨的东西。

裙子的长短对于姜桃来说刚刚好，也许有一双高跟鞋会更好，可她没有，于是向闺密祁淇求助。

祁淇很贴心，给她送来一双鞋跟有点粗的高跟鞋。

姜桃拎着这双黑色的高跟鞋，内心有些慌张：这个祁淇，倒也没必要拿来一双这么高的吧？

从来没穿过高跟鞋的姜桃很担心自己能否驾驭它。

傍晚，姜桃在姜阿姨的房间换好礼服，像个公主一样小心提着裙摆走进洗手间，把自己的长发高高梳起，扎成一个圆溜溜的丸子头，还贴心地用冷水反反复复把碎发都梳得服服帖帖，露出修长的脖颈和精致的锁骨。

她不会化妆，也没有化妆品，可天生眉重眸深，皮肤白皙，唯一欠缺的就是唇上的一点点血色。她使劲咬咬上嘴唇，再使劲咬咬下嘴唇，这样看起来好多了，她对着镜子点点头，提着裙摆走了出来。

温照卿正在客厅里和父母聊天，见到姜桃的瞬间有些出神，也有些移不开眼。

他从未见过如此漂亮的姜桃。

姜桃故意没有看他的眼睛,她不想过多地去关注他到底如何看待自己,于是看了眼手机上的时间,匆忙小跑起来:"呀呀呀,我这么磨蹭嘛,抱歉哈!"

她在玄关穿上自己的小皮鞋,拎上高跟鞋准备往外走。

温妈妈指着她手里的鞋子,问道:"小姜,你就直接穿这个呗。"

"那可不行啊阿姨,开车不能穿高跟鞋,咱们安全第一。"姜桃笑着解释。

温照卿深吸一口气,和父亲一同出门,他先上了副驾驶,温爸爸则一直在车旁说温妈妈的旗袍开叉有点高:"这么高怎么上车呢,一坐下就要露屁股了,这么大的年纪了,还要这样暴露。"

温妈妈看着自己开叉都快低到膝盖的旗袍,气不打一处来,指着别墅的玻璃训斥道:"你不去你回家看书去吧,别烦我,我一个人去。"

大概是不经常坐在副驾驶,温照卿一时间忘记系安全带,姜桃抿着唇琢磨半天,指了指他的安全带说:"先生,您的安全带。"

她说这句话的时候,温照卿正下放车窗,对着窗外争执不休的爸妈说道:"好了,上车吧,一条裙子而已,从中午讨论到现在。"

姜桃觉得他是有意忽略自己的话,只好伸手去拉他的安全带,帮他扣上。

她刚一靠近,温照卿的身体就本能地僵硬了一瞬,他回过头,正好与她四目相对。

姜桃飞快地移开视线,飞快插好安全带,姿态自然地坐好。窗外的温爸温妈还在因为裙子纠结,她连忙下车,从后备厢拿出一件平日里给温照卿准备的备用西服:"来,阿姨,这个给您遮一下腿,上下车就不会走光了。"

"你看看,小姜也觉得会走光。"温爸爸说道。

温妈妈不甘示弱:"人家小姜是觉得你废话太多,想让你赶快闭嘴!"

这一路,姜桃别提有多煎熬了,她像一把枪,不是被温爸爸提起来打温妈妈两枪，就是被温妈妈提起来给爸爸两枪，她可太后悔刚刚下车去惹这个麻烦。

最后还是温照卿把她解救了。

温照卿转过身，有些严肃地看着自己的父母，说道："你们不要总是提她，没看到她都紧张得额头出汗了吗？"

姜桃想：何止呢，手心也出汗了。

车子驶入酒店地面停车场，这是为活动特地保留的车位，方便贵宾们进出方便。

姜桃随便找了一个空位停下来，提着裙摆去后备厢拿鞋换鞋。

鞋子一换，立马视野都变广阔了，这可真是站得高看得远。

姜桃扶着车门走了几步，慢慢适应了一下，还好，没有想象中那么难，于是大着胆子往前迈了个大步，结果一个不稳，差点摔倒，幸好温照卿及时抬起手臂，挡住了她的身体。

她虚惊一场，长舒一口气："谢谢。"

温照卿整理好袖扣后，带着姜桃从容且沉稳地从酒店的旋转门走进去："不用紧张，我看过今天的嘉宾名单，市值最高的企业是我爸的，个人身价最高的，是我，司机工资最高的也是我。重点是，他们的司机，没人敢拐着自己的老板参加晚宴。"

姜桃一听，敢情他们温家是最牛的啊，立马觉得腰背挺直了不少。虽说这个企业和身价，都与她关系不大，但不是有个成语叫狐假虎威吗？

温妈妈安慰她："不用太紧张，这是很小的场面。"

这个很小的场面却是灯火辉煌，宾客满坐。姜桃跟着温照卿一路走进来就已经眼花缭乱，每每有人上前来与温照卿攀谈，她都会无比紧张，生怕别人问起她是谁。

其实是她想得有点多，压根没人张嘴问，也许有人好奇，但也只是礼貌地打量两眼，绝不会不识趣地开口问。

在礼仪小姐带他们入座之前，温照卿看到了在不远处朝他招手的廖海潮。

兄弟两人一日不见如隔三秋，廖海潮看起来特别高兴，只是视线一触及姜桃,便变得意味深长起来。

廖海潮回过身,对走廊转角的人招了招手,接着,姜桃看到了身穿一件与她一模一样的晚礼服的廖友谊气质婀娜地走出来。

姜桃的呼吸停了一瞬,挽着温照卿的手指下意识地收紧。

温照卿也注意到了廖友谊今天的打扮,同时也感受到了姜桃的局促。

今天的廖友谊很好看,虽然与姜桃身着一样的素雅长裙,可能是由于妆容的原因,她看起来比姜桃要明艳许多,而且她擅长驾驭高跟鞋,走起路来颇为自在,不像姜桃这般僵硬。

廖友谊提着裙摆大步朝姜桃走来,唇红齿白,笑容明媚:"姜桃!天啊!你今天好漂亮啊!"

廖友谊一把搂住姜桃,亲热地与她贴了贴脸,把她从温照卿的手里搂进自己怀里,笑盈盈地看向温照卿:"照卿哥哥的眼光也太好了吧,我们居然选了同一套礼服!看来我们的品位还是很合拍的。"

说完,廖友谊又对姜桃撒起了娇:"那家店是我推荐给照卿哥哥的,早知道我应该问一问他定了哪一套,这样我们就不会撞衫了。"

姜桃马上就脸红了:"对不起啊,友谊,我也不知道会这样,不然我回去换了吧。"

廖友谊皱眉:"你说什么呢?为什么要换啊?你很少有机会穿这么好看的衣服啊!要换也是我换!不过我没带备用的礼服,我们就穿闺密装吧!"她没有带手机,从哥哥手里拿来手机。

廖海潮正在和温照卿低声交谈,不知道说到了什么开心事儿,两人一直笑着。

拿到手机的廖友谊,举起手机准备来一张自拍,打开相机看了看觉得不对劲,又从哥哥的西裤口袋里拿出一支很迷你的口红。

温照卿的视线轻轻从两个女孩面前扫过,落向空中虚无的一点。

"给你涂一点口红,抿一下嘴巴,像我这样。"廖友谊让姜桃学她的样子。

姜桃不得要领,尝试了一下又放松。廖友谊的手腕一抖,一下子涂到了唇边。

"哎呀哎呀，你可真笨。别动，我给你擦一下！"廖友谊一把抽出温照卿胸口的装饰手帕，小心地帮姜桃擦着嘴角。

　　不知是口红难以擦除，还是姜桃的皮肤经不起搓，很快，姜桃的嘴角就红了一大片，看起来有些狼狈。

　　廖友谊抖了抖手帕说："就这样吧，也看不太出来。"

　　她把手机递给温照卿，让他给她们拍一张全身的合影。

　　温照卿没有拒绝，接过手机对准她们俩，很利落地按下拍照键，看着照片里的人，温照卿不禁皱眉。

　　姜桃像极了一个犯错误的小姑娘，忐忑不安地站在廖友谊的身边，脸上毫无血色，嘴角红得像刚刚被人抽了一巴掌，如同用力模仿偶像却又失败的疯狂小粉丝。相比之下，廖友谊妆容精致，自信坚定，大气从容。

　　廖友谊收回手机看了一眼便扔给哥哥，她贴近姜桃的耳边，用只有两人才听得到的耳语说："桃桃，你看见没，照卿哥哥刚刚看我的眼神，哇，目不转睛，两眼发直。你等着瞧吧，很快我就要给你当老板娘了！"

　　姜桃憨态可掬地笑着说："哇，真的吗？那可真是太好了。"

　　与廖友谊分开后，姜桃一直魂不守舍、心不在焉，好几次需要温照卿提醒她第二遍，她才想着举起手里的号码牌。

　　这件美丽的裙子给姜桃带来的快乐时光，简直是转瞬即逝，此时她只觉得焦灼，只想尽快把它脱下来，每一分钟都很焦灼。她是在等待命运中午夜十二点的辛德瑞拉，再不逃离，她就要被打回穷酸的原型。

　　辛德瑞拉至少还有逃离的权利，而她只能坐在这里煎熬。

　　廖友谊上台表演时，姜桃的余光清楚地看到，坐在自己身边的女人偏头打量了一番自己的裙子。

　　她下意识地收紧了手指。

　　"你不舒服吗？"温照卿忽然扭过头，视线关切。

　　姜桃摇摇头，她没有什么不舒服，只是有些不自在："没有哇，我挺好的。"

　　"你心不在焉。"

　　姜桃挤出一个职业假笑："我在专注地看表演，友谊好像仙女啊，不是吗?"

温照卿不置可否地点了下头,原来在姜桃心里,仙女就长这样……

"喜欢拍卖会吗?"他问道。

"谈不上喜欢不喜欢,只是有些不能理解,不懂那些东西珍贵在哪里。"

"一件东西是否值得别人举牌,要看在那个人眼里这东西是否珍贵,而不是物品本身是否珍贵。"

姜桃不屑地"哈"了一声,她耸耸肩,难以置信地问:"你的意思是,刚刚你花二十多万拍下来的儿童蜡笔画对你来说很珍贵?你那个我也能画,你给我二十万,我能画到你家里放不下。"

温照卿低笑出声:"你到底有没有认真地在看,这是慈善拍卖,那二十多万是捐给自闭儿童的。"

"我现在就很自闭,你想看什么我给你画?"

温照卿无奈地笑笑,没再说话。

姜桃轻声感叹:"其实人生也像是一场拍卖会,很多时候都是价高者得,有钱人才有机会,像我这种……连举牌的资格都没有。"

温照卿斜睨着打量她,只见她小小年纪,一脸老成与无奈。

"可是你还年轻,未来还很长,你怎么知道自己永远不会拥有举牌的资格?莫以现状观明天。"

姜桃撇撇嘴,随着人群给台上表演结束的廖友谊鼓掌。

拍卖会后还有一场晚宴,姜桃本来以为能吃到很多东西,可她只吃了一口南瓜做的点心,就开始跟着温照卿一起举杯。

虽然每次都是抿一小口意思一下,不过以姜桃那个酒量,碰到一个能喝一点的小白鼠她都是要甘拜下风的。

等她再次见到廖友谊的时候,人已经晕晕乎乎。

"桃桃,你脸红了,要不要我带你去洗手间啊?"

姜桃点点头,拉上廖友谊的手。

她走得有点慢,廖友谊很有耐心,带着她穿过人群来到走廊,没想到走廊里人也不少。

忽然,姜桃的视线里出现一抹久违的熟悉身影,她提着裙摆愣怔了一瞬。

廖友谊也忽然停下来,朝着站在男士洗手间外面低头看手机的高个男人喊了一声:"星译?"

姜桃身体一僵,看看正朝这边看来的赵星译,又看看身边的廖友谊,疑惑地喃喃道:"星译……"

赵星译抬起头,金丝眼镜下的面容斯文至极,笑容和煦温暖,一如当初姜桃认识他时的模样。

他抬起手腕,准备和廖友谊打招呼,却意外地看到了站在她身边的姜桃,便直接省略了打招呼的过程,大步流星地朝她们走来:"姜桃?桃桃?是你吗?我没认错人?"

廖友谊惊讶地捂嘴,故意露出一副不敢置信的表情:"天啊?你们认识?"

姜桃腼腆地笑着,点了点头,又摇了摇头:"认识的,好久不见,赵学长。"

赵星译的视线从见到姜桃的那一刻起,就没从她的脸上移开过,他沉浸在久别重逢里无法自拔,笑容也始终挂在脸上。

时间如同静止,在面面相觑了几秒后,他主动张开手臂,给了姜桃一个理性的拥抱。因为姜桃的裙子是抹胸款,后面露着大半后背,他不便直接拍在她的背部,只好在她覆着布料的腰间轻轻碰了碰:"很高兴能再见到你,真的很高兴。"

姜桃说不上来是开心还是不开心,她的大脑有一部分被酒精占领了,人有些晕晕乎乎,遇见赵星译的震惊消耗了她剩余的理智。

她本能地跟着呆笑点头,也许骨子里认为这是礼貌而已:"我也很高兴呢,学长,能见到你真好,你还是跟以前一样,帅气逼人。"

"真的吗?"赵星译笑着问道。

姜桃靠在他肩膀上点点头:"真的,不管什么时候,你永远是人群里最靓的仔。"

酒店大堂内的温照卿担心廖友谊扶不住喝了酒的姜桃，敷衍了眼前的友人，追着她们的步伐出来。

穿越长长的走廊和人群，温照卿刚好看到了赵星译与姜桃拥抱的画面。

头顶的水晶灯突然之间变得很刺眼，他的呼吸出现了短暂的停滞。他单手插进口袋，从身边路过的服务生手里端起一杯香槟，僵硬地转身，僵硬地收回自己的余光，僵硬地让自己的呼吸变得均匀下来，再然后，僵硬地迈开他笔直的长腿，回到他该回的地方去了。

通往走廊的沉重木门在他身后关上，宴客厅里歌舞升平，音响里回荡着优雅欢快的古典乐，有人朝他笑脸迎来，唇瓣张合，他却一个字都听不清，唯独身后那扇木门的开开合合，落锁再打开再落锁的声音格外清晰。

手指轻轻抚平自己西服的下摆，温照卿的脸上挂起职业的微笑，好像这一抚，心事就被抚掉，这一笑，烦恼也全忘掉。

·第十四章· 真相

赵星译是帅哥,这件事是没人可以否定的。上大学那会儿,不知道有多少女孩子倾心于赵星译,吸引他注意的花招层出不穷,可是赵星译却一眼就在食堂相中了那个因为"一样花钱买香辣肉丝,前面那个学长的肉为什么比我的肉多"和食堂大妈吵得不可开交的姜桃。

她举着不锈钢托盘气势汹汹地和大妈叫嚣着:"我不想听你解释!我就要公平!我就要人人平等!"

她又瘦又小,黑发黑眸,白皙的脸颊气得微微粉红,身体也因为气愤不停地发抖,后面的同学都在催促她不吃就快走开。她一个人孤军奋战在人头攒动的窗口,用全部的力量去争取那一小勺微不足道的肉丝,实在是可怜又好笑。

最终,大妈没有妥协。姜桃虽然也没有妥协,可是被别的同学挤到了一边去。

她颤抖着托着餐盘坐到赵星译身边的那张桌前,气呼呼地盯着眼前那一点可怜的香辣肉丝,眼泪一颗一颗地往下掉,大口大口地吃着米饭和肉,吃到一半,人都变成泪人了。

她从口袋里摸出一把零钱,反反复复地数了好几遍,又塞回口袋,接着,便不争气地趴在餐桌上哭起来。

赵星译觉得,她一定过得很艰难,不会有一个女孩子,愿意在人这么多的地方失去最基本的体面。

姜桃再抬头的时候,面前摆着一整份的蒜香排骨,还有戴着金边眼镜、笑容温柔的赵星译。

赵星译把排骨推到她面前，从口袋里摸出半包面巾纸，抽出一张递给她，温柔地说道："别哭着吃东西，对胃不好，擦擦眼泪，我请你吃肉。"

对于那时候的姜桃来说，什么"我喜欢你""我爱你"都是狗屁，最最实在的一句话就是"我请你吃肉"。

姜桃从来没对人说过，在那天之前，她已经有二十几天没有吃过一口肉，甚至没有吃过一口青菜，每天只吃米饭、馒头和豆腐乳，她觉得实在扛不住了，咬着牙去打一份肉丝，还眼睁睁地看着别人的比她多一倍。

谁能想到压倒成年人的最后一根稻草，可能轻如肉丝呢？

赵星译是姜桃见过的最好的人，他经常请她吃肉，也经常把他的肉分给她吃。

他很温柔，会在天冷的时候把自己的大衣盖在她身上，会在下雨的时候把唯一的雨伞让给她。他也很懂礼貌，从不像别的男孩子一样乱开玩笑。他的成绩也很好，是法学院的传奇。

那时的姜桃偷偷萌生了一个想法：如果赵星译是我的男朋友就好了。

可她太自卑了，自卑到她不敢去试探地问一句，她有没有可能成为他唯一的女孩，只能眼睁睁地看着他的身边围着各种各样优秀的女孩子。

姜桃像一束被阳光格外关照的小草，无论如何努力地向上，也只能是草，是绽放不成花朵的。

不过后来故事还是变得很有戏剧性。

赵星译向姜桃告白了，他在姜桃对着他送来的鸡腿大快朵颐的时候，对姜桃说："我喜欢你，桃桃。"

姜桃甚至来不及擦掉一嘴油，整个人就如同被按下定格键，张着嘴巴看着他，她清楚地记得，当时嘴里还有一块没嚼烂的肉。

什么是喜欢？

一心只想吃饱饭的姜桃压根没有时间去成熟去成长，还没情窦初开。她还没弄清楚自己喜不喜欢赵星译，她只知道，如果赵星译是她的男朋友，她就不会过得这么糟了。

赵星译喜欢她的意思，是否就是要将她命名为他的女朋友、他唯一的女孩的意思呢?

姜桃艰难地咽下那块没嚼烂的肉,用手背抹了一把嘴巴,正准备开口说行,就被一个气冲冲跑过来的女孩子给打断了。

确切地说,是打了,不仅仅是打断。

如果不是赵星译拦着,搞不好得打骨折,那样就是名副其实打断了。

姜桃是什么时候发现自己其实没那么在意赵星译,只是在意赵星译的肉的呢?并不是挨巴掌那会儿,而是很久以后,她回忆起这件事的时候,只想到了"幸好当时我嘴里的肉咽下去了,不然肉都给我打出来了"。

打姜桃的女孩是赵星译的女朋友,远近闻名的校花,风云人物,风云的主要内容就是她家里有权势,并且她长得还挺好的。

按这样分析,姜桃觉得自己没成为风云人物的主要原因在于自己没有爸爸,要是单按好看的话,自己也能风云起来。

从风云校花的角度来看,事情发展得很顺利,因为重拳出击打了姜桃以后,姜桃再也没吃到过赵星译的鸡腿。

很久以后姜桃才知道,原来当时的赵星译并没有想过换女朋友,或者当一个脚踏两只船的厉害角色,他只是单纯地表达了一下自己的心境。他的未来很需要女方家来扶持,包括当年他给姜桃买鸡腿的钱,也是风云校花给的。

失去赵星译让姜桃难过了很久,这意味着她失去了一个温柔的饭票。

所以,今日相遇的故人,可不简简单单是个相熟的靓仔,是曾经让她吃了好多免费肉肉的恩人啊!

廖友谊很适时宜地拿起手机接电话,挂了电话后,她面色匆忙地拍拍姜桃的肩膀,说道:"桃桃,这里就是洗手间,你自己没问题吧?我哥叫我去见位朋友,等下我回来找你好不好?"

说完,不等姜桃点头,她便又拍了拍赵星译的手臂:"星译,一会儿姜桃出来帮我照顾她一下,她酒量不好。"

赵星译点点头。

姜桃提着裙摆走进洗手间,扶着洗手台照镜子的时候,发现醉酒后自己的脸色很好看。她上了个厕所,出来用冷水洗了把脸。

赵星译还在门口等她,见到她满脸水珠地走出来,便拿出手帕来给她擦干净:"你是不是不舒服?我扶你去休息一会儿吧?"

姜桃没有完全醉,但是头晕眼花是真的,她一路扶着墙,赵星译在她身边也没有过分的举动,只有在她站不稳的时候才会伸手扶一下。

在姜桃最后的印象里,她是坐在一个很宽敞的欧式沙发里喝茶水的,赵星译把西服脱了盖在她胸口,她喝完水想休息一下,她还在想着,应该问问温照卿几点回去,她不应该喝酒的,车怎么办……

直到晚宴结束,姜桃也没在温照卿的视线里出现过,当然,廖友谊也没出现。

温照卿打了两个人的电话,都没人接,然后他找了廖海潮。

廖海潮觉得温照卿像个老妈子,人家小女孩这么大的人了,去哪儿还要打报告?再说还是两个一起走的,不知道他在担心个什么。

温爸温妈累了,温照卿只好临时叫来一个代驾,先把他们送回家。

路上,温妈妈有些疲倦地说:"其实友谊也挺好的,小姑娘年纪轻轻就能在音乐上有所成就,那也一定是付出过比常人更多的辛苦。我看开了,好不好看也无所谓的,重要的是品质要足够好。"

"你听听你这个语气,好像人家女孩子多丑一样,也很好看的,只是没那么特别好看而已。哎,你不能以你的审美要求儿子。"温爸爸说道。

温照卿只是沉默地听着,没有搭话。

温妈妈推了老公一把,又说道:"不过我建议呢,以后生孩子还是看看男女,男孩可以生,女孩就不要了,万一长得……"

"你还来劲了?就那么丑?"温爸有些不耐烦了。

"反正是拖我儿子后腿的,我这是客观分析,客观的,你懂不懂?"

"不懂,不晓得你儿子多帅,非要找个天仙来配。"

"我哪里有要求让他找天仙嘛,我没有要求的好不好?再说天仙也没那么好找的,天线宝宝倒是满大街都是。"

温照卿抿了抿唇,心思完全不在天仙和天线宝宝上,他只想着,姜桃跑到哪里去了,她今晚就喝了半杯香槟而已。

话说回来,别人敬酒她为什么要喝?明明可以不喝,这也需要他教吗?

温照卿在温宅的客厅坐了一整晚,姜阿姨早上六点钟起床准备去买菜的时候,看到他在沙发上坐着,还吓了一跳。

"你干吗呢?"

"姜桃昨晚没回来。"

姜阿姨一愣:"她肯定是回家了啊?人家下班不回家还回单位,疯了啊?"

温照卿点点头,敷衍地"嗯"了一声,掐灭了手里的香烟,看到眼前的烟灰缸已经被插满了,便端起来走进厨房,倒进垃圾桶里。

他正准备去休息的时候,廖友谊突然来了消息,让他赶快回酒店一趟,她现在正在打车过去的路上。

温照卿抓起车钥匙夺门而出,姜阿姨骑着小电驴刚打开大门,就见他如离弦的箭一般飞了出去,扬起一阵微风。

姜阿姨踩着电瓶车的踏板嫌弃地皱眉,朝着他的车屁股喊道:"你可慢点啊!联合国找你去开会也不用这么着急!"

廖友谊几乎和温照卿同时到达。

廖友谊身上还穿着睡衣,她见到温照卿便急忙地跑来:"昨晚我带姜桃出来以后,她遇到了一个男性朋友,说要聊几句,还不让我等她,我就去跟别人聊天,喝多后直接回家睡觉了,醒来的时候手机没电,我就去洗澡卸妆,手机开机以后才看到你的消息。我刚好认识这家酒店的经理,他说记得昨晚和我穿一样衣服的女孩子和一个男人开了房……"她啰啰唆唆地说了一大堆,只有最后一句才是重点。

温照卿的脑子"嗡"的一声,他深吸一口气,说道:"你把她带走,就把她扔给别人了?"

"不是我扔,她不让我跟着她了啊!我能怎么办,她是成年人,她要做什么事我管不了的。"

理智地分析，这是有道理的，姜桃想做什么，不是廖友谊能左右的。

"现在的问题是，我们不知道姜桃是被占便宜还是自愿，我们要不要先报警啊？"

温照卿皱眉。

"照卿哥哥，报警吧，就说你员工被陌生男人拉走了，就这样说。"说完，廖友谊就要打电话，被温照卿一把按住。

"员工"这两个字如同当头一棒，把温照卿当即敲醒。如果姜桃不是自愿，她醒来后自然会报警，如果她自愿呢？他在这里算什么？

他觉得自己有毛病，每次都想好了，一定能放下，可每次都会被一点点事冲昏头脑。

"知道她在这里就行了，她醒了会给我回电话。"说完，温照卿便转身了。

廖友谊见他要走，气不打一处来，狠狠跺了一下脚："你怎么这么无情无义！好歹姜桃也是你半个家人，你就这么不管她死活？好，你不管，我管，我才不管礼貌不礼貌，我现在就去找我的闺密，如果她被人欺负了，我一刀捅死那个王八蛋！"

温照卿深吸一口气，又转身回来，迅速跟上来，一边走一边骂自己：嘴硬心软的废物！

廖友谊真是一路气势汹汹，跟着经理来到房间门口，砰砰砰地砸了几声房门，不等里面回应，就一把从经理手里抢来房卡，"嘀"的一声打开房门，随即推门而入："桃桃！桃桃！"

房间很大，入门后是个小型的会客厅，里面才是睡觉的地方。一进门，温照卿就看到了姜桃的高跟鞋东一只西一只地脱在地上。

廖友谊终于看到了姜桃，却意外地愣在原地，气势全无。

温照卿转个弯，也看到了姜桃，悬在喉咙的心也不知道是终于放下来，还是终于吐出来了。

只见姜桃迷迷糊糊地从被子里坐起来，头发乱糟糟的，眼睛也睁一只眯一只，惺忪凌乱地看着眼前的廖友谊和温照卿。她大概以为自己在做梦，犹豫了一下又躺了下去。

此时，赵星译从房间里的欧式大沙发上坐了起来，虽然衣服上有些褶皱，但很明显一夜没脱过，连衬衣都还在腰间披着。他一脸茫然地看看廖友谊，又看看温照卿，声音沙哑地问道："这是？"

这个声音才是让姜桃惊醒的根本，她忽地睁大眼睛，猛地坐起来，看看温照卿和廖友谊，又看看赵星译，眨了眨眼，一把抓起床头柜上的手机，看了一眼时间，怯怯地说道："还……没到上班时间……"

温照卿淡漠地看了她一眼，平静地转身离开。

廖友谊说道："那个，打扰了，我只是来看看你是否安全。"

她坐上温照卿的车，拉上安全带抱着肩膀，眼底的失望一扫而过。这个赵星译可真差劲，送到嘴边的鸭子都不知道张嘴，难道需要她帮忙扒光了扔进怀里吗？

真是一头蠢猪！

这完全打乱了她的计划！

这久别重逢的孤男寡女，烈火干柴的，他们俩不该酒后乱性吗？一个睡床一个睡沙发是什么意思？

赵星译既然答应她要让姜桃上钩，怎么不下手？怕自己那方面不行征服不了姜桃吗？

短短两分钟，廖友谊的心里已经写了大半个狗血剧本了。

廖友谊找人查了姜桃的过往，发现姜桃这小姑娘似乎没有什么过往，最讨厌的是，那四个孩子压根不是姜桃生的，她也没什么私生活不检点的料，唯一有过一段算不上感情的感情，也就是大学时候和赵星译那点事，她还因此被赵星译的女朋友打了一顿。

年轻时求而不得的美男子，就在她醉酒的时候温柔出现，她是怎么控制自己的？

廖友谊一言不发，表情狠戾，好像要杀人。

温照卿无意间扫了她一眼，问道："你还挺热血的，怎么？没有保护好你的好闺密，你感觉很失落吗？"

廖友谊差一点就脱口而出"对"，可她还是清醒了："可别这么说，我只是在生自己的气而已。"

温照卿把廖友谊送回了家,自己开车回家睡觉。

这一觉,直接睡到下午五点。

他醒来时,暴雨降至,乌云遮天蔽日,天空暗得可怕,仿佛有外星飞船就要着落一样。

姜桃、姜阿姨,以及温妈妈都在门外研究新买回来的蔷薇,讨论着这几株小花挨不挨得住即将到来的暴雨。

由于没休息好,温照卿的眼睛有些肿,他从冰箱里拿了一些冰块敷了敷。

"姜桃。"他站在玄关喊了一声,吓得姜桃一屁股坐在草地上,接着屁滚尿流地爬到他面前领死。

"先生!我来了!"

"你今天上班迟到了吗?"

姜桃脑袋摇得和拨浪鼓一样:"没有,绝对没有,姜阿姨能做证。"

姜桃身上穿的是姜阿姨的衣服,看来她是直接穿着礼服来上班,然后借了姜阿姨的行头。

温照卿换了一只手,开始敷另外一只眼睛,冷冰冰地说道:"跟我上楼。"

"哎!好嘞!"

她拍了拍屁股上的土,换上鞋子跟在他身后。

书房里,温照卿拉开抽屉翻腾了半天,最后拿出一张小小的内存卡扔到桌面上:"拿回去看。"

"啊?"姜桃愣了一下,从桌子上拿起那张内存卡,琢磨半天都没想明白自己家里有什么设备能把这玩意儿读取,"用你电脑看呗,我家里看不了。"

温照卿又把内存卡要了回来:"好,先不看。"

姜桃一脸莫名其妙,却又不敢多问。

"那个男的是谁?新交的男朋友?"

"那……"

她才开口说一个字,就被他直接打断:"我允许你下班了吗?我给你买礼服是让你跟我参加活动,不是让你去跟别的男人约会。"

"对不……"

"我不想听你说对不起,你每天犯错每天跟我说对不起,我是付你工资的老板,又不是你爸,有什么义务不停地原谅你?"

本来愧疚得低着头的姜桃,听到这话,立马吓得直搓手,眼泪也仿佛有开关控制一般,瞬间打开:"我知道错了!我下次再也不敢了!先生不用原谅我,就惩罚我,罚我多干活,少吃饭,实在不行,扣我一点工资,千万不要把我开除,我对灯发誓,以后再也不犯这样低级的错误!"

可是这一次,温照卿似乎是铁了心,不像以往,她一掉眼泪就心软。

"我又不是你男朋友,你跟我哭也没用,你觉得我会心疼你?"

姜桃抹着眼泪摇头:"我错了,对不起……我再也不敢了……"

"你除了会哭,还会干点什么?"

"我……呜呜,我会的可多了,我会开车,会看孩子,会干家务,会……吃饭……"

温照卿没有搭理她,只是冷漠地看着她哭,一直看到她把眼泪哭干,什么都哭不出来,彻彻底底安静下来。她像个犯错误的小朋友,站在书房中间,一动不敢动。

"其实你可以不用来我这里当司机了,能进到昨天那个场合的男人,应该也养得起你。"温照卿终于开口。

姜桃摇摇头,不吭声。

"怎么,你也知道他是在跟你玩玩?你也感觉得出来,他不会真心喜欢带着四个小孩的女人?"

这话说得可真刻薄,温照卿也许是气到了,他平时很少说这么刻薄的话。

姜桃还是低着头,支支吾吾道:"不是……其实……"

"别解释,我不想听。"

姜桃乖乖闭嘴。

"你听好,再犯一次错,你就自动从我眼前永远消失。"他面无表情地看着她,"砰"的一声把冰敷包扔到桌子上,"滚出去。"

姜桃皱眉，琢磨一下这个滚字，小心翼翼地问："真的滚吗？"

"滚也要我说两遍？"

"不用！我听懂了！"说完，姜桃一屁股坐到地上，继而躺下，然后开始认认真真地滚起来，滚到了门口，还举起手来拧门把手，调整姿势继续滚，然后关门。

温照卿被她气得太阳穴一跳一跳地疼，好不容易温从心不天天弄幺蛾子折磨他了，这又来一个。

温照卿从抽屉里翻出一个读卡器，把刚刚那张内存卡放进去，再插到自己电脑上，选择文件，开始播放。

这是他车内录像的内存卡，电脑上播放的就是当时姜桃醉酒后非要去山上兜风，又在车里哭哭啼啼占了他便宜的那一段。

他至今都无法判断姜桃是真的不记得他们俩之间是有过一夜的，还是故意忘记的，他想提醒她，想让她亲口承认，无论是哪一种，他都要知道真实的答案。

如果她不是故意忘记的，那她现在看到了，要怎么说？

如果她是故意忘记的，那她就可以滚蛋了，永远地滚蛋，再也不要出现。

昨夜一整晚，对温照卿来说实在有些难熬，他一夜未眠，想了很多，最终得出的结论是，他喜欢姜桃，特别喜欢，他在意姜桃，特别在意。

即便他的理智一直在告诉他，"温照卿"这三个字，不应该与这样一个糟糕的女孩联系在一起。

她的私生活乱七八糟，她喜欢撒谎，喜欢装可怜，用眼泪博取同情。她在他面前，似乎总是戴着各种运作的面具，可他还是被她给迷惑了。

他被这种迷惑操控着大脑，他三番五次迫使自己做回理智的温照卿，却又三番五次失败。

今天早上，假如，他是想假如，他真的亲眼看见她脱掉他送的礼服，和别的男人赤身裸体抱在一起，再假如，他有一把枪……

那么他已经是杀人犯。

房间门突然被敲响，他下意识地关了显示屏。

温妈妈站在门口，一脸担忧地看着他："儿子，小姜司机是不是脑子坏了？怎么好端端的非要滚着走路，刚刚滚下楼梯了……"

温照卿大惊失色：什么玩意儿？滚下去了？她怕不是个智障吧？早这么听话至于有今天？

他夺门而出，留下温妈妈站在门口发愣："我还没说完啊，滚到一半卡栏杆上了，被我和你姜阿姨拉起来了。"

温妈妈忽然发觉事情有些蹊跷，姜桃摔倒了他怎么这么紧张，这也太不像他的性格了，再一联想，他还给姜桃买了一件那么好的礼服……

她快步走到温照卿的办公桌前，回忆起儿子刚刚关显示屏的动作，低头寻找一番，看到开关，按了下去。

屏幕上正在上演限制级画面，一个女孩子不断地纠缠着一个男人，老母亲的心碎了一地，怎么说也到适婚的年纪了，还要靠看这种东西来缓解压力？难道是和友谊在一起，这方面不和谐？

正打算关屏幕时，温妈妈突然手一抖，哎？这个半裸背的女孩子看不清脸，可是这个男的，不正是她的宝贝儿子吗！

那那那……这女孩子是谁？

就在这时，女孩突然被温照卿按着往一边推，露出大半个侧脸。温妈妈定睛一看，嚯！这女的居然是姜桃！

温妈妈一口气差点没提上来，她哆嗦着关上显示器，木讷地走到房门口，又匆忙地下了楼。

这个温照卿，难道在搞什么脚踏两条船的事？在温家，这可绝对不被允许！

再说姜桃可是当妈的人，温照卿这不是胡扯吗？虽然视频上看起来，是姜桃一直在主动纠缠，他只想躲开，可姜桃如今还在这里，就是他对这段关系纵容的铁证！

此时，姜桃正坐在沙发上揉脑袋，姜阿姨笑得不行，温照卿环着双臂冷眼看着。

温妈妈一鼓作气冲到姜桃面前，二话不说，上来先给姜桃一嘴巴，当即把姜桃打傻了。

温照卿愣了一瞬,立刻上前抱住自己的母亲:"妈!你干什么!"

温妈妈气得直发抖,回身又给温照卿一耳光。

她指了指姜桃,气急败坏地说道:"你你你……你一个有家室有孩子的女人!你勾引我儿子干什么?他的女朋友可是你的闺密!你怎么是这种人?你怎么可以这么下作?我告诉你,我不会让你在这里教坏我儿子!你给我滚!"

说完,她又指着自己儿子恨铁不成钢地骂道:"你到底遗传了谁!年纪轻轻学什么不好!学人当渣男!我怎么生出你这种小孩的!你不是我生的!你爸爸也生不出你这种坏孩子!"

"阿姨,您是不是误会了什么?"姜桃捂着火辣辣的脸颊,一脸委屈,"我和先生很清白,就是普通的老板和员工……"

"你你你,别跟我说话,你滚,滚出我家!"

温妈妈还在跃跃欲试地要打姜桃,却被温照卿牢牢捆住,他看了一眼姜桃,冷着脸把母亲推上楼。

回到房间,温照卿反锁房门,堵在门口。

雨便是这时候开始落下的,下得很急,还有愈演愈烈的气势,不过是上个楼的时间,已经大雨如注,在房间里可以听到清楚的落雨声,伴随着风,不断拍打在窗上。

温妈妈气得直哆嗦,又上来给了他胳膊两拳:"如果被人知道了多丢人!我不要求你找门当户对的,就找个人品好一点、本分一点的,能和你白头偕老的!你怎么乱来!"

"你动我电脑了?"

"动又怎么样!"温妈妈推了温照卿一把,"滚开!不要挡着我!我要打死这个坏女人!我要把她赶出去!"

温照卿深吸一口气,沉住性子,尽量让自己的语气听起来还是那个爱妈妈的好儿子:"不可以。"

"不可以?你还维护那个姜桃?你为了一个那样的女人和你妈妈这样讲话?"

"是,我在维护她。"温照卿磊落地承认,丝毫不惧母亲的怪罪,"你可以打我,但是你没有权利去打和管教别人家的孩子。"

温妈妈很震惊,要知道,在此之前,温照卿是绝对不会说出半点忤逆她的话,最多是沉默。

"还有,姜桃现在是我的人,我不允许任何人,动手打我的人,母亲也不行。"

温妈妈这回是提着一口气,好半天才喘匀:"你清醒一点吧儿子!"

"我很清醒,另外我补充一点,我和廖友谊不是男女朋友关系,我很早就告诉过她,我跟她不合适,我不喜欢她,所以这事儿跟姜桃也没关系。"

温妈妈迟疑了一瞬,反倒觉得这是个好消息。

"那姜桃,已经身为人妻,生过好几个孩子,你能接受?"

温照卿抿了抿唇,一时间不知做何回答:"你别管了,你也管不了。"

他打开房门,准备去看看姜桃,临走之前又看了一眼母亲:"别再动她,不然我也会生气。"

温照卿来到楼下时,姜桃已经回家了。

他看了一眼手表,不禁皱眉:"她早退?"

姜阿姨撇撇嘴:"早什么退,那不是被你们赶走的吗?一个两个让人家滚,人一小女孩,没自尊心的吗?老板和老板的娘都发话了,她只能滚了呗。"

她阴阳怪气的语气惹来温照卿的侧目。

姜阿姨才不怕他,又说道:"你当初哇,就该找个男司机,干吗找个女司机,你说说,这不是给自己找麻烦吗?"

见温照卿挑眉,一副要发脾气的样子,姜阿姨还是为两人的友好关系做了让步:"我不是让你换司机,再说我让你换你也不会听,我只是说啊,做人嘛,早知现在,何必当初。搞不好,姜桃要离职喽。"

温照卿看了她几秒,不悦道:"你觉得能吓到我?我缺她一个司机吗?"

姜阿姨撇撇嘴,一边拎起地上的垃圾桶往厨房走,一边说道:"哦,我刚刚表达有误，姜桃不是因为伤了自尊心才走的，她接了个电话，就急匆匆地跑了。她说那个礼服不知道怎么还，就放在我房间，让我叠好了还给你。"

"不用了，不是租的。"温照卿冷冰冰地说完，拿上车钥匙直接出了门，甚至连鞋子都没换，雨伞也没打。

他顶着雨跑进车库，随便抖了两下头发，直到坐进劳斯莱斯里时，才注意到自己穿了一双不该开车上路的拖鞋。他不打算换了，有点浪费时间，启动车辆后，缓缓驶出温宅的大门。

雨真的太大了，路面上的可见度不足十米。

温照卿在温宅的大门口没有见到姜桃，刚准备往前开，就看到不远处的公交车站台下站着一个瘦瘦小小的身影，一只手提着鞋，一只手举着伞。

他刚要靠过去，后面飞快驶来一辆公交车，赶在他之前停靠在车站。然后姜桃就不见了。

温照卿跟上那辆公交车，和它并排行驶，他再次看到了姜桃，隔着玻璃和大雨，显得有些模糊。她在后车门的靠窗位置坐下，头轻轻靠在车窗上。

温照卿鸣笛几次，司机压根不搭理他，姜桃也没什么反应，他干脆一脚油门窜到前面，逼停了公交车。

他打开车门，抽出车内自带的雨伞去拍公交车门。

司机大叔打开车门，气呼呼地骂了一句："有没有搞错啊！劳斯莱斯你不开！跑来坐公交！脑子有问题了？"

温照卿活这么大还没人这样骂过他，可现在即便被骂了，他也没理由还嘴，本来就是他的错。他低沉沉地说了一句"不好意思"，打开手机的二维码，扫了半天才扫对地方，"嘀"的一声，付款成功。

姜桃还以为自己眼花，使劲揉了揉眼睛，诧异地看着一身居家服，却提着一把昂贵的黑色长柄伞朝自己走过来的温照卿，她再往下看，这人居然还穿着拖鞋！

她抹干净脸颊上的泪水，正襟危坐："先……先生。"

温照卿来到姜桃身边的空位上坐下，黑色的劳斯莱斯的长柄伞如同一把肃穆的大宝剑，立于他双腿之间。

若不是当下环境不对，姜桃还想说这造型挺酷的！

温照卿沉默片刻，忽然转过头，盯着她红肿的半边脸，还有红彤彤的眼睛，说道："你早退了。"

"啊？"姜桃愣了一下，"哦，那个，对不起，我家里有急事。"

"我说过不想再听你道歉。"

姜桃无可奈何，这不道歉还能干吗呢？难道要理直气壮地说：对，老娘就是要早退？

"先生，你看起来好像在无理取闹。"

温照卿握着伞柄的手指微微紧了紧，云淡风轻地狡辩："我有理。"

对对对，你最有理了！您叫温有理。姜桃扭头看向窗外，看来他在这滂沱大雨的夜晚追车的唯一目的就是和她抬杠。

"老板在跟你说话，你扭头看窗外，你是不把我放在眼里吗？"

姜桃猛地回头，眼睛瞪得像灯泡，仿佛下一秒就要对他咆哮是不是想死。

然而她什么都没来得及说出口，温照卿就已经及时转移了话题："脸还疼吗？"

幸好姜桃当惯了司机，刹车刹得及时，这突如其来的关心实在让她受宠若惊，毕竟上一秒他还盛气凌人地教训着自己。

温照卿说完，还用指背轻轻碰了一下她的脸颊，湿湿凉凉的，不知道是雨水，还是未干透的泪水。

姜桃已经从惊讶转为惊恐，不知道为什么，她能感觉他做这个动作很自然，自然得好像他们已经相爱了一百年。

"你疼吗？"她反问，毕竟他也挨了一巴掌。

温照卿没回答，他收回手，继续握着雨伞，有些愧疚地说："我为我母亲的鲁莽行为向你道歉，她并不是蛮不讲理的人，只是特别……"

"没事！"姜桃挤出一个甜甜的笑容，仿佛一笑能解千愁似的，"我知道阿姨不是蛮不讲理的人，平时对我也跟自己家小孩儿一样，她可能只是误会了。这要是真事儿，她打得也没错，她是在教育我们年轻人不要做错事，再说，阿姨不也打你了嘛，爱之深责之切。"

"嗯。"温照卿也笑了笑，"你这嘴巴，真是很甜，当小司机可惜了。"

姜桃对着他温柔的笑容出神，好不容易才将视线从他脸上移开，本来很糟糕很难过，可是他对自己一笑，连道歉和解释都不需要，她就觉得一切都变好了。

"是吧？"姜桃回神后憨憨地笑了两声，"我也觉得，就我这个形象，我这张嘴，不去联合国登台演讲都浪费了。"

温照卿挑眉，撇撇嘴。

介于两人今天一直不怎么愉快，姜桃不敢像平时那么放肆，也不敢随便没话找话，生怕哪一句没说对又触到他的逆鳞。

姜桃不想失去这份工作，不仅仅是她需要钱那么简单。

公交车在暴雨里缓慢地前行，车里开着空调，加上路人不断地上下带进来很多雨水，车厢里湿漉漉的，潮气像胶布一样黏在身上甩不掉。

在丁和路站，上来一个提着小布袋子的老太太，她正努力地把折叠雨伞往袋子里塞。

姜桃连忙起来让座："阿姨，坐我这里，我还有三站就到了。"

今天是温照卿第一次坐公交车，没有坐公交的经验，也没有让座的经验，一时间没反应过来。

姜桃起身后，他也跟着起身，阿姨没有说谢谢，就当这是一件理所应当的事情："哎，年轻人就该多站会儿，当锻炼身体了。"

姜桃倒没说什么，什么样的老年人她都见过，有礼貌的没礼貌的，她不计较这些，她也不是为了拿奖章才起来让座的。

可温照卿不高兴了，他一把将姜桃按回位置上，自己也坐下，面无表情地抬眸，看着这个老太太，不客气道："她还年轻，不需要锻炼。您多锻炼锻炼，更容易长命百岁。"

"你说的这是什么话？"老太太不乐意道。

温照卿一手轻轻按在姜桃的膝盖上，另一只手拄着自己的黑伞，不屑道:"优美动听的普通话,你怎么听不懂?那我还可以说粤语、潮汕话、客家话、英语、韩语、日语、阿拉伯语,你想听哪种?"

"你这个年轻人一点公德心没有!不懂尊老爱幼。"

"我六十岁了,保养得好,没看出来吧?"

阿姨嘀嘀咕咕地骂了一大串,走到前面去了。

姜桃这会儿的表情比刚看见他出现在公交车上震惊多了,那会儿还只是看见温照卿,现在像是看见了外星人。

她实在不敢相信一向绅士有礼的温照卿会在公交车上和一个老阿姨拌嘴。

温照卿倒是不以为然,他压低声音对姜桃说:"不要理这种倚老卖老的人。"

"哦,好的,六十岁的温爷爷。"

温照卿挑了下眉头,没有深究。窗外的暴雨仍在持续,两个人安静了一会儿,忽然同时开了口。

"你韩语是跟姜阿姨学的吗?"

"昨晚跟你一起过夜的男人是谁?"

有温照卿的对比,姜桃的这个问题就显得过于低级,毫无意义。

"回答我。"

"一个学长,不是男朋友。"姜桃不知道这样回答是不是对的,可能大概也许是对的,因为温照卿后来再也没提过这事儿。

公交车到了姜桃家的这一站,温照卿先她一步下车,却一脚踩进膝盖深的雨水里。

看来这个路段积水很严重。

温照卿撑开雨伞,让姜桃拿着,然后指了指自己的后背:"上来。"

姜桃觉得这样不妥,只是雨水而已,就算是背,也该她背老板,怎么能让老板背她呢,他的脚丫子比她珍贵多了。

她摆摆手,不肯上去,正准备一脚踩进水里,忽然身上一轻,整个人被他从正面抱了起来。她下意识地盘起双腿,紧紧夹住他的腰身,趴在他耳边低声惊叹:"哎呀!"

姜桃想下来，他却一把托住她的屁股，凭着记忆朝她家的方向走去，而她唯一能做的，就是帮他打好雨伞。

她告诉温照卿，最好离公交站牌和电箱远一点，这毕竟是老城区的旧街道，搞不好就会漏电，反正每年都会有人在暴雨的时候触电身亡。

这个友情建议温照卿接受了，好在积水的路段并没有很长，等到了地势高一点的地方，他便主动放姜桃下来。

姜桃红着脸说了声"谢谢"，打开自己弱不禁风的小雨伞，把坚挺的黑伞递给温照卿。

温照卿把姜桃送到楼下，隔着一段距离看她打开单元的门锁。

隔着雨帘，姜桃大声问道："要不你还是上来坐一会儿，雨停了再走？"说得好像她们家有坐的地方可坐似的。

温照卿潇洒地摆摆手："晚安。"

温照卿觉得自己应该打个车回去，可是现实情况不容乐观，这滂沱大雨电闪雷鸣的，出租车显得十分炙手可热，加上这个路段有积水，能打到车的希望就更加渺茫了。

温照卿在路边站了一会儿，抬头看头顶这把劳斯莱斯的雨伞，它自己可能都没想过这辈子能淋上这么大的雨吧。

十分钟后，姜桃的家门被敲响。姜桃抱着发烧的四宝来开门，见到门外挂着黑伞的温照卿，他面色从容，保持着以往高冷且斯文的风度，丝毫不见半点尴尬，即便他们两人都知道，他是反悔才来的。

"我……"温照卿迟疑了一瞬，"拖鞋丢了一只。"

姜桃看过去，果然，那双黑色的皮质拖鞋这会儿只剩一只，另外一只脚是光着的，裤腿湿漉漉地贴在腿上，沾了水的布料变成深灰色，和大腿以上的浅灰色形成鲜明对比，不仔细看，还以为他只穿了一条短裤。

这是她极少在他身上看到的狼狈。

姜桃赶紧让温照卿进来，顺手关上门："快进来吧。"

床上有三个小朋友，一个个都瞪着好奇的大眼睛打量他。

二宝先开口叫人："叔叔。"

大宝宝觉得叫叔叔不太好，改了个称呼："哥哥。"

三宝以为这是一个别出心裁的比赛,叔叔哥哥都被叫了,于是叫道:"爸爸!"

姜桃给了三宝后脑勺一下:"乱叫什么,还爸爸,怎么不叫爷爷……"

温照卿没有太多和孩子相处的经验,在地上找了块干净的地方坐下来,接过姜桃扔过来的不知道应该算毛巾还是抹布的东西,在腿上有一下没一下地擦着。

"他们都叫什么?"温照卿主动问起小朋友的名字。

"哥哥问你们叫什么呢!"姜桃走到杂乱的桌子旁,准备找个像样的东西给他倒杯水。

"我大名叫姜大宝,小名叫大宝。"大宝自告奋勇先自我介绍。

二宝拍拍自己的小肚子,说道:"我大名叫姜二宝,小名叫二宝。"

三宝已经重新把注意力投入到自己的玩具里,心不在焉地回答道:"我是姜三宝,是姜、三、宝!不是吉祥三宝哦,我小名是三宝。"

姜桃抱着孩子不方便,一不小心差点把手里的碗给打碎。幸好温照卿手疾眼快,从下面一把接住,又把碗放了回去:"你怀里这个呢?叫姜四宝?"

说实话,姜桃家里虽然穷,吃得也不好,但是孩子们倒是都吃得挺饱的,四宝这个体重在她怀里属实是重。

她往上掂了一下四宝,干脆不给温照卿倒水了,她慢吞吞地坐下来:"四宝多难听啊,大名叫姜四喜,小名叫四宝,我一般叫小宝。"

温照卿无暇顾及四喜和四宝哪个更好听,因为大宝二宝三宝也没好听到哪里去,这名字起得跟闹着玩一样,他只在意一点,这几个小家伙,姓姜:"跟你姓?姓姜?"

姜桃理所当然地点了下头:"相信我,没人比我更希望他们不姓姜了。"

"睡着了为什么不放下?"他看了看四宝,也觉得姜桃抱着吃力。

"没睡踏实,发烧了,一会儿睡实了就放下了。"

温照卿点点头:"严重吗?需要去医院吗?"

"哎呀,不用,小孩儿感冒发烧很正常。我回来之前,房东阿姨已经喂过药了,烧得严重了再说。"

温照卿不再说话,姜桃告诉他哪里有水,想喝的话自己起来倒一下。他也没起身,只是在她身边安静地坐着。

这几个小家伙出奇的安静,各玩各的,房间里只有一点点玩具碰撞的声响,剩下的便是外面的簌簌雨声。

"姐姐,你今天怎么没带早饭回来?明天早上我们吃什么?幼儿园的老师说,早饭很重要。"大宝玩着玩着,突然想起这茬,一本正经地向姜桃发问。

"啊……我回来得太着急,忘了,明早给你们买包子。"

"我喜欢包子!"三宝说道。

"姐姐,我还是喜欢姜奶奶的炒肉丝!"二宝说。

孩子们突然有了话题,变得叽叽喳喳起来。姜桃觉得他们太吵,让他们闭嘴。

温照卿一脸的不可思议,他看看这几个小孩,再看看姜桃,有些难以置信:"姐姐?不是妈妈?"

姜桃疲惫地叹了口气,生气道:"给我闭嘴!"

一下子,房间里鸦雀无声,连温照卿都识相地抿紧嘴巴。

姜桃瞪了床上那三个小家伙一眼,转头看向温照卿,发现他也把嘴闭得严严实实,当即尴尬地解释:"我说他们,让他们闭嘴,不是你。"

四宝在她怀里醒了,作势要哭,她连忙在四宝屁股上又拍了拍:"好好好,姐姐不凶,别哭,别哭哈,哭的话就把屁股打开花!"

"我连男朋友都没有过,怎么生啊?在地里种孩子啊?不过就算不是我生的,那长姐如母,和我生的没区别,你看看这跟我自己生有什么区别。"姜桃故作轻松地说道。

他不禁皱眉,怎么今天得到的讯息和以往的都不一样呢?

"没男朋友?没生过孩子?那你之前……"

姜桃无奈地笑笑:"之前我也没说我生了孩子还有男朋友啊,我一说我家里有孩子,别人就觉得我当妈了,看见一个男的和我说话,就说是我男朋友,我有什么办法,随大家去说吧,解释这些没用,浪费口舌。"

温照卿回忆了一下，姜桃好像确实没亲口说过她有男朋友，也没说过孩子是她亲生的。他还问过她老公呢，她当时回答的是，没有老公。

温照卿觉得胸口有一点紧，他忽然想到廖友谊，皱眉问道："那我那次在饭店遇到你和廖友谊那次呢？就是祁淇和从心也在的那次。"

意识到自己说错话的姜桃身体忽然一僵，她把这个事儿给忘记了！

她咬着嘴唇语无伦次好半天，只能硬着头皮尴尬地傻笑："哈，哈哈……哈哈哈……我把他给忘了，那个……他确实是我男朋友。"

"他叫什么？做什么的？多大了？"温照卿一连串地发问。

姜桃大脑飞快地运转着，可是回答的时候还是有点结巴："叫叫……叫林晓东，做……做生意的，二十八岁！"

温照卿挑眉，冷笑一声："做生意的？他戴了一块三百多万的手表，可不是做一般生意的。这种人要是你的男朋友，还会让你住在这里？"

"三百多万？"姜桃惊呼，"那那……那他是搞工程的，我又不是傍大款的，他有钱关我屁事……"

其实温照卿并不记得那个男人戴了什么表，他只是在诈她而已。

事情到这里，他已经看懂了七七八八，只是还有一个疑问。

"你还记不记得在绮云山上的事？"

姜桃一脸茫然，接着又一脸了然："听说我让你拉我去兜风了……"

看她的样子像是真的不记得，神色之间没有半点躲闪。

温照卿沉默半响，问道："你经常酒后乱性吗？"

话音刚落，姜桃就一脚踹在他的小腿上："我呸！人家还是小姑娘！你个老流氓！"

"你踢我？"

"对不起……"

这时，三宝突然尖叫一声，给了二宝一巴掌，二宝生气地摔了三宝的小汽车，在房间里弄出很大声响。

后来，姜桃和温照卿谁也没再提这些，雨一直淅淅沥沥地下，孩子们一个个爬上床，大宝"贴心"地把灯关上，留下在黑暗中若有所思的两个成年人。

·第十五章· 守护她爱的人

夜里十一点多的时候,姜桃压低声音,慢慢靠近温照卿,问道:"你没有吃晚饭,会不会饿?"

"你也没有吃。"温照卿也压低声音说。

姜桃摸了摸肚子,她既然这样问,必然是饿了。

"有一点点,我家里也没什么能吃的,不然,我给你冲一点奶粉吧?"

温照卿扑哧笑出声:"我不喝。"

姜桃觉得他是嘴硬,不好意思说喝小朋友的奶粉,爬起来摸黑冲了两碗,小心翼翼地端给他。

温照卿接过来放到手边,姜桃倒是吸溜吸溜地喝起来。空气中弥漫着一股甜甜的奶香味儿。他终于知道姜桃身上那股奇怪的清甜味道里面到底混淆着什么,原来就是奶粉味。

他闭上眼睛静静地靠着墙,脑子里像放幻灯片一样,全是与她有关的过往,他一件件一桩桩地仔细琢磨起来。

从相遇之初,姜桃在他眼里的人设就是有瑕疵的,所以他轻信了一些不属于她人生的事实。

再仔细想想,姜桃若真是那么不堪的一个女孩儿,她又怎么肯放过自己这条大鱼。

温照卿沉默得太久,呼吸也格外均匀,姜桃以为他靠在这里睡着了。

姜桃家里只有一台孜孜不倦的小风扇,一家子人,暴雨又不能开窗,闷热得要命,加上刚刚喝完热奶粉,这会儿也出了一身汗。她静悄悄地拿起一身换洗的衣服,去洗手间里简单地冲了个凉,回来时,黑暗中的温照卿仍旧保持着刚刚的姿势。

她坐下来擦头发，看了几次他的脸都看不出任何表情，便靠近了一些，想看看他到底是不是睡着了，如果不是，外面雨停了，他可以回家了。

周围黑漆漆的，她一不小心，手指一下子插进他的奶粉碗里，低声惊呼。

温照卿猛地睁开眼，就看到近在咫尺的姜桃，他本能地一把将她抱进了怀里。

心快跳到嗓子眼的姜桃，这下子直接被心脏把天灵盖顶开，她无法分清是自己胸口在轰隆作响，还是脑子里面在震动发出天崩地裂的声响，总之很响。

日思夜想的温香软玉在怀，饶是冷静绅士如温照卿也会心猿意马起来。

"温先生。"姜桃小声叫他，提醒温照卿应该放开自己。

"嗯。"温照卿沉声应和，半点松手的意思都没有。

无奈之下，姜桃只好强行从他怀里挣脱出来："我不想这样。"

她像一个小蘑菇，悄无声息地蹲回角落里。

"真不想吗？"温照卿反问道。

黑暗之中，犹豫过后的姜桃坚定地点了点头："是的。"

温照卿嘴角微微勾起，笑容显得有些落寞，随后起身，站在窗口往外看。雨停了，他该走了。

那一只拖鞋他都不要了，就光着脚走出姜桃的家门。离开之前，他问了最后一个问题："你的工资不够用吗？为什么你过得……"

"够。"姜桃打断他，压低声音主动解释道，"我爸妈死之前欠了一些外债，等我还完了，就会过得好了。"

姜桃这一晚几乎没怎么睡，脑海里翻来覆去都是温照卿的那个拥抱。坚定而有力的臂弯是那么迷人，可惜，自己是配不上它的，它也有它另外的女主人。

温照卿先打车去找车，再开车回到家已经是将近半夜一点，本就睡了一整天，加上晚上得到这么多重要信息的温照卿，自然也睡意全无。

他一个人在厨房找吃的,煮了一袋拉面,再从冰箱里拿出两盒泡菜,准备将就吃一口。

楼梯间传来窸窸窣窣的声响,接着便是从心迷迷糊糊的声音:"爸,才吃饭?去哪里了?"

"散心,你怎么醒了?"

"我想喝水,晚上姜老太太做的菜咸了。"

温照卿放下筷子,起身去厨房给他倒了一大杯温水:"吃面吗?"

"不吃,我去睡了,明天还要晨跑。"温从心端着水杯咕嘟咕嘟地喝了两大口,端着剩下的上了楼。

温照卿吃着面,目送从心回房,看了一眼腕表,换做以前,这个时间从心刚刚蹦迪回来。爱情的力量还真是伟大,看来以后温从心不用叫"蹦迪小王子"了,可以改名叫"养生帅小伙"。

吃饱喝足,温照卿在沙发上坐了好一会儿,拿出手机打开微信,给姜桃发了一条信息:【你为什么还不睡?】

姜桃秒回复:【我已经在打呼噜了。】

温照卿看着屏幕上的字微微愣了一下,忍不住往上翻了翻聊天记录,看来自己以前真是冷漠得令人发指。她之前明明挺想跟自己聊天的,但每次都被他这个话题终结者给早早结束。

吃完饭,温照卿回到二楼,走进自己的衣帽间,双手杵在玻璃柜上,皱着眉头看着里面的手表,正中间的表盒里,刚好缺了一块。

不知道为什么,温照卿从一开始就很笃定那块表不是姜桃拿的。

若她拿了,再随便找个人卖掉,现在的生活都不至于如此,看到她过得如此心酸,他反倒希望是她拿的。

温照卿拉开衣柜,抽出一个抽屉,看到当初廖友谊送他的两枚钻石袖扣,放在手心把玩了片刻,又放了回去。

房间的门把手突然被拧动,温照卿探出半个身体去看,正好看到母亲小偷一样往里面偷偷看。

"你干吗?"温照卿问道。

温妈妈吓了一跳,拍拍胸口:"我以为你离家出走不回来了。"

"离家不可能,除非是出家。"

温妈妈气得一跺脚:"不行不行!出家坚决不行。我不让你朝三暮四,你就出家,这是威胁我。"

"我没有威胁你,我也没有朝三暮四,从始到终我就只喜欢姜桃一个人,我跟廖友谊之间清白得就像你跟姜阿姨。"

"我呸!这是什么比喻?"

"在我眼里,廖友谊和我同性。"

"可是那个姜桃她都结过婚生了四个孩子,拖家带口的,人家老公能放过她吗?"

温照卿现在心情很好,也很有耐心跟老妈聊这个事情。

他随便拿了一条居家裤出来,扔到床上:"只要我想要,她老公又能怎么样?"

"哎呀,你跟谁学的这一套?这多不道德啊?啊,人家好好的得罪谁了,你要弄得人家妻离子散,你缺不缺德啊?你死了都要下地狱,我跟你讲。"

"她没老公,再说孩子也不是她生的,她是姐姐。"

温妈妈疑惑地"嗯"了一声,一时间不知道该不该信:"我是蒙了,不知道该不该信,反正我不喜欢那套选个儿媳妇还要调查背景的,好像我们图人家什么,家人之间如果连起码的信任都没有,那就干脆不要进一家门。你看看你大嫂,你看看我们是多信任她的,整个日本的业务现在都在她手里,以前我也没调查过她啊,现在一想到我可能要去查一查我的小儿媳妇我就……"

她说了一半不说了,只顾着叹气。

温照卿对自己母亲还是有一点了解,她这个人多少有些固执,父亲也是。但凡母亲能像别人家那些有心机的老太太一样看淡豪门里的这些乱七八糟的事情,可能就不会为这点事犯愁。

"你别操心我的事,管好你自己就行。"

"我怕你出家。"温妈妈翻了个白眼。

温照卿笑笑,指着门口说:"出去,我要换衣服,你再去睡一会儿,还有，记得跟姜桃道歉。"

温妈妈不情愿地摸了摸自己的脖子，硬生生挤出一个委屈的双下巴，像受气包一样，离开了。

早上九点，绮云酒店门外，身着白色连衣裙的廖友谊夹着限量版的手包，踩着十厘米的高跟鞋从酒店大堂走出来，身后还跟着一个高个的年轻男人。她招手叫来一辆出租车，把身后的男人抛诸脑后。

男人摸摸后脑勺，有些无语，从来没见过这么干脆利落的女人，说一晚就一晚，早上醒了就不认人。

她打车直奔赵星译的律所，进入办公室仿佛回自家一般自在。

赵星译冲好的咖啡放在桌子上一口没动，她毫不见外，端起来就往嘴边送，喝了一小口后皱眉："加这么多奶和糖？你是乡巴佬吗？我送你这么好的咖啡，你这么浪费？"

"你送的还在柜子里，这是公司采购的。"赵星译无奈地摇摇头，坐进自己的办公椅，拿起手边的三明治咬了一口。

廖友谊在沙发上跷起小腿，杵着下巴歪头看他："你老婆连早餐都不给你做吗？"

"廖小姐……"

"啊！"廖友谊打了个响指，笑道，"我想起来了，你老婆挺着六个月的大肚子呢。"

"廖友谊。"赵星译的语气变得不客气，态度也急转直下，不似平日里谦谦有礼的模样，"你适可而止。"

廖友谊不以为然地耸耸肩："怎么，人脉到手了，你就让我适可而止了？你别忘记，水能载舟，亦能覆舟，是因为我的引荐，你才认识那些上流人士，你才有机会为他们打官司，你才能接大项目赚大钱赢大名气。当然，我也可以让这些东西消失，让你的生活，回到以前那么平庸，一个靠岳父才能勉强混下去的倒插门女婿。"

赵星译被廖友谊戳到了痛楚，他扔下手里的三明治，不悦道："答应你的事我已经做到了，和姜桃共处一室一整夜，你还想怎么样？"

廖友谊轻轻撇了下嘴："我觉得，我的付出没有获得对等的回报。"
"你要什么样的回报？"
"我要你追求姜桃，当她的男朋友，然后，把她骗上床。"
"姜桃做了什么对不起你的事，你要这么对她？"赵星译实在不理解这个奇怪的女人的奇怪想法。

廖友谊不以为然地冷笑一声，靠进沙发深处，语气轻快地说道："她做了不该做的事，我这个要求不算过分，对你来说也不难。如果你不愿意的话，也不用太勉强，大不了我收回人脉。"

赵星译冷笑："人脉如何收回？"
"很简单，我只要对身边的人说赵星译律师两边拿钱……"
"你在威胁一个律师？"
"哦，不，我在和一个律师谈判。"廖友谊莞尔一笑，纯良无害，起身端着那杯咖啡送到他面前，半个屁股坐在他面前的办公桌上，"你的婴儿咖啡还给你。现在，给姜桃打电话，约她见面，让她动心，越快越好，刚好我有个表亲最近要打离婚官司，我那个表亲是鼎盛时代的老总。"

赵星译咬着后槽牙，别无选择，只能接受，他极不情愿地掏出手机，翻到姜桃的号码，当着廖友谊的面拨通。

"喂，桃桃，是我，你今天晚上有空吗？"赵星译抬起眼皮扫了一眼廖友谊，语气渐渐温柔，"前天晚上的误会没有给你带来麻烦吧？我想当面给你道个歉。"

廖友谊满意地轻挑了一下赵星译的下巴，夹着自己的限量款包包潇洒离开。

姜桃请了一天的假，她给温照卿发信息时，眼睛肿得像两个核桃。她没有哭，只是熬夜后就会这样水肿得厉害。

小宝精神了许多，但还有些低烧，房东阿姨一家今天白天要去参加婚礼，她得在家看护这个小家伙。

她给温照卿发信息请假时，以为他会不理，或者生气，没想到他答

应得很痛快,甚至还友好地说:【如果需要用车,可以来家里开走一辆。】

姜桃发了一个笑脸:【不用。】

医院离这里不远,姜桃走路就能去,再说温照卿的车都贵得离谱,真要剐蹭了,那可有的算账了。

小宝的额头上贴了退热贴,她总是用手指去抠。姜桃放下手机打了她一下,吓唬道:"再抠我把你手剁掉。"

"姐姐,那我还会长出来新的手手吗?"

"不会!"

"姐姐,那耳朵被剁掉的话,是不是也不会长出来了?"

姜桃一边叠着衣服,一边心不在焉地应道:"嗯……"

她猛地回过神:"谁的耳朵要被剁掉,你在哪里听到这种话的?"

小宝被姜桃激烈的反应吓到了,本能地用小手捂住嘴巴,瞪着两只圆溜溜的大眼睛怯怯地看着她。

"你捂嘴干什么?我问你话你怎么不敢说?"

姜桃对自家小孩还是很了解的,这绝对不是小宝会无心说出来的话。

她拉开小宝的手腕,用手指轻轻捏了捏她的小脸蛋儿,尽量让自己看起来温柔又有耐心,笑盈盈地问道:"你什么意思,姜四喜,咱俩不是好朋友了?你还有小秘密瞒着我?你不够意思啊!"

"才不是呢!才不是这样!"小宝红着脸紧张地否定,"我很够意思!我是在保护你!你这个笨姐姐!"

姜桃抿了抿唇,越发觉得事情不对劲儿,于是循循善诱道:"姐姐都是大人了,为什么需要保护?再说了,咱们不说好了,以后有福同享,有难同当吗?你想一个人偷偷当英雄?"

小宝说不过她,还被她说得直发蒙,急得快跳起来,小拳头在床上用力砸出一个声响:"才不是呢姐姐!是爷爷不让说!"

"什么爷爷?哪个爷爷?你有了新朋友,居然不跟姐姐分享?"

"就是和园长奶奶一起的爷爷。"

"那,爷爷都跟你说什么了?你要是告诉我,咱们还是好朋友。"

姜桃继续循循善诱。

"爷爷说……不可以让别人知道他对我做了什么，不然就切掉我的耳朵，如果告诉姐姐，就把姐姐的耳朵也切掉。姐姐，你要假装不知道哦！"

姜桃的脑子里"嗡"的一声炸开了花，她按倒小宝，一把扒掉她的衣服，然后两腿一软瘫坐在地上。

她给小宝穿好衣服，抱起她就往医院跑，路上还哭着给祁淇打了一通电话，语无伦次地说了一大堆。

祁淇也没听懂，她正在直播，不能跑出来，可姜桃又说不清楚发生了什么事。所以，祁淇在挂断电话以后，给温照卿发了一条信息：【姜桃怎么了？哭哭咧咧的，你俩打起来了？还把她打进医院了？】

温照卿今天有一场很重要的会议要参加，此时他正在会议室里听报告，手机响起时，他没有第一时间看，过了几分钟后，才抽空扫一眼。

他看到是祁淇的信息，不禁皱眉，正常情况下，祁淇是不会和他联络的，除非遇到了什么不正常的情况。

他划开屏幕看了一眼，当即从真皮座椅里起身："抱歉，我家里有些突发情况要去处理一下，你们继续。"

合作公司的项目经理立刻起身跟了出来："温总，安东尼很难抽空来中国，这是咱们唯一的机会，您现在的意思是？"

"这个世界上又不止一个安东尼，没关系。"温照卿拍拍对方的肩膀，释然道，"你们继续谈，这个项目我放弃。"

他下了电梯开始给姜桃打电话，打了几次都是占线状态，再打，关机。

姜桃刚刚给赵星译打过电话，话还没讲完，手机就没电了。

天真烂漫的小宝什么都不懂，医生让她爬上床，她就乖乖地爬上去，还伸手去摸医生口袋里的钢笔，奶声奶气地问道："阿姨，你有两只手，为什么要用三支笔？"

"因为阿姨的脚脚也会写字呀！来，小朋友，咱们检查一下身体，不会痛的哦！"

检查完毕，姜桃把小宝放在地上，让小宝自己活动活动，她坐在椅子里听医生讲。

"一会儿你去交钱,把这个交到检验科,拿到结果以后来找我。"

姜桃按着医生的话去做,领着小宝在医院里快步穿梭。

小宝被姐姐提着小跑,一下子连自己发烧的事都给忘了,还跑得挺开心。

这个浑浑噩噩的下午终于结束,姜桃都不知道自己是怎么熬过来的,她带着小宝坐上公交车,把病例翻来覆去仔仔细细看了好几遍。

小宝用小小的手指头戳着上面的字问姜桃念什么,姜桃没有回答,只是一把握住小宝软软的小手,把病例放进装药的口袋里。

姜桃带着小宝去幼儿园接另外三个宝。

站在幼儿园门口等待时,姜桃的身体不住地发抖,小宝拉着她的手,问道:"你冷啊?"

姜桃低头看看小宝,没说话。

幼儿园放学了,老师站在门口一个一个往外送小朋友。

大宝二宝三宝连成一串,看到姜桃站在那里,兴高采烈地大喊道:"姐姐!"

小宝握着姜桃的手突然紧了一下,然后躲到她屁股后面。见姜桃回身低头,小宝竖起一根手指,小声说:"嘘,不要让爷爷知道。"

姜桃抬头,看见幼儿园园长阿姨正在和一个面相和蔼的五六十岁的男人低语。

她拉过小宝,也接过向自己跑来的大宝二宝三宝,让他们一个拉着一个的小书包,连成一串,再把小宝塞进大宝怀里,强行把大宝和小宝的小手按在幼儿园的栏杆上,将手里的药袋子顺手塞进三宝的书包里。她郑重地命令道:"抓着,不许松手。"

小家伙们感觉姐姐生气了,不敢不听,只能乖乖地一个抓着一个,老实站着。

姜桃围着幼儿园的门口巡视半圈,最后过了马路,一巴掌拍在躺在食杂店门口睡觉的流浪狗身上,狗吓了一跳,抬屁股就跑。姜桃捡起原本被狗枕着的那块砖头,大步流星地横穿马路,回到幼儿园门口后,她改成疾跑,一路穿越层层人群,用尽全力,一砖头拍在那个老男人的头上。

男人的余光已经看到有人朝这边跑来,下意识地躲闪也并未让他完全幸免,拍还是拍到了,只是他的脑袋如果一点没偏的话,姜桃这一砖头,势必得把他拍死。

周围的人群围上来把姜桃按住,老师和家长们护着孩子,瞬间乱成一团。

姜桃这辈子都没如此动怒过,就连当年在食堂和阿姨因为肉丝吵架的时候,都无法与今天的愤怒比拟。

她像一只羸弱却又失去理智无比疯狂的小野兽,瘦弱娇小的身体很轻易就被人控制住了,却不断地嘶吼着,破口大骂。她光滑的脸蛋被人按在地上摩擦,因为愤怒而通红的双眼,流下不甘的泪水。

她大口大口地呼吸着带着灰尘的空气,看着眼前人影攒动,孩子们惊慌失措的尖叫声和哭喊声直冲云霄,她知道自己是这场闹剧的罪人,可她不是原罪。

姜桃被赶来的警察带走,手腕反剪在身后,还被铐上了手铐,她的脸上有一点擦伤,却不影响别人一眼看穿她眼底的倔强。

大宝二宝拘谨地坐在她旁边,三宝趴在她怀里,死死抱着她的腰,被警察抱着的小宝哇哇大哭。

警察给姜桃的手机充上了电,微信和短信消息如潮水般涌进来。

在警局里,小家伙们都挺老实,只有大宝问过一句:"叔叔,姐姐什么时候能带我们回家啊,我们好饿啊,已经过了吃饭的时间了。"

于是,四个小家伙吃到了来自警局的盒饭。

微信和短信消息刚结束,姜桃的手机又开始铃声大作,有人打了电话进来,先是温照卿,接着是赵星译。

警察问这两个人是谁,姜桃不假思索地说:"亲戚。"

赵星译的电话被接通时,他说自己是姜桃的表哥。温照卿的电话被接通时,警察问到他和姜桃的关系,他不假思索地说是男朋友。

赵星译是单枪匹马来这里的,他的公司离这里很近,来的速度也快,和警察了解了一下情况后,他便出门开始打电话。好巧不巧,被姜桃拍砖头的那个男人正是廖友谊上次介绍给他的大客户,因为离婚产生的巨额财产纷争。

赵星译在警局门外打电话的时候,看到两辆黑色奔驰一前一后开过来,为首的那辆正好将车停在正门口。

车门打开,下来两个身着正装提着公文包的男子,还有一个样貌出众的高个男人,他穿着黑色衬衫和西裤,袖口挽起,气质卓然,面色极为严肃,第二辆奔驰的司机没下车,从后座下来一位看起来有些焦虑的阿姨。

一行人路过赵星译身边,快步走进警局。

赵星译皱眉,忽然想起那个男人是谁,就是那天早上冲进他和姜桃房间的人,姜桃的老板,温照卿。

赵星译挂断电话跟了进去,看到温照卿直接上了二楼办公室。

没一会儿工夫,就过来一个女警察,哄着四个小朋友跟那个阿姨走。

"我是姜奶奶,奶奶带你们回家里等姐姐好不好?"姜阿姨笑眯眯地哄着他们。

小宝一把抱住大宝,大宝的手里还拿着半块玉米。作为老大,姐姐不在他必须肩负起家庭的责任,他果断地摇头:"不好,我们不认识你。"

警察只好把姜桃带过来,姜桃一露面,他们四个立马扔下饭碗拥上去。尤其是小宝,本身还有点没好利索,胆子还小。

姜桃不是很擅长哄孩子,这几个孩子几乎也不用哄,她只是很平静地告诉他们,跟姜奶奶去大房子里等她回家,不能淘气,不能上楼,只能在草坪上玩。

四个小朋友手拉上手,被姜阿姨带出警局。

小宝依依不舍地回头看了一眼姜桃,被三宝一把拉走。

送走小朋友,姜桃被带上了二楼,在一间整洁的办公室内,她见到了背对窗口而立,双手插在西裤口袋的温照卿。

她张了张嘴,却没发出任何声音。

温照卿听到声响后转身，视线先是在姜桃擦伤的脸上顿了顿，又落在她手腕处的手铐上。

姜桃低下头，眼眶泛红，鼻头一酸，不争气掉了两滴眼泪。

温照卿的眉心微微蹙起，深吸一口气，沉稳地开口："警察说你一个字都不肯说。"

不用警察说，温照卿这回也亲眼见识到了，即便是他开口问，姜桃也一个字都不愿意说。

温照卿向姜桃靠近，最终站在她面前，他抬起她的下颌，用审视的目光看着她："我知道你不会无缘无故地做这种事，你可以不相信别人，但你要相信我，我在这里陪着你，我用'温照卿'三个字跟你保证，一定给你公道。"

温照卿的声音一如往常的温柔，可此时，在她耳里却拥有无限力量。他身上淡淡的香水味是她熟悉的，是金钱的味道，也是心安的味道，她扁了扁嘴，委屈地大哭起来。

别的事情姜桃不擅长，哭还是挺在行的，这可把温照卿心疼坏了。

原来他这么喜欢姜桃，喜欢到看到她受了委屈以后，只想不顾一切地与刁难她的人为敌，幸好，他还有那么一丝丝理智。

姜桃抹掉了脸颊上的眼泪，唇瓣嚅动几次，最后还是摇了摇头。

温照卿深吸一口气，脸颊处的咬肌因为强压的怒气而滚动。

他抬手将她搂进怀里，在她肩头上轻轻拍了拍："没关系，没事，不要紧，我不问了。"

说完，他松开姜桃，仿佛这只是一个朋友之间简单毫无杂念的安慰。

姜桃不知道温照卿经历了什么样的复杂手续，晚上九点多的时候，温照卿就上楼来把她带走了。

姜桃在警局门口看到了赵星译。赵星译挡住了她的去路，很关心地问道："你怎么样？"

"你瞎吗？看不到？"温照卿突如其来地插话。

姜桃抬眸看向自己身边的男人，示意温照卿别这么没礼貌，好歹赵星译是为了自己才跑前跑后的。

她面色平静地勾了勾嘴角,眼底的笑意带着些许苦涩:"除了有点饿,别的都挺好的。辛苦你了学长,折腾你一晚上。"

赵星译眉头紧锁,神色紧张地看看温照卿,又看了看姜桃,低声说道:"桃桃,我不知道你为什么突然变得很暴力,但是事已至此,对方已经同意和解,你就别太固执了。"

姜桃明亮的双眸突然就暗了下去,她用几乎只有她一个人才能听见的声音说:"不行⋯⋯"

赵星译没听到,但是温照卿听到了,他推了姜桃的背一把,带着她快速上车。

姜桃想要放下车窗跟赵星译道别,温照卿却没给她这个机会。

由于多了四个小朋友,温家变得热闹异常。姜阿姨对哄孩子很有一套,四个小家伙一点都没有难倒她。廖海潮跷着腿坐在沙发上,一脸嫌弃地看着姜桃家的四个小家伙,他觉得温照卿肯定是有点什么毛病。

姜桃进门的时候,正巧看见小宝拿着半块面包往廖海潮的手里塞,廖海潮烦得不行,一把推开小宝,由于力道过于生猛,直接把小宝推了一个跟头。

小宝挺皮的,自己爬起来还不忘把掉在地上的面包塞进嘴里,这更让廖海潮讨厌了。

"小宝。"姜桃轻轻地叫了她一声。

客厅里突然就炸开了锅,四个小朋友异口同声地大喊道:"姐姐!"

廖海潮愣了一下:"姐姐?不是妈妈?"

姜桃没搭理他。

温照卿还有事跟姜桃聊,便让她和孩子们打个招呼后先去书房,他先去交代姜阿姨做点吃的东西送上来。

廖海潮比温照卿要快,紧跟着姜桃进了书房,幸灾乐祸地问道:"听说你下午因为打架进局子了?"

"我没打架。"姜桃淡淡地看了廖海潮一眼,"我是要杀人的。"

姜桃看起来冷漠极了,双眸里透着一股平日从未见过的冷酷,很显然,她并不是因为一时置气乱说,更加不是玩笑,这和平日里胆小怕事的姜桃可是天壤之别。

廖海潮撇撇嘴,从容地笑了笑:"早晚照卿会看清你到底是什么货色。"

姜桃冷笑一声:"有空关心他能不能看清我是什么货色,不如回去看看你自己妹妹,到底是什么货色。"

"亏友谊把你当闺密,你这女人,可真够恶心的。"

姜桃欲言又止地看了廖海潮两秒,到底是没说出让对方更生气的话来。

· 第十六章 · 我喜欢你

这样的夜晚，注定不能好好睡一觉，姜桃很难熬，温照卿也很难熬。

天色渐亮的时候，温照卿决定再尝试一下。他给姜桃倒了一杯温水，坐在她对面，平静地问道："你知道对方开口跟我要多少钱吗？至少应该让我知道这笔损失的真正原因。"

"多少钱？"姜桃终于愿意抬眼皮了，却只是关心钱，不等温照卿回答，她便话锋一转，"不管多少钱，都不要给，他要告我，就告吧，判刑就判吧，等我出来，我一定弄死他。"

温照卿挑了下眉头，深吸一口气，不知道是什么事会让只会软绵绵哭唧唧的姜桃变成这样。

"他……伤害了你？"温照卿不想提出这个猜测，可又实在想不到还有什么事会让一个女孩子这么恨。

果然，姜桃的睫毛微微颤抖起来。温照卿愤怒起身，骂了一句，一脚踢在沙发上，他用力地抓了抓自己梳得一丝不苟的短发，瞬间变成了一个比姜桃还要不正常的人。

姜桃仰起头看他，眉心轻轻拧着，似有无尽的忧愁和委屈。

温照卿只是不经意地回眸和她对视了一眼，怒火就变得更盛。

书房门的门把手突然转动，温妈妈端着两杯牛奶走进来，看着儿子狼狈的发型，有点心疼，他向来都是一丝不苟的孩子啊。

她放下牛奶，小声问了一句："你们到底怎么了呀？"

可是没人回答，温妈妈又不太敢惹这个节骨眼上的温照卿，只能拿着托盘离开书房，关门的时候说了一句："天大的事不得吃饱睡好才能解决吗？熬着有什么用？"

温照卿开始在房间里来回踱步，他在思考该如何做。

最后，他把写字台上的热牛奶放到还未动过的温水旁边，目光坚定地看着姜桃，说道："我们报案，你告诉警察他是怎么欺负你的，律师会告诉我们怎么举证，到时候……"

"他伤害的不是我。"姜桃低垂着眉眼，盯着那杯牛奶说，"我不需要警察，也不需要律师，也不想让任何我以外的人知道这件事，我只想……"她沉默了一瞬，目光变得狠戾，"让他去死。"

这回温照卿更蒙了，他揣摩着姜桃的话——伤害的不是她。

这不是完全的否定，至少"伤害"这两个字是已经发生的事实，只是被伤害的对象不是她。

按姜桃这种胆小怕事的性格，可能就算对方伤害的是她，她也不会有这么激烈的反应。那还有什么让她觉得比她自己被伤害更加可恨呢？

那个男人不是个小人物，他和姜桃不应该有任何交集，唯一有交集的是，他是姜桃的弟弟妹妹们就读的幼儿园的股东之一。

按另外一种常规想法，以这个男人的资产和阶层，他也不会和这种普通的连锁幼儿园有什么交集的，就算投资，也会投资一些高端幼儿园。

温照卿眉头猛地一蹙，冷声问道："是你妹妹？"

姜桃很意外，怔怔地看着他，不回答。

"那个畜生有钱有地位，你发声都不见得有用。你沉默，只会被欺压，你不拿出证据去告他，你就要赔偿给他一大笔钱，或者蹲监狱。"

"你不也说了吗，我发声也不见得有用，我自己也知道，像我们家这种小人物，对他来说不过是蝼蚁，我这种小人物说的话又有谁会信呢？我只有一张嘴，可是他有钱，很多很多钱，能买通无数张嘴。"姜桃苦涩地笑了笑，眼底渐渐起了雾气，"或者你觉得媒体可以帮我，可我不需要这种帮助，我们也不需要这种看热闹一样的同情，也不愿意成为别人茶余饭后的话题。"

姜桃很冷静地说出这些话，不带丝毫的抱怨，仿佛早已看透了自己低微的出身无法向复杂的命运抗衡，就像一根在风中摇曳的小草，除了随着狂风摇摆,就只剩在风中等待死亡。

"先生,我知道你想说什么,你想说,今天我放过他,只会让他有更多的机会去伤害无辜的人,我说出事实,恶人才会得到应有的惩罚,才能避免更多的人受伤害。"姜桃忽然惭愧地低下头,"对不起,我不是那样道德高尚的人,我要让你失望了,我不想救别人,也没有能力救别人,我只想也只能救自己的家人。只是为了这一个小小的家,我就已经拼尽全力,你不是我,你没经历过我的苦难,所以你也没必要劝我向善。"

温照卿眉头紧蹙,若有所思地盯了她半响。他正要开口说话,姜桃又一次抢在他前面开口:"你别问我,我去杀人,我弟妹该怎么办,可能没有我,他们会生活得更好。他们四个长得好看,身体健康,大把有钱人家想领养,他们会忘记过去,开始新的生活,永远没人知道他们小时候都经历过什么,他们自己也不会记得,这很好。"

"那你自己的人生呢?"温照卿问道。

"如果我的人生注定是这样子,那就不要了吧。"姜桃回答。

这小姑娘看起来软绵绵的,怎么能如此倔强?

温照卿有些抓狂了,他发誓,这辈子的所有耐心都被姜桃消耗了。他一直以为自己不是个急躁的人,现在想想,其实是他的人生太过一帆风顺,除了姜桃,根本没什么人和事会令他急躁。

他抓乱了头发又快速抚平,直接坐在姜桃面前的茶几上,以绝对的气势压迫于她的眼前。他深呼吸,尽可能保持自己最后的理智和冷静,目光紧锁在她倔强的小脸上,一字一顿地反问道:"在你眼里,我是一个道德很高尚的男人吗?"

姜桃愣了一下,没有回答。

"你觉得我会是为了保护无辜儿童,而不惜大把花钱,势必要打倒那些有背景的人渣的勇士吗?"

"先……"

温照卿抬了抬手掌,示意姜桃把嘴闭上:"我告诉你姜桃,这个世界上没有那么多好人,我知道的肮脏龌龊的事情多到你无法想象。我不是什么超级英雄，我也只愿意救自己，不愿意救别人，但今天是个例外。"

他顿了顿，说道："我选择救你。"

姜桃的呼吸微微停滞，生怕错过他接下来的话里的半个标点符号，甚至连呼吸的节拍都怕听错了。

"我要从根本上解决这件事，你知道什么是根本吗？"温照卿的语气变得低沉压抑，还带着微微的肃杀，"不是让你跟他同归于尽，而是让他一个人承担后果，让他身败名裂，蹲进大牢，让你不再害怕遭人迫害威胁，让你知道就算这个世界对很多普通人来说没有公平可言，但是只要我温照卿在一天，姜桃就不是可任人搓圆捏扁的蝼蚁。在我这里，你能得到这个世界的公平。"

他握着姜桃的手掌，轻轻地摩挲着她的手背，沉声道："相信我，我会保护你，还有你的家人，不仅仅是今天一个下午。只要我活着，这份保护，就永远生效。你只要对警察说出实情，指控对方，剩下的都交给我。"

"先生……"

"嗯，还有，不要担心对方是个有钱人，有钱人又怎么样，我们也不差，如果需要钱才能为你换来你想要的正义和安心，那事情就变得再简单不过了。"

"可是我还不起你的人情……"这是姜桃的真心话，不含半点虚伪。她也不是个完全没有良心的人，小恩小惠她已经感激不已，大恩大德，她没什么能回报的。

"是的。"温照卿很淡定地撇了撇嘴，"可你是姜桃，只要撒撒娇，没有什么还不起的，不是吗？"

姜桃原本眼泪汪汪，被他这话说得有点尴尬，本是她平时最擅长的事，却突然变得很陌生，仿佛一个下午她就忘记了该如何撒娇，也忘记了自己是如何通过撒娇占尽了无数小便宜。

姜桃最终在书房的沙发里睡着了，温照卿拿来一条薄薄的毯子，脱掉她的小皮鞋，盯着她洁白的船袜上那几颗可怜巴巴的毛球看了半晌，最后用毯子给她盖好。

他拿着手机走出书房,开始一通又一通电话拨出去。

中午,姜桃还在睡着,赵星译却突然到访。

温照卿没想到赵星译能找到温家来,并不是很想给他开门,于是就真的没给他开,两人隔着镂空铁门交谈。

说来也巧,赵星译的公司接下了那个老男人的离婚官司,如果不出意外,以后他都傍上那棵大树了。可惜,温照卿要把那棵大树连根拔起。

"姜桃电话把我拉黑了,我有重要的事跟她说。"

温照卿从口袋里掏出姜桃的手机,在赵星译的面前晃了晃:"我拉的,有什么事跟我说。"

"温先生,虽然您是姜桃的老板,可也无权过问她的隐私。"

温照卿靠在铁门上,冷笑道:"你怎么知道只是老板,我当她老公需要特地通知你吗?"

赵星译不想惹怒眼前这个男人,他咬了咬牙,从容地笑了笑:"如果您愿意通知我的话,我肯定是会恭喜的。"

"说吧,你找姜桃什么事,是想再替那个畜生敲我们一笔,还是想劝姜桃不要指控他猪狗不如令人发指的行径?别跟我绕弯,直接点,我的时间你浪费不起。"

"我只是代理了对方的离婚官司而已,这事儿跟我没关系,我是出于朋友来告诉姜桃……"

"朋友?那你说吧。"

"看来姜桃对温先生来说,也不仅仅是普通的员工,那我就直说了。事已至此,如果能花一点钱平息这件事,就算了,她只是一个普通人,对方背后是一张床都要上千万的林氏集团,对方踩死她如同踩死一只蚂蚁一样简单,这个世界上本来就没有什么公平可言,这个道理,她在大学的时候就懂得。"

温照卿沉默了两秒,挑眉问道:"这是你作为律师,给她的一点建议,是吗?"

"是的。"

温照卿撇撇嘴，不屑地笑了笑："我以为既然是朋友，你会想帮她伸张正义。"

"穷人怎么伸张正义？温先生，你是有权有势的人，你应该懂我的话，这才是救赎姜桃的办法。"

"救赎？"温照卿很意外赵星译会用这个词，他双手插进口袋，若有所思道，"谢谢你对我们姜桃的关心以及友好的提示，我理解你，作为和姜桃一样的普通人，一定觉得自己活得如同蝼蚁，举步维艰，所以姜桃也会同你一样。你很贴心，我为她有你这样贴心的朋友感到欣慰，你的话，我会传达，再会，赵律师。"

"温先生！"赵星译叫住了已经转身的温照卿，谨慎道，"如果你不能全力以赴支持她，而只是口头上的，那请你放过她，不然她会输得很惨。"

温照卿侧身看向门外的男人，礼貌地微微一笑："有句话说得好，你不知道别人遭受的苦，凭什么劝人大度。你并不知道姜桃经历过什么，为什么要让她这个受害人低头认错息事宁人？"

"不管她曾经经历过什么，都已经过去了，人生还那么长，后面好过一点不好吗？"

温照卿没有继续跟赵星译探讨姜桃的后半生会不会好过这个话题，他相信赵星译不是在给那个姓林的畜生当说客，以赵星译的眼界和能力，也许唯一能做的就是劝姜桃放弃维权。

或者说，温照卿一直误会了赵星译，其实赵星译对姜桃没什么感情，就算有，也不值得一提，因为如果赵星译真的爱姜桃，那么以其律师的身份，就算殊死一搏，也要为姜桃讨一个公道。

赵星译有他自己对人生的抉择，趋利避害，得过且过，只为后半生能好过一些。

温照卿抿了抿唇，问了赵星译一个莫名其妙的问题："赵律师觉得，一千万一张的床，很贵吗？"

这个问题，赵星译也没有回答，他的答案是肯定的，但他知道，在温照卿眼里，林氏也没什么了不起。

姜桃一直睡到黄昏才醒过来，正好姜阿姨做好了饭，四个小家伙，还有温照卿的父母亲，都围在桌子旁。

　　温照卿的父母算难得的好人，家里司机的孩子也能上桌吃饭，对孩子们也很友好，就是这个辈分有点乱，小朋友叫他们爷爷奶奶，事实上，小朋友应该跟姜桃一样叫叔叔阿姨。

　　温照卿歪着身体靠在客厅的沙发上睡着，下巴的胡楂冒了出来，看起来辛苦至极。

　　姜桃来到餐桌旁，跟温照卿的父母打招呼，跟他们赔礼道歉，说自己马上就把孩子带走。

　　温妈妈放下筷子，看了眼自己的老公，干巴巴地笑了一下："那个，照卿不是说你最近有点麻烦吗，哪有时间带小孩子，就放在这里好了，我跟姜阿姨一起带呗。这几个小孩好带得很，也不吵也不闹，困了就睡饿了就吃，很乖巧，嘴巴也甜，没关系的，你就先处理自己的事情。"

　　"阿姨……"温妈妈可是打过姜桃耳光的，这突如其来的转变，着实让姜桃摸不透。

　　温妈妈挽了下耳边的碎发，尴尬地笑笑："虽然这些孩子不是你生的，但是……"

　　温爸爸在桌子下面踢了她一脚，温妈妈立刻闭上嘴。

　　"小姜。"温爸爸清了清嗓子，语气温和道，"坐下吃点饭，你也一天没吃饭了。"

　　姜桃拉开椅子坐下，却没有半点胃口。

　　"你阿姨呢，是个急脾气，有时候说话做事啊，总是毛毛糙糙的。别看她年纪不小了，也当了奶奶，但是这么多年在家里被宠坏了。她要是有什么过分的地方，你不要跟她计较，对她宽容一点。她老了，老人总是有很多问题的。"

　　姜桃连忙摆手："叔叔，别这么说，是我给家里添麻烦了。你们能宽容我，我都不知道该怎么感谢，哪有需要我宽容阿姨的说法，再说我是孩子，阿姨是长辈，长辈对我们年轻人的提点都是善意的，我不会那么不懂事的。"

她说得煞有介事，好像温妈妈当时给她那个耳光，真的是为了提点她一样。

姜桃被姜阿姨强行按着喝了一碗粥，顺便把二宝三宝的剩饭给吃了。

她找不到自己的手机，便来到温照卿身边，看到他的胳膊后面压着两部手机，一部是他的，另一部是自己的。

她想抽出来，可才轻轻一动，就惊醒了温照卿。

温照卿本能地按住了她的手腕，猩红困倦的双眼警觉地瞪着眼前人，整个人都是紧绷的，发觉是姜桃后，才渐渐缓和下来。

他松开姜桃的手腕，搓了搓脸，让自己精神一点，抬起手腕看了眼腕表，活动了一下脖颈，问道："你吃东西了吗？"

"吃了，你吃了吗？"

温照卿温和地笑笑："我不饿，晚上回来再吃。"

他起身跟家里人交代两句，便让姜桃把车开来，准备带她去警局。

这是难得的一个好天气，紫橙相间的晚霞宛如铺洒在城市上空的水彩。

温照卿一直闭着眼睛靠在后座里，能感觉到车速很慢，每次睁开眼睛，他都看到有车超了过去，他知道姜桃还是有一些不情愿，不情愿将自己妹妹的事搞得满城风雨。

"一直往前开，不要怕，有我在，你怕什么？"

难得车载音响没有开启，在这安静狭小的空间里，姜桃将他的话听得一清二楚。

姜桃一时间不知道该如何接话，过了好一会儿才慢吞吞地说道："你又不会一直在。"

"我为什么不会一直在？"

"你为什么要一直在呢？"

温照卿从前方的后视镜里看着姜桃的眼睛，满眼平静地说："因为喜欢看你哭唧唧地耍赖，喜欢听你谎话连篇，喜欢看你犯蠢和耍鬼机灵，喜欢被你气得头昏脑涨，并且想一直看你耍赖皮，听你谎话连篇，看你犯蠢和耍机灵，还有，我不打算自然死亡，我想要被你气死，行吗？"

姜桃皱着眉头缩了缩脖子，原来自己在他心里这么糟糕："这个糟糕的理由，怎么可……"

"那就是因为我喜欢你。"温照卿语速极快地打断了她，继续平和地说，"喜欢你，爱你，就不会离开你，也不想离开你，这样可以吗？"

姜桃好半天都没吭一声，她直勾勾地看着前方，绿灯已经亮起，后面的车不断按喇叭，她却依旧如被时间定格了一般，呆坐在方向盘前。

她又不是傻，多多少少也能感觉到那么一点，可还是需要一点时间来消化这突如其来的告白。

她刚回过神启动汽车，红灯就亮起来了，不得已，又一脚刹车停了下来。

"我觉得……一份长久稳定的爱情，是需要门当户对的。"

"嗯，所以呢？"

姜桃眨眨眼，继续说道："而且，你现在应该对另一个女孩负责任，而不是跟我纠缠。虽然我很卑微，但是，我也不愿意成为谁的玩物。如果我愿意的话，可能我早就不会过得这么惨了，我的确很喜欢钱，也经常走投无路，可是每一次我都能咬牙挺过来，你说我烂骨气也好，说我倔脾气也罢，反正我穷得只剩这最后一点点底线……"

"废话连篇。"温照卿皱眉打断。

姜桃抿了抿唇，低声道："对不起，让你生气了，是我不识好歹。"

"我再说一次，我跟廖友谊没有任何男女之间的关系，我对她负什么责？她又不是我生的。倒是你，是不是该对我负责？"

姜桃被他说得一头雾水："啥？"她转过身，一脸不可思议地趴在椅背上看着温照卿，努力回忆着自己是不是做了什么无心的承诺，可是大脑一片空白，"负什么责？为什么负责？我喝醉的时候，说过什么不该说的话？"

他冷冰冰地回应："不该说的倒是没说多少，不该做的你都做了。"

姜桃吓得说不出话，她缩了缩脖子，像往常一样准备逃避，却被他一把扣住了后脑勺，霸道地吻了上去。

这个姿势很别扭，可这个吻，倒有几分熟悉。

姜桃脑子里忽然有个可耻的画面一闪而过，好似曾经的梦境，早已被时间给忘却，却突然在这时被一阵"咚咚"声惊醒，是身着制服的交警正在敲车窗。

温照卿松开姜桃。她快速抹了一把嘴角，脸色绯红地哆嗦着放下车窗："你、你好……"

被交警训斥了一顿，姜桃逃也似的驾车离开。

温照卿又变回那副困倦的样子，靠在后座里闭上眼睛。

吻上去那一刻，姜桃是很震惊的，可吻到一半，姜桃更加震惊，这就说明，她想起了什么。

他淡漠地说道："你梦到过一些和我有关的事情，是吗？那你有没有想过那些根本不是梦？"

姜桃死死地握着方向盘，不停地从后视镜里偷瞄温照卿。

"我妈为什么会打你，你怀疑过吗？"

"不是……那我那个梦里面……没有你妈啊，也……"

"你的梦里是没有，我的电脑里有，她不小心看到了我的车载录像。"

姜桃狠狠咬了一下自己的下嘴唇，难怪她觉得温照卿总是奇奇怪怪，反复无常，一下子对她好得不得了，一下子恨她恨到直咬牙。他的忽冷忽热、忽远忽近，原罪竟然在她身上。

"真、真的吗？"

"靠边停车。"

他叫停了姜桃，等她在路边停好车后，他拿出了自己的手机，将"铁证"递到姜桃的手里。

姜桃看完，人都傻了，她飞快地点了删除，就听他在身后说："我有备份。"

这比杀人还令她忐忑不安，一时间不知道该去安慰温照卿，还是该安慰自己，这画面上清清楚楚，是她在占温照卿的便宜，人家三番五次地拒绝都按不住她疯子一样往上扑。

姜桃偷偷地瞄向温照卿，问道："那，你希望我怎么负责？给你当情人？"

"情人？"温照卿似笑非笑地反问了一句，如果他是可以接受情人这种东西存在的话，恐怕他心里也不会有姜桃的位置。

他抬起手掌，揉了揉姜桃的脑袋，声音低沉道："我希望你可以相信我，相信我不是为了给世界主持正义，而只是为你一个人撑腰。"

面对警察，姜桃不再回避任何问题，由于举证困难，这一切都不会太过顺利。

时间一天天过去，对方变得越来越紧张，对方律师屡屡出现在温宅，都没有机会见上姜桃一面。

姜桃的电话一直放在温照卿的口袋里，除了祁淇，他不许任何人与姜桃联系。

温照卿见姜桃整天没精打采的，便带着她出去散心，他觉得女孩子只要买买买，总会心情好一些的。

路过一家奢侈品店时，姜桃突然抬了一下头，然后狠狠地翻了个白眼："我想吃雪糕。"她伸手要自己的手机。

温照卿却掏出了自己的手机，把付款码页面找出来，然后放到她的手心里。

姜桃犹豫了一下，拿起他的手机就往回走，他们刚刚路过了一家卖进口雪糕和饮料的店面，里面有几个人在排队。

温照卿转身进了这家让姜桃翻白眼的品牌店，看了一圈，指了指柜台里的一条精致的皮质手链说："这个，帮我包起来。"

柜员帮他拿出那条手链，顺便还推销了一下情侣款的男士手链。温照卿原本不戴这东西的，想到是和姜桃一起戴，还有点期待，于是一起买了下来。

"先生，您注册过会员吗？现在超过积分三万就可以赠送一支咱们品牌定制的小苍兰香氛手乳，给女朋友放在包包里也是很精致可爱的。您今天的消费是二万九千八，如果您之前有会员的话，可以一起使用呢。"

温照卿刚想拒绝，忽然想起来一些东西。他从容地笑笑，说道："我不是，但我女朋友是，你可以查一下，她在这里给我买过两次钻石袖扣。"

"好的，报一下您女朋友的号码，我帮您查一下。"

温照卿迟疑了一瞬，报出廖友谊的手机号，这还真是挺考验记忆力的一件事。

柜员在查看一番后，说道："是的，您女朋友在我们这里买过一副钻石袖扣。"

"两副，同样的东西，她买了两次。"

"我这边……看到的是一次，另一副可能是在国外买的，因为那个袖扣，整个中国只有我们店有一副。"

温照卿有些遗憾地笑了笑："没关系，结账吧，今天的消费不需要积分了。"

他提着小礼袋走出去，看到姜桃正背对着自己，看着街上的车水马龙舀冰激凌。

"给我吃一口。"温照卿说道。

姜桃奇怪地看了他一眼，扭头把冰激凌藏了起来。

"你还护食？这冰激凌不是我出钱买的吗？"

姜桃没搭理他，吃得很专心。

温照卿很有耐心，虽然下午两点钟的太阳有些凶残，可他还是毫无怨言地陪她在烈日下吃完了整个冰激凌。

准备去扔冰激凌的外盒时，姜桃不经意间看见了他手里提的袋子，她没多想，一个有钱人上街买点东西有什么值得琢磨的。等她扔完东西回来，准备继续走路的时候，温照卿将袋子递到姜桃面前，说道："送你的。"

姜桃看看袋子，又看看温照卿，摇了摇头："我不要。"

温照卿从休闲裤的口袋里拿出自己的那一条，当着她的面慢悠悠地戴上："是和我一样的手链，你不考虑一下吗？"

姜桃抿了抿唇，把小礼袋接了过来，当街拆开，给自己戴上，她伸出手腕，和他的手腕放在一起比量着，不料下一秒，小小的拳头被他握进了掌心。

这还是姜桃第一次和男孩子牵着手逛街，怎么说呢，挺热的吧。

天气很热，心里面也是。

那个老男人一日没有得到制裁，姜桃就一日无法安心，她总是一个人坐在角落里发呆，时而会变得满眼肃杀。这让温照卿感到很害怕，不是怕姜桃会伤害自己，只怕姜桃一念之间又觉得杀了那男人才是解决问题的根本方法。

双方的每一次沟通，都是由律师出面。某一天，温照卿一个人离开温家，没有带上姜桃，也没有向任何人说明去向，再回来时，他告诉姜桃，她要的结果很快就到来。

家里面出出入入的人越来越多，有律师，有记者，有警察，但是没有一个把姜桃叫过来谈话，一时间，姜桃竟然成了局外人。她总是趴在厨房的门口，小声和姜阿姨嘀咕着这些人是来干什么的，她生怕听到有人说"姜桃小姐""姜桃小姐的妹妹"，尽管有温照卿在撑腰，她还是不想成为众人讨论的对象，哪怕她知道更多的讨论是善意，她也不愿意。

时间一晃而过，秋意也渐渐散去，冬日的冷风像小偷一样，不知不觉翻进千家万户的窗里。

姜桃感冒了，尽管她现在已经搬进了温照卿的家里，混到了一个不错的大房间，带着四个小家伙一起住，有床有空调，可还是没能逃过每年冬天都要大病一场的命运。

她擤着鼻涕去开门，温从心站在门外气喘呼呼地拍着胸口，激动得语无伦次。

"祁淇答应嫁给你了？"姜桃鼻音浓重地问道。

那是不可能的，温从心去日本的机票都买好了，以后可能会娶个日本老婆。他大手一挥，平复了一下呼吸，说道："姓林的完了！"

姜桃眉头一皱，觉得事情并不简单："怎么完的？我还没上过法庭……"

"今天早上八点,他被警察从家里带走,好多记者都拍到了,晚上等着看新闻吧。你不用出庭,我爸已经把他锤死了,搞到了他犯罪的证据!"

姜桃原本不通气的鼻子瞬间就畅通了。

苍天有眼!

这是姜桃此时此刻唯一想说的一句话。

她觉得自己的快乐又回来了,然而仅仅是她自己觉得。

晚餐的时候,温照卿心情愉悦、步履从容地从外面回来,他今天穿了一件浅灰色的上衣,头发没有像往日一样梳得一丝不苟,而是轻松惬意地自然垂放,看起来干净清爽,说是从心的同龄人也不为过。

姜桃的脸色还是有点苍白,见到他的一瞬间,没忍住咳嗽两声。她感激不尽,又不知道说点什么才能显得不那么肉麻,这份大恩大德,她姜桃这辈子可能都没什么本事能报答,除了以身相许,她这个人多少还能值点钱。

温照卿张开手臂,向姜桃讨要一个胜利的拥抱。

姜桃害羞地跑过来,一巴掌拍掉他的两个手臂,鼻音浓重地傻笑两声:"你干吗呀,你这样别人会误会的……"

温照卿无所畏惧地挑了下眉头,他像一个胜利的骑士,终于攻下囚禁公主的城堡,脸上洋溢着胜利的自豪:"误会?谁会误会?"他抬起眼皮瞟了一眼坐在不远处的从心,还有蹲在地上撕桔梗的姜阿姨。

温从心马上把头扭到一边去,姜阿姨也默默地转了个身,背对他们二人。

姜桃可不好意回头看他们,悄悄地说道:"你小一点声!"

温照卿笑了笑,不由分说,一把将她搂进了怀里。

她软绵绵的脸颊贴在他的胸口,轻声说道:"我感冒了,会传染给你的。"

"废话真多。"

晚上，姜桃躺在床上刷手机，G市富豪林某某参与地下组织的新闻铺天盖地，全国人民都义愤填膺地在网络上讨伐这些畜生，而这些新闻背后，牵扯出来的利益集团也大得可怕。

从温照卿迅速把父母送出国这件事就可以看得出，其实这事儿对他自己的影响是很大的。

姜桃很穷酸，不懂富豪之间的利益纠葛，可她还是能想象到温照卿会为此得罪多少人，那个姓林的，算一算还是廖海潮的表亲。

廖海潮一向放纵惯了，跟温照卿亲如兄弟，完全没把那个八竿子打不着的表亲放在眼里，还是站在温照卿这一边。倒是廖友谊，替廖家父母来当了几次说客。

廖友谊从哥哥那里得知温照卿做这些事全是为了姜桃，对姜桃冷漠了很长一段时间，虽然见了面还是很热情地喊她桃桃，但也只是浮于表面的热情，私下里再也没理过她。

好在姜桃也不是很想搭理廖友谊，其实她连浮于表面的热情都懒得给。

姜桃讨厌廖友谊，讨厌得无比清晰，不过更清晰的是，对廖友谊的讨厌，与温照卿居然全无关系，不掺杂丝毫嫉妒，仅仅是因为廖友谊会帮着那些畜生来请温照卿高抬贵手。

小宝趴在姜桃的肩膀上，看着屏幕上的新闻不断地滑动，伸出小小的手指头，指着屏幕说："爷爷？"

姜桃淡淡地"嗯"了一声："你别再把蚯蚓往我老板房间里送了啊，我失业咱们就要流浪街头了。"

小宝捂着嘴巴笑了两声，翻身滚去哥哥身边。

·第十七章· 让我保护你

冬至那天,姜阿姨早上起来就开始准备肉馅,一共六种馅,晚上要包饺子吃。

这一大家子都是南方人,没有冬至这天吃饺子的习俗,只有姜阿姨一个人是北方人。她还准备了汤圆,但总是不让他们多吃,说那东西吃多了不好消化。

温照卿要出一趟门,姜桃穿戴利索后把车开到门口等他,看了眼时间,怕他误了正事,便按喇叭催促。

在外环线的路上,姜桃遭遇了恶意别车,这可吓惨了姜桃,她的水平哪经得起这样的速度与激情,平时因为开着豪车出门,别人都会让着她。这次,她当场人就傻了,直直地撞到了防护带上,车子还差点从防护带上飞出去,连安全气囊都弹了出来。

姜桃惊魂未定,死死地抓着方向盘,脸色惨白,哆嗦着叫了一声:"啊……"

温照卿在后座上痛苦地呻吟了一声,立刻伸手过来摸姜桃,焦急地问道:"你怎么样?"

"我没事。"姜桃说完回过头,就看到温照卿捂着鼻子,鲜红的血液顺着手指缝流出来。

姜桃一下子尖叫出来:"啊!你撞到哪里了!怎么会吐血?!"

温照卿松开手,迅速给她看了一眼又捂住了鼻子:"你确定你没事?"

"我确定!"姜桃急促地呼吸着,茫然道,"怎么办?我们现在怎么办？打120还是打110？车怎么办？要打给保险公司吗？先报警，还是先打保险公司？还是先打120？"

姜桃手忙脚乱在车里东翻西找，刚刚放在副驾驶的电话不知道甩去了哪里。她突然抬头，说道："对对对，我得先下去放个三角架！万一别人再追尾怎么办？"

她话刚说完，只听"砰"的一声，车尾果然被撞上了，另外还有一声"砰"，是温照卿的头撞上了侧面玻璃。

温照卿没系安全带，被撞得头晕眼花，他迅速抓起身边的手机，忍着疼痛对姜桃命令道："下车，离这车远一点，快点。"

六神无主的姜桃就在等他命令，二话不说地跳下车。温照卿单手搂着她的腰，猛地一提，把她送到防护带外面，自己随之翻越过去。

温照卿带着姜桃往前走了一段路，一边掏出手帕擦鼻子，一边拨号码，眼睛还时不时地往事故现场看去。

追尾他们的人居然没有下车，似乎已经做好了交警来处理的准备，这就很不符合常理。

姜桃很慌，但温照卿十分冷静，有条不紊地打电话报警，叫保险和救援，而她就只能在一旁捏着他的衣角眼巴巴地看着。

温照卿的鼻梁骨断了，头的侧面有点肿，其他问题不大，姜桃除了受点惊吓，皮都没破一点。

廖海潮看了事故照片后，直呼要买一辆同款，好看不好看的不重要，安全第一。

这一天早出晚归，什么也没干成，还差点命丧黄泉。姜桃十分自责，假如自己开车的水平再高一点，今天的这些事就不会发生。

温照卿倒是没说什么，还让医生给姜桃检查了一番，回家的路上他都握着姜桃的手，可无论怎么捂着，她的手始终是冷冰冰的。

温照卿把姜桃搂进怀里，她便别扭地躲开，哭丧着脸，好像他人已经没了似的。

"好了，姜桃，已经没事了，别怕，人安全就好。"

姜桃看了看温照卿英挺的鼻梁上贴着厚厚的纱布，扁起嘴巴，一脸哭相。

"别哭，只是撞了一下鼻子而已，是我自己没系安全带，很快就会好，经常开车在外，难免会有剐蹭的。"

"这是普通的剐蹭吗？"姜桃转过身，不愿意面对他，"我是穷，不是傻，无缘无故被别车，追尾的司机连下车看一眼都不愿意，这会是普通的剐蹭吗？这分明是打击报复，而我们只能按普通车祸处理。今天是车祸，明天呢？后天呢？"

温照卿原本还想再安慰她，听了这番话，若有所思地转身，走到急诊大厅门外，给自己点燃一支香烟。

他微微垂着头，视线直直地落在眼前的花坛里，像一株小草，扎了进去。姜桃见他没声音，便回头去看，发现他已经去外面抽烟了，于是捏着两个人的病历本跟了出去。

温照卿的样子有些落寞，那一身意气风发的光环消失不见。

姜桃走过去，叫了他一声，他茫然地抬眸看过来，眼底的星辰变得暗淡，这一瞬间，让她的心狠狠痛了一下。

如果不是因为自己，温照卿才不需要遭受这些，他一个含着金汤匙出生的大少爷，可能连膝盖都没破过皮，现在却落得这副模样。

姜桃很生自己的气，想来想去都不如当初一刀捅死那个姓林的，想着想着，她的脸色就变了，咬着牙，双目通红，随时会张口咬人的模样。

温照卿不知道姜桃在想什么，他还以为姜桃因为自己没有处理好这些事在耍小脾气。

她今天肯定吓坏了，所以有点小脾气也正常，不能算是不懂事的表现，况且，只有亲近了，才会肆无忌惮地把自己的小脾气表露出来。

温照卿缓缓吐出一口烟，内疚地对她笑了笑："对不起，我食言了，让你相信我，却没有保护好你。"

姜桃深吸一口气，"哇"的一声哭出来，猛地扑进他怀里，死死箍住他的腰身，这力气再大一点，怕是要把他勒死在医院门口。

这是长久以来，在她清醒时，第一次主动亲近他，实在令人猝不及防。

温照卿先是愣了一下，随即把她抱住，顺便用夹着香烟的手掌轻轻揉了揉她的小脑袋瓜。

"你不要对我这么好，我会贪心的。"姜桃窝在他怀里带着哭腔嘟囔着。

温照卿轻轻应了一声："好，我尽量。"

他们从医院回到家里时已经很晚了，可温宅依旧灯火通明，客厅里坐了一大圈人，忙碌了一整天的姜阿姨困得哈气连天，也不敢去睡觉。背对落地玻璃的沙发上坐着廖海潮和廖友谊兄妹，祁淇和姜阿姨坐在一起，从心一个人坐在单人沙发里，低头摆弄手机。

外面的大门打开，姜阿姨最先听到声响，她一起身，从心第一个跟着跳起来："我爸回来了？"

"好像是。"姜阿姨嘀咕一声，站在门口向外看，"是！"

姜阿姨踩着拖鞋磕磕绊绊地跑出去，老远就看见温照卿鼻子上的纱布，当时眼泪就下来了："哎呀，我的祖宗啊，这怎么会这么严重啊？怎么撞成这样啊？这是怎么回事啊！"

温照卿朝姜阿姨摆摆手，让她别跑。

姜阿姨跟着他一路走进别墅，嘴上啰唆个不停，大抵就是说他太不小心，不系安全带太不应该之类的。

祁淇看到姜桃时两眼放了光，她已经在这里尴尬地坐了一晚上，得知姜桃出车祸她就赶来，说好还有半个小时就能到温家，一等就是四五个小时。她现在和从心的关系有些紧张，这小孩儿不知道犯了什么毛病，突然就对她爱理不理的。

"桃桃，你怎么样？有没有撞到头，会不会失忆啊？以后不会傻了吧？"祁淇摸着姜桃圆润的后脑勺，一脸担忧地问道。

姜桃莫名其妙地看了祁淇一眼，问道："你是谁呀？"

祁淇愣了一下，给她胳膊一巴掌。

温照卿的伤势是肉眼可见的比姜桃严重，不过他不是小孩，不喜欢被人围着。

姜阿姨推开从心和廖海潮，让他们别围着温照卿，然后连忙去厨房煮饺子，别人都吃完了，温照卿和姜桃还没吃饭。

廖友谊坐在一旁一言不发，忽然起身抽了两张纸巾擦眼泪。廖海潮有点心疼了，回身去安慰自家妹妹："你哭什么，也没出什么大问题。"

廖友谊深深地看了一眼温照卿，起身平静地对跟祁淇坐在一起的姜桃说道："桃桃，我有话跟你说。"

姜桃眉头都没抬一起，淡淡地应了一声："嗯，说吧。"

"单独说。"

姜桃抬眉，坚持道："在这里说。"

气氛变得有那么一点诡异，温照卿下意识地开口维护姜桃："你刚不是说累吗？回房间躺一会儿，我让阿姨把饭菜给你送上去。"

姜桃不想让温照卿左右为难，廖友谊毕竟是廖海潮的亲妹妹，她没吭声，放下怀里的抱枕，便要拉着祁淇上楼，不料，却被廖友谊给叫住了。

"你心虚吗？为什么要走？"

姜桃的身体不由得一僵：心虚？谁心虚我都不会心虚。

姜桃原地转身，一屁股坐回沙发里，捧起面前的茶杯喝了两口热水，面上不带半点温度地看着廖友谊，说道："有钱人真难搞，一下子让我走，一下子又不让我走，遛狗呢？"

所有人都愣了一下，因为这压根就不是平日里的姜桃会说出来的话。

她不该是这般叛逆无谓的，她应该是唯唯诺诺、害羞胆小的，别人稍有不满，她就会主动赔礼道歉。她虽然也是圆滑的，但不愿与人纷争，更不会让自己成为尴尬气氛的始作俑者。

廖友谊有些难以置信，没想到姜桃还有像刺猬的一面，她认定了以姜桃的身份和智慧，注定该被她揉扁搓圆，一时间她还要重新组织早就在脑海里编排好的语言戏份，她便端起水杯喝了两口茶。

姜阿姨很及时地端着两个小碗出来，小碗是双层防烫的，里面装着刚出锅的白胖胖的冒着热气的水饺，上面各插了一把小叉子，一碗放在姜桃面前，一碗放进温照卿的手里。

温照卿的鼻子疼，不太想吃，只是端在手里。

姜桃本来也不饿，这一天折腾下来，哪还有心情吃东西，可是她突然就想吃，她怕自己没力气，会干不赢廖友谊。

她又上一个水饺塞进嘴巴里，顿时把她烫得翻了个白眼，只能含含混混地宣战道："你说啊，还要等夜深人静大家都睡了你才能开口吗？"

廖友谊端坐在沙发里，双手也规规矩矩地放在膝盖上，一看就是颇有教养的名门子女，不像姜桃，吃个东西都被烫得翻白眼。

"这就是你把温照卿从我身边抢走的目的吗？"廖友谊温柔哀怨地问出这句话，双眼烟波流动，看起来有些苦情。

姜桃咽下滚烫的水饺，把小叉子插在第二个水饺上。她皱着眉，不屑地抬起眼皮："说人话。"

"我说的就是人话，你把温照卿从我身边抢走，可你爱惜他吗？你不择手段，处处装可怜，自己惹了麻烦让他帮你出头，现在连累他遭人报复。你知道为了你，他得罪了多少人？这就是你的目的吧，你不是喜欢他，你只是想利用他。"

温照卿在一旁不禁皱眉，刚要开口，就听姜桃冷笑一声："哇，你好聪明，说得真有道理。"

温照卿："……"

廖友谊："……"

姜桃这回学聪明了，没有把一整个水饺放嘴里，而是咬了一小口，然后不急不慢地说："你呢？你珍惜他了吗？你跟他在一起是因为喜欢他吗？"

"当然是了！"

姜桃看向温照卿，面无表情地说道："她说喜欢你。"

温照卿冷冷地白了姜桃一眼，不想接她这个话茬。

姜桃的视线又落回自己的碗里，这饺子真香，可惜要配着廖友谊下饭，这就很糟心："你不要再自作聪明试图对我和温照卿挑拨离间，我的脑子只是长得像核桃，不是真的是核桃。"

她咬了一口饺子，一边咀嚼，一边抬眸看廖友谊，目光坚定，无所畏惧："从一开始，我就知道你为什么对我好，为什么愿意跟我做朋友，我只是揣着明白装糊涂,我需要这份工作养家糊口,所以我愿意对所有事妥协,只要能赚到钱。"

"那就是你承认,你喜欢的是他的钱,跟他在一起也是因为他的钱。"廖友谊打断姜桃。

姜桃撇撇嘴:"对,我是喜欢他的钱,我不光喜欢他的钱,我还喜欢你的钱,你哥的钱,只要是钱,谁的我都喜欢。不过有一点你没说对,我和他没有在一起。"

廖友谊觉得她的狡辩很可笑:"没在一起就堂而皇之地住在一起?没在一起,他心甘情愿为你得罪十几个商业巨头?"

"你和那个……"姜桃一副苦恼状,似乎在努力回忆,"那个那个,就是上次那个我泼了他一脸冷水的男人在一起了吗?如果没在一起,你干吗要给他怀孩子呢?"

"你血口喷人!那明明是你前男友!我帮你解围你还倒打一耙。姜桃,我对你的好别人有目共睹,你这样说你以为别人会信吗?你满口谎话,唯利是图,你的人品有目共睹,你……"

姜桃现在要是有耙的话,还真想给廖友谊来一下子。她伸出手,对廖友谊做了一个暂停的动作:"你对我好,处处用阶级打压我的自尊心?对我好,整天把门当户对挂在嘴边说给我听?知道我不能喝酒,让你的朋友灌我酒,还试图把我带走是对我好?在我的酒杯里下药,让赵星译和我睡一个房间是对我好?

"我满口谎话?现在祁淇和温从心就在这里,他们可以证明那天我为什么会出现在那个饭店。我帮你出头,你反而一盆脏水泼给我,到处和别人说我私生活不检点,十几岁就生孩子,这些,都是你对我的好?"

姜桃"砰"的一声把手里的碗放到茶几上,继续说道:"你才是那个虚伪的谎话连篇的人!温照卿早就跟你说过你们不可能,你还到处宣扬自己是他的未婚妻,你想用舆论的压力逼他就范。你把心思用在我身上,用在他父母身上,就是没有用在他身上过。这半年你时不时就问我,为什么要抢你的东西,世界上怎么会有我这种朋友。世界上怎么会有我这种朋友我不清楚,我只知道,你这种人,就不配有朋友!"

廖海潮听不下去了，站起来踹了一脚茶几，怒斥道："姜桃，我是不是给你脸了！"

廖友谊面红耳赤，端起面前的茶杯猛地朝姜桃扬过去。

姜桃毫无防备，被泼了满脸茶水，红茶的茶包从她的额头上跌落，模样有些狼狈。她不屈地咬着下唇，心中畅快无比，笑道："恼羞成怒了？外国留学回来口才也不怎么样啊，上学的时候都在谈恋爱吧？"

廖友谊起身上前，作势要给姜桃耳光，不料手腕被一步跨过来的温照卿稳稳抓住。

"给她道歉，我可以原谅你不懂事。"温照卿命令道。

"凭什么？我做错了什么，你只相信姜桃，不相信我？这种出身的女孩最擅长的不就是撒谎狡辩吗？为什么要我道歉？"廖友谊红着眼眶委屈道。

"照卿，你也太小瞧我妹了吧？就为了个姜桃至于吗？你也不是第一天认识姜桃，她当初是怎么混到你身边的，说她谎话连篇不对吗？"廖海潮上来拉温照卿的胳膊，想让他放开友谊。

温照卿冷漠地转过头，看向自己的老朋友，毫不留情面地说道："是你高看你妹妹了，她自导自演调包了放在姜桃口袋里的钻石，还几次暗示我是姜桃动了手脚，叫我不要怪罪姜桃。或者你回家翻一翻你妹妹的房间，看我丢的那块手表在不在她那儿，你会更清楚孰是孰非。"

廖友谊觉得自己做的那些事神不知鬼不觉，不知道温照卿调查了钻石袖扣的购买记录；不知道他安了隐藏摄像头，手机上有闯入提醒，除了姜阿姨和姜桃进去收拾衣服打扫，他后来还见过廖友谊的身影，虽然她只是快速地进去，在放置手表的玻璃柜前短暂驻足，但也足以说明她就是那个小偷，不然她一个外人，无缘无故跑到他的衣帽间做什么？

说完那番话，温照卿狠狠甩开廖友谊的手臂，冷漠地看着她："给姜桃道歉，她作为我未来的女朋友，一定会原谅你，我不希望我身边的人把关系搞得太僵。"

廖友谊揉着手腕委屈地落泪："是不是无论我怎么说你都不信？我死了信不信？"

温照卿挑眉，面沉如水："威胁我？想死就去，死了，我也不信你。"

祁淇拿过纸巾，给姜桃擦脸上的水渍。姜桃摸了摸自己湿漉漉的发际线，不禁冷笑，小声嘀咕着："呵，自作自受……"

这话再次激怒了廖友谊，她实在忍无可忍，今天不打姜桃一巴掌，难消她心头之恨。可她这一巴掌不仅没有打到姜桃的脸上，反而被温照卿反手一巴掌掀翻在沙发上。

客厅里顿时鸦雀无声，温从心跳起来，抓着姜桃和祁淇的胳膊往楼上拽，怎么也没想到事态会发展成这种局面。

廖海潮也生气了，朝温照卿大声吼起来："我们来关心你还关心出错了是不是？你有事儿说事儿，你能动手打女人吗？"

温照卿冷冷地瞥了廖海潮一眼，冷漠道："小孩子不听话，多半是欠打，你们家舍不得打，送到我们家来，我帮你们打。今天她屡教不改要挨打，明天她继续这样，就继续挨打，现在在我眼里，廖友谊就不是女人。"

他垂眸看向廖友谊，严肃道："以后来我们家，见到我要叫哥，见到姜桃要叫嫂子，不然的话，就别进我家门。我当你是廖海潮的妹妹才接待你，你若不姓廖，我会给你机会踏进我的家门跟我家人撒野？"

廖友谊趴进自己哥哥的怀里痛哭。廖海潮一边拍她的后背，一边安慰她："你也是的，明知道现在姜桃是他眼里的宝贝，你招惹她干什么？什么事儿等风口过去再说呗，这几天他们心情也不好。"

他安慰完廖友谊，使劲地瞪着温照卿："活该你鼻梁断，你就应该成为植物人，给你端屎端尿我才开心。"

廖友谊哭够了，被廖海潮按着头给温照卿道了个歉。廖海潮是个很讲道理的人，懂得感情的事情总要讲究一个你情我愿，强扭的瓜不甜。可廖家的女儿，也不见得就饥不择食。

廖海潮不喜欢姜桃，却也做好了未来要接受姜桃以自己兄弟的女人的身份存在于自己生命里的准备，以温照卿的性格，如果他不接受姜桃，可能滚蛋的不是姜桃，会是他自己。

温从心把祁淇和姜桃带到了温照卿的书房，茶几上有糖，他拿起来拨开糖纸塞进嘴里，看了看噘着嘴巴对人生表现出极大不屑与不满的姜桃，以及一脸尴尬、不知所措、手脚无处安放的祁淇。

　　他递给祁淇一块糖，等她慢吞吞地伸手过来接时，他又一下子把手和糖一起放下，将糖拍在茶几上，随后靠进身后的沙发里。

　　这短短的几个月时间，温从心已经从一只小奶狗直接演化成了一只小狼狗，以前那个甜甜的、帅气可爱的弟弟，已经成长为带着几分野性的酷男孩。他打了耳洞，戴上街头风的耳钉和粗犷的项链，穿着宽松随性的T恤和工装裤，还有炫酷的球鞋，甚至在中指上文了一枚戒指的图案，看人的眼神也不再是一副天真的傻白甜模样。

　　温从心不再缠着温照卿要零花钱，也不再看祁淇的直播，但他还是会看书，并且自学了日语。他不再叫姜桃阿姨，也不叫姐姐，就直呼其名姜桃，对祁淇也不例外。

　　没人问温从心是不是还迷恋着祁淇，反倒是现在的祁淇，看他的时候总有一些不好意思。

　　祁淇没有拿起那块糖，而是转身去安慰姜桃，一把挎住姜桃的胳膊，笑着说："桃桃，别生气了，那廖友谊对你不好才正常，她要真把你当朋友，反倒不正常，毕竟她也差点是你的老板娘，哪个老板娘能容得下你这么好看的女司机啊？"

　　"没，不至于，我也理解她，不然不会忍这么久，我是在纳闷。"

　　"纳什么闷？"祁淇问道。

　　"纳闷我为什么要把温照卿的生活搅和得鸡飞狗跳。"

　　闻言，温从心叹息一声，双手交叉放在脑后，一脸严肃地盯着姜桃，说道："没有人能把他的生活搅和得鸡飞狗跳，除非他自己愿意。"

　　祁淇点头："是的，桃桃，又不是逼不得已，他要是不愿意，谁能难为他啊。他可是温照卿，又不是我们这种普通人。"

　　书房里又是一阵沉默，过了好一会儿，祁淇忽然开口问道："听说你要去日本了？"

　　"嗯。"温从心坦然地点点头。

"去玩?"

"不是,去生活,我妈一个人太辛苦了,早晚我都要过去接管家里的公司。"

祁淇点点头,对姜桃尴尬地笑笑:"如果不好好工作就要回家继承财产的那种。"

温从心挑了挑嘴角,淡淡地一笑:"仇富吗?"

姜桃和祁淇不约而同地看向他,不约而同地点了下头。

姜桃起身走到温照卿的写字台前,坐进他的真皮办公椅里,双手托腮,盯着摆在桌面上的绿色花瓶和红玫瑰发呆。温照卿居然是个喜欢花的男人,要知道,他可不是普通的男人,他是个色盲。

这一点,让姜桃觉得有点迷人,并不是觉得温照卿浪漫,只是觉得,他的内心隐藏着对生活和未来的热情和期望,人生中的这些许瑕疵,对他没有丝毫影响。

祁淇想回家了,看到姜桃平安无事,并且有人护着周全,她也没什么担心的了。

和温从心待在同一个屋檐下让她很不自在,于是她起身整理了一下自己的衣服,朝着办公桌的方向,说道:"桃桃,我先回家了,你就老老实实在楼上待着,别去触廖友谊的霉头,等她自己琢磨明白就好了。你也别跟她硬碰硬,虽然你老板现在站在你这边,可她毕竟也是他朋友的妹妹,太僵了不好。"

姜桃乖巧地点头:"我知道,我又不傻,谁想跟她对着干。"

见祁淇要走,温从心起身相送。在楼梯间,祁淇突然顿住了脚步,回过身,仰头去看他。她脸颊依旧还有婴儿肥,从俯视的角度去看更加可爱了,圆圆的,像个包子。

温从心满眼疑惑,伸手按了按祁淇头顶的一绺碎发,低声问道:"有事儿?"

"没事儿,就是……"祁淇犹犹豫豫吞吞吐吐,"感觉有点对不起你……"

温从心撇嘴笑了笑:"有什么对不起我的?别多想,我没因为你怎么样,只是忽然不喜欢原来的自己而已,和别人没关系。"

祁淇抿了抿唇:"嗜,那就好,我还以为……"

"嗯,你以为的不对。"

"那,你……"

莫名其妙的,温从心就能从这支支吾吾的话语里分析明白祁淇的问题。他用手指挠了挠眉毛,说道:"我已经不喜欢你了,幸好你当初没答应我什么,不然我肯定会让你伤心。"

祁淇如释重负地呼出一口气,她已经很小心了,可温从心还是捕捉到了这一切。他没再说话,一路把她送出温宅,在门口与她挥手道别,然后干脆利落地转身。

温从心也说不明白,几个月以前的自己,为什么像个没见过女孩子的铁憨憨一样围着祁淇转,为了她不断地去改变自己。

就在上个月里的某一天,他醒过来,突然发现自己没那么喜欢祁淇了。

要不是祁淇,他还没办法认清自己的渣男体质。

半夜两点多,温照卿才吃上冬至的饺子,他一个人在厨房里,端着一碗汤饺,对着冰箱上的便利贴慢条斯理地吃着。

便利贴上写着:【白桃,黄桃,各2斤,冰糖两包。】

这是姜阿姨的字,歪歪扭扭的,和小孩子写的一样。

下面还有一行字,行云流水,秀丽美观:【姜桃,一个。】

这是姜桃的字。

家里很昏暗,只有厨房里的一盏小灯开着,他觉得自己的脑子有点乱,想起晚上姜桃和廖友谊的争执,想到她们两个人指责着对方的种种,也想到自己竟然无条件地相信了姜桃。

刚刚廖海潮给他发来信息,说在廖友谊的内衣柜子里发现了属于温照卿的那块手表。

廖友谊当然不是喜欢这块表才拿走,她不过是想把这一切嫁祸给姜桃而已。

温照卿小口喝着汤,感叹人真不可貌相。

手机在口袋里嗡嗡作响,他放下小碗,掏出手机看了一眼屏幕,随手接起来:"说。"

"温总,查明白了,车祸确实和姓林的有关,资料我们都送到警察那边。我们也找对方谈过了,他们再继续玩这种游戏,就把他们后面更大的黑幕送上去,我今天只是提了一两点,他们那边就有点慌了。我跟他们说,不是他们放我们一码,是温先生放他们一码。您放心,姜小姐以后肯定不会再有麻烦。"

"嗯,只要他们安分,我们不用把事情做绝。"

"知道的温先生,那您休息吧,时间不早了。"

"晚安。"温照卿礼貌地挂断电话,喝完最后一口汤,把小碗放进洗碗池里,打开水龙头洗干净后放到一边,然后关灯,上楼睡觉。

温照卿给姜桃的四个弟弟妹妹换了幼儿园,这一次,直接换到离温宅最近的一所国际幼儿园。就姜桃那点工资,连一个小孩都供不起,更别说四个。

这让姜桃的压力巨大无比,好像她真的不明不白地被一个男人圈养了起来,每天除了开开车、扒扒葱和浇浇花,就无所事事了。

虽说这是姜桃梦寐以求的生活,可当它真实发生以后,这一切都让她变得格外不安,她知道自己正陷入另外一笔深不见底的债务中。她也很害怕,他对她的好会让她变得越来越贪婪。

贪婪,是这个世界上最可怕的东西,它是一切不幸的初始。

温照卿的鼻梁彻底好利索的那天,温从心踏上了去往东京的旅途。他在机场像个大人一样与温照卿拥抱道别,安慰着眼眶发红的叔叔。

温照卿一直没什么话说,也没交代什么,只反反复复重复着一个动作,就是拍拍他的肩,捏捏他的手臂。

可能在温照卿心里,这样单薄的少年是不该离开自己的庇护的,不过才一年的时间,当初那个捧着他脸颊亲个不停,还叫他爸爸的小孩突然就长大了。

温从心走之前对姜桃说："其实叔叔是个内心特别柔软的人，是个会努力把这世间所有伤害都降到最低的人，宁愿自己多承受一些。所以，我希望你不要伤害叔叔，因为我这个温柔的叔叔，一定不会责备你，甚至不会与外人道你一句不好，只会一个人承受所有。"

姜桃不爱听这话，这不明显是护短的说辞吗？她一个小丫头片子，能怎么伤害他呢？于是她反问从心："要是你叔伤害我呢？"

温从心说："那算你倒霉。"

姜桃一脚把他的大行李箱踹进国际进站口，并狠狠对他翻了一个白眼，上回他骗自己一百万的时候她就感觉这孩子有点坏，她看人果然是不走眼的。

温从心的离开，让温照卿的情绪一度十分低落。姜桃几次想说要不自己还是搬出去吧，每次都因为看到他和小孩子闹成一团而放弃。

温照卿快被厚重的孤独淹没了，家里最爱闹腾他的人不在，他总是坐在温从心的房间里发呆。

因为廖友谊的事儿，温照卿最近都没怎么让廖海潮来自己这里串门，他的空闲时间变得多起来，经常泡在健身房里不出来，倒是练就了一副好身体。

他每每大汗淋漓地光着上身从健身房走出来，都会让姜桃好一阵面红耳赤。

最近温照卿的睡眠也不是很好，他总是熬夜看书，但从不晚起。

一天下午，他有些困倦，让姜桃拉着他去商场转一圈。

他前脚进入一家奢侈品店后，紧接着门口便立起礼宾柱，不再接待其他客人。

温照卿坐在沙发上，淡淡地看着展示在自己面前的当季新品，选了12件单品，全是姜桃点的头。既然是姜桃点头，那必然是按着姜桃的喜好，与他平日的装扮多少有些出入。

好在温照卿都接受了。

从门店出来时，路过橱窗，因为姜桃多看了几眼里面的女款白色单肩包，温照卿便转身回去，把这个包也买了。

姜桃抱着包包的手都有点发颤，她面色绯红，小声说道："我也没说喜欢这个……"

他垂眸温柔地微微一笑："你不用说，我看得到。"

姜桃为他挑选的那些单品被送上车，她自己也背上了那个白色的小包，因为很白，也很贵重，她连摸都小心翼翼的。

两个人并肩走在商场里，路过一个又一个精美的橱窗。姜桃向他身边靠近，有些傲娇地说道："你不要以为给我买一条手链、一个包，我就会做你的女朋友，我可不是那么轻浮的人，这么便宜，怎么能作为定情信物呢？"

"嗯，我没这么以为。"温照卿双手插进口袋，神情舒适惬意，丝毫不在意英俊的自己走在路上会引来多少人的瞩目，"我以为，像你这种财迷，怎么也要买一栋别墅才能被打动。"

"还要有一百万现金。"姜桃补充道。

温照卿笑笑，在商场柔和的灯光下，整个人都熠熠生辉："嗯，一百万也不算多，还可以再加一辆宝马七系。"

"宝马我喜欢黑色的。"姜桃继续补充。

一来二去，要得越来越多，要到最后，就差让他买艘宇宙飞船了。

姜桃在一家专门卖法式甜品的店前停下，她指着琳琅满目的玻璃展柜对温照卿说："先生你看，这些甜点多好看，像艺术品一样。"

温照卿的手机突然响起来，他一边低头看号码，一边大方地对她说："买，挑喜欢的买，都喜欢的话，都买。"说完，他转过身去接电话。

姜桃手里攥着的是温照卿的卡，这一柜台的东西，于他而言都不值几个钱，可在姜桃看来，这可真是奢侈。

她忽然想起自己在上一个公司上班的那段时间，因为太饿了，又没钱吃饭，只能厚着脸皮蹭男同事的。她也不是听不到别人的闲言碎语，也不是不懂那些恶言相向，只是生活被逼到那个份儿上了，脸皮就显得没那么重要。

她正挑选着，后面走过来两个女孩子，其中一人说道："这家店有款无花果做的甜点很好吃，我每次路过都要买，G市就这一家，每天限量几个，晚一点来就没有了，就是有点小贵。你等我一下，我要买一点。"

这声音，似曾相识。

"你好，我要这个……"

姜桃下意识看过去，恰好对方也看了过来。

姜桃愣了一下，对方也愣了一下。她还来不及做任何表情，对方就已经先一步阴阳怪气地攻击起来："姜桃？还真是你啊，我听我老公说你现在傍上个有钱的男人，没想到还真是，一两百块钱的甜点也买得起了，长得漂亮就是好啊。"

姜桃直起背，面无表情地盯了她两秒，礼貌地问道："我是不是在哪里见过你？挺眼熟的，你老公……是哪位？"

对面的女人有些尴尬。

"哦，我想起来了，"姜桃故作顿悟，"你是大学时候追赵星译追得满城风雨的那个女生吧？你居然还记得我，看来我还没怎么变样子。你倒是变化挺大的，我差点没认出来。"

顿了顿，姜桃温婉地笑了笑："原来你结婚了，看来婚姻挺熬人的。对了，你老公认识我？"

这不就说自己变老了吗？女孩子当场便黑下脸，盛气凌人道："我老公就是赵星译！"

姜桃一脸的不可思议："可是前不久学长还跟我说他是单身的呀？幸好我没上当。"

"什么叫你没上当？你的意思是你还打算和别人的老公在一起？"另外一个女孩开始帮着朋友攻击姜桃。

姜桃无辜地眨眨眼："那怎么可能，我可不是学姐你，专门挑着别人的男朋友下手，我这人心气高，别人用过的，我都当垃圾看，嫌脏。"

"你是想挑事儿吧？"那位友人的嗓门忽然提高，冲着姜桃叫嚣起来，"说话注意点，早就听过你在学校里倒贴人家老公的事儿，现在不也是抢别人老公，给别人当小三，不要脸还这么理直气壮？"

这音量有点高，引起了站在不远处打电话的温照卿的注意，他顺着声音看过来，就看到身材小小的姜桃站在两个身高一米七左右的女孩子面前，睁着一双水汪汪的大眼睛，倔强地看着对方。

他挂断电话，把手机塞进口袋，疑惑地走过来。

"算了，别搭理她。"赵星译的太太拉住自己的朋友，颐指气使地说道，"姜桃，我奉劝你一句……"

"奉劝什么？"温照卿清冽的声音突然响起，打断她的话。

他身材高大，面容清隽，不悦已然毫无遮掩地溢于眉宇间。他插着口袋站在姜桃身前，上下打量了一番对面的女孩子，冷声道："你以什么资格和立场对她说奉劝两个字？"

两个女孩瞬间脸红，一时间被温照卿的气势压得不知作何回答。

赵星译的太太深吸一口气，说道："你一个大男人对我们这样讲话不合适吧？"

温照卿并没有回应她的挑衅，他将手臂搭在姜桃的肩膀上，默默地把姜桃揽进怀里，沉声道："你们可以对姜桃的人生指指点点，但是指点，就不必了，你们不配。"

他扭过姜桃的肩膀，让她面向甜点展柜，用与别人说话大相径庭的温柔语气询问道："选到喜欢的了吗？"

姜桃像个小孩子一样，把两只小手撑在玻璃柜上，最后看了一圈，说道："算了，不想吃了。"

她话音才落，赵星译的太太就在后面说："我要无花果那款，两个。"

见姜桃和温照卿没有离开，店员礼貌地向他们询问："您好，请问咱们是不需要点单了吗？"

姜桃刚要转身，温照卿便掏出手机放在柜台上，礼貌地微笑道："需要，现在店里所有的甜点，我都要了，全部打包。"

姜桃惊讶地抬起头，有钱人竟然是这样欺负人的？

刚刚送进车里一些奢侈品袋子，这会儿又要把后备厢腾出来放甜品，稍有不慎就会撞变形。

姜桃一边认真地听着帮忙送甜品到停车场的店员交代这么多蛋糕回

家怎么保存,一边琢磨着这么多甜点吃下去得多腻啊。

啊,人生真奇妙,原来吃个馒头都觉得奢侈的姜桃,竟然也会有担心吃太多奶油蛋糕会腻歪的一天。

两人上了车,姜桃系好安全带,从后视镜里看温照卿,问道:"接下来去哪里?"

"绮云山。"

姜桃的脸颊突然变得很烫,她已经知道自己曾经在绮云山上对温照卿做过什么禽兽不如的事情了,所以她觉得他别有目的。

"我只是想去看看风景吹吹风,如果你觉得不自在的话,可以回家。"

他都这么说了,她若是不愿意去,那岂不是自作多情了。

半个小时的车程,还没到下班时间,路上并不堵车,他们一路向上,来到山顶的一片住宅区。

这个时间只能开车来这里,如果想要在景区里穿行,需要等晚上八点以后。

"你怎么不住这里啊?"下车后,姜桃指着一群山顶别墅问道。

温照卿回头看了一眼:"家里倒是有一套房子在这边,从心不喜欢这里,他小时候非说打雷会被劈到。"

姜桃半信半疑:"真的假的?现在呢?卖了吗?"

"没卖。"

"租出去了?"

温照卿低笑两声:"谁租?"

她想也是,谁会租这么贵的房子,租一年可能都够在山下买一套了。

"我租。"姜桃笑着回答,"我先看看房,要是条件不错的话,一个月给你六百块,要是条件不好的话,一个月给你五百。"

温照卿啼笑皆非:"你这房子租的,差一点就让我倒贴了。"

· 第十八章 · 他很爱她

绮云山顶的傍晚很美,暮云合璧,落日熔金。姜桃打了个冷战,温照卿便打开一个刚刚提回来的购物袋,拆出一件外套给她披上。

姜桃像穿上大人衣服的小朋友,笑眯眯地甩着衣袖:"谢谢先生。"

温照卿淡淡地应了一声,和她一起向前走。

走近别墅区,在一栋外墙有些老旧的庭院外停下,他用密码打开大门,面前是一块不大的花砖地面,还有一栋三层小楼。这栋小楼与周围那些翻新过的别墅不大相同,这里的岁月痕迹看起来更重一些,当然这只是针对它的整体的风格装饰而言。

别墅虽旧,可一看就是有人常来打扫,草坪整齐,花草盎然,并没有想象中草木丛生的画面。房子里更是纤尘不染,她用手摸了几处,都很干净,装修和现在的温宅相比是有些过时,但对于姜桃来说,仍旧是精致奢华和富丽堂皇的。

"我觉得这里比江边好,江边有些潮湿。"姜桃换上拖鞋,四处参观,顺便发表意见。

"这房子有个天台……"他话音刚落,姜桃便窜上楼梯:"好!我去看看!"

要不是姜桃要进来,温照卿大概是想不起来到这里看上一眼。

温照卿随着姜桃一同去了顶楼,天台的正中央有几张沙发,她几步窜过去,慨叹一声后便横躺进编藤沙发里,她指着泛着淡淡金色的天空说:"我还以为从这里看天会有什么不一样。"

"往下看,才能看出不同。"温照卿悠闲地踱步到天台边缘,目光深远地俯瞰着整座城市。

姜桃没有立马过去,而是对着天空躺了好一会儿才过去他身边。

这里的气温比山下低很多,她套着他的外套像穿了一个大布袋子,手肘撑在栏杆上。初冬的冷风从背后吹来,吹乱了耳边的碎发,她胡乱地捋了一把,眯着眼睛看向远方。

"能认识你,跟着你工作,还一起生活,是我这辈子最幸运的事,也是我上辈子拯救了银河系才换来的福分。"

"一辈子很长,现在就用最字,有点早了。"

姜桃没说话,只是笑了笑。

这里可以看到整座城市,遥远的喧嚣繁华和高耸入云的大厦,在此时的姜桃眼里,竟成了一幅朦胧的画,那些曾经可望而不可即的东西,也仿佛可以被她随意伸出的小手一把攥进手心里。

姜桃思考了很久,还是想把心里最真实的想法说出来。她知道自己是个不诚实的人,为了活下去,她说过无数谎话,可她思来想去,还是觉得温照卿是值得她真诚对待的一个人,哪怕只有这一次,哪怕她只真诚一次,以她这样的厚脸皮,至少能心安理得过完整个人生。

"你是不是会纵容你喜欢的女孩子做任何事啊?"姜桃眉眼弯弯的,笑眯眯地偏过头看他。

温照卿也撑着栏杆,不假思索应道:"是。你想做什么,需要让我动用'纵容'两个字?"

"我想离职。"姜桃淡淡地说出这四个字后,空气中只剩微弱的风声,久久没有得到他的回应。

不知道过了多长时间,就在她感觉手肘已经开始发麻,需要换个站立的姿势时,温照卿突然很失落地开口道:"好。"

温照卿确实有些失落,他知道姜桃对自己没那么喜欢,可能压根就不喜欢,她对自己的好感也许完全建立在他的社会地位和身家背景之上。为了不让她不舒服,他压抑、收敛着自己的情感,不愿让她有任何为难。

他许久未再提及他们二人的关系,不强迫她接受自己,也绝不逾矩,保持着原本的绅士礼貌和让她舒适的距离,让她轻松地生活在自己身边。

温照卿是一个成年人,深知这世上不是所有的喜欢都能得偿所愿。

他是心甘情愿为她付出，但这份付出，并不会让她感觉到很快乐，甚至有一丝苦情。

温照卿是谁啊？他才三十岁不到，一表人才的青年才俊，家境殷实，前途无量，想攀他这条高枝的名门闺秀那是要排队的。那些家境背景相同，文化教育相近，多才多艺知书达理的女孩他看都不愿意多看一眼，可他偏偏就看上了姜桃这样一个满嘴谎话、油滑狡黠的小姑娘。

他也不是没有问过自己：温照卿，你那脑子，多少是有点毛病吧？

然后心里那个自己，是这么回答的：嗯，有，怎么？

更让温照卿难受的是，他为了姜桃，甚至放弃了自己的择偶标准，将原本的不可能，变成遵循本心，却一而再再而三地被她拒绝。

这是可悲的，也是可笑的，因为温照卿就这么纵容了姜桃对自己的玩弄。不管她是有心还是无意，他都不想去计较了。

只因为姜桃在这里，她就在自己身边，这一丝丝的苦情就如同困倦的人得到了一杯浓香的咖啡，苦，却也甘之如饴。

温照卿知道，如果他不同意姜桃离开，那么以姜桃的性格，说不定会哪天偷偷消失，而他则要为了看上一眼她过得好不好，去消耗大量的人力物力去寻找。

他不快乐，姜桃也不快乐，被不喜欢的人追着黏着，实在不快乐，也很煎熬。

姜桃有些意外，温照卿竟然没有反对，她还以为他琢磨半天是在琢磨怎么拒绝自己："你就答应了？"

"不然呢？你希望我挽留你？"

"不希望。"姜桃笑了笑，用手肘去撞了他一下，"别不开心嘛，人有阴晴圆缺，月有悲欢离合，现在你可以问问那个真的杰克还愿不愿意来上班了。"

温照卿皱眉："人有阴晴圆缺？这人挺惨。"

姜桃也跟着皱眉，发觉是自己的口误以后，笑出了声。她伸了个懒腰，转过身来，靠在栏杆上迎风站立："温先生，有些话我想对你说清楚。"

"工作交接吗？"

"才不是。"姜桃一脸真挚地看着温照卿，温和平静地说道，"是我喜欢你，我的喜欢，一点都不比你的少。"

温照卿的心猛地抽动，他收回悠远的视线，嘴角不自觉地紧绷，深深凝望着她。

"可是我不愿意跟你在一起。"

这话说得真气人，温照卿直起身体，倒吸了一口冷气，有些失望地拍了一把栏杆："我脸上是不是写着'欢迎你来玩弄我的感情'这几个大字？"

姜桃瞪了温照卿一眼："谁要玩弄你的感情？我只是想让你知道，你很好，好得不得了。不是我这种普通的小女孩看不上你，这个世界上没有人会不喜欢你，你高大、帅气、绅士、温柔、多金，又有人情味，很令人着迷。每当我看见你，都觉得你可以代表这世界上的一切美好。"

温照卿不说话，冷冷地看着姜桃。

"可我不是。我是你身上所有美好的反义词，普普通通，脾气不好，又很自私，因为你是美好的，所以和你相处越久，就越会觉得你完美，而我是糟糕的，我在你眼里只会变得越来越糟。"

姜桃指了指远处渺小的城市中心，继续说道："你看，那就是我，远看是繁荣，是风景，可是你近看的话，可能看到的就是满地垃圾，凌乱喧闹。"

她拉起温照卿的手，翻过手背，他的手指修长雅致，肤质细腻光滑。她再伸出自己的手背，苍白之中翻着淡淡的紫红，粗糙的纹理清晰可见。她用指尖摸了摸自己的皮肤，又摸了摸他的，然后拉起他的另一只手，学着她的样子来感受这两种肌肤的质感。

她眼底露出无限感慨，遗憾道："我知道就算我一辈子是个拖油瓶，凭你温照卿的能耐，也可以拖得轻轻松松，只是，我怕自己没有那么幸运，一时有你，还能一辈子有你。

"先生，你知道吗，人类在恋爱时，身体分泌的激素最长能维持四年，所以四年以后，我们就不会再对那个人心动，爱情会慢慢淡却，人会越发冷静，你会后知后觉我们之间的关系原本就不对等，所以最终，我会被嫌弃,被抛弃。"

想起自己这些年是怎么走过来的,她顿感无奈,摇着头说:"我这小半生,都活在被嫌弃被抛弃的阴影下,我不想一直在那个怪圈里循环。过于浓烈的幸福,会让被抛弃的我变得更加无助和痛苦。这些话是我冷静下来以后思考了很久的,不是一时冲动。"

温照卿点了点头,笑容无奈:"所以结论就是,为了不让我抛弃你,你选择先一步抛弃我。"

"嗯,我一直就是这样自私的人,你不是从一开始就看穿了吗?"

因为在温照卿身边,她才有能力还清家里的债务,甚至还存了一点点钱,现在她想出去工作了。她没那个本事当一辈子的金丝雀,也不愿意当一辈子的司机,这两个都毫无前途可言,她想去做游戏设计,她想做一份有前途的工作,也算她没有荒废四年大学的辛苦时光。

温照卿没有再让这个令人恼火的话题继续下去,他问了姜桃的工作计划,问她将来想去哪里,做什么,成为什么样的人。这是第一次,他感觉到了姜桃其实可以不是今天这个姜桃,她可以有很好的人生,一直以来,她都在被现实欺压和羞辱,让聪明果敢的她成为这样一个不怎么美好的小女孩。

夜色渐浓,繁星点点,他们聊起很多对方并不知晓的过去,他多么幸福,以及她多么不幸。

从山顶别墅离开,是因为姜桃饿了。

两个人从铺满银色月光的天台走下来,别墅的走廊里,黑漆漆的一片,谁也没有提开灯的事。他在前面摸索着走,她在后面跟着,仿佛都在认真地感受着,这是他们最后一次共同穿越同一片黑暗。

在二楼通往一楼的转角,已经有了隐隐约约的光亮,那是一楼的落地玻璃透进的月光。

姜桃突然开口说话,鼻音浓重,像是哭了:"哎,你看过那个电影没?就是男孩原本看全世界都是黑白的,只有看到女孩的时候,才是彩色的,这就是爱情的力量。以后你呀,遇到一个让你看到五颜六色的……"

"胡扯。"温照卿顿住脚步转过身，在黑暗里用视线描绘着她面部的轮廓，在幽暗中艰难地寻找着她眼里的光芒，"电影就是电影，并不是现实。况且，我从来不需要什么五颜六色的世界，我现在看到的世界就很美，只是如果有你，我会更喜欢这个世界。"

姜桃有些难过，她在长痛和短痛之间，选择了短痛。可是短痛也是真实的痛，她也不想往前走了，不想走出这片黑暗，不想让他看见自己的眼泪。长久以来，她一直在用装可怜的方式博取别人的同情，可现在她却不想让他心疼自己。

心疼也是疼，人生如果能不疼，谁愿意遭那个罪呢？

"你再哭，我就反悔了。"他抬起手掌，温热的指尖摸索着抚上她的脸颊，轻柔地拭去她脸颊上的眼泪，"我要是反悔，你连挣扎的机会都没有，你不从也不行。我会把你锁在家里，如果你乱跑，我就再加上铁链、栏杆，还要让你与世隔绝，给你画地为牢，囚禁你一生。"

姜桃哭得更凶了，嘴上却还故作轻松："哇……你这样子，好像一个变态。"

"我不是。"他擦眼泪的动作变得粗鲁许多，顺势扣住她的后脑勺，将她拉得和自己亲密许多。

姜桃没有躲闪，乖巧地靠近，只是不停地抽噎着，额头相抵。

他低沉着嗓音威胁道："不过你再这样下去，会把我逼成一个变态。"

姜桃抽噎着叹息，可这声长叹还没结束，他的吻便落下来了，湿湿凉凉的，带着某种特殊的、只属于他的香气。

这是令人意乱情迷的香气，是他常用的香水味，摆在柜子里的时候她也偷偷闻过，当时觉得那不过是普通的香水而已，可现在从他身上散发出来以后，就不一样了。

她永远都不会忘记这个味道，在每一个她开心的、难过的、激动的、以及无助的时刻，她的鼻息间都会环绕这种香气，让人心动的、安心的香气。

姜桃还是离开了，可她四个弟弟妹妹还读着昂贵的幼儿园。因为学费已经交完了，又不给退，她只好在附近找了一间便宜房子，所谓近，也需要坐上三站公交车。

她从温家提着行李袋离开的时候，温照卿正在楼上睡觉，他连续忙碌了几个晚上，书房的灯总是从夜晚亮到天明，难得主动想休息。

姜桃本来想敲门的，又怕吵醒他，便悄悄地把行李袋放在楼梯口，小心翼翼地推开他的卧室门。

温照卿侧身躺在床上，身上盖着一条厚厚的毛毯，他睡着的时候格外安静，连呼吸声都是温柔的。

姜桃走到床边蹲下来，静静地看了他一会儿，见他枕头下面压了一本书，书的一半已经悬空，如果不小心碰到，很可能会从床上掉下来，那样就会惊醒他。

她慢慢地把书抽走，尽量不让他感觉到。

书是一本绿色封皮的硬壳书，她在书房见过，也在他的房间见过，他应该很喜欢看这本书，反正一年了，也没见他换过一本。

姜桃放在手里掂了掂，这书还挺重的，她没翻开，只是悄无声息地将它放在床头柜上，然后起身离开。

房门发出轻轻的落锁声时，床上的人倏地睁开眼睛，眼底的红血丝清晰可见，黑眼圈也格外明显。

温照卿从床上坐起来，扫了一眼床头柜上的书，掀开毯子来到落地窗前。

很快，姜桃扛着两个红蓝相间的行李袋的背影出现在他的视线里，那袋子再大一点，怕是能直接把她自己塞进去。

温照卿冷眼看着，突然不屑地"哼"了一声，扭头回到床边，打开那本绿色的书，从扉页里拿起两张纸片，一张是她画的他们两个人，一张画的是他。他撇撇嘴，自言自语道："小姜桃，你真的很麻烦。"

姜桃进入了一家手游公司工作，同部门的都是男孩子，就她一根"独苗"，这让她很是受宠，没有了女同事的挤对，工作变得惬意很多。

然而好景不长，在她还有三天结束试用期的时候，被领导叫去了办公室谈话。

姜桃以为会是好消息，领导却告诉她不能转正。

"为什么呢？是我的能力不行吗？"姜桃直白地问道。

"可以这样说吧，距离公司想要的工作能力还是差很多。"

姜桃挺失落的，因为试用期的工资并不高，她在这里不能转正，去别的地方，又要重新开始新一轮的试用期。

她从那家公司出来，肩上斜挎着温照卿送她的包，手里提着一个环保袋，里面装着她吃饭喝水的东西，站在车水马龙的街头，一脸茫然。

明明她做的东西都被公司采用了，怎么就叫能力不行呢？

他们预期的工作能力是什么样的？做好莱坞动画的那些大神水准？

脑子有问题吧！底薪才两千五百块钱一个月！

她狠狠叹了一口气，转身朝着公交车站走去。

与此同时，坐在办公室里的温照卿，接到一通电话。

"温总，那个小公司实在没什么收购的必要，拿回来也赚不到钱。我给姜小姐的上司一点好处，叫他把人直接开除了。"

温照卿放在鼠标上的手指轻快地点了两下，心不在焉道："嗯，那个公司……确实很小……"

"糟糕，下雨了，姜小姐没带伞，淋雨会感冒的。不跟你说了，温总，我得去送伞。"

对方挂了电话，温照卿则继续投入到自己眼前的电脑屏幕上。

大雨中的姜桃死死抱着自己昂贵的包包，环保袋里的东西因为她的奔跑产生撞击，发出叮叮当当的声响。这里距离公交车站的距离有些远，她被雨淋得狼狈不堪。

赶路期间，姜桃听到路边有人叫姜小姐，她没有第一时间反应过来这是在叫自己，只顾着跑。那人越来越近，这次直接喊道："姜桃。"

姜桃眯着睁不开的眼睛刚要转身，头顶的雨便突然消失了，取而代之的是一把黑伞。

姜桃顶着满脸的水珠疑惑地看着对方："哎？金秘书！怎么是你？你路过这里啊？好巧！"

小金秘书穿着一件白色的羊绒大衣，露出修长的脖颈，单单是看着，姜桃都觉得冷。

小金秘书笑着从姜桃手里接过那个环保袋，替她拎着，又从口袋里掏出纸巾帮她擦脸，声音轻快地说道："我不路过这里呀！"

"不是路过这里？"姜桃头上贴着两绺湿漉漉的碎发，被她用手指拨弄开，"专门找我的？"

小金秘书哈哈傻笑几声，挽着姜桃的胳膊，推着她往前走："我可能是来找麻烦的，你是去公交车站吧？我刚好不顺路，我送你过去，这雨挺大的，你别感冒了。"

一下不路过这里，一下又不顺路，姜桃搞不明白这个金秘书。虽然自己也曾经为温照卿工作过，可两人相处的时间并不多，加上这个金秘书总是稀里糊涂地做错事，温照卿被她气到头痛也不是一两次，所以她说什么奇怪的话，都会让姜桃觉得没什么可奇怪的。

姜桃记得小金秘书以前不怎么喜欢跟自己聊天的，现在竟像老友一般问起自己的工作和生活。

到公交车站后，姜桃看小金秘书那个光秃秃的脖子，忍不住问道："你冷吗？要不我围巾给你？"

小金秘书轻轻拍了拍姜桃胸口的羊绒围巾，心想：这不是温先生的吗？很中性的款式，但也是限量的，可能先生借着已经是前年的东西不想要了，反正也要扔掉的理由送给了姜桃。

"我不怕冷，美丽胜过严寒，你多穿一点，千万不要生病。"说完，小金秘书又拍拍姜桃身上蓬松的羽绒服。放眼望去，整条街上找不出几个比姜桃穿得更多的人，看来姜桃是真的怕冷。

姜桃是怕冷，她之前的小半生都在饥饿和寒冷中度过，那日子过得堪比卖火柴的小女孩。

如今她能穿暖了，为什么要冻着？当然也要怪她干吃不胖的体格，身上那一层薄薄的脂肪，真是好不争气。

小金秘书一直陪姜桃等到公交车来才离开。

车上的人特别多,还好姜桃苗条,不需要多大的地方。

回到家,四个小家伙已经在自娱自乐地看电视了。

姜桃没时间接他们,每天放学,校车会把他们四个送到小区门口,四个人手拉手一起回家,每个人的书包里都拴着一把钥匙,谁都可以打开家门。

小区是老小区,但是治安挺好的,到处都是摄像头,住户以老年人偏多,常在外面遛弯,大家总是笑眯眯地看这四胞胎连成串回家。

姜桃回来换下衣服开始做饭,大宝把姜桃放在门口的环保袋拖了过来,发现里面没啥能吃的,就是姐姐用的东西,便拖回鞋架旁。

"姐姐,吃什么呀?"大宝跑去厨房门口问道。

姜桃抓起两根莴笋晃了晃:"莴笋。"

"我想吃比萨。"

"我看你像比萨。"姜桃没好气地说。

二宝听到比萨,也跑进来:"姐姐,我想吃薯条。"

姜桃头也不抬:"你看我像不像薯条?"

"我看你像面条。"二宝说道。

姜桃咬了咬牙,瞪了二宝一眼:"滚一边去,不看电视就去把自己的袜子洗了。"

二宝不想洗袜子,牵着大宝回到狭小的客厅。两人你看看我,我看看你,再看看专心致志看电视的三宝和小宝,悄悄地拉开了小宝的书包,从防水的夹层里面摸出一张小字条,顺便带上家里的钥匙,穿着拖鞋就出门了。

他们一起来到楼下,在小区里随机抽选一位"幸运"的买菜回来的阿姨,奶声奶气地求救:"阿姨,可以用你的手机打个电话吗?"

谁能拒绝这样可爱的小朋友,买菜阿姨立马拿出手机。二宝接过来甜甜地说了一声"谢谢",按着大宝手里的号码拨过去。

电话接通,二宝奶声奶气地对着电话问道:"喂?是温叔叔吗?我是三宝。"

温照卿今天有个很重要的会,到现在还没结束,因为他这个私人号码知道的人并不多,一般不会有人打来闲聊,所以他不得已暂停了一下会议。

他看了一眼在场的下属,转身走出会议室:"我是,你不是二宝吗?"

二宝一脸无辜地看向大宝,小声说:"叔叔听出来我不是三宝了。"

大宝很淡定地说道:"没事,没事,你叫哥哥……不对,你还是叫姐夫吧,叫姐夫。"

二宝说:"姐夫,被你猜对了,我是二宝。"

两人的对话一字不落地进了温照卿的耳朵,他无奈地挠了挠眉头,耐心地问道:"怎么了二宝?家里有什么事吗?"

"有,我们想吃饭,姐姐不给我们吃。"

"不给你们吃饭?为什么?她怎么说的不给你们吃饭?"

二宝想了一下,一脸认真地学起来:"我看你像比萨!"

温照卿笑了一下,问道:"还有呢?"

"你看我像不像薯条?"

温照卿看了眼手表,低声笑道:"薯条和比萨不能经常吃,咱们不是说好的吗?"

"可是,自从不跟你住以后,我们再也没吃过了呀,很久很久了呢!"

温照卿哄着他们挂了电话,一边给小金秘书发信息,一边回到会议室继续自己的工作。

大宝带着二宝回家了,姜桃并没有怀疑他们的去向,反正他们平时也会跑来跑去的。

晚饭做好后,大家都围坐在餐桌旁。

姜桃正在盛稀饭,听见门铃响后,放下小碗去开门。

小金秘书提着两个大袋子站在门口,热情洋溢地笑起来:"嗨!姜桃,我说这是咱俩的缘分你信吗?刚好我路过你们家,刚好我买了点吃的,刚好觉得太重了不想提了,你说怎么就这么多刚好呢?要么说这是缘分。"

姜桃低头看了看小金秘书手里的必胜客打包袋,咬了咬下嘴唇,挑眉问道:"你路过我们家?我们家在7楼,你是准备从我家阳台跳下去吗?"

小金秘书尴尬地笑笑:"兴许我就是想跳呢?女人嘛……不过现在我不想跳了,我先回家了哈,拜拜。"

她放下必胜客的袋子,转身就往楼下跑。

温照卿交代小金秘书给姜桃家送吃的,还交代她最好装得巧合自然,不然"订餐"的这两个小家伙可能会倒霉。

这小金秘书绞尽脑汁也没琢磨明白,怎么才能在晚饭之前巧合地知道姜桃家的小朋友们想要吃必胜客,并且自然地送到他们面前。

温总这不是在考验小金秘书的智商,而是在考验全人类。

要想巧合自然,要么姜桃傻,要么她小金秘书装傻。

姜桃提起打包袋,放到桌子上,严肃地瞪着大宝和二宝:"你们两个很有手段嘛,我也很有手段,你俩要不要感受一下?"

"姐姐,不要生气,是姐夫担心你吃不饱才送东西来,不是我们要的。"二宝讨好地说道。

"嘭"的一声,大宝一脚踢在二宝的椅子上。

"姐夫?"姜桃按住必胜客的袋子,不悦地瞪着二宝,"谁教你说的?"

二宝立马指向大宝。

"不仅油嘴滑舌,还尻!"姜桃瞪了二宝一眼,"你们俩,再敢跟别人要东西,小心挨板子。还有你,二宝,小小年纪就学个背信弃义的本事,以后长大了谁跟你做朋友。"

大宝二宝终于吃上了日思夜想的比萨和薯条,三宝和四宝跟着蹭了一顿,而莴笋,只有姜桃一个人在吃。

不得不说,她真是第一次觉得自己和小金秘书是有缘分的,一下午见着了两次。

姜桃开启了新一轮找工作，同时也开启了与小金秘书新一轮的缘分验证。

在姜桃上班的第四天，透过办公室的玻璃，她看到了老板的办公室里坐着一个熟悉的身影。那人不经意地回头，刚好撞见姜桃不经意地抬眸看过来。

小金秘书？

姜桃惊讶地瞪大眼睛，又赶紧埋头在电脑前，等到小金秘书从老板办公室出来时，她立刻跟了出去。

"嗨，姜桃，这么巧，你在这里上班啊？"

姜桃迟疑地看着小金秘书："你路过我们公司？"

小金秘书按下电梯按钮，笑道："不，这次不是路过，是温总收购了这家公司。"

"啥？"姜桃不敢置信，"这小公司有什么可收购的？总共才20几个人，他最近混得很差吗？"

金秘书扑哧笑出声："混得还可以，可能突然看好这个项目吧。"

"这又不是什么高新技术产业。"

"可能……温总他喜欢没技术的产业，过几天他会来这边，你们会见面的，到时候你可以亲自问问他。"

小金秘书走后，姜桃怎么想都觉得没劲，转身就去总经理办公室申请离职了。

工作大把的有，万一温照卿真想亲自参与这个公司的管理，那岂不是要经常碰面？

心脏天天跟坐过山车似的，哪还有心情工作。

姜桃换了一家专门做儿童益智游戏的小公司，上班一周，又"巧合地偶遇"了金秘书。

姜桃穿着厚厚的羽绒服，挎着温照卿送的小包，手里提着雨伞，一身寒气地站在公司门口，偏着头，淡定地发问："别告诉我，有钱任性的温总，把这家公司也收购了？"

小金秘书不好意思地点了下头:"答案都让你说了,那我是告诉你,还是不告诉你?"

姜桃直接提着雨伞转身。

第二天,在去新公司面试的大厦里,姜桃遇到了在她当司机之前的那家游戏公司的徐副总。

徐副总还记得姜桃,很礼貌地与她打招呼:"是姜桃吧?捂得这么严实,我都没认出来。"

姜桃落落大方地笑道:"是我呀,徐总还记得我。"

"当然记得,你在这里上班?"

"我来面试,您呢?"

"我来谈点事,对了,既然是来面试,你不考虑一下回公司上班吗?我们还都觉得你能力不错,如果你愿意回来,我可以直接给你转正,免去试用期。"

"啊?回去呀……"

"嗯,五险一金,底薪五千。"

五千?!姜桃脑子一热,当即答应了!

回去也行,除了公司那些同事有点烦人,那家公司还是不错的,公司规模大,发展前景好,不像最近接触的这些名不见经传的小公司,也就是说,温照卿不会收购这里了。

就算温照卿想收,老板也不会同意。

姜桃又回到了熟悉的岗位,一年过去,办公室里的老同事已经走了一半,还挺可惜的,走的都是那些老实巴交的人,讨人厌的那一群还在。

她原来的位置已经被新人坐了,她被安置了新座位。

等姜桃脱下衣服摘下围巾,立刻有眼尖的人认出她。

早会时,新经理带头对姜桃表示了欢迎。

会议结束后,大家纷纷从办公室走出来,两个女同事跟在姜桃身后,阴阳怪气地说道:"姜桃,你怎么跑回这边上班了?之前看你豪车都开上了,好日子过不习惯?"

姜桃漫不经心瞟了她们一眼，一屁股坐下：“好日子倒是过得挺舒坦，不过我可能是挺想念你们这几张臭嘴。”

"算了算了。"另一个女同事过来拉走那两个人，"还当她是软柿子呢？人家豪车都开上了，背后指不定有什么关系，别惹她，咱们可是在赚钱过日子，人家没准是体验生活。"

姜桃拿起马克杯猛地一起身，把三个女孩子吓了一跳，纷纷向后躲去。谁料姜桃只是淡定地绕过她们三个，走进茶水间。

坐在姜桃对面的男同事和身边的人说："姜桃不一样了啊，以前蔫了吧唧的，谁挤对都不吭声，只会笑，现在还挺高冷。"

"是不是家里出什么事了？"

"谁知道，你看她像想告诉我们的样子吗？"

午休时，姜桃把带来的饭菜塞进微波炉加热，刚吃上一口，面前就多了一瓶酸奶。

姜桃顺势看过去，是同部门的男同事，她红着脸把酸奶推了回去，说道："感谢感谢，我不怎么喝这个东西，有点凉，你自己喝呗，我吃口饭就饱了。"

隔天，这位男同事又送来了热咖啡。姜桃受宠若惊，就以她这个声名狼藉的状态，居然还有人敢顶风追她，真是勇敢。

"咖啡啊，闻着好香，不过我不喝这个，胃不好，谢谢你啊，你自己喝吧，不要浪费。"她又一次拒绝，把咖啡推了回去。

第三天，男同事没有送喝的了，给姜桃送了一个橙子。

姜桃不好意思再拒绝了，收了这个橙子，摆在办公桌上一直没动。

下午，男同事端着水杯到处溜达，走到姜桃这里，看到自己送的橙子还没吃，就趴在她办公桌的隔断上，好心劝道："你天天就吃那一点点土豆丝包菜稀饭的，肉也不吃，身体能受得了吗？"

"怎么，我看起来不健康？"姜桃笑着打趣，"我只是看起来瘦弱。"

"你有八十斤吗？"

"嗯……不止，我有八十二斤，哈哈哈……"

姜桃的话音刚落，那几个爱找碴的女同事又开始了。

"这身材真好，我都不敢吃东西还九十多斤。"

"太瘦不好，胸都瘦没了。"

"那确实，我看姜桃那么瘦，估计真没的胸。"

要是在以前，这些话姜桃只能是听着，她谁也不敢惹，现在虽然一样谁也不敢惹，但也绝不会纵容别人欺负自己。

是因为口袋里终于有钱了吗？有离职的勇气，有打人也付得起医药费的底气？

姜桃思忖良久，不是的，她兜里的这几个钱是支撑不了她闯下任何祸事的。

是因为知道自己的身后，有一个真正可以为她撑腰的人。

他会温柔低调地处理所有棘手的问题，让那些麻烦在不惊吓到她的同时，从她的人生里悄无声息地退场。

这是姜桃之前的人生里不曾感受到的，连父母都不曾给予她的。

姜桃的位置刚好是背对办公室大门的第一排，那两个女孩虽然与她不同部门，不过也只是隔着一个过道。

她眼神冷冰冰地扫向那两个人，态度极其冷漠地说道："你们两个要是会说人话，就说两句，要想放屁，去洗手间。"

"你没完了是吧？姜桃。"与她只有一个过道相隔的女孩子重重地拍了一把桌子，"我们就跟你开个玩笑，你至于说话这么难听吗？你以为你谁啊？啊，合计你长得漂亮，有几个男同事喜欢你，你就了不起，我们不能跟你开玩笑呗？"

旁边的女孩轻蔑地笑道："以前不就是天天对着男的卖笑吗？现在对女孩子还这么大的敌意，被男同事喜欢有什么用啊，顶多蹭吃蹭喝。有本事你让老总喜欢你，让老总给你撑腰，看不惯我们这种爱开玩笑的，让老总把我们开除就好了啊。"

姜桃正要开口，就听到身后传来熟悉的男声。他声音低沉，气息平稳，语态轻松地对身边的人交代道："可以，这个提议，我批准了。"

姜桃猛地从转椅上弹起来，因为动作有点大，一下子把椅子掀翻，又手忙脚乱地把椅子扶起来。

小金秘书点点头,对那两位出言不逊的女孩子礼貌地说道:"不好意思了两位,请移驾人事部吧。"

"真有意思,你们谁啊?可笑。"两个女孩满脸不屑。

"那先容我自我介绍一下,我姓金,大家都叫我金秘书,这位是我们的老板,温总。刚刚温总已经特批了你们希望公司开除你们的强烈渴求。另外多说一句,刚刚被你拍桌子教训的那位,是我们老板娘。"

说完,小金秘书很骄傲地扬了一下眉。

这时候,公司的一干高层匆忙从外面推门而入,连连道歉:"不好意思温总,刚刚大厦的电梯发生一点故障,把我们都困里面了,太不好意思了。"

温照卿冷冷地看着这些人,双手插进西裤的口袋。他平日是个很有礼貌的人,绝不会傲慢无礼待人,然而此时,他只想做一个傲慢无礼的人,如果他的身份地位也是一种可以保护姜桃的利器的话。

从他进这个门,见到姜桃这一刻起,他的视线就再也不愿意离开她了。

朝夕相处一年,每天都有她围绕在身边,他习惯了喜欢,但是却没试过思念。

分别两个月,越发让他认清一个事实——他很爱她。

身边的人还在道歉,温照卿却迈开长腿,从容地走到姜桃面前。

离开温家,姜桃变得清瘦了一些。

温照卿扫了一眼桌面的橙子,眉头轻轻拧起,语气有些委屈:"酸奶不喝,咖啡不喝,橙子也不吃,既然别人给的你都不要,那就只好我亲自来送。"

姜桃愣住:原来这些都是他让别人做的?

温照卿总是这样,他的温柔总是不动声色,仿佛是怕太过火的宠爱会吓到姜桃,只是他没想到,那个贪吃的姜桃,也会有骨气拒绝别人。

姜桃鼻子有一点发酸,她抬起手指,指了指小金秘书,又指了指天花板,鼻音渐浓,颤抖着问道:"这个……也被收了吗?"

温照卿一侧嘴角轻轻向下撇了一下,用毫不在乎的表情回答了这个问题,仿佛这不是什么值得一提的事。

她又问道:"这个……是不是太贵了?"

温照卿也没有回答,而是挑了下眉,贵不贵这个事儿,不好说,姜桃看什么都贵,他看什么都还好,再说贵有贵的道理,也会带来丰厚的利润。

他想用手指点点姜桃微微泛红的鼻尖,告诉她不要哭。可手腕才抬起来,姜桃就一把握住了他的手掌:"温……先生。"

想来想去,都不知道如何称谓他才合适,只能叫出这三个字。

温照卿耐心地等,只见姜桃脸色一变,一脸娇纵地看向那两个女同事,任性道:"她们欺负我!总欺负我!"

温照卿顺势将姜桃一把带入自己的怀里,轻轻拍了拍她的背:"我不允许,以后不会。"

小金秘书在一旁轻轻叹息,心想:我们温总的口味好特别啊!

那天晚上,温照卿原本是想带姜桃回温宅的,姜桃拒绝了,原因很可笑,她说洗衣机里的衣服没晾,再放一天该臭了。

小金秘书陪在温照卿的身边,忍不住叹气,气得直跺脚:"我真服了这个姜桃,她到底在别扭什么啊!"

温照卿瞪了小金秘书一眼。

"要不,你就生米煮成熟饭,霸王硬上弓,虽然强扭的瓜不甜,但是顶饱啊!"

温照卿生气了,把小金秘书从车上赶了下去。

生米煮成熟饭?生米早就煮成熟饭了。霸王硬上弓?姜桃才是霸王。

他一个人在昏暗的车里坐了许久,驱车前往商场,后来又直奔姜桃的家。

小区里没有停车位,他转了一圈,只能把车停到外面的路边。

四胞胎已经睡下,姜桃刚刚洗完澡换上睡衣,想起小朋友们的牙膏用完了,回来的时候忘记买,便穿上羽绒服和拖鞋,准备去一趟超市。

温照卿与姜桃就是在小区大门外的马路边相遇的。

空气湿冷，温照卿的西装外面还套了一件驼色的羊绒大衣，他的皮肤干净白皙，夜色柔化了他轮廓的坚硬，使他的模样看起来如月光般柔和。

姜桃像一只惊呆了的小羊，缩在自己厚重的卷毛里，瞪着眼睛看他："你……"

"我想了一下。"温照卿打断了姜桃的话，目光温柔且坚定，"我们结婚吧，略过谈恋爱的过程。"

姜桃的心跳忽然漏了半拍。

他缓缓向她走近，直到可以清晰地看清她眼底的流光溢彩，然后从大衣口袋里拿出一个绒布方盒，打开盒子的同时，单膝跪地。

他眸光熠熠，似有星辰，比方盒内的钻戒更璀璨几分："你说人类心动最长的期限是四年，我不能改变人类的天性，但我愿意违背自己的天性，永远爱你，永远不抛弃你。"

这一次，姜桃毫不拖沓，拿起戒指一把套进自己的手指上。

原来，这才是姜桃想要的。

温照卿很开心，抱住眼前像蚕蛹一样的姜桃，深情地吻了上去。

不知道吻了多久，姜桃的嘴巴都有些麻了。她推开温照卿，不敢直视此时他热情如火的眼睛，她尽量让自己的呼吸平稳，看起来是一副见过一点世面的样子，可她已经红成番茄的脸色早就把她出卖了。

她清了清嗓子，问道："你以前，到底有没有怀疑过是我偷了你的手表？"

"你怎么知道我丢了手表？"

"姜阿姨告诉我的，你回答我的问题。"

"从未。"温照卿揉了揉姜桃红彤彤的耳垂，知道那并不是因为冷，仅仅是害羞，"你那么聪明，怎么会挑正中间最显眼的那块拿，如果是其他贼也不会这么蠢。做这件事的人，一定是栽赃嫁祸，还要引起我的注意。"

"哦。"姜桃点点头，又问道，"那个……我在绮云山上的车里，对你投怀送抱的视频,你删了没有?"

温照卿诚实地摇头:"没有,我觉得很好看。"

"你怎么喜欢看这种东西,你不会是变态吧?"

"我不喜欢看这种东西,我只是喜欢看你。"

后来,姜桃成了温太太。温照卿将名下的房产都加上了姜桃的名字,带她搬去绮云山顶,离开潮湿的江边别墅。

姜桃总是认为自己在做梦,听不得太大的声响,生怕那些声音会把她的梦吵醒。

她常在晚饭过后坐在温照卿的怀里俯瞰整座城市,也会像个孩子一样撒娇,闪烁着迷人的大眼睛跟他讨要亲亲和抱抱。

夏天来临的时候,姜桃变得越来越懒惰,有的时候正吃着饭,困意来袭,脸都差点掉进盘子里。

温照卿以为她病了,准备带她去看医生的时候,忽然想起她好像很久没来月经了,于是问道:"桃桃,你想生小宝宝吗?"

姜桃正在犯瞌睡,困得眼泪含在眼圈里,爬进他的怀里,像小猫一样蹭着他的脖颈,发出满足愉悦的哼唧声:"不想,我想当你唯一的宝贝,况且我才当上宝贝几天啊,还不想卸任,有了小宝贝,我这个大宝贝就没人疼了。"

温照卿吻了吻她的脸颊,轻声询问:"如果我向你保证,永远最疼你呢?"

"那就生呗。"姜桃打了个哈欠。

"我说你就信?"温照卿柔声细语地反问道。

"信啊……"姜桃的声音越来越小,似乎就要睡着了,"你可是我的温先生啊……"

- 全文完 -